TABEA BACH
Das Vermächtnis der Seidenvilla

Weitere Titel der Autorin:

Die Kamelien-Insel
Die Frauen der Kamelien-Insel
Winterliebe auf der Kamelien-Insel
Heimkehr auf die Kamelien-Insel
Die Seidenvilla
Im Glanz der Seidenvilla

Alle Titel sind in der Regel auch als Hörbuch erhältlich.

Über die Autorin:

Tabea Bach war Operndramaturgin, bevor sie sich ganz dem Schreiben widmete. Sie wurde in der Hölderlin-Stadt Tübingen geboren und wuchs in Süddeutschland sowie in Frankreich auf. Ihr Studium führte sie nach München und Florenz. Heute lebt sie mit ihrem Mann in einem idyllischen Dorf im Schwarzwald, Ausgangspunkt zahlreicher Reisen in die ganze Welt. Die herrlichen Landschaften, die sie dabei kennenlernt, finden sich als atmosphärische Kulisse in ihren Romanen wieder. Mit ihrer *Kamelien-Insel*-Saga gelangte sie sofort auf die Bestsellerliste. Zurzeit arbeitet sie an ihrem nächsten Roman.

Tabea Bach

Das Vermächtnis der Seiden Villa

Roman

lübbe

Dieser Titel ist auch als Hörbuch und E-Book erschienen

Originalausgabe

Copyright © 2020 by Bastei Lübbe AG, Köln
Lektorat: Melanie Blank-Schröder
Titelillustration: © Trevillion Images/Nikaa; © Atlantide Phototravel;
Slow Images/getty-images; © jayk7/gettyimages
Bildnachweis Innenklappen: © LittleMiss; severija; DiPetre; Tangerinesky;
Morozova Oxana/Shutterstock; © jayk7/gettyimages
Umschlaggestaltung: www.buerosued.de
Satz: hanseatenSatz-bremen, Bremen
Gesetzt aus der Stempel Garamond
Druck und Verarbeitung: GGP Media GmbH, Pößneck
Printed in Germany
ISBN 978-3-404-17965-7

2 4 5 3 1

Sie finden uns im Internet unter
www.luebbe.de
Bitte beachten Sie auch: www.lesejury.de

1

Die Geburt

Als Angela aus dem Fenster sah, glaubte sie ihren Augen nicht zu trauen: Eine feine Schneedecke lag über den Dächern der Altstadt. Dass es in den nahen Bergen schneie, kam vor. Doch nicht in Asenza, dazu war es viel zu mild im Veneto.

Im Innenhof der Seidenvilla musste sie achtgeben, auf dem alten Pflaster nicht auszugleiten. Das große, zweistöckige Gebäude war um einen rechteckigen Innenhof herum angelegt, ein Holztor führte hinaus zur Straße. In der Mitte befand sich ein betagter Maulbeerbaum. Er hatte sein Laub noch nicht vollständig abgeworfen, golden leuchtete es unter den weißen Häubchen aus Schnee.

Alles wirkte wie verzaubert, und Angela ging das Herz auf. Tief sog sie den Duft nach Schnee und Kälte in ihre Lungen ein. Sie lebte erst seit eineinhalb Jahren in Norditalien, und zum ersten Mal erfasste sie ein Anflug von Sehnsucht nach ihrer deutschen Heimat, nach den Winterlandschaften rund um den Ammersee, wo sie früher zu Hause gewesen war.

»*Porca miseria!*« Das Hoftor wurde aufgestoßen, und Nola kam mit ihrer Tochter Fioretta hereingestapft. »Was ist das für ein Mistwetter«, schimpfte die Weberin. Dann hatte sie ihre *padrona* entdeckt. »*Buongiorno*, Signora Angela. Haben Sie den Schnee bestellt?«

»Guten Morgen, Nola«, antwortete Angela mit einem Lachen. »Nein, meine Schuld ist das nicht.«

»*San Colombano, la neve in mano*«, verkündete Stefano, der mit seiner Frau Orsolina ebenfalls in den Hof drängte. »Heute ist der 23. November, der heilige Colombano bringt häufig Schnee, das sagt schon das Sprichwort ...«

»Aber doch nicht hier bei uns!« Nola blickte sich empört im Innenhof um.

Plötzlich riss der Himmel auf. Ein Sonnenstrahl brachte die Krone des Maulbeerbaums zum Glitzern, und einen Augenblick lang schien alle ein großes Staunen zu erfassen.

»Der taut bestimmt bald wieder«, meinte Stefano schließlich und begab sich mit den anderen in den Flügel der Seidenvilla, in dessen erster Etage sich die Weberei befand. In einer Viertelstunde würden sie wie immer montags die Wochenbesprechung abhalten. Doch einen Moment lang noch wollte Angela diesen außergewöhnlichen Morgen genießen.

Eine schmale Gestalt, fast vollständig in ein großes Wolltuch gehüllt, huschte in den Hof.

»*Buongiorno*, Fania«, begrüßte Angela ihre junge Haushälterin erfreut. »Ist das dein erster Schnee?«

Die achtzehnjährige Fania kam aus Sizilien, und nach ihrem Gesichtsausdruck zu urteilen, war auch sie von diesem Naturereignis völlig überrumpelt.

»Ja«, sagte sie und folgte Angela eilig in die Wohnung. »Haben Sie denn schon gefrühstückt?« Die junge Frau schälte sich aus ihrem Wolltuch und legte ihren leichten Mantel ab.

»Nein, noch nicht.«

In der Küche brodelte die Espressokanne, und Angela nahm sie vom Herd.

»Das hat mir meine Tante für Sie mitgegeben.« Fania ließ ein duftendes Maisbrötchen auf einen Teller gleiten. »Sie lässt Ihnen ausrichten, Sie sollen von ihrem selbst gemachten Quittengelee daraufstreichen.« Sie holte das Glas mit dem Gelee und Besteck aus einem der Schränke und richtete alles auf der Küchentheke an.

»Emilia meint es zu gut mit mir«, sagte Angela und nahm auf einem der Thekenstühle Platz. »Mmh«, sagte sie genießerisch, als sie das Maisbrötchen aufschnitt. »Das ist ja noch warm!«

»*Zia* Emilia hat es vorhin erst aus dem Ofen geholt. Wie geht es Nathalie? Wann soll noch mal das Kind kommen?«

Angelas Tochter war hochschwanger und lebte seit einigen Wochen in der kleinen Gästewohnung im Parterre der Seidenvilla.

»In zwei Wochen«, antwortete Angela und kämpfte die Nervosität nieder, die sie beim Gedanken an die bevorstehende Geburt regelmäßig befiel. Sie würde Großmutter werden mit ihren siebenundvierzig Jahren und freute sich unbändig auf ihr Enkelkind. Dabei gab es keinen Grund zur Sorge, bislang war die Schwangerschaft ihrer Tochter vollkommen problemlos verlaufen. »Ich hab Nathalie heute noch nicht gesehen.« Angela biss in das leckere Brötchen. Emilia hatte recht. Mit ihrem Quittengelee schmeckte das Maisbrötchen einfach fantastisch. »Wahrscheinlich schläft sie noch. Machst du uns bitte für die Mitarbeiterbesprechung eine große Kanne Kaffee und bringst sie hoch?«

»*Con piacere*, Signora Angela«, sagte Fania.

»Und dann ist gestern noch eine dringende Bestellung aus den USA eingegangen. Mrs. Whitehouse ist eine gute Freundin von Signora Tessa«, sagte Angela und zog den Ausdruck der E-Mail aus ihrem Ordner. »Eine Stola in Bordeauxrot. Es soll ein Weihnachtsgeschenk werden. Ich weiß, das ist kurzfristig«, wehrte sie die Unmutslaute ihrer Mitarbeiterinnen ab. »Aber da uns Mrs. Whitehouse einige neue Kundinnen vermittelt hat, möchte ich gern, dass wir das einschieben.«

»Die hat Nerven«, murrte Nola halblaut. »Wir haben schließlich schon Ende November. Kann sie sich nicht eines der fertigen Tücher aussuchen, die wir im Internet anbieten? Da gibt es doch so viele …«

»Aber keines in Bordeaux«, entgegnete Angela entschieden. »Haben wir von dieser Farbe noch ausreichend Seide im Lager, Orsolina?«

Die Färberin überlegte. »Ich denke schon. Wie groß soll die Stola denn werden?«

»Achtzig auf zwei Meter zwanzig«, antwortete Angela nach einem Blick in ihre Unterlagen. »Maddalena«, wandte sie sich an eine andere Weberin, »deine Kette ist schwarz, das passt gut zu diesem dunklen Rot. Beendest du heute nicht die Bestellung aus Paris? Dann könntest du danach gleich mit dem Tuch in Bordeaux beginnen, nicht wahr?«

»*Ma certo.*« Die Weberin mit den sanften braunen Augen arbeitete, wie Angela wusste, ausgesprochen gern für die amerikanischen Bekannten von Tess, die hier viele Jahre zuvor ihren Alterssitz in einer der schönsten Villen des Städtchens genommen hatte. Die freundliche alte Dame, die eigentlich Teresa hieß, von allen jedoch nur

Tess oder Tessa genannt wurde, war die beste Freundin von Angelas Mutter gewesen. Und ohne sie wäre sie niemals auf den Gedanken gekommen, ausgerechnet im Veneto diese Seidenweberei zu übernehmen. »Tessas Freundin soll ihr Weihnachtsgeschenk pünktlich bekommen«, schloss Maddalena.

»Danke.« Angela schenkte der Weberin ein Lächeln. Dann wurde sie ernst. »Ich wollte noch etwas anderes mit euch besprechen. In letzter Zeit häufen sich die Anfragen nach Modellkleidern.« Seit sie bei ihrer Verlobung mit Vittorio Fontarini, dem Erben eines der ältesten Adelsgeschlechter Venedigs, ein selbst entworfenes Kleid aus handgewobener Seide getragen hatte, konnte sie sich vor solchen Bestellungen nicht mehr retten. »Kennt jemand von euch eine richtig gute Schneiderin, die in der Lage ist, meine Entwürfe umzusetzen?« Sie sah in die Runde, doch keiner hatte einen Vorschlag.

»Ich kenne nur Eugenia«, sagte Nola. »Aber die ist Änderungsschneiderin. Unsere Seide würde ich ihr nicht in die Hand geben wollen.«

Angela seufzte. »Dann werde ich mal eine Zeitungsannonce …«

Ein entsetzlicher, lang gezogener Schrei erschütterte die Ruhe der Seidenvilla. Angela fuhr auf.

»*Madonna*«, flüsterte Orsolina. »Was war das denn?«

Ein weiterer Schrei ertönte. Nathalie! Der Schreck fuhr Angela durch alle Glieder. Sie sprang auf und rannte hinaus, die Treppe hinunter und in den Innenhof. So schnell sie konnte, durchquerte sie ihn. Nathalies kleines Reich lag der Werkstatt genau gegenüber. Sie riss die Tür auf und stürmte in das Zimmer ihrer Tochter.

»Sind es die Wehen?«, fragte Angela außer Atem. »Geht es los?«

Fania kam aus dem angrenzenden Badezimmer, auf ihrem Arm ein Handtuch.

»Die Fruchtblase ist geplatzt«, erklärte sie sanft und half Nathalie, das feuchte Nachthemd auszuziehen. Angela stellte fest, dass die junge Sizilianerin gefasster war als sie selbst. »Signora, Sie sollten mit ihr ins Krankenhaus …«

Doch Nathalie streckte ihren Rücken durch und stieß einen weiteren markerschütternden Schrei aus. »O mein Gott«, keuchte sie, als sie wieder zu Atem kam.

»Ich fahr den Wagen aus der Garage«, schlug Angela vor.

Doch Nathalie warf den Kopf in den Nacken und zog ihre Knie an. »Ich glaube«, stieß sie hervor, »dazu ist keine Zeit mehr.« Ihr Gesicht lief dunkelrot an.

»Lauf zu Dottore Spagulo«, wandte sich Angela an Fania. »Er soll sofort kommen.«

Fania nickte und rannte davon.

»So habe ich die Wehen nicht erwartet«, wimmerte Nathalie.

Der Schmerz hatte offenbar ein wenig nachgelassen, und Angela half ihrer Tochter, ein sauberes, weit geschnittenes Nachthemd anzuziehen, das vorne eine durchgängige Knopfleiste hatte.

»Erinnere dich daran, was du in der Geburtsvorbereitung gelernt hast«, versuchte Angela sie aus ihrer Panik zu holen. »Gleichmäßig atmen: durch die Nase ein, durch den Mund aus …«

Sie hatte noch nicht ausgesprochen, als erneut eine ungeheure Wehe durch Nathalies Körper lief.

»Atme«, rief Angela und bettete Nathalies Kopf auf ihren Schoß. »Atme mit mir! Tief ein. Und jetzt langsam wieder aus«, versuchte sie, ihrer Tochter zu helfen.

»Das tut so weh, Mami!«, jammerte Nathalie. »Die haben gesagt, dass das langsam anfängt, verdammt!«

»Darf ich?« Nola war unbemerkt eingetreten und musterte Nathalie, die ihren Schmerz ein weiteres Mal laut herausschrie, besorgt.

»Kennen Sie eine Hebamme?«, stieß Angela hervor.

Nola schien fieberhaft nachzudenken. »Eine Hebamme gibt es hier nicht, aber …«

»Wir brauchen mehr Kissen. Ihr Oberkörper muss höher gelagert werden.«

Hinter Nola entdeckte Angela Orsolina, die ihre Kommandos in den Hof hinausrief. Offenbar war die ganze Belegschaft vor der Tür versammelt.

»In meinem Schlafzimmer«, erklärte Angela. »Bringt alle, die ihr finden könnt.«

»Dottore Spagulo ist auf Hausbesuch«, keuchte Fania. So schnell, wie sie zurück war, musste sie wie um ihr Leben gerannt sein. »Sie versuchen, ihn zu erreichen, aber er geht nicht ran …«

»O Gott, was machen wir denn jetzt?«

»Wählt die Notfallnummer.«

»Das bringt doch nichts. Bis der *pronto soccorso* bei diesem Wetter hier ist …«

Erneut schrie Nathalie, dass es Angela angst und bang wurde. Dann lag sie einen Moment lang ganz still da.

»Es kommt!«, flüsterte sie mit vor Angst weit aufgerissenen Augen. »Mami, ich spüre es. O mein Gott!« Unwillkürlich begann sie zu pressen.

»Carmela«, rief Nola über das Stimmengewirr hinweg. »Schickt Maddalena, sie soll ihre Mutter herbringen. Sie ist die einzige ...«

»Carmela?«

»Los, jetzt keine Diskussionen. Stefano, geh mit und trag die Alte notfalls her, damit es nicht so lange dauert. Und du.« Nola wandte sich an Fania. »Bring Wasser zum Kochen. Hol so viele saubere Handtücher, wie du finden kannst. Auch Leintücher. Und Waschlappen. Und Schüsseln. Anna, geh mit ihr und hilf ihr tragen.«

Dann öffnete Nola die Tür zum Badezimmer, warf einen prüfenden Blick hinein.

»Was tust du da, Nola?«, wimmerte Nathalie. »Was habt ihr vor?«

»Was wir vorhaben?« Die Weberin lächelte. »Wir bringen dein Baby auf die Welt. Was sonst?«

Es dauerte nicht lange, und ein Stapel Handtücher lag neben dem Bett bereit. Mithilfe der Kissen hatten sie Nathalies Oberkörper höher gebettet und zwischen ihren gespreizten Beinen ein richtiges Nest gebaut, für den Fall, dass es sich tatsächlich um eine Sturzgeburt handelte, was Nola vermutete. Außerdem standen zwei Schüsseln mit abgekochtem Wasser parat, und Nola und Angela hatten sich vorsorglich die Hände gründlich mit Seife gebürstet.

Mit einem Waschlappen wischte Angela ihrer Tochter gerade den Schweiß von der Stirn, als Schritte im Hof laut wurden und sie eine unverkennbar schnarrende Stimme hörten.

»Das ist Carmela«, sagte sie sanft zu ihrer Tochter, die sich erneut in Schmerzen wand. »Bist du einverstanden ...?«

»Ja, verflixt«, schrie Nathalie. »Wenn sie mir helfen kann.«

Die Tür wurde geöffnet, und Carmela schleppte sich mithilfe von zwei Stöcken ins Zimmer. »Was machst du für Sachen, *fanciulla*?«, fragte sie ungewohnt sanft und schob Nola beiseite.

Sie strich Nathalie kurz übers Haar, legte ihre Hände behutsam auf ihren gewölbten Bauch und tastete ihn ab. Dann schob sie das Nachthemd hoch, holte ein kleines Fläschchen aus ihrer Schürzentasche und schraubte es auf.

»Was ist das?«, fragte Angela misstrauisch.

»Ach, nur ein bisschen Öl mit ein paar Kräutern«, gab Carmela zurück und verrieb das Öl zwischen ihren Händen. Ein herb-süßer Duft nach Rosmarin, Rosen, Lavendel und etwas undefinierbar Bitterem erfüllte den Raum, als Carmela vorsichtig Nathalies angespannten Bauch zu massieren begann. Diese atmete tief ein und wieder aus. Als sie sich jedoch erneut verspannte, schnalzte Carmela mit der Zunge. »Ruhig atmen«, kommandierte sie. »Ein! Aus! Ein! Und langsam aus. Und jetzt pressen! Aber weiteratmen. Pressen! Los, Nathalie, du kannst das, du tapferes Mädchen.« Ihre knochigen Hände wanderten über Nathalies Bauch und drückten hier und massierten dort. »Hier scheint es jemand eilig zu haben«, murmelte sie. »Gummihandschuhe wären gut«, schnarrte sie missbilligend in Nolas Richtung. »Habt ihr welche? Was ist mit dir, Orsolina? Trägst du keine Handschuhe beim Färben?«

Wie ein Pfeil schoss Orsolina davon, Angela hätte der Sechzigjährigen so viel Behändigkeit überhaupt nicht zugetraut. Im Nu war sie zurück und schwenkte ein originalverpacktes Paar Haushaltshandschuhe. Wieder schnalzte Carmela unzufrieden, dann nahm sie sie.

»Besser als nichts«, brummte sie, zog sie über und bat Nathalie, ihre Knie, die sie erneut angezogen hatte, weit zu öffnen.

»*Bravissima*«, lobte die Alte sie. »Ich kann schon das Köpfchen sehen. Jetzt musst du weitermachen, mein Kind. Atmen! Pressen! Und zwar mit dem Ausatmen. Ja! Schrei deinen Schmerz laut heraus«, feuerte Carmela Nathalie an. »Beim Ausatmen ein lautes Aaaaah!«

»Aaaaaah!«, brüllte Nathalie und presste, so fest sie konnte.

»*Fantastico!*«, rief Carmela heiser zurück. »Und noch einmal! Gleich hast du es geschafft!«

Angela kniete sich hinter ihre Tochter aufs Bett, hielt sie unter den Achseln und stützte sie mit ihrem Oberkörper. Sie konnte nicht sehen, was genau vor sich ging, doch so merkwürdig Carmela ihr auch sonst immer erschienen war – in diesem Moment fühlte sie ein riesiges Vertrauen zu der alten Frau. Sie zählte fünf Presswehen, dann sah sie, wie – begleitet von einem letzten lang gezogenen und vermutlich durch das ganze Städtchen gellenden Schrei – das Kind aus ihrer Tochter herausglitt.

»*Eccolo*«, sagte Carmela und fing das Kleine in einem großen Badetuch auf, in das sie es sogleich hüllte, als hätte sie nie etwas anderes getan. »Ein prächtiger Junge.« Mit einer Behutsamkeit, die Angela der alten Frau niemals zugetraut hätte, legte sie Nathalie das Neugeborene auf den Bauch. Wie im Traum sah Angela das kleine, verschmierte Gesichtchen mit den geschlossenen Augen, die winzigen Hände, die sich öffneten und wieder schlossen. Die blaue

Nabelschnur schlängelte sich über Nathalies Bauch. Noch waren Mutter und Kind miteinander verbunden. Ein feiner Laut wie von einem Kätzchen und schmatzende Laute waren zu hören. »*Che bel ragazzo*«, gurrte Carmela sanft. »Vielleicht will er trinken?«

Nathalie starrte auf ihr Kind und schien es nicht begreifen zu können. Angela half ihr, das Neugeborene anzulegen, und nach einigem Tasten und Suchen schlossen sich die herzförmigen Lippen um die Brustwarze und begannen heftig zu saugen. Ihre Tochter hob den Blick. In ihren Augen las sie schieres Glück. Angela lachte und schluchzte gleichzeitig und musste sich ein paar Tränen abwischen, die sie vorher überhaupt nicht bemerkt hatte.

Die Tür wurde aufgerissen, und Dottore Spagulo stürmte herein, seinen Arztkoffer fest umklammert. Als er die Szene im Bett sah, stockte er, und sein Gesichtsausdruck wechselte von Fassungslosigkeit zu Erleichterung.

»Meine Frau hat mich angerufen«, erklärte er. »Als ich gehört habe, was los ist, bin ich sofort ins Auto gesprungen und so schnell wie möglich …«

»Sie waren trotzdem zu langsam, Dottore. Das Beste haben Sie verpasst«, höhnte Carmela und war wieder ganz die Alte. »Aber wenn Sie nach Mutter und Kind sehen wollen – da kommen Sie gerade richtig.«

Nathalie schlief erschöpft, ihr Kind in der Armbeuge. Angela und Tess, die natürlich längst von dem Ereignis erfahren hatte, wurden nicht müde, die beiden zu betrachten. Dottore Spagulo hatte das Neugeborene abgenabelt und untersucht. Und obwohl er weder bei dem Kleinen noch bei Nathalie irgendwelche Auffälligkeiten hatte feststellen können, waren sie auf sein Anraten hin vorsorglich zur Klinik gefahren, nachdem die Nachgeburt abgegangen war und Nathalie sich dazu in der Lage gefühlt hatte. Dort hatte man Mutter und Kind gründlich untersucht und alles in bester Ordnung gefunden. Dass die Geburt so rasant verlaufen war, dafür hatte die Gynäkologin keine Erklärung gehabt. »*Succede*«, war ihr einziger Kommentar gewesen: So was kommt vor.

Jetzt hatte Angela ihre Wohnzimmercouch in ein bequemes Bett verwandelt, und nachdem sie Nathalies Zimmer wieder in Ordnung gebracht hatte, schlich Fania leise um sie herum. Doch die Ruhe währte nicht lang. Mit einem Quäken, dem ein herzzerreißendes Geschrei folgte, meldete sich das Neugeborene.

»Willkommen im Mutterglück«, versuchte Angela ihre Tochter aufzumuntern, die sich stöhnend die Augen rieb.

»Was hat er denn?«

»Ich schätze, Hunger.«

»Gute Idee.« Nathalie seufzte. »Ich könnte auch etwas vertragen!«

Es war der Auftakt für einige Geschäftigkeit. Während Fania rasch das Mittagessen aufwärmte, an dem bislang noch niemand Interesse gezeigt hatte, half Angela ihrer Tochter, eine bequeme Position fürs Stillen zu finden und das Kind anzulegen. Und gerade, als der Kleine gierig nuckelte und Tess mit Fanias Hilfe ihren Sessel näher herangeschoben hatte, wurde die Tür aufgestoßen, und ein hagerer alter Mann kam hereingepoltert.

»Was hab ich gehört?«, rief er und ruckte mit seinem Kopf nach vorne, was ihm das Aussehen eines Raubvogels verlieh. »Das Kind ist da? Wieso muss ich das von fremden Leuten erfahren?« Zornig blitzte er Angela an. »Und die alte Vettel Carmela war dabei?«

»Carmela hat uns wahnsinnig geholfen«, erklärte Angela. »Ohne sie … Ich mag mir gar nicht vorstellen, was passiert wäre.«

Wenn sie gehofft hatte, das würde den Alten besänftigen, dann hatte sie sich getäuscht. Zu spät erinnerte sie sich daran, dass sich die beiden ständig in den Haaren lagen.

»Was hatte Carmela hier zu suchen?«, rief er und stampfte mit dem Fuß auf.

»Gib Ruhe, Lorenzo«, mahnte Tess und wies auf das Neugeborene, das zu saugen aufgehört hatte und jämmerlich zu quäken begann. »Schrei hier gefälligst nicht so rum! Sieh nur, du hast ihn erschreckt!«

Jetzt erst schien Lorenzo Rivalecca Nathalie und das Baby auf dem Sofa wahrzunehmen. Auf der Stelle wurde seine Miene weich.

»Wirklich? Das wollte ich nicht.«

Nathalie strahlte Lorenzo liebevoll an. Dass dieser alte Kauz Angelas Vater war und somit der Urgroßvater von ihrem Baby, sollte ein Geheimnis bleiben, in das außer ihnen nur Tess eingeweiht war. Tess und Angelas Mutter Rita waren vor fast fünfzig Jahren als Erntehelferinnen im Veneto gewesen, und bei dieser Gelegenheit hatte sich Rita in Lorenzo verliebt. Lorenzo behauptete heute noch, sie sei die Liebe seines Lebens gewesen, doch nach einem heftigen Streit hatten die beiden sich getrennt. Wieder in Deutschland hatte Rita festgestellt, dass sie schwanger war. Statt ihren Stolz zu überwinden und nach Italien zurückzukehren, hatte sie einen alten Verehrer geheiratet und Tess das Versprechen abgenommen, Angela niemals zu erzählen, wer ihr leiblicher Vater war. Erst als Angela im vergangenen Jahr Lorenzo Rivalecca die Seidenvilla abgekauft hatte, war dieses Geheimnis gelüftet worden. Aus Rücksicht auf die Familie jener Frau, die Lorenzo nach Ritas Verschwinden schließlich geheiratet hatte, schwiegen sie über ihre verwandtschaftlichen Verhältnisse. Lela Sartori, die frühere Besitzerin der Seidenvilla, war inzwischen ebenfalls verstorben. Und mit einem vielsagenden Blick auf Fania, die Nathalie gerade einen Teller mit selbst gemachten Ravioli brachte, erinnerte Angela ihren Vater daran, nicht ausgerechnet jetzt damit herauszuplatzen.

»Ich hoffe, du nennst ihn Lorenzo«, sagte der Alte mit gerührtem Blick auf das kleine Menschenwesen, das inzwischen weitertrank.

Nathalie schüttelte den Kopf. »Er heißt Peter«, sagte sie und angelte sich mit der Gabel ein paar Ravioli. »So wie mein Papa. Aber der zweite Name ist noch verhandelbar.« Lorenzo ließ sich aufs Fußende des Sofas fallen, sodass Nathalie rasch die Beine anziehen musste, damit er nicht auf ihnen landete. Der kleine Peter hatte aufgehört zu trinken und schien seinen Urgroßvater interessiert zu betrachten. »Willst du ihn mal halten?«, fragte Nathalie.

Sie nahm ihr Baby hoch und klopfte ihm sanft auf den Rücken, worauf es ein Rülpsen hören ließ. Dann streckte sie es dem Alten entgegen.

Der hob abwehrend die Hände. »*No grazie*«, rief er erschrocken. »Am Ende spuckt er mir noch aufs Hemd!«

Nathalie lachte, kurz darauf verzog sie schmerzhaft das Gesicht. »Verdammt«, stieß sie stöhnend aus und hielt sich den Unterleib. »Wie lange tut das noch so weh?«

»Ach, nicht mehr lange«, versprach Angela.

Einmal mehr staunte sie darüber, wie sehr ihre Tochter nach Lorenzo geraten war. Zwar sah man die Ähnlichkeit erst auf den zweiten oder dritten Blick, denn Nathalie war mit ihren zwanzig Jahren und den langen kastanienbraunen Haaren eine wunderschöne junge Frau. Lorenzo dagegen glich nicht nur wegen seines hohen Alters, sondern auch aufgrund seines nörglerischen Charakters mehr einem zerzausten Habicht. Und doch hatten beide diese faszinierenden dunkelgrünen Augen, und in entspannten Momenten des Glücks, so wie gerade jetzt, ahnte man, dass Lorenzo Rivalecca einmal ein ausnehmend gut aussehender Mann gewesen war.

»Peter Lorenzo ... und wie weiter?« Rivalecca betrachtete seine Enkelin aus listigen Augen.

»Steeger natürlich«, gab Nathalie zurück.

»Pietro Lorenzo Rivalecca wäre auch hübsch«, wandte der Alte leise ein, während seine Habichtsäuglein Fania in die Küche folgten.

»Wieso?«, fragte seine Enkelin grinsend. »Hast du vor, mich zu heiraten?«

Alle lachten, nur Lorenzo Rivalecca nicht. »Nein, du dummes Mädchen«, erwiderte er grollend. »Aber ich könnte deine Mutter adoptieren.«

»Wozu sollte das gut sein?«, erkundigte sich Angela. Sie begriff langsam, dass es ihrem Vater ernst war, während Nathalie noch immer in sich hineinkicherte. »Wir sind trotzdem eine Familie«, sagte sie leise und legte dem Alten die Hand auf den Arm.

»Ach was, Firlefanz«, gab er schroff zurück und schüttelte sie ab.

Angela atmete auf. Das war wieder der alte Rivalecca, den sie selbst in Gedanken noch immer nicht Vater nennen konnte. Fünfundvierzig Jahre ihres Lebens hatte ein anderer Mann diese Rolle für sie ausgefüllt, auch wenn er bereits kurz nach ihrem zehnten Geburtstag gestorben war. Angela seufzte. Sie hatte bis heute Mühe zu verstehen, warum ihre Mutter ihr nie die Wahrheit gesagt hatte. Was sie daran erinnerte, dass der Vater des kleinen Peter ebenfalls nicht ahnte, dass er einen Sohn hatte.

»Dann … ist also alles dran an diesem kleinen Mann?«, fragte Rivalecca gerade und wies auf das Baby.

»Alles dran, was dran sein muss«, antwortete Nathalie ernst. Ihr Mund verzog sich zu einem Grinsen. »Willst du dich selbst davon überzeugen?« Sie machte Anstalten, sich zu erheben. »Komm, hilf mir mal beim Wickeln!«

»*Nonononono*«, wehrte sich Rivalecca erneut energisch und fuchtelte mit seinen langen, dürren Händen abwehrend vor seiner Brust herum. »Das sind *affari di donne*. Frauensachen. Damit hab ich nichts zu tun.«

Er war vom Sofa aufgesprungen. Auch Nathalie erhob sich schwerfällig, das Kind auf dem Arm.

»Du hast noch gar nicht gesagt, wie du ihn findest«, sagte sie und hielt ihrem Großvater ihr Baby hin. »Ist er nicht wunderschön?«

Rivalecca starrte in das kleine, noch ein wenig runzelige, fleckige Gesicht.

»Na ja, ich weiß nicht«, erwiderte er schließlich. »Wunderschön würde ich das nicht gerade nennen. Aber es ist schon … na ja … ein verdammtes Wunder. Oder nicht?«

Dann tat er etwas, das noch nie vorgekommen war. Er küsste Nathalie auf den Scheitel. Und zwar so flüchtig, dass Angela es nicht mitbekommen hätte, hätte sie in diesem Moment auch nur geblinzelt.

Angela hielt das Baby auf ihrem Arm, solange Nathalie duschte und anschließend einen weiteren großen Teller mit Ravioli verdrückte. Der verschlafene Blick des kleinen Jungen blieb immer wieder an ihrem Gesicht hängen. Sie hörte sich zärtliche Worte sagen und musste sich schwer zusammenreißen, um ihren Enkel nicht andauernd abzuküssen. Das Gefühl einer ganz neuen Art von Liebe und Dankbarkeit füllte sie so vollständig aus, dass sie mitunter das Gefühl hatte zu platzen. Doch es dauerte nicht lange, und die Miene des Kleinen verzog sich wie unter großen Schmerzen. Er stieß jämmerliche Laute aus, gefolgt von einem durchdringenden Schreien.

»Ich komme ja schon!« Nathalie stöhnte und stopfte sich die letzte Nudeltasche in den Mund. »Das geht jetzt vierundzwanzig Stunden so, oder?«

»So ist es, mein Schatz.« Angela erhob sich. »Ich geh noch mal rüber in die Weberei. Fania, ist Prosecco im Kühlschrank?«

»Ich hab vorsorglich mal fünf Flaschen kalt gestellt«, war die Antwort.

»Wie vorausschauend!« Tess hatte sich grinsend zu ihnen gesellt. »Man merkt, dass du die Nichte meiner Emilia bist.« Unter diesem Lob wurde Fania rot vor Stolz. »Ich bleib so lange bei deiner Tochter.« Die zierliche alte Dame legte ihre Arme um Angela und zog sie liebevoll an sich.

Worte waren nicht notwendig, sie verstanden sich auch so.

»Wie soll das Kind denn heißen?«

Angela hatte eine kleine Rede gehalten und ihren Mitarbeitern von Herzen für ihren Einsatz gedankt. Sie hatten einen Toast auf Nathalie und den Kleinen ausgesprochen und ihre Gläser erhoben. Jetzt schien vor allem die Frauen nichts mehr zu bewegen als diese Frage.

»Ich meine«, warf Stefano ein, »der Junge ist am Tag des heiligen Colombano geboren, dazu noch an einem Tag mit Schnee. Colombano ist vielleicht ein etwas seltener Name, aber …«

»Du musst verrückt geworden sein«, schnarrte Carmela, die zu Angelas Freude auch in der Weberei saß, die Arme über den beiden Stöcken vor sich verschränkt. »Kein vernünftiger Mensch würde heutzutage sein Kind nach einem irischen Mönch nennen, der zudem der Schutzheilige der Motorradfahrer ist …«

»Nein, das geht gar nicht«, rief Fioretta, und Anna pflichtete ihr bei.

»Kommt überhaupt nicht infrage«, versicherte auch Nola, und Orsolina gab ihrem Mann einen liebevollen Knuff.

»Nathalie will ihren Sohn nach ihrem Vater Peter nennen«, verkündete Angela, als endlich Ruhe eingekehrt war.

»Peter?« Orsolina wirkte ratlos. »Ach, Sie meinen Pietro.«

»Nun ja«, bemerkte Angela amüsiert. »Das ist die italienische Version.«

Sie sah die leeren Gläser und schenkte allen noch einmal nach. Anschließend würde sie ihren Mitarbeitern für den Rest des Tages freigeben.

»Dann wollen wir unsere Gläser ein zweites Mal erheben«, schlug Nicola vor, der erst einige Wochen zuvor aus Neapel zu ihnen gestoßen war. »Auf Pietrino und seine wunderschöne Mutter!«

»*Alla salute di Pietrino e sua bellissima madre*«, fielen die anderen mit ein.

Nur Anna schwieg und warf dem attraktiven Kollegen einen waidwunden Blick zu. Jeder wusste, dass sie bis über beide Ohren verliebt in ihn war. Jeder. Nur Nicola schien das nicht zu bemerken.

»Ich hoffe, du bist mir nicht böse.« Tess wirkte schuldbewusst, als Angela in ihre Wohnung zurückkehrte.

»Mami ist dir ganz bestimmt nicht böse.« Nathalie lag erschöpft auf dem Sofa, das Kind an ihrer Brust. »Fania hat angeboten, die nächsten paar Wochen bei mir und dem Kleinen zu bleiben. Und mir zu helfen …«

»So wie ich es bei meiner Schwester getan habe«, fiel Fania ein. »Rosina hat vor zwei Jahren ein kleines Mädchen bekommen. Ich war bei ihr und hab getan, was getan werden musste: Windeln wechseln, wenn sie zu müde dazu war. Das Kleine bringen, wenn es Hunger hatte. Es baden und später, als es ein bisschen größer war, spazieren fahren, wenn meine Schwester zu erschöpft dazu war. Bei uns in der Familie ist das ganz normal.« Fanias Augen leuchteten. »Und … ich würde das schrecklich gern auch jetzt machen«, fügte sie hinzu. »Natürlich nur, wenn Sie es erlauben.«

»Aber dazu ist mein Zimmer hier zu klein«, erklärte Nathalie. »Und da hat Tess angeboten, wir könnten zu ihr ziehen …«

»Das ist eine gute Idee«, sagte Angela mit fester Stimme.

Sicherlich. Am allerliebsten hätte sie ihre Tochter die ganze Zeit um sich gehabt. Nur auf Dauer würde Nathalie mit dem Baby kaum in ihrem Wohnzimmer kampieren können. Sie durfte nicht egoistisch sein.

»Der Gästetrakt im Turm ist ideal«, fügte Tess leise hinzu.

Angela kannte ihre Freundin gut genug, um zu begreifen, warum sie ein schlechtes Gewissen hatte. Dabei wollte sie ja nur helfen.

»Du hast vollkommen recht.« Sie dachte an die beiden geräumigen, miteinander verbundenen Zimmer und das Bad in der Villa Serena. Und an die fantastische Aussicht, die man vom Turm aus hatte. »Das ist das Beste«, schloss sie. »Macht euch bloß um mich keine Gedanken. Ich bin schließlich in fünf Minuten bei euch. Das Einzige, was zählt, ist, dass es dir und Peter gut geht. Wann wollt ihr umziehen?«

»Morgen«, sagte Nathalie, der die Augen schon wieder zufielen. »Gleich nachdem wir den Kleinen im Rathaus angemeldet haben. Tess hat mich daran erinnert ...«

»Das ist eine reine Formsache«, warf Tess ein. »Ich geh mit dir und sorge dafür, dass alles seine Richtigkeit hat.«

Der kleine Peter war übers Trinken eingeschlafen. Geschickt nahm Fania ihn Nathalie aus dem Arm und wiegte ihn, bis er sein Bäuerchen machte. Dann legte sie ihn in den hübschen Stubenwagen, den sie und Tess wohl aus Nathalies Zimmer geholt hatten.

»Morgen also«, wiederholte Angela und stand auf.

Auch sie war auf einmal schrecklich erschöpft. Was für ein Tag! Am Morgen war Schnee gefallen. Und wenig später war ihr Enkelsohn auf die Welt gepurzelt.

»Aber …« Fania stand vor ihr und schien noch etwas auf dem Herzen zu haben. »Wer kümmert sich um Sie, Signora? Meine Tante wird nicht damit zufrieden sein.«

»Dann komm einfach zwei Stunden täglich rüber, und erledige das Nötigste im Haushalt«, schlug Angela vor.

»Genau. Und zu den Mahlzeiten kommst du einfach zu uns, Angela«, sagte Tess und erhob sich. »Ich habe dir das ja schon hundertmal angeboten. Jetzt, da ich Tochter und Enkel als Unterpfand habe …« Sie grinste, und Angela lächelte zurück.

»So ist es. Das geht in Ordnung, Fania. Außerdem ist es ja nicht für immer. Danke, dass du dich um die beiden kümmern willst.«

Ruhe kehrte ein, Nathalie und der Kleine schliefen tief und fest. Obwohl es gerade mal sechs Uhr abends war, zog Angela sich in ihr Schlafzimmer zurück, wusste sie doch nur zu gut, wie kurz diese Phasen der Erholung für eine junge Mutter waren. Wie beruhigend, dass Fania nach den beiden sehen will, dachte sie, während sie Vittorios Nummer wählte.

»*Ciao, bellissima*«, grüßte er sie gut gelaunt. »Ich bin gerade am Flughafen. Was hältst du davon, wenn ich noch zu dir komme?«

»Das wäre wunderbar!« Angela holte tief Luft. »Ich meine, vorausgesetzt, es macht dir nichts aus, die Nacht mit einer Großmutter zu verbringen.«

Kurz war es still in der Leitung.

»Nein! Das Kind ist schon da? Aber es sollte doch …«

»Ja, das dachten wir alle. Und dann war es innerhalb einer Stunde geboren. Es hat uns völlig überrumpelt.«

»*Dio mio!* Geht es den beiden ... Ich meine, ist alles gut gegangen?« Seine Stimme klang überaus besorgt.

»Alles bestens«, antwortete Angela und fühlte erneut die Erleichterung, die sie spätestens nach den Untersuchungen in der Klinik verspürt hatte. »Mutter und Kind sind wohlauf. Ich sag dir, das war vielleicht eine Aufregung!«

»Kann ich mir vorstellen. Das heißt: Nein, ich kann es mir überhaupt nicht vorstellen. Du musst mir das ganz genau erzählen. Wo sind sie jetzt, Nathalie und ihr Baby?«

»In meinem Wohnzimmer.« Angela hörte Vittorio leise lachen, und sie liebte ihn dafür. »Also komm am besten durch die Gästewohnung herein, damit du sie nicht störst.«

Eine Stunde später hörte sie ihn leise auf der Treppe, die von der Gästewohnung zu ihr heraufführte. Sie öffnete die Tür, und im nächsten Moment lag sie in seinen Armen. Wie jedes Mal, wenn sie sich ein paar Tage nicht gesehen hatten, denn Vittorio lebte und arbeitete in Venedig, küssten sie sich leidenschaftlich.

»Du bist mit Sicherheit die schönste Großmutter der ganzen Welt«, flüsterte er, als sie sich voneinander lösten. »*Auguri!* Herzlichen Glückwunsch. Ich habe übrigens ganz vergessen zu fragen, was es ist.«

»Ein Junge«, antwortete Angela. »Nathalie will ihn nach ihrem Vater nennen. Aber ich fürchte, hier wird im Nu Pietrino daraus.«

Vittorio lachte, und Angela verliebte sich einmal mehr in seine funkelnden dunkelbraunen Augen, die blitzend weißen Zähne und die Grübchen an seinen Mundwinkeln.

Sein volles, mit silbernen Fäden durchzogenes Haar hatte er wie immer locker aus der Stirn gekämmt. Jetzt kringelten sich einige Locken auf seiner Stirn, und sie strich sie zärtlich beiseite.

»Ich will alles ganz genau wissen«, sagte er und zog eine Flasche Wein aus seiner warmen Steppjacke. »Da ich nicht sicher war, ob wir Zugang zu deiner Küche haben, hab ich unterwegs noch ein bisschen eingekauft.« Aus der Brusttasche seines Anoraks zauberte er einen Korkenzieher hervor.

»Grandios!« Angela lachte. »In der Sommerküche im Erdgeschoss finden wir Gläser und sicherlich auch noch eine Packung Kräcker oder Nüsse. Bist du hungrig?«

Statt einer Antwort versenkte Vittorio erneut seine Hand in der Jackentasche und förderte zwei abgepackte *panini* hervor.

»*Ecco*«, sagte er mit einem Grinsen. »*Prosciutto* für mich und *formaggio* für dich – so wie immer. Provolone. *Va bene?*«

»Du bist einfach großartig«, brachte Angela gerührt hervor und fiel Vittorio erneut um den Hals.

Als sie es sich im Bett gemütlich gemacht hatten, erzählte sie ihm von diesem denkwürdigen Vormittag. Vittorio vergaß, in sein *panino* zu beißen, und lauschte mit offenem Mund, als sie die letzten Minuten vor der Geburt beschrieb.

»*Madre mia*«, sagte er beeindruckt, als sie geendet hatte. »Das arme Mädchen. Aber vielleicht ist es besser, als vierundzwanzig Stunden lang im Kreißsaal zu liegen. Keine Ahnung. Wir Männer dürfen uns über solche Dinge kein Urteil erlauben.«

»Zum Glück kam Carmela«, fuhr Angela fort und nahm einen Schluck von dem Wein. »Sie brachte plötzlich eine solche Ruhe und Sicherheit in den Raum.« Nachdenklich schüttelte sie den Kopf. »Dabei hätte ich ihr das überhaupt nicht zugetraut.«

»Warum nicht?«

»Sie ist so … so kratzbürstig und irgendwie unberechenbar«, versuchte Angela zu erklären. Aber stimmte das denn?

»Menschen in ihrem Alter haben einiges hinter sich«, meinte Vittorio nachsichtig. »Wer weiß, was sie so kratzbürstig hat werden lassen.«

»Du hast recht«, sagte sie und kuschelte sich an ihn.

»Na ja, mit schwierigen älteren Damen hab ich so meine Erfahrungen«, grinste er.

Sie blickte auf. Etwas in seiner Stimme hatte sie hellhörig gemacht.

»Wie geht es deiner Mutter?«, fragte sie ihn.

»Ich hab sie vorhin zum Flughafen gebracht«, antwortete er.

»Fliegt sie nach Rom zu ihrem Bruder?«

»Nein, nach New York.«

Angela richtete sich wieder auf. »Nach New York? Ich dachte, sie verachtet die Amerikaner?«

Vittorio lachte. »Sie will Amadeo besuchen«, erklärte er. »Sie sagt, sie habe ihren Enkel schon viel zu lange nicht mehr gesehen.«

Amadeo war Vittorios Sohn aus erster Ehe. Angela hatte den jungen Mann noch nicht kennengelernt. Warum trat Costanza ausgerechnet jetzt die weite Reise an?

»Und du glaubst, das ist der einzige Grund?«

Er zuckte mit den Schultern. »Meine Mutter ist mir ein Buch mit sieben Siegeln«, sagte er schließlich. »Das weiß niemand besser als du. Aber jetzt lass uns nicht mehr über sie sprechen«, schlug er vor und zog Angela in seine Arme. »Ich bin gespannt, wann mein Sohn mich zum Großvater macht.«

»Hast du denn gar keine Sehnsucht nach ihm?«

Vittorio zögerte mit seiner Antwort. »Doch, natürlich schon«, erwiderte er am Ende. »Ich kann mich allerdings noch gut daran erinnern, als ich in seinem Alter war. Da wollte ich nur eines: weg von zu Hause, und zwar so weit wie möglich. Und deshalb lasse ich ihm seine Freiheit. Mir ist lieber, er kommt zurück, weil er Sehnsucht nach mir hat, und nicht umgekehrt.«

Wie vernünftig er ist, dachte Angela. Und war erleichtert, dass sie und Nathalie sich so gut verstanden.

2

Pläne

»Ich weiß nicht, was ich machen soll!« Tiziana sah Angela aus ihren wunderschönen, riesengroßen Augen, in denen Tränen schimmerten, an. »Du glaubst nicht, wie sehr ich dich und Vittorio beneide. Seit eurer Verlobung hat Costanza sich wohl damit abgefunden, dass ihr heiraten werdet, *vero*? Nun schau dir mal meine Eltern an!« Die junge Architektin beugte sich vor. »Sie haben mir den Krieg erklärt. Sie wollen, dass ich die Verlobung mit Solomon löse.«

»Du bist ein erwachsener Mensch«, wandte Angela ein, »und kannst heiraten, wen immer du willst.«

»Du hast recht.« Tiziana seufzte. »Aber leider nur theoretisch.« Schon wieder liefen die Tränen. »Wenn ich nur nicht so ein Familienmensch wäre. Allein der Gedanke, nie mehr nach Hause gehen zu können, meinen Vater nicht mehr zu sehen …« Die Stimme versagte ihr.

»Natürlich«, murmelte Angela. »Das wäre schrecklich.«

Im Grunde wusste sie nicht, was sie Tiziana raten sollte. Die junge Architektin hatte sich heimlich mit einem hinreißenden New Yorker Anwalt verlobt, einem Amerikaner jüdischer Abstammung, was Tizianas Eltern einfach nicht akzeptieren wollten. Auch Angela hätten die Intrigen von Vittorios Mutter fast um den Verstand gebracht. Denn ihr Lebensgefährte entstammte genau wie Tiziana einem uralten italienischen Adelsgeschlecht. Die Fontarini hatten bereits im 11. Jahrhundert Venedigs Stadtoberhäupter gestellt, die sogenannten Dogen. Und Tizianas Familie war sogar noch älter. Zum Glück interessierte Vittorio das alles kein bisschen. Der alte Adel war in Italien schon seit vielen Jahren offiziell abgeschafft worden, nur innerhalb ihrer eigenen Zirkel legten die Nachkommen von Fürsten und Herzögen heute noch Wert auf die Titel und die alten Traditionen. Außerdem achteten sie streng darauf, nur innerhalb ihrer Kreise zu heiraten.

Vittorios Mutter hatte alles dafür getan, ihre Beziehung zu zerstören. Es war ihr nicht gelungen, und heute trug Angela den Ring mit dem kostbaren Rubin an ihrem Finger, der seit Jahrhunderten den Verlobten und Ehefrauen des Erben der jüngsten Generation vorbehalten war. Wenn Tiziana jedoch glaubte, die Principessa Costanza Fontarini hätte sie als künftige Schwiegertochter inzwischen akzeptiert, so war Angela nach wie vor auf der Hut.

Zum Glück hatte sich Vittorio mittlerweile dem Einfluss seiner Mutter fast völlig entzogen, doch Tiziana fiel das, obwohl sie schon fünfunddreißig Jahre alt war, offenbar schwerer. Wie sie so auf ihrem Sofa saß, die langen Beine unter sich gezogen und trotz der verweinten Augen schön wie ein Topmodel, tat sie Angela aufrichtig leid.

»Möchtest du Nathalie besuchen?«, fragte sie, um das Thema zu wechseln.

»Oh, ja, *con piacere*! Wo ist sie denn?«

»Sie ist mit Fania in die Villa Serena umgezogen«, erzählte Angela, während sie sich erhoben. »Meine Haushälterin hat sich als fantastisches Kindermädchen entpuppt.« Es war eine wahre Freude, die beiden jungen Frauen und das Kind zu besuchen, was Angela täglich und manchmal sogar mehrmals tat. Ihre Tochter hatte sich in den vergangenen zehn Tagen gut erholt, obwohl Pietrino jede Stunde gestillt werden wollte. »Bei Tess ist genügend Platz, sie haben ein ganzes Stockwerk für sich«, erklärte sie Tiziana, als sie die Seidenvilla verließen und die Straße in Richtung Piazza della Libertà hinaufgingen.

Die Altstadt erstrahlte in weihnachtlichem Schmuck. Über den Straßen hatte man große Metallgestänge in Form von Sternen und Rentieren angebracht, an denen viele Glühkörper befestigt waren. Dabei war es für Angelas Geschmack inzwischen wieder viel zu mild, um vorweihnachtliche Gefühle aufkommen zu lassen. Vor der Bar des Hotel Duse hatte sich wie immer um diese Zeit kurz vor dem Abendessen eine Gruppe Menschen versammelt, die mit einem Aperitif in der Hand die Neuigkeiten austauschten. Angela winkte kurz Fausto zu, dem *barista* der Bar des Hotel Duse, dann bogen sie in die steile Gasse ein, die zu Tess' Villa führte.

Sie klingelten an dem schmiedeeisernen Tor, und als es sich mit einem Summen öffnete, musste Angela an das allererste Mal denken, als sie hier für einen Kurzurlaub, wie sie damals geglaubt hatte, angekommen war. Nachdem sie ihren todkranken Mann zwei Jahre lang gepflegt hatte, war sie völlig erschöpft gewesen. Die alten Rosen im Vorgarten trugen immer noch ein paar prächtige Blüten. Der Schnee am Tag von Pietrinos Geburt war nur wenige Stunden liegen geblieben. Nun schien in diesen ersten Tagen des Dezembers wieder die Sonne, als wollte sie den Winter überspringen und direkt mit dem Frühling beginnen.

»Dieses Städtchen steckt voller Überraschungen«, sagte Tiziana gerade und betrachtete mit dem geschulten Auge einer Architektin die Villa Serena. »In der Mitte – das muss ein alter Wehrturm sein«, sagte sie erstaunt. »Die Villa hat man später um ihn herumgebaut, *vero*?«

»Ganz genau. Letztes Jahr haben wir hier ein wenig saniert.« Angela wies auf die praktische und gleichzeitig elegante Rampe aus Naturstein, die statt der früheren Stufen nun ebenerdig in das Foyer der Villa führte. »Tess musste ihr Knie operieren lassen, und wir haben das zum Anlass genommen, die Villa altersgerecht umzubauen. Seitdem das Gebäude einen Fahrstuhl hat, muss Tess nicht mehr so viele Treppen steigen. Sie liebt den Turm, dort hält sie sich meistens auf. Außerdem habe ich die Bäder erneuern lassen und so manches mehr.«

»Du hast den Umbau geleitet?« Tiziana schien sie mit ganz neuen Augen zu betrachten.

»Na ja, mithilfe eines hier ansässigen Architekten«, antwortete Angela.

»Dennoch ist so was keine Kleinigkeit«, bemerkte Tiziana. »Die Rampe sieht toll aus. Modern, und doch fügt sie sich perfekt in die historische Architektur ein. Hast du sie entworfen?«

Angela nickte, nicht ohne Stolz.

»In meinem vorigen Leben, wenn man das so sagen darf, habe ich in der Baufirma meines verstorbenen Mannes mitgearbeitet. Deshalb war das nicht so schwierig für mich.«

»Das wusste ich gar nicht … Ich meine, dass du schon einmal verheiratet warst …« Tiziana sah sie mitfühlend an. »Genau wie Vittorio«, fügte sie leise hinzu. »Es war ja so furchtbar, als Sofia diesen Unfall hatte.«

Darauf wusste Angela nichts zu sagen. Sie standen vor der Villa in der Sonne, in den Bäumen zwitscherten die Vögel. Die uralte Zeder, die ihre Zweige über einen Teil des Daches spannte, duftete, und auf einmal schien die Zeit stillzustehen. In diesem Augenblick erkannte Angela einmal mehr, wie gut das Leben, das sie nach dem Schicksalsschlag hierhergeführt und mit einer neuen Liebe beschenkt hatte, es mit ihr meinte. Das Leben geht weiter, hatte Peter kurz vor seinem Tod zu ihr gesagt. Und jetzt hatte ihre Tochter einen kleinen Jungen namens Peter geboren ...

»Kommt endlich rein!«

Tess stand in der offenen Haustür und empfing sie mit einem Strahlen. Ihr silbergraues Haar, zu einem kurzen Bob geschnitten, schimmerte in der Wintersonne, ihre kobaltblauen Augen funkelten vor Freude.

»Ich hab euch vom Fenster aus gesehen. Ihr kommt genau richtig zum Abendessen! Was für eine schöne Überraschung, Tiziana! Ich wusste gar nicht, dass du in Asenza bist.«

»Ich hab mir endlich die Seidenvilla angeschaut.« Tiziana begrüßte Tess mit den in Italien üblichen Küsschen auf beide Wangen. Sie kannte die alte Dame von jener denkwürdigen Geburtstagsfeier der Principessa Costanza Fontarini, als ihre heimliche Verlobung mit Solomon Goldstein öffentlich gemacht worden war. Ein Riesenskandal, von dem sich ihre Familie offenbar noch immer nicht erholt hatte. »Wir kommen doch nicht ungelegen?«, erkundigte sich Tiziana verlegen. »Normalerweise platze ich nicht unangemeldet zum Abendessen herein ...«

»Papperlapapp«, meinte Tess nur und bat sie einzutreten. »Emilia«, rief sie dann, und sogleich wurde eine Tür geöffnet, aus der ein köstlicher Duft nach gebackenem Fleisch und Rosmarin strömte. »Wir haben zwei weitere Gäste«, erklärte sie der rundlichen Haushälterin, deren Gesicht vor Freude erstrahlte.

»*Benissimo*«, rief sie. »Signora Angela, ich hatte heute direkt so ein Gefühl, dass Sie noch mal vorbeischauen würden. Deshalb hab ich gleich eine ganze Keule in den Ofen geschoben. *Benvenuta*, Signorina«, fügte sie herzlich an Tiziana gerichtet hinzu. »Ich hoffe, Sie mögen Lamm?«

»Für mein Leben gern!«

»*Perfetto*. Aber jetzt muss ich nach dem Essen sehen.« Und schon verschwand sie wieder in der Küche.

»Was für eine herzliche Frau!« Tiziana war sichtlich überwältigt von dem freundlichen Empfang. »Wie machst du das, Tessa? Meine Mutter hat stets nur griesgrämige und unfähige Hausangestellte.«

»Nun ja«, konnte sich die Gastgeberin mit einem kleinen Grinsen nicht verkneifen zu sagen, »ohne deiner Mutter zu nahe treten zu wollen: Es kommt darauf an, wie man die Menschen behandelt. Emilia und ihr Sohn Gianni gehören zur Familie. Wir teilen Freud und Leid miteinander. Um es kurz zu fassen – wir gehen auf Augenhöhe miteinander um.«

Tiziana seufzte tief. »Das würde meiner Mutter nie in den Sinn kommen.«

»Emilias Nichte Fania ist auch so ein Goldschatz«, fügte Angela hinzu, wohl wissend, dass die Haushälterin durch die angelehnte Küchentür hindurch ihr Gespräch aufmerksam verfolgte, denn bei all ihren guten Eigenschaften war sie die Neugier in Person. »Wie sie mit Nathalie und dem Baby umgeht – es könnte nicht besser sein.«

»Wo ist Nathalie denn?«

»Im Turm«, erklärte Tess und ging voraus zum Aufzug.

»Können wir denn da einfach so reinplatzen?«

»Aber ja. Fania hält das Chaos in Grenzen.« Tess lächelte nachsichtig, während sie die zwei Stockwerke zum Gästetrakt hinauffuhren.

Oben angekommen klopfte Angela an, und als sie Nathalies helle Stimme fröhlich »Herein!« rufen hörten, öffnete sie die Tür.

Sofort umfing sie der unverkennbare Duft nach Neugeborenen, Muttermilch und Babypuder. Auch eine fremde, würzige Note mischte sich darunter, die Angela nicht einordnen konnte.

»Ich bringe Besuch mit«, sagte sie. »Wir stören doch nicht?«

»Tizi!«, rief Nathalie freudig aus und erhob sich aus dem geblümten Lehnsessel, den Gianni aus dem unteren Salon heraufgeschleppt hatte, damit Nathalie es zum Stillen bequem hatte. Das Kind auf ihrem Arm war in ein Tuch eingeschlagen, nur die Arme und der Kopf schauten heraus. »Was für eine schöne Überraschung! Das ist Fania«, stellte sie ihre neue Freundin vor. »Ich weiß nicht, was ich ohne sie machen würde.« Fania wurde rot vor Freude und Verlegenheit. »Und das ist Tiziana, eine ganz phänomenale Architektin, mein großes Vorbild.« Der Kleine begann, quäkende Laute von sich zu geben. Nathalie schenkte ihm einen liebevollen Blick. »Darf ich dir meinen Sohn vorstellen, Tizi? Er heißt Peter, aber alle nennen ihn nur Pietrino. Ist er nicht hübsch?«

»Er ist einfach ganz zauberhaft«, erwiderte die Architektin strahlend und betrachtete den Kleinen, der sie mit weit aufgerissenen Augen und offenem Mund ansah. »Darf ich ihn mal halten?«

»Natürlich.« Behutsam legte Nathalie ihr das Kind in die Arme. Tiziana wiegte es sanft und machte lustige, schnalzende Geräusche mit der Zunge, die dem Baby zu gefallen schienen. Unkoordiniert ruderte es mit den Armen, und als Tiziana sacht die kleine Handfläche berührte, schlossen sich seine Finger darum. »Seht nur«, rief Tiziana begeistert aus. »Er hält mich fest! Ich glaube, er mag mich.«

Die Frauen lachten und verzichteten darauf, Tiziana zu erklären, dass Kinder in diesem frühen Alter das grundsätzlich taten, wenn man ihre Handfläche berührte. Fania räumte rasch ein paar Utensilien vom Sofa und zog mit Angelas Hilfe einen Clubsessel heran, sodass alle Platz fanden. Da öffnete sich die Tür, und Gianni brachte ein Tablett mit einer Karaffe Sherry samt Gläsern.

»Meine Mutter dachte, Sie möchten vielleicht den Aperitif hier oben einnehmen«, sagte er und stellte das Tablett ab. »In zwanzig Minuten ist übrigens das Essen fertig.«

»Eine wundervolle Idee. Danke!«

Tess zog den Glasstöpsel aus der geschliffenen Karaffe und füllte die Gläser für Angela, Tiziana und sich selbst. Nathalie und Fania erhielten einen köstlichen alkoholfreien Sprizz.

Angela lehnte sich zurück und betrachtete ihre Tochter, die ihrem Besuch die dramatische Geburt in den glühendsten Farben schilderte. »Alle haben gesagt, so eine Geburt dauert ewig«, sagte sie gerade. »Mein Kleiner war wohl anderer Meinung. Innerhalb einer Stunde war er da, oder, Mami?«

»Ich hab nicht auf die Uhr gesehen«, gestand Angela mit einem Lächeln. »Dazu war einfach keine Zeit.«

»Das stimmt.« Nathalie lachte. Dann wurde sie ernst und berichtete von Carmela und ihren Zauberhänden. »Sie ist uralt, musst du wissen. Mindestens achtzig.«

»Sie ist neunundsiebzig«, warf Angela ein.

»Ihre Hände sehen aus wie Krallen«, fuhr Nathalie unbeeindruckt fort. »Aber als sie mich mit diesem Öl massiert hat, da ging es auf einmal viel leichter.«

Nachdenklich nahm sie ihr Kind von Tizianas Arm, denn Pietrino hatte begonnen, wimmernde Laute von sich zu geben. Sie schob ihren Pulli hoch, öffnete den Still-BH und legte ihn an ihre Brust. Das alles tat sie bereits mit einer Selbstverständlichkeit, die Angela erstaunte.

»Und wie geht es dir jetzt?«, wollte Tiziana wissen. »Ich hab noch nie von einer so schnellen Geburt gehört. Hast du noch Schmerzen?«

»O ja, das kannst du mir glauben.« Nathalie zog eine Grimasse. »Aber ich massiere meinen Bauch jeden Tag mit Carmelas Öl, und ich hab das Gefühl, dass das wirklich hilft, die extreme Dehnung zurückzubilden.«

»Du hast noch von dem Öl?«

»Ja, Mami.« Nathalie sah sie lächelnd an. »Carmela hat Maddalena mit einem Fläschchen vorbeigeschickt. Ist das nicht supernett von ihr?« Deshalb duftet es hier so würzig nach Kräutern, dachte Angela. Nathalie wandte sich nun wieder Tiziana zu, und auf einmal wirkte sie ungewohnt scheu. »Ich wollte dich etwas fragen«, begann sie und warf der Architektin einen unsicheren Blick zu. »Aber du musst unbedingt Nein sagen, wenn du es nicht möchtest, versprochen?«

»Was ist es denn?« Tiziana blickte sie mit offener Herzlichkeit an.

»Ich wollte dich fragen, ob du Peters Taufpatin werden möchtest.« Nathalie wurde rot, und sie biss sich auf die Unterlippe.

Über Tizianas Gesicht ging ein Strahlen. »Du möchtest mich als *madrina*? Wirklich?« Sie sprang auf und gab Nathalie zwei schallende Küsse auf die Wangen. »Von Herzen gern! Was für eine Ehre!«

Tizianas langes schwarzes Haar hatte sich wie ein Vorhang über das Gesicht des Säuglings gelegt, der gerade trank. Empört begann er zu schreien. Doch seine künftige Patin, temperamentvoll, wie sie nun einmal war, gab auch ihm viele kleine Küsse auf die Stirn, sodass er das Weinen vergaß und fasziniert in Tizianas schöne Gesichtszüge blickte.

Beim Essen, das Nathalie noch einmal zum Stillen unterbrechen musste, plauderten sie über die neuesten Bauprojekte der Architektin.

»Ich arbeite im Moment für einen Wettbewerb«, erzählte sie, und Nathalie hob interessiert den Kopf. »Es geht um eine öffentliche Bibliothek in einem Außenbezirk von Rom.« Sie probierte von Emilias Lammkeule und schloss genüsslich die Augen. »Dieses Lamm ist vorzüglich«, sagte sie, als Emilia eine Platte mit überbackener Polenta brachte, die Nathalie so gern aß. »Ich habe keine Ahnung, wie man so gut kochen kann, Emilia. Es ist mir ein Rätsel!« Geschmeichelt bedankte sich die Köchin und legte dem Gast ein weiteres, besonders zartes Stück Fleisch auf den Teller.

»Erzähl von dem Wettbewerb«, bat Nathalie, die ebenfalls Architektin werden wollte

»Meine Mutter ist ja gebürtige Römerin«, fuhr Tiziana fort, »und sie hat ein paar Beziehungen spielen lassen. So weiß ich, wer in der Jury sitzt.« Ach, so ist das, dachte Angela, während Tiziana eine Reihe international bekannter Koryphäen der Architekturszene aufzählte. Tizianas viel beschworene Familienbindung schloss natürlich geschäftliche Vorteile mit ein. »Mein Entwurf wird außer der Ausleihe und den üblichen Lesesälen Bereiche zur kulturellen Begegnung beinhalten«, fuhr sie gerade fort. »Der Stadtteil gehört zu den sozialen Brennpunkten, und deshalb muss eine Bibliothek auch andere Aufgaben erfüllen, besonders für die Jugend.«

»Von so etwas habe ich als Kind immer geträumt«, warf Fania ein, errötete jedoch bis unter die Haarspitzen, als sich die anderen überrascht zu ihr umwandten.

»Ja, solche Orte können ein ganzes Leben verändern«, bemerkte Tiziana nachdenklich, und sogleich entspann sich ein angeregtes Gespräch, an dem auch Tess lebhaft teilnahm.

»Wenn du möchtest, besuch mich doch in meinem Büro in Venedig«, sagte Tiziana zu Nathalie und lehnte den Nachtisch ab, sehr zu Emilias Enttäuschung. »Natürlich erst, wenn du dich wohl genug dazu fühlst. Ich zeige dir gern den Entwurf.«

Nathalie strahlte und versicherte, dass sie das unbedingt tun werde. Dann zog sie sich mit Fania in ihr Reich zurück, nicht ohne zwei Schälchen mit Tiramisu für sich und ihre Freundin mit nach oben zu nehmen.

»Das war ein wunderschöner Abend.« Tizianas Augen funkelten, als sie sich von Tess verabschiedete. »*Grazie mille*. Weißt du, Tessa, ich war vollkommen verzweifelt, als ich heute Nachmittag hier ankam. Die arme Angela kann ein Lied davon singen, ich hab ihr allerhand vorgeheult. Jetzt fühle ich mich wieder viel besser. Und das hab ich euch zu verdanken!«

»Lass dich von deiner Mutter nicht ins Bockshorn jagen«, riet Tess, die über ihre Freundin Donatella mit der Familie Pamfeli bekannt war. »Wenn sie dich zu Hause zu arg quälen, komm zu uns. Und bring das nächste Mal deinen Verlobten mit, ich würde mich sehr freuen, ihn näher kennenzulernen!«

»Das mach ich«, erklärte Tiziana mit einem tiefen Seufzen. »Sol wird glücklich sein, hier endlich einmal von jemandem herzlich aufgenommen zu werden. Wenn das so weitergeht, fürchte ich, geht er irgendwann zurück nach New York.«

»Wenn er dich liebt, dann hält er das durch.« Tess wirkte sehr überzeugend. »Hauptsache, du stehst fest zu ihm.«

»Das tu ich, Tessa«, beteuerte Tiziana, und Angela befürchtete, sie könnte gleich wieder in Tränen ausbrechen. »Das tu ich wirklich.«

»Das ist alles von der Zeitungsredaktion«, sagte Fioretta ein paar Tage später und legte Angela einen dicken Stapel Briefe auf den Schreibtisch, den sie einem großen braunen Umschlag entnommen hatte. »Und per Mail sind auch noch eine Reihe Bewerbungen eingegangen.«

Es war Montag, und Angela hatte ein zauberhaftes Wochenende in Venedig bei Vittorio verbracht. Am Sonntag hatten sie ausgeschlafen und sich danach die aktuelle Ausstellung im Peggy-Guggenheim-Museum angesehen. Wie immer war die Zeit viel zu schnell vergangen.

»Tatsächlich?«

Angela zählte zwölf Umschläge. Vielleicht befand sich genau die Schneiderin darunter, die sie suchte. Am liebsten hätte sie die Bewerbungen sofort durchgesehen, doch sie wurde in der Weberei gebraucht.

Sie liebte die Werkstatt mit den vier Webstühlen, die aus dem 19. Jahrhundert stammten und mechanisch bedient wurden. Das Schultertuch für Mrs. Whitehouse war längst fertig und auf dem Weg in die USA. Angela zeigte ihren Mitarbeiterinnen das Foto einer anderen begeisterten Kundin, auf der diese mit einer Stola aus der Seidenvilla zu sehen war, und eine Diskussion entspann sich darüber, wer dieses Tuch gewoben hatte. Nola beanspruchte es für sich, doch Maddalena hielt das Foto ganz nah vor ihre Augen.

»Nein, Nola, da täuschst du dich«, sagte sie schließlich. »Dieses Tuch hat Lidia gemacht.«

Augenblicklich wurde es still. Das Thema Lidia war ein wunder Punkt unter den Kolleginnen. So schwierig es mit der streitbaren Weberin auch gewesen sein mochte, seit sie der Seidenfabrikant Ranelli Seta, Angelas größter Konkurrent, im Frühjahr abgeworben hatte, fehlte sie an allen Ecken und Enden. Zum Glück hatte Angela Nicola Coppola überzeugen können, aus Neapel zu ihnen zu kommen. Dass er darüber hinaus seinen historischen Jacquard-Webstuhl mitgebracht hatte, auf dem man komplizierte Muster weben konnte, war ein unverhoffter Glücksfall für die Seidenvilla, denn solche Webstühle waren inzwischen äußerst rar. Die Muster entstanden mithilfe von riesigen Lochstreifenkarten, die durch eine spezielle Mechanik das Heben und Senken der Kettfäden steuerten. Jede dieser viele Meter langen, zusammenfaltbaren Lochkarten erzeugte ein anderes Muster. Nicola war im Besitz von einem Dutzend solcher Karten mit außergewöhnlich schönen Ornamenten, die zum Teil noch aus der Renaissance stammten.

»Wenn wir die Weihnachtsbestellungen erledigt haben«, sagte Angela an Nicola gewandt, »sollten wir mal ein Musterbuch angehen. Es wäre schön, wenn wir von jeder Lochkarte eine Probe hätten, damit ich sie unseren Kunden zeigen kann.«

Nicola runzelte seine dichten Brauen und wirkte mit seinem Lockenschopf wie ein trotziger Junge.

»Es ist ein Riesenaufwand, die Lochkarten zu wechseln«, sagte er. »Sie dürfen nicht vergessen, dass wir dafür die Kette ganz neu aufzäumen müssen, und das braucht Tage, wenn nicht Wochen. Praktischer und vor allem rentabler wäre es, ich könnte eine maximale Kettenlänge in einem Ornament weben, ehe wir es austauschen.«

Angela nickte. Er hatte recht. Auf diese Weise würde es aber mindestens ein Jahr dauern, bis sie alle Muster präsentieren könnte. Nun ja, sie leitete eine Manufaktur, da durfte man nicht ungeduldig sein.

»Dann werden wir das so machen«, sagte sie und löste die Versammlung auf.

Als Maddalena, Nola und Anna ihre Webstühle wieder in Bewegung setzten, warf Angela kurz einen Blick auf jede ihrer Arbeiten. Anna hatte eine leuchtend rote Kette und verarbeitete gerade dunkelgelbes und orangefarbenes Garn im Wechsel für den Schuss, was ein lebhaftes, in sich schillerndes Webbild ergab. Nola erledigte eine Bestellung in den Farben Cognac, Sienagelb und Umbra, die sie zu einem raffinierten Karomuster kombinierte. Und Maddalena wob ein einfarbiges Tuch in Zartrosé, dem Angela bereits im Webstuhl ansehen konnte, wie anschmiegsam es einmal sein würde. Denn keine wob so weiche, schmeichelnde Stoffe wie Maddalena.

Angela riss sich los und durchquerte die Flügeltür, die zum angrenzenden Raum führte, in dem die beiden Männer der Seidenvilla arbeiteten: Stefano an dem riesigen und kräftezehrenden *omaccio*, an dem er Stoffe in Überbreite wob, und Nicola an seinem Jacquard-Webstuhl. Sie bat ihn, ihr die Streifenkarten zu zeigen, anhand deren Lochung man mit geübtem Auge die Muster erkennen konnte, und traf eine Auswahl, mit der der Weber im neuen Jahr beginnen sollte. Wenn es ihr gelänge, bald eine Schneiderin einzustellen, könnte sie die Stoffe auch bei ihren Entwürfen für Modellkleider einsetzen. Und schon jetzt juckte es ihr in den Fingern, wenn sie nur daran dachte.

Den Rest des Vormittags verbrachte sie damit, die Bewerbungen zu sichten. Die meisten konnte sie zu ihrem Bedauern gleich aussortieren. Sie fragte sich, wie Änderungsschneiderinnen auf die Idee kamen, sich um eine leitende Stelle in einem Atelier für Modellkleider zu bewerben. Schließlich hatte sie in der Annonce klar und deutlich beschrieben, welche Voraussetzungen sie wünschte: Die Schneiderin sollte neben Erfahrung mit aufwendigen Details und kostbaren Stoffen auch die Fähigkeit mitbringen, nach Angelas Entwurfszeichnungen Schnittmuster zu erstellen. Letztlich blieben nur zwei Interessentinnen übrig. Die eine kam aus Bassano di Grappa, die zweite aus einem Dorf ganz in der Nähe.

Fioretta lud die erste für den folgenden Tag zu einem Vorstellungstermin ein. Dafür bereitete Angela ein paar Aufgaben vor, die ihr zeigen sollten, wie geschickt die Schneiderinnen mit der handgewobenen Seide umgehen konnten. Sie entschied sich für die Umsetzung eines Kragens nach ihrer Zeichnung und das Säumen eines Knopflochs. So einfach diese Arbeiten auch waren, so verrieten sie viel über das Geschick der Näherin. Sollten diese Proben zu ihrer Zufriedenheit ausfallen, würde sie die Bewerberinnen bitten, feine Biesen zu nähen, eine abgerundete Stoffkante und einen Volant nach eigenen Vorstellungen an einen Stoff anzufügen. Für all diese Probearbeiten suchte sie aus ihrer Truhe passende Reststücke heraus, denn sie hob jeden Fetzen ihrer kostbaren Seide auf, und sei er auch noch so klein.

Als alles vorbereitet war, blätterte sie durch das Skizzenbuch, in dem sie ihre Ideen für besondere Kleider festhielt. Als junge Frau hatte sie an der Kunstakademie studiert und sich auf Textilkunst spezialisiert. Viele Jahre hatte diese Begabung brachgelegen, doch nun schien es, als würden die Ideen nur so aus ihr herausquellen. Sie brannte darauf, die vielen Entwürfe, die ihr Skizzenbuch enthielt, endlich verwirklicht zu sehen. Elf Namen von anspruchsvollen Interessentinnen, die von ihr festlich eingekleidet werden wollten, standen auf ihrer Warteliste. Alles was sie brauchte, war jemand, der für das Modeatelier, das sie einrichten wollte, begabt und erfahren genug war.

Draußen im Hof hörte sie Stimmen. Sie sah auf die Uhr und stellte fest, dass die Mittagspause schon vorüber war. Wieder einmal hatte sie überhaupt nicht bemerkt, wie die Zeit vergangen war. Hoffentlich hatten Tess und die anderen in der Villa Serena nicht mit dem Essen auf sie gewartet.

Sie erhob sich und ging hinaus zu den anderen, die wie jeden Mittag noch rasch einen Kaffee miteinander tranken, den Fioretta aus der Bar des Hotel Duse holte. Selbstverständlich stand auch für Angela ein Tässchen auf dem Tablett.

»Meine Schwester kann übrigens sehr gut nähen«, sagte Nicola in Angelas Richtung.

»Mariola?«, fragte sie überrascht. »Ich dachte, sie wäre Weberin.«

»Das auch«, erklärte Nicola selbstbewusst.

»Hat sie denn eine Schneiderlehre absolviert?«

Nicola schüttelte den Kopf. »Nein. Aber sie ist sehr geschickt.«

»Wie geht es ihr eigentlich?«, erkundigte sich Angela. »Ich hab sie schon seit einer Weile nicht mehr gesehen.«

Nicola zuckte mit den Achseln. »Ich denke, gut.«

»Hat sie alles, was sie braucht, in dem Gärtnerhäuschen von Signor Rivalecca?«

»Sie wohnt dort oben wie eine Prinzessin«, konnte Nola sich nun doch nicht enthalten zu sagen. »Der Alte verwöhnt sie geradezu.«

»Aber sie hat Heimweh«, wandte Nicola mit einem Seufzen ein. »Nicht nach ihrem *strunz di marito*«, fügte er hinzu und meinte mit dem neapolitanischen Schimpfwort Mariolas gewalttätigen Ehemann, dem sie davongelaufen war, »sondern nach ihren Eltern, Tanten und Onkeln. Und natürlich fehlt ihr *Napule*.«

Wie immer, wenn er von seiner Heimatstadt sprach und sie bei ihrem Kosenamen nannte, wurde seine Stimme wehmütig.

»Möchten Sie mit Mariola über Weihnachten nach

Hause fahren?«, fragte Angela. Der Weber schüttelte den Kopf.

»So gern wir das täten, es ist besser, wir lassen es. Edoardo weiß nicht, dass sie hier ist. Und es ist besser, er erfährt es auch nicht.« Er seufzte. »Wobei mein Vater neulich am Telefon sagte, dass der Schuft bereits eine andere hat.«

Angela sah Nicola bestürzt an. »Glauben Sie, dass das Mariola etwas ausmacht?«, fragte sie mitfühlend.

»Ich hoffe doch nicht«, antwortete Nicola streng. »Meiner Meinung nach sollte sie sich freuen, ihn endlich los zu sein, so übel wie er sie behandelt hat.«

Angela nickte. Und nahm sich vor, nach der jungen Frau zu sehen.

3

Der Besuch

Es war die Stunde der *siesta*, als Angela in die steile Straße einbog, die zur Kirche führte. Inzwischen hatte es auf ungemütliche sieben Grad abgekühlt, der Himmel war grau, und hin und wieder nieselte es. Angela musste achtgeben, auf dem feuchten Kopfsteinpflaster nicht auszurutschen, und hoffte, dass ihr Vater an einem solchen Tag nicht aus dem Haus ging – zu groß war die Gefahr eines Sturzes. Er lebte direkt gegenüber der Kirche und dem Friedhof in einem der größten Häuser von Asenza, das die Einwohner Palazzo Duse nannten, weil die berühmte Schauspielerin Eleonora Duse einmal hier gewohnt hatte.

Angela hatte beschlossen, den Besuch bei Mariola nicht länger aufzuschieben und bei dieser Gelegenheit auch bei Lorenzo vorbeizuschauen. Er hatte die damals hochschwangere Neapolitanerin in einem seiner seltenen Anfälle von Großmut im Gärtnerhäuschen am Ende seines parkähnlichen Anwesens aufgenommen. Inzwischen hatte sie eine Tochter geboren, und zwar so, wie es sich gehörte, nämlich im Krankenhaus von Treviso. Zu ihrer Schande musste Angela sich eingestehen, dass sie sich seit ihrem Besuch zu diesem Anlass nicht mehr nach Mariolas Befinden erkundigt hatte.

Gerade rechtzeitig fiel ihr ein, dass Lorenzo um diese Zeit sein Nickerchen hielt und es nicht ratsam war, ihn dabei zu stören. Also verzichtete Angela darauf, am großen Tor zu läuten, sondern schlug den unbefestigten Weg ein, der um das riesige Grundstück herumführte, bis sie auf der gegenüberliegenden Seite das kleinere Gartentor erreichte. Gleich dahinter, halb verborgen von üppigen Rhododendronbüschen, stand das Haus, in dem früher einmal der Gärtner gewohnt hatte.

Mit einem Quietschen ließ sich das Törchen öffnen, das man zwischen zwei Kameliensträuchern kaum ausmachen konnte, wenn man nicht wusste, dass es sich hier befand. Die Kamelien begannen gerade zu blühen, eine rot und die andere weiß. Im vergangenen Frühjahr hatte Angela das kleine Gebäude entdeckt, als sie auf der Suche nach einer ebenerdigen Wohnung für Carmela gewesen war, deren Hüften wegen ihrer langjährigen Tätigkeit als Weberin in der Seidenvilla unter der früheren Besitzerin Lela Sartori gelitten hatten. Letztendlich hatte sich für sie eine viel praktischere Bleibe gefunden, und doch hatte Lorenzo Rivalecca aus einer Laune heraus auch das Gärtnerhäuschen auf seinem Grundstück ausbauen und renovieren lassen. Da lag es inmitten der winterlichen und noch immer ein wenig verwilderten Vegetation und erstrahlte in seinem frischen Anstrich in Weiß und Graublau.

Es dauerte eine Weile, ehe auf Angelas Klopfen die Tür vorsichtig geöffnet wurde. Ein bleiches Gesicht mit ängstlich aufgerissenen Augen lugte heraus.

»Ich bin es, Mariola. Tut mir leid, wenn ich störe. Soll ich ein andermal …«

»Nein, nein«, beeilte sich die junge Frau zu sagen. Hinter ihr aus dem Wohnraum drang heftiges Babygeschrei. »Bitte kommen Sie herein. Aber … Sie müssen die Unordnung entschuldigen. Ich habe nicht mit Besuch ... ich meine, hier kommt sonst nie jemand vorbei.«

Angela betrat zögernd den kleinen Windfang. Die Tür zum Wohnzimmer stand offen, der ihr wohlbekannte Geruch nach einem Haushalt mit Baby drang heraus. Und das Gebrüll eines Kindes.

Hastig lief Mariola zum Stubenwagen, den Nicola ihr gebaut hatte, und nahm den Säugling hoch. Das kleine Mädchen schrie zum Steinerweichen. Angela fühlte sich fehl am Platz, sie hatte das deutliche Gefühl, dass Mariola Hilfe brauchte. Wie hatte sie die junge Mutter nur geschlagene fünf Wochen lang sich selbst überlassen können? Mariola kannte hier ja nur ihren Bruder, der den ganzen Tag in der Seidenvilla arbeitete und sicherlich nicht der richtige Ratgeber in dieser Situation war.

»Ich glaube, die Kleine hat Bauchschmerzen«, sagte Mariola verzweifelt und wiegte das Kind hektisch.

Sie hatte dunkle Ränder unter den Augen, eine rosafarbene Narbe zog sich vom äußersten Rand ihrer linken Braue bis zur Schläfe. Ob das wohl von ihrem Ehemann stammte? Angela hatte außerdem das Gefühl, dass Mariola dünner geworden war, seit sie sie das letzte Mal gesehen hatte. Ihr kurzes, lockiges Haar, das an das ihres Bruders erinnerte, war zerzaust und musste dringend nachgeschnitten werden. Überhaupt wirkte Mariola erschöpft, die Stoffwindel über ihrer Schulter hatte gelbliche Flecken, und überall lagen Tücher und Waschlappen herum. Bauchschmerzen ... Angela kannte dieses Problem nur zu gut. Auch Nathalie hatte damals unter den berüchtigten Dreimonatskoliken gelitten, in Angelas Erinnerung gleich nach Peters Krankheit die schlimmste Erfahrung ihres Lebens.

»Die Ärmste«, sagte sie mitfühlend und streckte unwillkürlich die Hände nach dem Kind aus. Mariola wirkte im ersten Moment verunsichert und zögerte, dann reichte sie ihr das schreiende Baby. »Valentina«, sagte Angela zu der Kleinen, deren dunkelrot angelaufenes Gesicht zu einer Grimasse verzogen war. »Tut es so schlimm weh?«

Mariola räumte hastig ein paar Kleidungsstücke von einem Sessel, und Angela setzte sich. Behutsam drehte sie das Kind auf den Bauch, legte es sich quer über den linken Unterarm und verschränkte ihre Hände unter seinem Bäuchlein. So wiegte sie es eine Weile und gab beruhigende Laute von sich. Und tatsächlich, das Weinen verebbte nach und nach. Schließlich holte Valentina tief Atem, schmiegte ihren Kopf erschöpft in Angelas Armbeuge und schloss die Augen.

»Haben Sie heute schon etwas gegessen?«

Angela kam sich seltsam vor bei dieser Frage, die normalerweise Tess oder Emilia ihr stellten.

»Ein paar Kekse.« Mariolas Stimme klang brüchig. Die Wäsche immer noch im Schoß hatte sie sich aufs Sofa zwischen Babydecke, Windelpaket und Kissen fallen lassen. Angela entdeckte die angebrochene Packung auf dem Couchtisch. »Sie müssen einen schlimmen Eindruck von mir bekommen«, flüsterte Mariola und war drauf und dran, in Tränen auszubrechen. »Wenn meine Mutter mich so sehen könnte, sie würde ausrasten.«

Angela schüttelte den Kopf. »Nein, das würde sie bestimmt nicht«, sagte sie sanft. »Sie würde dafür sorgen, dass Sie es leichter haben. Es muss schrecklich für Sie sein so allein in der Fremde. Ihre Mutter würde für Sie kochen und Ihnen im Haushalt helfen, außerdem mit Rat und Tat zur Seite stehen.« Mariolas Lippen begannen zu zittern, dann konnte sie sich nicht mehr beherrschen. Dicke Tränen kullerten ihr über die Wangen. Hastig riss sie zwei Papiertücher aus einer Schachtel, die auf dem Couchtisch griffbereit stand, und putzte sich die Nase. Beschämt dachte Angela daran, wie gut es ihre Tochter hatte. Sogar ein eigenes Kindermädchen kümmerte sich um ihr Wohl und das des Kindes, von Tess und Emilia ganz zu schweigen, die sie ohnehin stets verwöhnten. »Signor Rivalecca lässt mir täglich eine *minestrone* bringen«, flüsterte Mariola und wischte sich die Tränen ab. »Und das ist unglaublich nett von ihm. Aber davon bekommt die Kleine Blähungen. Deshalb hab ich die Signora, die für ihn den Haushalt macht, gebeten, sie nicht mehr zu bringen. Jetzt ist er böse auf mich …«

»Lorenzo Rivalecca?« Angela wusste nicht, ob sie ärgerlich auf ihren Vater werden oder lieber lachen sollte. »Das dürfen Sie nicht so ernst nehmen. Und wenn er noch so sehr poltert. Von jungen Müttern und ihren Babys hat er nicht die geringste Ahnung.«

»Er meint es gut«, wandte Mariola ein.

»Natürlich. Das tut er. Machen Sie sich keine Sorgen, ich spreche mit ihm.«

Valentina hatte erneut zu weinen begonnen. Krampfartig zog sie ihre Beinchen an den Körper, ihr Bauch fühlte sich steinhart an. Angela war klar, dass die sogenannte Fliegerposition nicht die Lösung für die Koliken war, sondern, wenn man Glück hatte, nur für kurze Zeit Linderung brachte. Instinktiv streckte Mariola die Arme nach ihrem Kind aus, und Angela gab es ihr zurück. Dabei bemerkte sie, dass die Windeln voll waren.

»Wenn Sie möchten, helfe ich Ihnen, die Kleine zu baden«, schlug sie vor und beobachtete den Widerstreit der Gefühle, der sich in der Miene der jungen Mutter spiegelte. »Vertrauen Sie mir«, fügte Angela mit einem Lächeln hinzu. »Darf ich?«

Mariola nickte und wies zum Badezimmer, das neu an das Häuschen angebaut worden war. Ursprünglich hatte es nur eine Zinkwanne in der Küche und ein Toilettenhäuschen außerhalb gegeben.

»Wenn Sie so nett wären, das Wasser einlaufen zu lassen …«

Angela tat das gern. Während sie lauwarmes Wasser in die kleine Plastikwanne ließ, füllte sie die Waschmaschine mit schmutziger Wäsche und ließ sie starten. Sie würde Fania herschicken, damit sie Mariola half, Ordnung zu schaffen, ein paar Stunden würde Nathalie ja wohl mit dem kleinen Pietrino allein zurechtkommen. Langfristig musste sie allerdings eine Lösung finden. Denn wenn Mariola bislang noch keine postnatale Depression hatte, dann würde sie diese früher oder später mit Sicherheit bekommen.

Im warmen Wasser beruhigte sich Valentina und entspannte sich sichtlich. Auch Mariola schien aufzublühen, während sie ihr Baby mit einem Schwämmchen wusch und mit ihm scherzte. Sie braucht dringend Gesellschaft, dachte Angela, das war nur zu offensichtlich. Als das Kind schließlich mit einer frischen Windel in einem sauberen Strampelanzug im Stubenwagen lag, erkundigte sich Angela, ob Mariola denn überhaupt zum Einkaufen kam.

»Es ist ziemlich weit zum Supermarkt in der Neustadt«, antwortete sie verlegen. »Und die Läden in der Altstadt sind teuer.«

Angela nickte. »Schreiben Sie doch einfach einen Einkaufszettel«, riet sie der jungen Frau. »Ich sorge dafür, dass das jemand für Sie erledigt.«

Sie würde mit Nicola reden. Alle paar Tage für seine Schwester einkaufen zu gehen war ja nicht zu viel verlangt.

Mariola betrachtete sie nachdenklich aus ihren hellbraunen Augen. »Wieso ... ich meine, warum tun Sie das für mich?« Schon kamen ihr wieder die Tränen.

»Weil sich das so gehört«, sagte Angela mit fester Stimme. »Es tut mir leid, dass ich nicht schon eher daran gedacht habe, nach Ihnen zu sehen. Ich bin selbst erst vor zwei Wochen Großmutter geworden. Meine Tochter Nathalie hat einen kleinen Jungen geboren ...«

»Ja, das hat Nicola mir erzählt«, sagte Mariola. Angela sah sie zum ersten Mal lächeln. »Herzlichen Glückwunsch!«, fügte sie hinzu.

»Danke.« Angela erwiderte das Lächeln. »Sicher lernen Sie sich bald kennen. Vielleicht können Sie ja mit den Kindern gemeinsam spazieren gehen.«

»Das wäre schön.« Und doch schwand das Lächeln aus Mariolas Gesicht, sie wirkte erneut niedergeschlagen.

»Was ist denn? Bedrückt Sie etwas?«

»Ich habe keinen Kinderwagen«, bekannte die junge Frau schließlich verlegen. »Deshalb ist es auch so schwierig für mich, einkaufen zu gehen. Ich ... wissen Sie, ich hab überhaupt kein eigenes Geld, seit ich von zu Hause weggelaufen bin.« Sie schluckte schwer. Das Ganze war ihr sichtlich peinlich. »Und ich will meinen Bruder nicht noch mehr belasten.«

Angela nickte. Hier lag einiges im Argen. Zuallererst musste sie mit Nicola sprechen. Aber auch mit Tess, vielleicht wusste sie Rat. Sie verabschiedete sich herzlich und versprach, bald wiederzukommen.

Nachdenklich durchquerte sie mit raschen Schritten den Park in Richtung Palazzo Duse. Inzwischen hatte Lorenzo seinen Mittagsschlaf sicher längst beendet. Und tatsächlich stand er auf der Türschwelle seines Hauses und schien einem Wagen nachzublicken, der gerade mit quietschenden Reifen davonfuhr. Erhob er etwa drohend seine Faust? Was war passiert? Hatte er sich über diesen rücksichtslosen Fahrer geärgert? Eilig ging Angela auf ihren Vater zu.

»Was machst *du* denn hier? Wieso schleichst du dich von hinten an wie ein Dieb?«, blaffte er Angela an, als er sie sah. Offenbar hatte er einen besonders schlechten Tag.

»Ich hab Mariola besucht. Wenn ich dir ungelegen komme, sehen wir uns ein anderes Mal.«

»Soso! Du besuchst also dieses verzogene Gör mit seinem schreienden Balg.«

»Papà.« Angela wurde streng. »Sprich nicht so über sie.«

»Stell dir vor, sie will meine *minestrone* nicht. Aber bitte, wer meine Großzügigkeit nicht zu schätzen weiß ...«

»Ihr Baby bekommt Bauchschmerzen davon.«

»*Sciocchezze!*«, gab er zurück. »Alles Unsinn. Sie soll die Suppe doch nicht dem Baby geben, diese einfältige Nudel ...«

»Jetzt hör mir mal zu.« Angela bemühte sich, geduldig mit dem alten Mann zu sein. Herrgott, er war ihr Vater. Aber musste er denn immer so anstrengend sein? »Wenn eine Mutter, die stillt, etwas Blähendes isst, bekommt das Baby auch Blähungen. Und diese kleine Valentina schreit sich die Seele aus dem Leib. Das kannst du doch nicht wollen. Oder?« Angriffslustig sah er sie unter seinen buschigen Augenbrauen hervor an. Offenbar wusste er nichts zu entgegnen. »Ich komme tatsächlich besser ein anderes Mal wieder«, schlug sie vor.

»Wenn du schon mal hier bist«, erwiderte er und tat resigniert, »dann komm halt rein. Ich hab ohnehin was mit dir zu besprechen.«

Ohne ihre Antwort abzuwarten, machte er auf dem Absatz kehrt und ging zurück ins Haus. Nach kurzem Zögern folgte Angela ihm. Wenn er in dieser Stimmung war, ging man Lorenzo Rivalecca eigentlich besser aus dem Weg.

Ärgerlich vor sich hin brummend stapfte er wie immer ins Herrenzimmer und ließ die Tür hinter sich offen stehen, seine Art, sie hereinzubitten.

Seufzend betrat auch Angela diesen Raum, in dem sich ihr Vater, wie sie vermutete, fast ausschließlich aufhielt. Nicht dass es im Palazzo Duse an Platz gemangelt hätte. Er war riesig und hatte zwei Obergeschosse, die Angela noch nie betreten hatte. In diesem Herrenzimmer schien Lorenzo jedoch alles zu haben, was ihm wichtig war: den alten Ohrensessel aus abgewetztem Rindsleder, seine Zeitungen und Winzermagazine, die er noch immer abonniert hatte, auch wenn er seine Weinberge schon lange verkauft hatte, seine gut bestückte Bar mit noch selbst produzierten Schnapsbeständen, Likören und sonstigen erlesenen alkoholischen Getränken, von denen er eben eine Flasche in die Hand genommen hatte. An den Wänden hingen Gemälde in Öl und Aquarelltechnik, die seinen früheren Grundbesitz darstellten. Zu ihrer Überraschung entdeckte

Angela auf dem Kaminsims neben dem Bild ihrer Mutter Rita die Fotografie, die sie ihm neulich erst gebracht hatte. Sie zeigte Nathalie mit ihrem Baby, Lorenzo hatte sie silbern rahmen lassen.

Gerade wollte Nachsicht mit ihrem alten Vater in ihr aufsteigen, als er schon wieder loslegte: »Jetzt bin also ich daran schuld, dass dieses Kind schreit? Ich? Ist das dein Ernst?« Mit Sorge sah Angela, dass er rot anlief. »Na wunderbar! Offenbar bin ich immer an allem schuld.«

»Nun hör doch mal …«

»Nein, erst hörst du mir zu!« Lorenzo stellte die Flasche klirrend ab. »Ich hab es satt mit euch Weibern, und zwar gründlich. Von mir aus kann das Mädchen samt dem Balg heute noch ausziehen. Ich weiß überhaupt nicht, warum ich mich von dir immer breitschlagen lasse, Dinge zu tun, die ein vernünftiger Mensch niemals tun sollte. Neapolitaner aufnehmen. Der alten Carmela das Weinberghäuschen überlassen. Ja, bin ich denn das Wohlfahrtsamt?« Angela zog es vor, keine Antwort zu geben, auch wenn sie innerlich zu kochen begann. Heute war kein guter Tag, auch sie spürte, dass sie längst nicht so viel Geduld mitbrachte, wie sie sollte. Bislang war es ihr immer irgendwie gelungen, ihren Vater zu beruhigen. Doch auf einmal hatte sie keine Lust mehr, stets die Vernünftige und Diplomatische zu sein. »Weißt du was?«, geiferte Rivalecca weiter. »Ich werde allen beiden offiziell kündigen. Damit du es weißt.«

»Das Häuschen, in dem Carmela wohnt, hast du mir geschenkt«, erwiderte Angela, obwohl sie genau wusste, dass man in der Stimmung, in der er sich befand, auf keinen Fall mit ihm diskutieren sollte.

»Ja«, schrie er. »Und weißt du auch, warum? Weil du dich für meine Tochter ausgibst. Das ist mir nämlich klar geworden, als Nathalie den Jungen bekam. Wer der Vater ist, das weiß man nicht. Auch diese Neapolitanerin hat ja keinen Vater für ihr Kind. Und da frage ich mich: Woher soll eigentlich *ich* mit Sicherheit wissen, dass du wirklich meine Tochter bist? He?« Er hatte den Hals vorgereckt und starrte sie aus seinen grünen Augen an, als wollte er sich gleich auf sie stürzen. »Das hat alles hinten und vorn keine Ordnung. Und deshalb werden wir jetzt einen Vaterschaftstest machen.«

»Einen was?«

»Du hast mich sehr gut verstanden«, geiferte er weiter. »Ich muss schließlich wissen, mit wem ich es zu tun habe, ehe du mir noch mehr von meinem Eigentum abluchst.«

Das war eindeutig zu viel. Angela erhob sich.

»Das reicht jetzt«, sagte sie vor Zorn glühend. »Ich hab mich nie darum gerissen, deine Tochter zu sein. Du warst es, der diese Geschichte aufbrachte. Und weißt du was? Ich kam fünfundvierzig Jahre meines Lebens wunderbar ohne dich und deine Launen zurecht. Von mir aus kann ich auch in Zukunft darauf verzichten ...«

»Und die Seidenvilla?«

»Was soll mit ihr sein?«

»Auch die hast du mir abgeschwatzt! Jedenfalls sagen das manche Leute.«

Angela verschlug es für einen Moment die Sprache. War der Alte verrückt geworden?

»Ich habe sie dir abgekauft.«

»Aber zu einem Bruchteil ihres Wertes!« Angela konnte sehen, wie die Schlagader an seiner Schläfe zu pochen begann. »Und das nur, weil ich mich von Tessa habe einwickeln lassen. Wer beweist mir, dass sie sich das nicht nur ausgedacht hat, das mit dieser Vaterschaft? Wer beweist denn ...«

Angela hatte genug gehört. Ohne ihren Vater noch eines Blickes zu würdigen, verließ sie den Raum und schlug die Tür hinter sich zu, dass es nur so schepperte. Sie rannte aus der Villa und durch den Vorgarten und ließ das große eiserne Tor hinter sich ins Schloss knallen. Sie hetzte über den Kirchplatz, erst, als sie den Friedhof erreicht hatte, hielt sie inne. Ihr Herz klopfte zum Zerspringen. Angela lehnte sich gegen die Mauer. Verdammt! Was war in den alten Griesgram gefahren? Sie konnte sich nicht erinnern, wann sie das letzte Mal so unfassbar wütend gewesen war.

Erst im vergangenen Jahr war sie schwer krank gewesen. Ihr Herz hatte Kapriolen geschlagen, obwohl die beiden Kardiologen, die sie damals aufgesucht hatte, nichts Organisches hatten feststellen können. Sie war vollkommen gesund. Nur manchmal, wenn ihr jemand zu sehr wehtat, spielte ihr Herz verrückt.

Ich sollte den alten Mann überhaupt nicht ernst nehmen, versuchte sie sich selbst zu beruhigen. Dass er mitunter durchdrehte, darüber war sich ganz Asenza einig. Lorenzo Rivalecca war ein Außenseiter, und sie verstand sehr gut, warum das so war. Wenn er jeden, der ihm freundlich entgegenkam, so behandelte wie sie eben, war das kein Wunder. Gut nur, dass sie niemandem von der angeblichen Verwandtschaft erzählt hatten. Und wenn der Alte glaubte, sie würde wie immer alles vergessen und vergeben wie bisher, dann hatte er sich getäuscht. Dieses Mal war er zu weit gegangen. Und einen Vaterschaftstest würde sie nie im Leben machen, selbst wenn Signor Rivalecca sich auf den Kopf stellte.

Langsam beruhigte sich ihr Herzschlag, und die Kraft kehrte in ihren Körper zurück. Ein leichter Regen setzte ein. Angela machte sich an den Abstieg hinunter zur Piazza della Libertà. Teilnahmslos grüßte sie ein paar Bekannte, die trotz des Regens vor der Bar des Hotel Duse standen, um zu rauchen. In ihrer Gasse verließ Gabriella, die Frau des Bürgermeisters, die mit Tess befreundet war, gerade Eddas Frisiersalon und beklagte sich darüber, dass ihre schöne neue Frisur nun dem Wetter zum Opfer fallen würde. Angela antwortete einsilbig und machte, dass sie nach Hause kam. Obwohl sie an diesem Nachmittag nicht gearbeitet hatte, fühlte sie sich erschöpft, als sie ihre Wohnungstür aufschloss. Und musste sich eingestehen, dass Lorenzos Worte sie tiefer getroffen hatten, als sie es sich zunächst hatte eingestehen wollen.

»Einen Kragen?«

Die Bewerberin um die Stelle im künftigen Modeatelier sah Angela ratlos an. Ihr war gleich klar, dass die Frau mit den strähnigen Haaren und den Schweißflecken unter den Achseln nicht die Richtige war.

»Ja, einen Kragen«, wiederholte sie geduldig und wies auf ihre detaillierte Skizze. »Wenn Sie für mich arbeiten, werden Sie nach solchen Skizzen Schnittmuster anfertigen und diese direkt umsetzen müssen.«

Die Bewerberin schüttelte den Kopf. »Von so etwas hab ich noch nie gehört«, sagte sie trotzig. »Nach Schnitten kann ich nähen. Aber einfach so nach einer Zeichnung ...«

»Danke«, sagte Angela und erhob sich. »Ich ruf Sie in ein paar Tagen an und sag Ihnen Bescheid. Fioretta, bist du so lieb und bringst unseren Besuch hinaus?«

Die Frau starrte sie kurz verständnislos an. Dann schien sie zu begreifen, raffte mit verbissener Miene Mantel und Tasche zusammen und folgte Fioretta in den Hof.

»Das war wohl nichts«, sagte Fioretta, als sie zurückkam. »Kommt mir auch ziemlich schwirig vor, was du da erwartest«, gestand die junge Frau und betrachtete die Skizze. »Gibt es überhaupt jemanden, der so was kann?«

Angela musste lachen. »Ja«, sagte sie. »Ich kann das. Und jede gute Schneidermeisterin, die mehr draufhat als das Übliche. Aber du hast natürlich recht. Solche Leute sind nicht leicht zu finden.«

Sie hatte die Annonce nicht nur in der Umgebung von Asenza aufgegeben, sondern auch in Venedig, Padua, Vicenza, Mailand und sogar in Florenz in die Zeitungen setzen lassen. Doch wer von dort wollte schon in die Provinz? Jedenfalls waren bislang von diesen Städten nur Bewerbungen von völlig unterqualifizierten Frauen eingegangen.

»Vielleicht ist ja die Signora, die übermorgen kommt, die Richtige«, versuchte Fioretta ihre *padrona* zu trösten.

»Das wäre schön«, meinte Angela mit einem Seufzen und entließ Fioretta in den Feierabend.

Der Regen hatte nachgelassen, und Angela ging hinaus in den Hof. Inzwischen hatte der Maulbeerbaum seine Blätter verloren, Gianni war von der Villa Serena herübergekommen, hatte das Laub zusammengefegt und in Säcken abtransportiert. Die Luft war mild und feucht, auf den kahlen Zweigen hatte sich eine Schar Vögel versammelt, die an den letzten, vertrockneten Beeren herumpickten und dabei lebhaft zwitscherten. Ob es sich wohl um Zugvögel handelte, die auf ihrem Weg nach Süden hier Zwischenstation machten? Die nahrhaften Maulbeeren, so viel wusste Angela, lieferten eine Menge Vitamine und Mineralstoffe, die das Immunsystem der Vögel stärkten. Auf einmal stob der ganze Schwarm auf und flog lärmend über das Dach davon. Mimi, die silbergraue Katze der Seidenweberei, war lautlos herbeigeschlichen und auf die Bank gesprungen, die rund um den Stamm herumlief.

Aus der Werkstatt war nur noch das rhythmische Klappern eines einzigen Webstuhls zu hören. Angela kannte diese Geräusche so gut, dass sie die Weber allein an ihrem Klang unterscheiden konnte. Es war Nicola, der so spät noch arbeitete. Sie ging zurück in ihr Büro, um die letzten Bestellungen durchzusehen, und horchte immer wieder, ob sie das Klappern noch hören konnte. Als es schließlich verstummte, schloss sie das Büro ab und ging hinüber in die Weberei.

Nicola arbeitete derzeit an einer Bestellung des Innenarchitekten Ruggero Esposito in Neapel. Die beiden Männer kannten sich schon seit vielen Jahren, denn einstmals war die Weberei von Nicolas Familie eine stattliche Manufaktur mit zwölf Webstühlen gewesen. Doch in den vergangenen Jahren waren einige seiner Cousins der Versuchung erlegen, ihre Arbeitsgeräte an den venezianischen Seidenfabrikanten Ranelli Seta zu verkaufen, drei hatten sich so wie Lidia als Weber von ihm anwerben lassen. Am Ende war nur noch Nicola übrig geblieben. Allein hatte er sich allerdings finanziell nicht mehr halten können, und so hatte er nach einigem Zögern seiner Heimat den Rücken gekehrt und war in die Seidenvilla gekommen. Und hatte schließlich seine Schwester Mariola nachgeholt, um sie vor seinem gewalttätigen Schwager zu schützen.

Und genau darüber musste Angela mit ihm sprechen.

»*Buonasera*«, sagte sie. »So lange noch bei der Arbeit?«

Nicola war eben dabei, ein Leintuch über die fertige Seide auf dem Warenbaum auszubreiten.

»Ich wollte das hier noch beenden.« Er wies auf den beigen Stoff mit dem goldbraunen Renaissancemuster.

»Ruggero wird begeistert sein.«

Nicola grinste. »Das hoffe ich.« Dann wandte er sich ihr zu. »Aber Sie sind sicher nicht gekommen, um mich zu loben, oder?«

Angela lächelte zurück. »Nein, Sie haben recht. Ich habe gestern Ihre Schwester besucht. Und hab den Eindruck gewonnen, dass es ihr nicht besonders gut geht dort in dem Häuschen.«

Im Stillen fürchtete sie, Nicola könnte ihr erzählen, dass Lorenzo sie bereits rausgeworfen hatte, doch er schwieg und runzelte die Brauen.

»Aber das Häuschen ist ideal«, sagte er. »Wir sind so froh, dass sie mit dem Baby dort wohnen kann.«

»Schon«, erwiderte Angela. »Sie ist nur ganz allein mit ihrem Säugling. Sie haben selbst gesagt, dass sie Heimweh hat, und das ist nur zu verstehen. Es ist Mariolas erstes Kind, nicht wahr?« Und da Nicola nickte, fuhr sie fort: »Da braucht jede Frau Hilfe und Unterstützung. Ich habe heute Fania zu ihr geschickt, damit sie ihr ein bisschen im Haushalt hilft. Und Sie wollte ich fragen, ob Sie für Ihre Schwester nicht regelmäßig im Supermarkt einkaufen könnten. Sie braucht Windeln und andere Dinge für das

Baby. Und natürlich Lebensmittel. Das dürfte eigentlich kein Problem für Sie sein, oder?«

Nicola schüttelte den Kopf, wirkte jedoch unzufrieden.

»Mariola hat zu Hause ihren Haushalt immer vorbildlich geführt«, sagte er ärgerlich. »Ich weiß nicht, warum sie auf einmal die Vornehme spielt und sich helfen lassen muss.«

»Ich bin ganz sicher, dass sie eine gute Hausfrau ist«, versuchte Angela ihn zu beruhigen. »Aber mit einem Baby erlebt man als Frau eine Ausnahmesituation. Valentina hat Koliken. Wissen Sie, was das bedeutet?« Nicola schüttelte unwillig den Kopf. »Ein stundenlang schreiendes Baby, das Bauchschmerzen hat. Das bedeutet es. Mariola bekommt kaum Schlaf und vergisst vor lauter Sorge und Kümmern, selbst ausreichend zu essen. Glauben Sie mir, ich weiß, wovon ich spreche, mit meiner Tochter war es damals leider genauso. Also bitte machen Sie Ihrer Schwester keine Vorwürfe, sondern helfen Sie ihr.«

Der Weber nickte betreten.

»Was haben Sie eigentlich an Weihnachten vor?«

Nicola blickte überrascht auf. »Anna hat gefragt, ob ich mit ihr und Giulia feiern möchte«, sagte er scheu und wurde rot. Aha, dachte Angela. Daher weht also der Wind. »Ich meine«, fuhr er zögernd fort, »Nola hat mich auch eingeladen. Aber ich will ihr nicht auch noch an Weihnachten zur Last fallen Es reicht ja, dass sie mich so großzügig bei sich wohnen lässt.«

»Sie und Fioretta«, korrigierte Angela sanft, die wusste, dass auch Fioretta für den neapolitanischen Weber schwärmte.

Nicola lächelte verlegen. »Ja, sie sind wirklich alle so nett zu mir.«

»Wird Anna denn Ihre Schwester und das Baby ebenfalls einladen?« Er stutzte. Offenbar hatte er daran noch gar nicht gedacht. »Nicola, es geht mich im Grunde nichts an«, fuhr Angela freundlich fort. »Aber ich kann nicht mit ansehen, wie Ihre Schwester dort oben in dem Häuschen verkümmert.«

»Sie ist schließlich selbst an allem schuld«, brach es nun aus dem jungen Mann hervor. »Ich hab ihr von Anfang an gesagt, sie soll die Finger von diesem Grobian lassen. Und nicht nur ich. Die ganze Familie hat sie gewarnt. Glauben Sie, das dumme Ding hätte auf uns gehört? Nein. Natürlich nicht. Sie hat ihn gegen alle Widerstände geheiratet. Da fing das Elend an. Nicola hier, Nicola da. Er schlägt mich, bitte tu was. Ich hab mit ihm geredet, einmal, zweimal. Letztlich hab ich ihn verprügelt, aber auch das hat nichts gebracht. Und statt sich endlich von dem Kerl zu trennen, hat sie sich auch noch schwängern lassen.« Er fuhr sich mit beiden Händen aufgebracht durch seine Locken. »Ich hab sie immerhin dort rausgeholt, Signora Angela. Und jetzt...«

»Nicola Coppola«, sagte Angela sanft und sah ihm fest in die Augen. »Sie haben ganz sicher in allem recht. Das ändert nur nichts an der Tatsache, dass Sie hier das Familienoberhaupt sind. Sagen Sie mir eines: Was würden Ihre Eltern sagen, wenn sie Mariola so sehen könnten, verweint, verzweifelt, allein mit ihrem Baby? Was würde Ihr Vater Ihnen raten? Oder Ihr Urgroßvater, auf den Sie so große Stücke halten? Dass Sie mit Ihren Kolleginnen Weihnachten feiern und Ihre Schwester und Ihre kleine Nichte sich selbst überlassen sollen? Würden sie das gutheißen? Oder würden sie sagen: Nicola, hilf deiner Schwester, und sei deiner Nichte ein Onkel. Kauf für sie ein. Schau nach den beiden, und tröste Mariola, wenn sie traurig ist. Was meinen Sie?«

Nicola senkte den Blick, er schien seine vom Weben schwieligen Hände zu betrachten.

»Sie haben recht«, sagte er schließlich leise. »Sie haben vollkommen recht. Ich kümmere mich um sie.«

»Das höre ich gern«, sagte Angela freundlich. »Und wenn Sie oder Mariola etwas brauchen, kommen Sie einfach zu mir. Auch ich bin bereit, behilflich zu sein, und das sind keine leeren Worte. Versprechen Sie mir das?«

Nicola nickte. Dann stand er auf und reichte ihr die Hand.

»*Grazie*«, sagte er. »Sie sind eine echte *padrona*.«

»Wo ist das Problem? Sie soll einfach runterkommen zum Essen.« Für Tess war der Fall klar. »Emilia kocht ohnehin gerade die ideale Kost für Stillmütter, da kommt es auf einen Teller mehr oder weniger nicht an.«

»Oh«, bemerkte Emilia spitz. »Wer hätte gedacht, dass ich einmal für die Armenspeisung zuständig sein würde?«

»Aber Emilia«, regte Tess sich augenblicklich auf. »Ich muss doch sehr bitten!«

»Klar kann sie kommen. Wie heißt sie noch mal? Mariola? Das wird lustig«, stimmte Nathalie ihr zu. »Dann hat mein Kleiner bald eine Spielkameradin.« Sie vertilgte in einer unfassbaren Geschwindigkeit eine Riesenportion Cannelloni, während Pietrino in seiner Wippe schlief, die Tess ihm gekauft hatte. Er konnte jeden Moment aufwachen und an die Brust wollen, und so nutzte Nathalie die Ruhe vor dem Sturm, um sich selbst den Bauch vollzuschlagen.

»Also, ich weiß nicht«, wagte Fania einzuwerfen. Seit Angela das Thema angesprochen hatte, wirkte sie unzufrieden. »Auf mich hat sie keinen besonders guten Eindruck gemacht. Ihr hättet sehen sollen, wie es bei der da oben aussah.«

»Was meinst du damit?« Angela sah sie streng an, und augenblicklich senkte Fania den Kopf. »Ich nehme an, so würde es bei Nathalie auch aussehen, wenn du ihr nicht so wunderbar helfen würdest.«

»O ja, ohne Fania würde ich untergehen.« Nathalie schob den leeren Teller von sich und lehnte sich erschöpft zurück. »Und ohne dein fantastisches Essen auch.« Sie warf der Köchin einen strahlenden Blick zu, der deren Widerstand deutlich erkennbar zum Schmelzen brachte. »Und du ...« Sie sprang auf und gab ihrer Gastgeberin einen Kuss auf die Wange. »Du bist ganz einfach die Beste. Wenn du nichts dagegen hast – ich möchte Mariola und ihr Kind gern kennenlernen. Wir jungen Mütter müssen zusammenhalten.«

»Ist ja bald Weihnachten.« Tess strahlte. »Und wie heißt es da: Ihr Kinderlein, kommet!«

»Amen«, sagte Nathalie und hob seufzend ihren kleinen Peter aus der Wippe, der aufgewacht war und lauthals seinen Hunger in die Welt hinausschrie.

»Du warst gestern bei deinem Vater?«

Tess hatte Angela dazu überredet, mit ihr im Wintergarten ausnahmsweise einen Absacker zu sich zu nehmen, während sich die jungen Frauen samt Kind in die Turmwohnung zurückgezogen hatten. Es war kühl in der überbauten ehemaligen Terrasse. Sie hatten sich beide in Kamelhaardecken gewickelt und es sich in den Korbsesseln bequem gemacht.

»Woher weißt du das?«

Tess lachte leise. »In Asenza bleibt nichts verborgen. Lorenzos Haushälterin hat Emilia von einer Schreierei erzählt.«

Angela lachte ärgerlich in sich hinein. »Was ist daran besonders? Lorenzo schreit jeden Tag herum.«

Sie nahm einen kräftigen Schluck von Tess' amerikanischem Whiskey. Wenn Lorenzo sie so sehen könnte, würde er schon wieder einen Tobsuchtsanfall bekommen. Er hasste dieses »degenerierte Amigesöff«, wie er den Bourbon nannte. Und eigentlich, so fand Angela, hatte er recht. Wenn schon Hochprozentiges, dann mochte sie die Weinbrände ihres Vaters am liebsten.

»Das Besondere daran ist, dass du zurückgeschrien hast.«

Angela stöhnte. »Er geht mir so was von auf die Nerven.«

Tess kicherte. »Willkommen im Club.«

»Weißt du, was er sich jetzt ausgedacht hat?«

»Er will einen Vaterschaftstest.«

Angela sah sie mit großen Augen an und schüttelte resigniert den Kopf. »Diese Frau muss an der Tür gelauscht haben«, sagte sie verärgert.

»Nein! Matilde tut so etwas nicht.« Tess nestelte an ihrer Decke herum, die nicht ganz ihre Füße einhüllte. »Lorenzo hat es mir selbst erzählt.« Und als sie Angelas überraschte Miene sah, fügte sie hinzu: »Nach allem, was ich von Emilia gehört habe, bin ich lieber zu ihm hochgegangen. Es geht ihm nämlich nicht besonders gut seit eurem ... Gespräch.«

»Wir machen viel zu viel Aufheben um ihn.« Angela betrachtete die Farbe ihres Glasinhalts. »Und damit es von vornherein klar ist: Einen solchen Test mache ich nicht. Ich denke überhaupt nicht daran. Und weißt du auch, warum?« Tess betrachtete sie mit hochgezogenen Augenbrauen. »Weil es mir egal ist, ob er mein Vater ist oder nicht.«

»Ist das so?«

»Tess!« Angela richtete sich empört in ihrem Korbsessel auf. »Du wirst das doch wohl nicht auch noch befürworten? Ich habe keine Lust und schon gar nicht die Zeit, jeder seiner Launen nachzugeben. Du hast ja keine Ahnung, was er mir alles an den Kopf geworfen hat! Als ob ich auf seinen Besitz aus wäre. Er hat behauptet, ich wolle ihn ausnehmen. Und dass er die Seidenvilla unter Wert verkauft hätte. Nein, wirklich, Tess!« Sie ließ sich wieder zurückfallen und leerte ihr Glas in einem Zug. »Wenn er Zweifel daran hat, dass ich seine Tochter bin, dann ist das sein Problem. Ich hab mich nicht darum gerissen, einen derart durchgeknallten Vater zu haben. Von mir aus kann er ...«

»Angela«, unterbrach Tess sie sanft. »Ich verstehe, dass du wütend bist. Ich wäre es an deiner Stelle auch. Er ist ein verdammter Idiot, das wissen wir alle. Deine Mutter hat vermutlich das Richtige getan, als sie ihn verlassen hat. Aber ich schwöre dir, er ist dein Vater. Dazu brauche ich keinen Test.«

Angela verschränkte die Arme vor der Brust und betrachtete einen Säulenkaktus, der sich in Tess' Wintergarten offenbar ausgesprochen wohl fühlte.

»Ich habe keine Lust mehr, über Lorenzo Rivalecca zu reden«, sagte sie schließlich. »Bitte richte ihm aus, dass ich ihn nicht mehr besuchen werde. Verdammt, er soll seine *minestrone* allein essen!«

»Aber Angela! Er freut sich doch immer so, wenn du ihn besuchst, und …«

»Nein, Tess«, unterbrach Angela ihre Freundin. »Er hat eine Grenze überschritten und mich tief verletzt. Und falls er sich nicht bei mir für das, was er mir an den Kopf geworfen hat, in aller Form entschuldigt, rede ich nie wieder auch nur ein einziges Wort mit ihm.« Angela bemerkte erst jetzt, dass ihre Freundin sie fasziniert beobachtete. »Was ist?«, fragte sie irritiert.

»Also, falls ich noch irgendwelche Zweifel daran gehabt hätte, dass du seine Tochter bist, dann wären sie jetzt endgültig beseitigt.«

Angela stieß die Luft aus ihren Lungen und schüttelte halb lachend, halb verzweifelt den Kopf.

»Ach, Tess«, sagte sie und seufzte tief. »Warum muss Verwandtschaft nur so kompliziert sein?«

4

Das Modellkleid

Elena Alberti ließ die Nähmaschine schnurren. Bahn um Bahn entstanden mit akkuratem Abstand feine Biesen unter ihren Händen. Den Rundsaum hatte sie bereits recht passabel fertiggestellt. Wenn sie jetzt noch den Kragen hinbekam, war sie möglicherweise die richtige Kandidatin für Angelas Pläne.

Im vergangenen Jahr hatte Angela in einem der Räume des Gebäudeflügels unter der Weberei einen provisorischen Arbeitsplatz für sich eingerichtet. Hier nähte sie, wenn es ihre Zeit erlaubte, für sich und Nathalie hin und wieder ein Kleid, ganz selten auch für Kundinnen. Inmitten von uraltem Gerümpel aus der Zeit, bevor sie die Seidenvilla erworben hatte, saß nun Elena Alberti an dem großen Tisch, der noch von Peter stammte. Und genau hier sollte demnächst das Modeatelier Einzug halten.

Angela ließ die Schneiderin allein, damit sie sich auf den Entwurf des Schnittmusters für den Kragen konzentrieren konnte, sie wollte die Bewerberin nicht nervös machen, indem sie ihr die ganze Zeit auf die Finger sah.

In ihrem Büro nahm sie sich Elenas Bewerbungsunterlagen noch einmal vor. Sie war zweiunddreißig Jahre alt, wohnte in Montebelluna, wo sie neun Jahre lang eine eigene Schneiderei betrieben hatte. Vor Kurzem hatte sie diese schließen müssen, angeblich hatte sie sich nicht mehr rentiert. Ihre Meisterprüfung hatte Elena zwölf Jahre zuvor absolviert und seither selbstständig gearbeitet. Sie war geschieden, ihr Sohn lebte bei seinem Vater.

Zufällig fiel ihr Blick in den Spiegel. Seit sie ihre Rundbürste, mit der sie ihr Haar immer in Form föhnte, verlegt hatte, war sie mit ihrer Frisur überhaupt nicht zufrieden, und sie nahm sich vor, gleich am Nachmittag zu Edda hinüberzugehen und sich eine neue zu kaufen ...

Das Telefon läutete, es war Marchesa Donatella Colonari, Vittorios Tante aus Rom und eine enge Freundin von Tess. Von allen adeligen Frauen, deren Bekanntschaft Angela inzwischen gemacht hatte, war sie mit Abstand die netteste.

»Angela, Liebes«, kam sie nach dem Austausch von Neuigkeiten zur Sache. »Zwischen Weihnachten und Neujahr findet wieder unser Wohltätigkeitsball statt. Und ich habe mich gefragt, ob ich da vielleicht das Kleid tragen könnte, das ich schon vor ein paar Wochen bei dir in Auftrag gegeben habe. Du erinnerst dich doch?«

»Natürlich«, antwortete Angela. »Wir hatten bereits die Farbe ausgesucht, ein wunderschönes Himbeerrot.« Sie blätterte rasch im entsprechenden Ordner nach, bis sie die Notizen gefunden hatte.

»Ich hatte dir die Maße geschickt, die du von mir erbeten hast«, hörte sie die Stimme der Marchesa, die zwar immer noch freundlich klang, in der jedoch eine Spur Ungeduld mitschwang. Und Angela begriff, dass das Kleid in jedem Fall bis zum Ball fertig sein musste, wollte sie nicht Donatellas Gunst aufs Spiel setzen.

»Wann findet der Ball genau statt?«, fragte sie und trug den Termin in ihren Kalender ein. Es war der 29. Dezember. Eigentlich hatte sie zwischen Weihnachten und Neujahr ein paar Tage freinehmen wollen. »Soll ich zur Anprobe nach Rom kommen?« Angela sträubten sich die Nackenhaare bei dem Gedanken. Vielleicht gab es noch eine andere Möglichkeit ... »Oder machst du noch einen Besuch bei Costanza in Venedig?«

»Costanza ist ja verreist«, antwortete Donatella Colonari. »Soviel ich weiß, will sie auch die Festtage bei ihrem Enkel in den USA verbringen.«

Gut zu wissen, dachte Angela überrascht und sagte geistesgegenwärtig: »Natürlich, wie konnte ich das vergessen. Nun, in diesem Fall komme ich zwei Tage vor dem Ball zu dir, wenn es dir recht ist. Dann kann ich auch gleich eventuelle letzte Änderungen vornehmen.«

»*Perfetto!*« Donatella klang äußerst zufrieden. »Ich kann dir gar nicht sagen, wie ich mich freue, dich wiederzusehen. Du kannst natürlich bei uns im Gästetrakt wohnen. Nicht dass du auf die Idee kommst, ein Hotel zu buchen.«

Sie machten den Termin fest und verabschiedeten sich herzlich.

Der himbeerfarbene Stoff ... Angela konnte sich erinnern, dass Orsolina das Garn schon vor einiger Zeit gefärbt hatte, schließlich hatte sie den Farbton persönlich kontrolliert. Ob der Stoff schon gewoben worden war, das konnte sie im Moment gar nicht sagen. In all der Aufregung um Nathalie war sie öfter der Seidenvilla ferngeblieben als sonst. Sie schickte Fioretta in die Weberei, um herauszufinden, was inzwischen aus dem himbeerfarbenen Garn geworden war, während sie nachsehen ging, wie Elena Alberti mit dem Kragen klarkam. So viel Arbeit wartete auf sie. Wenn sie es sich recht überlegte, hatte sie gar keine andere Wahl, als es mit der Schneiderin wenigstens zu versuchen.

Elena Alberti hatte inzwischen das Muster fertiggestellt und den Stoff für den Kragen zugeschnitten.

»Wie kommen Sie mit der Seide zurecht?«

Angela sah wohl, dass Elena beim Zuschnitt den Fadenlauf des Stoffes nicht optimal beachtet hatte, erwähnte es jedoch nicht.

»Das ist ein Stoff wie jeder andere auch«, erwiderte Elena und sah sie aus ihren graubraunen Augen treuherzig an. »Man darf keine Angst vor dem Material haben, sonst verdirbt man es.«

Nun ja, dachte Angela. Ein Stoff wie jeder andere ist unsere Seide sicherlich nicht. In einem hatte Elena allerdings recht: Zu ängstlich sollte man nicht sein.

Als nach einer halben Stunde der Kragen fertig genäht und auf rechts gebügelt worden war, entsprach er zwar nicht exakt der Skizze, Angela fand dennoch, dass Elena ihre Sache gut gemacht hatte.

»Wenn Sie einverstanden sind«, schlug sie vor, »können Sie am Montag zunächst auf Probe bei uns anfangen. Bis Weihnachten muss noch ein aufwendiges Abendkleid fertig werden. Und wenn wir beide nach diesem Auftrag der Meinung sind, dass wir miteinander klarkommen, schließen wir einen richtigen Arbeitsvertrag.«

Ganz zufrieden schien Elena Alberti mit diesem Vorschlag nicht zu sein, sie wirkte enttäuscht. Aber sie versprach, am kommenden Montag pünktlich um neun da zu sein.

Angelas Befürchtung bewahrheitete sich, die himbeerrot gefärbten Garnrollen lagen noch in der Schublade im

Schrank der Weberei, in die Orsolina sie Wochen zuvor gelegt hatte. Darüber hinaus waren alle Webstühle mit anderen Aufträgen belegt.

»Wir brauchen eine weiße oder beige Kette.«

»Wenn das so ist, fallen Nola und Anna schon mal aus«, sagte Fioretta.

Im Grunde wusste sie es selbst. Und Stefanos Kettfäden waren marineblau, Maddalenas knallrot.

»Nicola«, dachte Angela laut. »Seine Kette ist beige. Er hat gerade den Auftrag für Ruggero beendet.«

»Er hat schon mit einem anderen begonnen«, wandte Fioretta ein. »Es ist dieses beige-blaue Muster …«

»… für Vittorios Firma, stimmt«, beendete Angela den Satz.

Sie rieb sich die Nasenwurzel und dachte nach. Dann beschloss sie, selbst noch mal in die Manufaktur zu gehen und sich mit ihren Weberinnen zu beraten. Vielleicht konnte sie Vittorio davon überzeugen, dass sein Auftrag zurückgestellt wurde. Sofort verwarf sie den Gedanken. Sie wusste, dass auch seine Kunden vor Weihnachten ihre Ware geliefert haben wollten.

»Warum weben wir die Seide für die Marchesa nicht auf Maddalenas Webstuhl?« Anna nahm eine der himbeerfarbenen Garnrollen und hielt sie ins Licht. »Dieses leuchtende Rot der Kette macht den Farbton zwar intensiver, aber ich stelle mir das trotzdem schön vor. Viel interessanter als mit einer weißen Kette gewoben.«

Angela überlegte. Maddalena war spätestens am folgenden Tag mit dem Schultertuch fertig, auf das eine Kundin in Schweden schon seit einem halben Jahr wartete. Anna hatte recht. Einen Versuch war es allemal wert.

»Lasst es uns ausprobieren«, schlug sie vor. »Ich müsste der Marchesa per Express eine Probe schicken. Wir können es uns nicht leisten, ein Modellkleid anzufertigen, und am Ende sagt ihr die Farbe nicht zu.«

An diesem Abend schlug sie in ihrem Skizzenbuch die Seite mit dem Entwurf für Donatellas Kleid auf. Sie hatte gerade damit begonnen, die Maße in die Skizze zu übertragen, als das Telefon läutete. Sie rechnete mit Vittorios Anruf, doch zu ihrer Überraschung war es die Marchesa.

»Ich glaube, ich habe heute Mittag vergessen, dir zu sagen, dass ich ein paar Pfund zugenommen habe«, sagte sie kleinlaut. »Ich weiß auch nicht, wie das passieren konnte.«

Angela atmete tief durch. Donatella war bereits recht füllig, und das hatte sie bei ihrem Entwurf berücksichtigt. Das Modell war auf Figur genäht, und da zählte jedes Gramm.

»Das ist doch nicht schlimm.« Sie wusste, dass sie jetzt behutsam sein musste, denn wie jede andere Frau litt Donatella unter ihren Rundungen. »Es wäre natürlich gut zu wissen, wie viel genau.«

»Drei Kilo.« Die Stimme der Marchesa war kaum zu hören. »Na ja, und vielleicht ein paar hundert Gramm mehr.«

»Weißt du was?« Angela bemühte sich, so unbekümmert wie möglich zu klingen. »Lass deine Maße am besten noch mal neu nehmen, und gib sie mir durch. Und vielleicht …« Sie dachte fieberhaft nach. Das himbeerfarbene Modell konnte sie mit sieben Pfund mehr auf Donatellas Hüften vergessen. Was womöglich sogar alles leichter machte. »… vielleicht sollten wir noch mal neu überlegen. Ich habe da gerade so ein Modell vor Augen, das dir ausgezeichnet stehen könnte. Da würden die paar Pfund mehr überhaupt nicht ins Gewicht fallen. Die Farbe: ein helles Creme, kombiniert mit einem himbeerroten weichen Schal. Den drapieren wir über deine rechte Schulter, sodass er vorne und hinten bis zum Boden fällt und deine Silhouette optisch teilt. Auf derselben Schulter setzen wir einen bodenlangen Fledermausärmel an, dessen Ende an einem Ring befestigt ist, so wie es die göttliche Eleonore Duse oft getragen hat. Weißt du, was ich meine?«

Angela war sich nicht sicher, ob Donatella die Schauspielerin aus dem vergangenen Jahrhundert überhaupt kannte, und doch kam ein verblüfftes »*Certo*« von ihr.

»Auf der anderen Seite lassen wir Schulter und Arm frei. Denn du hast eine wirklich fantastische Haltung und eine schöne Haut.« Das stimmte, und Angela war froh darüber, schließlich wäre sie niemals in der Lage gewesen, so überzeugend zu lügen. »Der rote Schal muss natürlich ein wenig kräftiger in der Farbe werden, als wir es geplant hatten, damit der Kontrast zu dem Creme gut wirkt. Kannst du es dir vorstellen, oder soll ich dir ein paar Skizzen schicken?«

Eine Weile war es still am anderen Ende der Leitung. Dann sagte Donatella kleinlaut: »Du meinst also wirklich cremefarben?«

»Unbedingt!« Angela erinnerte sich, dass sie noch mindestens zwölf Meter Seide in dieser Farbe, von Lidias unfehlbarer Hand gewoben, auf Lager hatte. Ein Kunde hatte sie vor Monaten bestellt und im letzten Moment doch etwas anderes gewollt. Jetzt hoffte sie inständig, die Marchesa zu überzeugen. »Ich schicke dir die Skizzen. Wenn du das erst einmal siehst, wirst du nichts anderes mehr wollen. Keine hat so ein Kleid, du wirst aussehen wie eine Göttin. Wie gesagt, die Idee kam mir wie ein Blitz, während wir miteinander sprachen.«

»Ach, das klingt so wunderbar. Weißt du was? Ich vertraue dir, Angela. Mach einfach, was du für richtig hältst. Es wird ganz sicher zauberhaft.«

Angela bemühte sich, nicht so deutlich aufzuatmen, dass es noch in Rom zu hören war. »Schick mir die Maße«, bat sie. »Und ich sende dir morgen den Entwurf. Natürlich beginne ich erst mit dem Kleid, wenn du das Modell gesehen hast und mit allem einverstanden bist. Wenn nicht, finden wir eine andere Lösung.«

Angela nahm alles mit in ihre Wohnung. Im Maulbeersaal, den sie so nannte, weil dort ein großes Fresko mit einem Maulbeerbaum aus dem 17. Jahrhundert eine fünfzehn Meter lange Wand einnahm, breitete sie sich auf dem Esstisch aus. Den Entwurf hatte sie schon vor einer Weile skizziert, doch nun galt es, ihn auszuarbeiten und die hingeworfene Idee, die zunächst nur aus einem Dutzend Linien bestand, in ein tragbares Kleid zu verwandeln. Es war für eine füllige Figur geradezu ideal. Das eigentliche Kleid war äußerst schlicht, nur ein paar kunstvolle Biesen schmückten das schulterlose Oberteil direkt über der Brust. Ansonsten fiel es gerade nach unten, eine Kellerfalte, die knapp oberhalb des Knies begann, würde das Gehen erleichtern, sich jedoch wieder schließen, sobald die Marchesa stand. Das Besondere bildete in der Tat der Fledermausärmel, der wie ein Segel geschnitten war, wenn Donatella den Arm seitlich ausstreckte. Angela musste ausprobieren, ob Lydias Stoff dafür geeignet war oder ob sie den Ärmel besser aus Organza fertigen sollte. Der Hingucker würde der schmale, schier endlos lange Schal sein, den Maddalena weben wollte. Er würde die Trägerin unglaublich schlank wirken lassen, ganz egal, welche Rundungen sich unter dem Kleid verbargen.

Schließlich hatte sie alle Details akkurat gezeichnet, im nächsten Schritt konnte sie den Schnitt herstellen. Doch zuvor musste Donatella mit dem Entwurf einverstanden sein. Also brauchte sie eindrucksvolle Bilder. Angela holte ein paar Bögen schwarzen Zeichenkarton hervor, auf dem das cremefarbene Modell mit seinem roten Element eindrucksvoll zur Geltung kommen würde. Sie spürte noch immer keine Müdigkeit und skizzierte mit Pastellkreiden die Vorder- und Rückenansicht des Kleides. Als sie ihre verschmierten Hände wusch, war es bereits vier Uhr morgens, und als hätte sie nur darauf gewartet, dass sie endlich fertig war, überkam sie die Erschöpfung. Deshalb ließ sie alles stehen und liegen und ging auf der Stelle ins Bett.

Sie schlief tief und traumlos und erwachte am folgenden Morgen davon, dass die Hoftür ins Schloss fiel. Die Stimmen ihrer Mitarbeiter klangen durch den Innenhof und entfernten sich in Richtung Weberei. Erschrocken fuhr Angela hoch, es war schon neun Uhr, normalerweise saß sie um diese Zeit längst an ihrem Schreibtisch. Dann erinnerte sie sich an den Schaffensrausch der vergangenen Nacht, und Freude stieg in ihr auf. Sie duschte, suchte wie schon am Tag zuvor zerstreut nach ihrer Lieblingshaarbürste, bis ihr einfiel, dass sie ja längst eine neue hatte kaufen wollen, benutzte eine andere, trank einen Kaffee im Stehen und betrachtete zufrieden das Ergebnis ihre Arbeit.

Im Büro scannte sie Skizzen und Pastellzeichnungen und schickte sie Donatella. Danach machte sie sich auf die Suche nach dem cremefarbenen Stoff.

Sie fand ihn, in ein Stück Leinen eingeschlagen, ganz hinten im Schrank der Weberei. Wie immer hatte man ihn auf eine Papphöhre gerollt, damit er keine Knitterfalten davontrug. An beiden Enden war die Rolle mit einem fliederfarbenen Rest in dem speziellen Knoten zusammengebunden, den Lidia immer angewandt hatte, und auf einmal fühlte Angela eine tiefe Wehmut darüber, dass diese famose, wenn auch schwierige Weberin sie verlassen hatte. Der Stoff war makellos, so wie alles, was von Lidias Hand gekommen war, fein und doch ein wenig steif und knisternd. Genau richtig für Donatellas neues Kleid. Nun musste die Marchesa nur noch zustimmen.

»Ein Kinderwagen ist hier in Asenza überhaupt nicht zu gebrauchen. Das Pflaster ist viel zu uneben, und ständig geht es steil rauf oder runter. Probier das mal aus«, sagte Nathalie und legte Mariola ihr Tragetuch um die Schultern. »Das ist viel praktischer.«

Angela war für die Mittagspause in die Villa Serena gekommen. Zu ihrer Freude waren Mariola und Valentina auch da, und Nathalie hatte sich der beiden angenommen. Eben wurde die Kleine in das Tuch gesetzt und machte große Augen.

»Wie geht es Ihnen?«

»Danke, viel besser!« Mariola sah Angela mit einer Mischung aus Dankbarkeit und Verlegenheit an.

»Heute Nachmittag wollen wir oben im Park der Villa Duse spazieren gehen«, verkündete Nathalie, als sie sich an den Esstisch setzten. »Dann schau ich mir mal das Häuschen an, in dem du wohnst. Und vielleicht besuchen wir Lorenzo. Mit zwei Babys.« Nathalie lachte. »Ha! Das wird lustig!«

»Lieber nicht«, entfuhr es Mariola, und gleich darauf hielt sie sich vor Schreck die Hand vor den Mund.

»Du brauchst keine Angst vor Signor Rivalecca zu haben«, beruhigte Nathalie sie und nahm sich von dem auf zartem Gemüse gedünsteten Lachs. »Wenn er herumpoltert, meint er es in der Regel nicht böse.«

»Ich habe seine *minestrone* verschmäht.«

Nathalie blickte auf. »Na, das ist natürlich ein Sakrileg«, meinte sie schmunzelnd. »*La Santa Minestrone* ist eine Institution. Wusstest du das nicht?« Sie lachte. »Aber mach dir keine Sorgen, er kommt darüber hinweg.«

Angela lauschte mit gemischten Gefühlen. Natürlich begrüßte sie es, dass ihre Tochter den Kontakt zu ihrem Großvater aufrechterhielt. Vermutlich wusste sie gar nichts von ihrem Streit mit ihm. Umso besser.

Ihr Blick fiel auf Fania, die an diesem Tag besonders still wirkte. Es hatte eine Weile gedauert, bis Emilia es zulassen wollte, dass ihre Nichte mit am Tisch aß. Tess hatte schon seit Langem immer wieder auch Emilia selbst und ihren Sohn eingeladen, mit ihr gemeinsam zu essen, doch sie hatten das stets abgelehnt. Ihr Platz sei in der Küche, sagte Emilia stets mit Stolz in der Stimme. Und Gianni leistete selbstverständlich seiner Mutter Gesellschaft. Aber Nathalies Wunsch konnte selbst Emilia nichts entgegensetzen, sie bestand darauf, dass ihre Freundin auch bei den Mahlzeiten bei ihr war.

Eben kam das Gespräch auf Mariolas wirren Strubbelkopf, und Nathalie, die um die prekäre finanzielle Situation der Neapolitanerin wusste, hatte auf der Stelle eine Idee.

»Fania, du hast doch Gianni neulich so grandios die Haare geschnitten«, meinte Nathalie. »Kannst du das nicht auch bei Mariola?«

In Fanias dunklen Augen blitzte es kurz auf, und Angela begriff bestürzt, dass die junge Frau eifersüchtig war. Offenbar wollte sie ihre neue Freundin nicht mit Mariola teilen.

»Ach nein«, antwortete sie. »Ich kann das gar nicht richtig.«

»Natürlich kannst du es.« Nathalie ließ sich nicht so einfach abspeisen. »Gianni sieht toll aus. Und Mariolas Locken zu schneiden kann doch nicht so schwierig sein.« Fania schob sichtlich unzufrieden ein paar Möhrenstückchen auf ihrem Teller hin und her und gab keine Antwort. »Na gut«, bemerkte Nathalie mit einem nachdenklichen Blick auf sie, »wenn du nicht möchtest, versuch *ich* es eben. Ich meine, wenn du das Risiko eingehen willst, Mariola. Ich hab das nämlich noch nie gemacht.«

Mariola schenkte Nathalie ein strahlendes Lächeln. Sie sieht richtig hübsch aus, wenn sie ihre Sorgen mal für einen Augenblick vergisst, dachte Angela.

»Das riskiere ich gern. Zu Hause haben wir uns auch immer gegenseitig die Haare geschnitten.«

Dann begann leider Valentina zu weinen und weckte damit Pietrino auf, der sogleich in das Geschrei mit einstimmte.

»Und du glaubst wirklich, dass ich so etwas Gewagtes tragen kann?«

Donatella schien hin- und hergerissen zwischen Begeisterung und Zweifel.

»Ja, das kannst du. Sonst hätte ich es dir nicht vorgeschlagen.« Angela stellte die Kaffeetasse mit dem Logo des Hotel Duse auf ihrem Schreibtisch ab. »Du bist groß, Donatella, deswegen wird dir das Modell ausgezeichnet stehen. Einer kleineren Frau würde ich es nicht empfehlen. An dir wird es umwerfend aussehen.«

»Näh mir dieses Kleid«, bat die Marchesa. »Die aktuellen Maße hat dir meine Schneiderin vorhin per Mail geschickt. Ich kann dir sagen: Die ist vielleicht sauer, seit sie das Modell gesehen hat!«

»Zeig es bitte niemandem mehr«, riet Angela ihr. »Besonders keiner Schneiderin. Du könntest riskieren, dass jemand anderes auf deinem Ball mit einem ähnlichen Modell auftaucht. Das wollen wir doch nicht, oder?«

Sie konnte hören, wie Donatella scharf die Luft einsog.

»Nein, auf gar keinen Fall. Ich werde sie sofort anrufen und …«

»Vielleicht ist das nicht notwendig«, unterbrach Angela sie sanft. »Wenn sie weiterhin für dich nähen will, wird sie das unterlassen. Ich meine nur. Für die Zukunft. Meine Modellkleider sind Unikate. Ich wäre nicht die Erste, die man kopiert.«

»Das möge der Himmel verhüten«, rief Donatella aus. »Was machst du denn jetzt mit der himbeerfarbenen Seide, die du extra für mich hast weben lassen? Ich hab ein ganz schlechtes Gewissen deswegen!«

Angela biss sich kurz auf die Zunge. Donatella brauchte ja nicht zu wissen, dass es den Stoff noch gar nicht gab.

»Aus einem Teil davon machen wir den Schal. Den Rest

werde ich für etwas anderes verwenden. Mach dir darüber bitte keine Sorgen.«

»Du bist einfach großartig, Angela. Du glaubst nicht, wie dankbar ich dir bin.«

Angela atmete erleichtert auf, als sie das Gespräch beendet hatte.

»Ist es gut gelaufen?« Fioretta kam gerade aus dem angrenzenden Laden herüber ins Büro, um Quittungen abzuheften.

»O ja. Die Marchesa ist begeistert.« Angela stand auf. »Aber jetzt sollten wir Gas geben. Bis Montag muss alles so weit sein, dass Signora Alberti und ich vernünftig arbeiten können. Wir brauchen ein paar kräftige Helfer, die die beiden Abstellräume entrümpeln.«

»Ich könnte Luca fragen«, schlug Fioretta vor.

»Leitet der inzwischen nicht das Busunternehmen seines Vaters?«

»Am Wochenende hat er frei. Und die Jungs aus unserer Clique – die schlagen mir das nicht ab.«

»Wirklich? Das wäre fantastisch!«

»Die Frage ist nur, wo wir all die Sachen unterbringen.« Fioretta zog ihre hübsche Stirn kraus, so sehr überlegte sie. »Wir können nicht alles wegwerfen. Sie sollten es sich auf jeden Fall vorher anschauen.«

Angela stöhnte. Ihr graute vor dem Durcheinander in den beiden Räumen des angrenzenden Flügels. Seit einem Jahr hatte sie es aufgeschoben, sich darum zu kümmern. Jetzt war der Moment gekommen, in diesem gut hundertfünfzig Quadratmeter großen Bereich endlich für Ordnung zu sorgen.

Den restlichen Nachmittag verbrachte sie damit, sich

durch das Gerümpel zu kämpfen. Zentimeterhoch lag der Staub auf uralten Kisten, Truhen und Schränken. Durchgelegene Lattenroste, Bettgestelle aus billigem Furnierholz, Teile einer Einbauküche aus den Sechzigerjahren, verschrammt und beschädigt – das alles konnte weg. Sie holte leuchtend orangefarbene Post-its aus ihrem Büro und markierte, was Fiorettas Freunde entsorgen konnten.

Ein Gewirr von Holzstangen nahm fast ein Viertel des vorderen Raumes ein, und Angela beschloss, den betagten Schreinermeister Giuggio zurate zu ziehen, ob diese Teile womöglich zu einem Webstuhl gehörten, ehe man sie entsorgte und es später bitter bereute. Keiner kannte sich mit diesen Dingen so gut aus wie er, schon häufig hatte der Alte ihr geholfen. Sie bat Fioretta, ihn in seinem Häuschen im Unterdorf aufzusuchen und wenn möglich gleich mitzubringen.

Dann rückte sie den Truhen zu Leibe. Die erste war vollgepackt mit farbigen Seidenfetzen, keiner größer als ein Taschentuch.

»Das sind Farbproben, wahrscheinlich noch von meiner Mutter«, meinte Orsolina verwundert, als Angela sie zurate zog. Sie hob Stück um Stück aus der Truhe und hielt sie ins Licht.

»Das ergäbe ein schönes Musterbüchlein, oder?«, schlug Angela vor und stöhnte innerlich. Wenn das so weiterging, würde sie die Räume nie leerbekommen.

»Ja, wer weiß … ich muss mir die Sachen in Ruhe ansehen«, antwortete Orsolina. »Stefano wird mir helfen, die Truhe ins Garnlager zu tragen«, fügte sie entschlossen hinzu und ging ihren Mann holen.

In weiteren Truhen fand Angela einige Ballen Kunstseide, die sich als Futterstoff eignete. Außerdem leere Garnspulen von einer Sorte, die man nicht mehr benutzte, alte Kataloge und Magazine, Auftragsbücher in Lelas strenger Handschrift aus den Achtzigerjahren. Konnte man das einfach wegwerfen? Angela entschied sich mutig dafür. Wann um alles in der Welt wollte sie sich denn damit beschäftigen? Und wozu?

»Na, bist du auf Schatzsuche?« Tess' zierliche Gestalt erschien in der zum Innenhof offen stehenden Tür.

»Ach, Tess ...« Angela stöhnte und wischte sich Spinnweben aus dem Haar. »Ich fürchte, ich werde nie fertig mit diesem alten Kram. Und am Montag fängt die neue Schneiderin an.« Tess lachte und krempelte ihre Ärmel hoch. »Du willst doch nicht etwa helfen?«

»Doch, genau das werde ich«, antwortete Tess mit einem Schmunzeln. »Ich leih mir bei Orsolina eine Kittelschürze aus, und dann packen wir es an. Du wirst sehen, gemeinsam macht es viel mehr Spaß. Und wir sind schneller fertig.«

Sie hatte recht. Im Nu hatten sie den ersten Raum durchgesehen.

Giuggio erschien und begutachtete den Stapel Holzlatten.

»*Pezzi di un telaio*«, brummte er nach einer Weile. »Gehört alles zu einem Webstuhl. *Ma* ... Wo sind die Warenbäume? Schäfte sehe ich auch keine.«

»Denken Sie, dass wir das noch gebrauchen können?«

Giuggio rieb sich nachdenklich das Kinn. »Vielleicht taucht ja woanders noch mehr davon auf«, erwiderte er. »Auf dem Dachboden zum Beispiel.«

Angela seufzte.

»Warum verstaust du nicht alles, was wir nicht wegtun wollen, in dem hinteren Raum? Für das Nähatelier reicht doch vorerst dieser hier.«

Tess deutete auf den lichtdurchfluteten vorderen Raum mit Zugang zum Hof.

»Du hast recht.« Angela dachte nach. Früher oder später würde sie auch den hinteren Bereich benötigen. Aber das musste ja nicht gleich heute sein.

»Schau mal, was hier drin ist.« Tess hatte eine weitere Holzkiste geöffnet und hob etwas hoch, das wie eine große Ziehharmonika gefaltet war.

Angela stieß einen kleinen Schrei aus, und auch Giuggio kam sofort herbei. »O mein Gott, das sind Lochkarten!«, rief sie. »Die haben einmal zu einem der Jacquard-Webstühle gehört, die Lela verkauft hat. Offenbar hat man vergessen, die mitzuliefern.«

»Oder Lela hat sie absichtlich zurückgehalten«, murmelte Tess nachdenklich.

Angela nahm vorsichtig den Anfang der oben aufliegenden Karte und hielt sie gegen das Licht. Mit ein bisschen Fantasie konnte man das Muster, das die Löcher in der dicken, alten Pappe bildeten, bereits erkennen. Es sah völlig anders aus als das, was Nicola aus Neapel mitgebracht hatte. Und die Karten waren viel länger.

»Ist alles in Ordnung?« Fioretta stand in der offenen Tür. »Hast du mich gerufen, Angela?«

»Bitte hol Nicola«, bat Angela sie und legte die Lochkartenstreifen behutsam zurück in die Truhe. »Wir haben etwas Sensationelles gefunden. Bleibt nur zu hoffen, dass sie auf Nicolas Webstuhl passen.«

Mit vereinten Kräften schleppten die Männer die Kiste in die Weberei und stellten sie neben die Truhe, die Nicola aus seiner Heimat mitgebracht hatte. Anschließend verglichen sie die Musterkarten miteinander. Die aus Neapel waren schmaler und kürzer. Die Größe der Lochung stimmte jedoch überein.

»Das wird schwierig«, sagte Nicola.

Giuggio stand auf einer Bockleiter, die Stefano ihm gebracht hatte, und maß die Führung der Lochkarten oben auf dem Dach des Webstuhls aus. »Die passen nicht«, meinte er enttäuscht und stieg von der Leiter. Dann blieb er abrupt stehen und legte sein Gesicht in Falten. »Aber vielleicht zu dem, was da unten rumliegt.«

»Was liegt denn da unten?« Nicolas Interesse war geweckt.

»Ein halber Webstuhl«, brummte Giuggio. »Komm mit und sieh es dir an.«

Sie machten es so, wie Tess vorgeschlagen hatte: Alles, was Angela noch behalten wollte, lagerten sie übersichtlich im hinteren Raum. Giuggio und Nicola trugen die Holzteile sorgsam, als handelte es sich um Kostbarkeiten, hinauf in die Weberei, wo die Männer sie nach einem nur für sie durchschaubaren System sortierten. Am Abend erschien Luca, um herauszufinden, wie groß der LKW sein musste, um den Sperrmüll abzutransportieren. Angela kannte ihn nur vom Sehen, der junge Mann brachte schon seit Jahren, lange bevor sie die Seidenvilla übernommen hatte, Touristen mit dem familieneigenen Busunternehmen nach Asenza. Der kleine Laden der Seidenvilla war eine der Stationen auf der Rundfahrt durch das Veneto. An diesem

Freitagabend trug er ein schickes weißes Hemd zu seiner dunklen Jeans, seine Locken waren mit Haarwachs nach hinten gekämmt, und der ganze Innenhof duftete nach seinem Rasierwasser. Auch Fioretta hatte sich schick gemacht. Sie trug ein freches knallrotes Kleid, das ihr ausgezeichnet stand.

»Luca hat mich ins Kino eingeladen«, sagte sie, als Angela ihr ein Kompliment machte.

»Hoffentlich erhört sie ihn endlich«, meinte Tess leise, nachdem die jungen Leute gegangen waren. »Ich weiß nicht, wie lange der Junge ihr schon den Hof macht.« Sie seufzte. »Allerdings wird Gianni betrübt sein«, fügte sie hinzu. »Er schwärmt für Fioretta. Nun ja. Magst du heute Abend mit uns essen?«

»Ich bin mit Vittorio und Tiziana verabredet.« Angela sah auf ihre Armbanduhr. »Wir wollen ein neues Restaurant in der Nähe ausprobieren. Und stell dir vor, Tizi bringt ihren Verlobten mit.«

»Da bin ich gespannt, was du mir über ihn erzählen wirst.« Tess' kobaltblaue Augen blitzten neugierig. »Ihr könnt ja überlegen, ob ihr morgen bei mir essen wollt, Vittorio und du. Oder am Sonntag. Mariola wird mit ihrer Kleinen auch da sein. Übrigens geht es dem Kind bedeutend besser, seit die Mutter keine *minestrone* mehr isst.«

Wie aufs Stichwort wurde die Tür zur Straße aufgestoßen, und Lorenz Rivalecca kam in den Innenhof. Angelas Miene verfinsterte sich.

»Na, dann geh ich mal.« Tess hatte es auf einmal eilig. »Vielleicht sehen wir uns ja später am Wochenende.«

Und weg war sie.

Da stand er nun, der Mann, der angeblich ihr Vater war,

groß, hager, die Schultern wie immer leicht vornübergebeugt, und starrte den Maulbeerbaum an, als hätte er ihn noch nie gesehen. In Angelas Herz tobte ein Sturm aus widersprüchlichen Gefühlen. Sie war immer noch unsagbar wütend auf Lorenzo und hatte sich geschworen, nie wieder auch nur ein Wort mit ihm zu wechseln. Aber einfach ins Haus zu gehen und ihn stehen zu lassen – das brachte sie auch nicht fertig.

»Was willst du?«, fragte sie.

Der Alte ruckte mit seinem Kopf zur Seite, als hätte er eine Ohrfeige erhalten. Er schien mit sich zu kämpfen.

»Tess sagt, du bist sauer auf mich«, brachte er schließlich vor.

»Ja, das bin ich.«

Zu ihrer Bestürzung sah sie, dass die Lippen des alten Mannes zitterten. Es war nicht ihre Art, so unerbittlich zu sein, wie sie es jetzt gern wäre, normalerweise verzieh sie rasch und leichten Herzens. Doch Lorenzo Rivalecca hatte ihr vorgeworfen, sich an ihm bereichern zu wollen, und das hatte die Grenzen seiner üblichen Boshaftigkeiten überschritten.

»Es …« Er focht offensichtlich einen schweren inneren Kampf mit sich aus. »Es …« Kurz räusperte er sich, dann gab er sich einen Ruck. »Es tut mir leid.«

Angela betrachtete ihn überrascht und misstrauisch zugleich. »Was genau tut dir leid?«

»Alles.« Lorenzo machte einige Schritte auf sie zu und sah ihr in die Augen. Seine Lider waren gerötet. »Bitte sei mir nicht mehr böse.«

Sie fühlte ihren Widerstand dahinschmelzen wie Eis in der Sonne. Und doch blieb ein Rest Zweifel. Lorenzo war kein Mann, der sich so leicht entschuldigte, ehrlich gesagt hatte sie damit gerechnet, dass er seinen Groll eher mit ins Grab nehmen würde, als zu Lebzeiten solche Worte aussprechen.

»Ich verzeih dir«, sagte sie. »Aber aus dem Vaterschaftstest wird nichts.«

»Vergiss den Vaterschaftstest«, gab Lorenzo eifrig zurück. »Der hat sich erübrigt. Und dass du es weißt: Du *bist* meine Tochter, ob es dir nun passt oder nicht.«

Der hat sich erübrigt? Was meinte der alte Fuchs damit? Sie wollte noch allerhand erwidern. Zum Beispiel, dass er es gewesen war, der die Vaterschaft plötzlich angezweifelt hatte, nicht sie. Sie holte schon Luft, um das klarzustellen, als sie seinen unsicheren Blick bemerkte und die Furcht darin, sie könnte ihn zurückweisen.

»Ach, Papà«, sagte sie stattdessen nur und nahm ihn einfach die Arme.

5

Ärger

»Sieht so aus, als würde ich dir nur Unglück bringen.« Tizianas Verlobter wirkte niedergeschlagen. Trotz der Glatze inmitten seines kurz rasierten Haars fand Angela Solomon Goldstein attraktiv. Er hatte lebhafte graublaue Augen und einen ausgesprochen schön geschwungenen Mund. »Seit ich hier bin, hast du nur Ärger.«

Das Essen in der neu eröffneten Trattoria, die in den lokalen Zeitungen so gute Besprechungen erhalten hatte, war eine Enttäuschung gewesen: wenig liebevoll zubereitete Speisen und überhöhte Preise. Doch das war an diesem Abend nebensächlich.

»Nein, Darling, das darfst du nicht sagen.«

»Aber so ist es. Deine Eltern mögen mich nicht.« Der Anwalt lächelte traurig.

»Nein, das …«

»Oder sie haben etwas gegen Juden. Wieso um den heißen Brei herumreden?«

Tiziana schwieg betreten und sah auf ihre Hände, die die edle Leinenserviette kneteten.

»Vielleicht wird es Zeit, dass du Abstand von deiner Familie nimmst«, erklärte Vittorio ernst. »Du bist ihre einzige Tochter. Wenn deine Mutter merkt, dass sie dich verlieren könnte, wird sie einlenken.«

»Immerhin unterstützt dich dein Vater«, warf Angela ein. Und als sie Solomons zweifelnde Miene bemerkte, fügte sie hinzu: »Hat er das an Costanzas Geburtstagsfest, als eure Verlobung öffentlich wurde, nicht gesagt?«

»Ich fürchte, er hat seine Meinung geändert.« Tiziana wirkte wie am Boden zerstört. »Mamma hat ihn auf ihre Seite gebracht. Und vor zwei Tagen haben sie mir ein Ultimatum gestellt.«

»*Honey*, sag doch einfach, wie es ist«, warf Solomon ein und verschränkte die Arme vor seiner Brust. »Sie erpressen dich, das trifft es besser.«

Tiziana schluckte schwer. Angela kannte sie gut genug, um zu erkennen, dass die Architektin nahe daran war, in Tränen auszubrechen.

Der Kellner kam, um zu fragen, ob jemand Dessert oder Kaffee wünschte.

»Haben Sie einen guten Cognac?«, erkundigte sich Vittorio. »Ich glaube, den könnten wir jetzt alle vertragen. Hab ich recht?« Keiner widersprach. Vittorio warf Tiziana, die er seit ihrer Geburt kannte, einen besorgten Blick zu. Und als die Schwenker mit der goldbraunen duftenden Flüssigkeit vor ihnen standen, fragte er: »Nun rück schon raus damit, Tizi. Was haben sie sich ausgedacht, um dich zu erpressen?«

»Ich darf Papàs Firma nicht übernehmen, wenn ich die Verlobung nicht löse.«

Tizianas Vater war ein in ganz Italien geschätzter Architekt. Es stand seit Jahren fest, dass seine Tochter das Unternehmen weiterführen sollte. Sie hatte eine Weile im Ausland gelebt und in verschiedenen Architekturbüros gearbeitet, zuletzt in New York. Im Grunde hatte sie seit ihrer Rückkehr aus Amerika im Frühjahr bereits damit begonnen, lukrative Kunden ins Familienunternehmen zu holen. Offiziell war die Firma allerdings noch nicht überschrieben worden.

»Ihr Vater hat sie mit diesem Versprechen zurückgelockt«, warf Solomon ein. »Sie hätte in New York bleiben können. Man hat ihr die Teilhaberschaft bei Wilson & Cobb angeboten, und das ist wahrlich keine schlechte Adresse.« Er seufzte. »Wir hätten beide in New York bleiben sollen«, fügte er frustriert hinzu und ließ den Cognac, den der Kellner mittlerweile gebracht hatte, in seinem Schwenker kreisen.

»Das tun deine Eltern nicht«, warf Vittorio ein. »Damit drohen sie nur.«

Tiziana schüttelte den Kopf. »Papà hat ein Angebot von einem seiner Konkurrenten erhalten, der sein Büro übernehmen will. Er sagt, er nimmt es an, wenn ich mich nicht von Sol trenne. Vito, er macht Ernst.«

Vittorio schüttelte noch immer ungläubig den Kopf. Angela konnte ihm ansehen, wie sehr ihn die Haltung von Tizianas Familie ärgerte. Immerhin waren ihre beiden Mütter beste Freundinnen. Solomon entschuldigte sich und verschwand in Richtung Toilette. Vittorio nutzte die Gelegenheit und beugte sich zu Tiziana hinüber.

»Bitte sag mir eines …« Er sah sie forschend an. »Liebst du diesen Mann? Ich meine, wirklich?«

»Aber natürlich liebe ich ihn.« Tiziana wirkte empört. »Was glaubst du, warum ich das ganze Theater mitmache?«

»In diesem Fall solltest du eine Entscheidung treffen. Sag deinem Vater, er soll sein Büro ruhig verkaufen.«

»Bist du verrückt geworden?«

»Nein, ganz und gar nicht, Tizi. Aber wenn du so weitermachst, wirst *du* verrückt werden. Und du wirst Solomon verlieren. Ich glaube nicht, dass er dieses Theater, wie du es nennst, noch lange erträgt.« Tiziana holte erschrocken Luft. Doch Vittorio war noch nicht fertig. »Willst du mit diesem Mann alt werden? Dann musst du Farbe bekennen. Offenbar wirst du nicht beides haben können: den Segen deiner Eltern *und* den Mann, den du liebst.«

Tiziana starrte ihn mit weit aufgerissenen Augen an, als würde er etwas Ungeheuerliches von ihr verlangen.

Noch ehe sie etwas erwidern konnte, kehrte Solomon an den Tisch zurück. Um das Thema zu wechseln, erkundigte sich Angela bei ihm, ob er in Italien bereits eine adäquate Arbeit gefunden hatte.

»Meine Brüder und ich besitzen in Manhattan eine Kanzlei für internationales Recht. Da geht es vor allem um Streitfälle zwischen US-amerikanischen und europäischen Parteien. Deshalb wäre eine Dependance hier sinnvoll.« Er warf seiner Verlobten einen nachdenklichen Blick zu. »Aber wenn Tiziana wieder zurück in die Staaten möchte, ist das für mich auch kein Problem. In diesem Fall würden wir einen unserer leitenden Anwälte, dessen Familie aus Frankreich stammt, herschicken. Paris wäre ein ebenso guter Standort für ein europäisches Büro.«

Angela hatte das Gefühl, dass Solomon Goldstein längst einen Plan B vorbereitete. Für den Fall, dass Tizianas Familie noch länger Schwierigkeiten machte. Oder sich seine Verlobte gegen ihn entscheiden sollte.

»Hat sich deine Mutter eigentlich bei dir gemeldet?«

Tizianas Probleme mit ihren Eltern erinnerten sie unweigerlich daran, dass auch Costanza in den vergangenen

Monaten alles dafür getan hatte, um sie auseinanderzubringen.

»Nein.« Vittorio hatte sich auf Angelas Sofa im Maulbeersaal fallen lassen und legte ein Bein über das andere. »Dafür Amadeo. Er will über Weihnachten kommen.«

»Wirklich?« Donatella hatte ihr etwas anderes erzählt, offenbar hatten sich Amadeos und Costanzas Pläne geändert. »Wie schön! Dann lerne ich ihn endlich kennen.« Sie setzte sich zu ihm, streifte die Schuhe ab und zog die Füße unter die Beine. »Ich wollte dich ohnehin fragen, wie wir es an Weihnachten halten sollen.«

Nun erübrigt sich diese Frage wohl, dachte sie mit einem Anflug von Wehmut. Sie wollte natürlich gern mit Nathalie und dem Kleinen zusammen feiern. Aber selbstverständlich auch mit Vittorio. Doch wenn sein Sohn kam, würde er wohl lieber in Venedig bleiben ...

»Was hältst du davon, wenn wir alle zusammen hier in der Seidenvilla feiern?«, schlug er zu ihrer Überraschung vor. »Das war so schön im vergangenen Jahr. Amadeo gefällt es bestimmt auch.«

»Das wäre fantastisch!« Angela legte ihre Arme um seinen Hals und glitt auf seinen Schoß. »Du und Amadeo«, zählte sie auf. »Nathalie mit dem Kleinen und Tess.«

»Lorenzo und Costanza.«

Angela stutzte. »Meinst du das im Ernst?«

»Aber ja, jedenfalls würde ich meine Mutter gern einladen, wenn du einverstanden bist. Wenn sie es vorzieht, nicht zu kommen, ist das ihre Sache.«

Angela nickte. Natürlich. Irgendwann, wenn Vittorio und sie erst einmal heiraten würden ... dann wären sie eine Familie. Auf der anderen Seite konnte sie sich beim besten

Willen nicht vorstellen, diese kühle, ablehnende Frau ausgerechnet an Weihnachten ...

»Und was hältst du davon, wenn wir auch Tizi und Sol einladen? Sie machen ja gerade eine schwere Zeit durch. Ich kann mir nicht vorstellen, dass sie bei Tizis Eltern feiern wollen.«

»Das ist eine fabelhafte Idee«, stimmte Angela erleichtert zu. Costanza mochte Tiziana gern, ihre Anwesenheit würde die Situation sicher entschärfen.

Sie schmiedeten weiter Pläne, und schließlich holte Angela die Entwürfe des Kleides für Vittorios Tante, um sie ihm zu zeigen.

»Deswegen muss ich gleich nach den Weihnachtstagen nach Rom fliegen.« Sie seufzte und nahm wieder neben ihm Platz. »Der Ball ist am 29. Dezember. Ohne Anprobe geht es nicht.«

»Das sieht toll aus«, rief er aus, als er die Skizzen sah. »Du schaffst es tatsächlich, dem Flakschiff Donatella eine anmutige Gestalt zu verleihen.« Er grinste über beide Ohren, als er die Geschichte von dem noch nicht gewobenen himbeerfarbenen Stoff hörte und wie geschickt Angela das neue Modell ins Spiel gebracht hatte.

»Mit sieben Pfund mehr hätte deine Tante in Himbeerrot ausgesehen wie ein Knallbonbon«, verteidigte sie sich lachend. »Ich musste ihr diese Farbe unbedingt ausreden. Und stell dir vor, ich habe noch eine gute Nachricht.«

»Da bin ich aber gespannt!« Er war aufgestanden und hatte sich hinter ihren Sessel gestellt. Nun begann er mit sanften Bewegungen ihren verspannten Nacken zu massieren.

»Ich habe eine Schneiderin gefunden. Am Montag fängt sie an.«

»Großartig! Da kann ja nichts mehr schiefgehen. Ich wollte dich gerade fragen, ob du dir mit diesen Kleidern nicht zu viel auflädst. Du leitest immerhin die Weberei.«

»Ja, ich bin auch sehr erleichtert, dass ich sie gefunden habe.« Wohlig seufzend überließ sie sich seinen Händen. Und doch. Wenn sie an Lidias makellose Seide dachte, die sie jetzt einer Fremden anvertrauen sollte, wurde ihr ganz anders.

»Was ist?«, fragte Vittorio. Er beugte sich zu ihr herunter und küsste sanft ihr Ohrläppchen. »Du verspannst dich ja schon wieder!«

»Ich hab mich gerade gefragt, ob Elena Alberti die Richtige ist«, gestand sie mit einem Seufzen.

»Delegieren ist auch eine Kunst, meine Liebste. Wird Zeit, dass du das lernst.«

Am Samstagmorgen wachte Angela früh auf. Es war noch dunkel, als sie sich vorsichtig aus Vittorios Umarmung löste. Sie erhob sich leise, schlüpfte in den wattierten Kimono, den sie sich kürzlich aus grauen, roten und schwarzen Seidenresten genäht hatte und der mit seinem aus der Not heraus entstandenen graphischen Muster äußerst extravagant wirkte. Es war erst fünf Uhr, doch sie fühlte sich hellwach und voller Energie.

Das Kleid … Ehe sie die von Lidia gewobene Seide zerschnitt, würde sie die von ihr angefertigten Schnitte mit jenem Futterstoff ausprobieren, den sie in einem der Abstellräume gefunden hatte. Schon am Vortag hatte sie einen grauen Ballen mit in ihre Wohnung gebracht. Nun schnitt sie die Menge ab, die sie benötigte, legte den Stoff doppelt und steckte ihn fest, damit er nicht verrutschen konnte. Sie verteilte die Schnittmusterteile darauf und fixierte auch diese mit Nadeln. Dann glitt ihre Schneiderschere nur so durch die graue Kunstseide.

Es war inzwischen Viertel nach sechs. Sie machte sich einen Kaffee, ehe sie ihre Nähmaschine holte. Die Schneiderbüste stand bereits seit geraumer Zeit in einer Ecke des Maulbeersaals. Angela rückte sie näher an den Esstisch heran und stellte sie auf Donatellas Maße ein, heftete die Stoffteile zusammen und drapierte sie über der Büste. Trennte hier auf und gab Saum nach, steckte dort ein wenig mehr ab …

»Guten Morgen!« Vittorio stand in der Tür und rieb sich verschlafen die Augen. »Was machst du denn da? Ich dachte, dafür hättest du eine Schneiderin eingestellt?«

Angela steckte die letzte Nadel fest und ging ihm entgegen.

»Guten Morgen!« Sie schloss ihn zärtlich in die Arme. »Das wird ein Prototyp. An dem Futterstoff kann ich ausprobieren, ohne Schaden anzurichten. Schließlich habe ich das Modell frei Hand entworfen. Am Ende muss es Donatella passen.«

»Was ein wahres Wunder sein wird«, gab Vittorio zu und küsste sie wieder. »Wie lange bist du schon auf? Hast du überhaupt geschlafen, oder bist du gestern Nacht heimlich aufgestanden, kaum dass ich eingeschlummert war?«

»Ich bin seit fünf wach«, erklärte sie und streckte ihre Glieder. »Wie spät ist es jetzt?«

»Halb neun.« Er horchte auf. Im Innenhof rumpelte es. »Was ist da los?«

»Das ist Luca mit seinen Freunden«, rief Angela erfreut und eilte zur Tür, die auf die umlaufende Galerie hinausführte.

Sie hatte sich nicht getäuscht. Im Hof stand der junge Busunternehmer, diesmal in Arbeitskluft, mit drei Männern seines Alters, die gerade eine der alten Kisten aus dem Abstellraum zerrten.

»*Buongiorno!*«, rief Angela hinunter und wurde sich erst jetzt bewusst, dass sie noch immer den Kimono trug. »Kommt ihr klar?«

Luca winkte zu ihr herauf und nickte. »*Sissignora*«, antwortete er. »Fioretta hilft uns …«

Hinter ihm kam Angelas Assistentin aus dem Gebäudeflügel, der bald die Schneiderei beheimaten würde.

»*Tutto apposto*«, bestätigte auch sie. »Ich kümmere mich um alles.«

»Wollen wir bei Fausto frühstücken gehen?«, schlug Vittorio vor, als Angela in den Maulbeersaal zurückkam. Er musterte den Esstisch, der von Angelas Näharbeiten vollkommen in Beschlag genommen war.

»Gute Idee. Lass mich nur eben dies noch fertig machen …«

Am Ende war es halb elf, und das Kleid hatte auf der Schneiderbüste bereits Form angenommen, als sie es endlich in die Bar des Hotel Duse schafften. Vittorio stellte mit einem Blick fest, dass alle Hörnchen ausverkauft waren, und ging rasch hinüber zur *pasticceria* Belmondo, um die leckeren Brioches zu kaufen, die Angela so mochte.

»Hättest du Lust, heute bei Tess zu Mittag zu essen? Sie hat uns eingeladen, wann immer wir kommen wollen.«

Angela biss voller Appetit in ihre Brioche und nahm einen Schluck von Faustos unvergleichlichem Cappuccino.

Vittorio nickte. »Gern! Ich hab das Baby noch gar nicht richtig gesehen. Wie alt ist der Kleine denn jetzt?«

»Fast drei Wochen.« Angela konnte nicht anders, sie strahlte wie jedes Mal, wenn sie an ihren Enkel dachte. »Weißt du was? Lass uns gleich rübergehen. Ich kann es kaum erwarten, den süßen kleinen Kerl in den Arm zu nehmen.«

Vittorio lachte und trank seinen Kaffee aus. »Hast du die beiden denn schon so lange nicht mehr gesehen?«

»Gestern das letzte Mal«, räumte Angela ein. »Aber ob du es glaubst oder nicht – diese Säuglinge verändern sich jeden Tag …«

»… vermutlich von Minute zu Minute«, scherzte Vittorio und erhob sich. »Na, dann los! Ich will keine weitere Sekunde verpassen!«

In der Villa Serena hing jedoch der Haussegen schief. Die Hausherrin selbst öffnete ihnen, aus der Küche drangen wütende Stimmen.

»Emilia ist zornig auf Fania«, erklärte Tess und reckte sich auf die Zehenspitzen, um Vittorio Küsse auf beide Wangen zu geben. »Der Kleinen muss leider der Kopf zurechtgesetzt werden, und wer könnte das besser tun als eine liebende Tante?«

In Angelas Ohren klang das, was sie hörte, allerdings überhaupt nicht nach einer liebenden Tante.

»Was hat sie denn angestellt, die Ärmste?«, fragte sie, als sie im Wohnzimmer waren und die Tür hinter sich geschlossen hatten. Im Kamin prasselte ein Feuer, und Tess nahm die Flasche mit ihrem Lieblingssherry von dem Beistelltischchen, auf dem außer einem silbernen Tablett mit verschiedenen Sherrysorten zahlreiche gerahmte Fotos von John standen, Tess' verstorbenem Mann. Angela beeilte sich, Gläser aus der Vitrine zu holen. Dann nahm sie neben Vittorio auf einem der Zweisitzer Platz.

»Nun ja«, begann Tess und schenkte ihnen ein. »Dass Fania und Nathalie sich angefreundet haben, war Emilia von Anfang an ein Dorn im Auge. Sie meint, ihre Nichte würde ihre eigentlichen Aufgaben vernachlässigen und auf dumme Gedanken kommen. Ich muss ihr leider recht geben. Fania ist hier, um dir den Haushalt zu machen, dafür bekommt sie ihr Gehalt. Ist sie überhaupt in den letzten Tagen zu dir in die Seidenvilla gekommen, wie ihr das vereinbart habt? Schließlich zahlst du ja auch die ganzen Versicherungen und so weiter für sie.«

»Ich bin mir nicht sicher«, antwortete Angela. »Vermutlich nicht, ich hab nicht darauf geachtet. Aber wenn sie Nathalie unterstützen kann …«

»Schon«, unterbrach Tess sie. »Inzwischen könnte Nathalie meiner Meinung nach gut ohne sie zurechtkommen. Mariola ist mit ihrer Kleinen ja auch die meiste Zeit allein, wenn sie nicht zum Essen kommt.«

»Oje, da hab ich dir ja allerhand aufgehalst. Plötzlich ist dein Haus voller Babys.« Angela sah Tess schuldbewusst an.

»Für mich ist das überhaupt kein Problem! Mariola ist ein liebes Mädchen. Sie und Nathalie verstehen sich prima. Und ich finde es großartig – endlich ist Leben im Haus. Mir gefällt das. Das Dumme ist nur …« Tess hob lauschend den Kopf. Das Geschrei aus der Küche war verstummt. Irgendwo fiel eine Tür ins Schloss. Die alte Dame seufzte und hob die Augenbrauen. »Fania ist eifersüchtig.«

Angela erinnerte sich, dass auch sie schon den Eindruck gehabt hatte.

»Eifersüchtig? Auf wen denn?«, fragte Vittorio verwirrt.

Ehe Tess antworten konnte, kam Nathalie herein. Vor der Brust trug sie den kleinen Pietrino in einem Tragetuch.

»Hier seid ihr!«, rief sie, umarmte ihre Mutter und küsste Vittorio zerstreut auf beide Wangen. »Mami, du musst etwas unternehmen!« Sie wandte sich aufgeregt an Angela. »Stell dir vor, Emilia will Fania zurück nach Sizilien schicken. Sie weint sich gerade die Augen aus und hat angefangen, ihren Koffer zu packen.« Hilfe suchend sah sie von ihrer Mutter zu Tess. »Das kann man Fania doch nicht antun!«

Angela wechselte einen Blick mit ihrer Freundin. »Ich spreche mit Emilia«, sagte sie. »Aber es wäre gut, wenn ihr mir erklären könntet, was genau los ist. Tess sagte gerade, Fania sei eifersüchtig?«

Nathalie ließ sich neben ihrer Gastgeberin auf die Couch gegenüber ihrer Mutter und Vittorio fallen.

»Na ja, ich würde sagen, sie ist etwas durch den Wind«, räumte Nathalie ein und hob ihr Baby, das zu quäken begonnen hatte, aus dem Tuch. Sie schob ihr T-Shirt hoch und öffnete den Still-BH. »Ich fürchte, sie ist sauer, weil ich mich mit Mariola so gut verstehe. Und dann ist da noch die Sache mit Gianni …«

»Gianni?«

Nathalie legte Pietrino an ihre Brust, es dauerte einen Augenblick, ehe er zu trinken begann.

»Ich hätte vermutlich gar nicht davon anfangen sollen«, erwiderte Nathalie verlegen.

»Wir glauben, dass er sich in Mariola verliebt hat«, verriet Tess mit einem Lächeln. »Das merkt selbst eine alte Frau wie ich. Irgendwie betrachtet Fania ihren Cousin allerdings als ihr Eigentum. Und dich, Nathalie, und dein Baby auch.«

»Und Mariola?« Angela sah gerührt zu, wie ihr Enkel trank. Dann riss sie sich von seinem Anblick los. »Erwidert sie Giannis Gefühle?«

Tess zuckte die Schultern. »Keine Ahnung«, antwortete sie und sah Nathalie an. »Was ist dein Eindruck?«

»Meine Güte, sie kennen sich erst seit ein paar Tagen.« Nathalie hob Pietrino hoch, der sich verschluckt hatte, legte ihn über ihre Schulter und wiegte ihn beruhigend. »Das ist keine Kleinigkeit, was Mariola gerade durchmacht. Schließlich ist sie vor ihrem Ehemann davongelaufen. Ihre Familie führt gerade Gespräche mit ihm, damit er sie in Ruhe lässt und in die Trennung einwilligt. Offenbar hat er schon eine andere.« Nathalie verzog missbilligend das Gesicht.

»Hauptsache, er macht keinen Ärger«, bemerkte Angela. Das fehlte noch, dass eifersüchtige neapolitanische Ehemänner in Asenza aufkreuzten und Krawall machten.

Nathalie nickte. »Das stimmt. Aber Mami, bitte, du musst unbedingt verhindern, dass Fania nach Hause geschickt wird. Glaub mir, Emilia macht Ernst, wenn du nicht einschreitest.«

»Ich kümmere mich darum.«

»Erzähl bloß nichts von Gianni und …«

»Keine Sorge«, beruhigte Angela ihre Tochter. »Ich

brauche Fania dringend in der Seidenvilla. Und das ist die reine Wahrheit.«

Angela klopfte an die Küchentür und öffnete sie vorsichtig. Emilia hantierte schwungvoll mit zwei Kasserollen auf dem Gasherd. Aus einem großen Topf stieg Wasserdampf auf. Die Köchin war hochrot im Gesicht, und als sie Geräusche hinter sich hörte, fuhr sie zornig herum.

»Ah, Sie sind es«, rief sie erleichtert aus und wischte sich die feuchten Hände an der Kochschürze ab. »*Madonna*, haben Sie mich erschreckt.« Sie reduzierte das Feuer unter den Töpfen und wandte sich Angela zu. »Gut, dass Sie da sind. Haben Sie Signor Vittorio mitgebracht? *Perfetto*.« Sie rieb noch immer ihre Hände gegen den Schürzenstoff, es war ihr deutlich anzusehen, dass sie nach den richtigen Worten suchte – etwas, das ihr ansonsten nie Probleme bereitete. »Ich muss mit Ihnen sprechen … wegen Fania …«

»Das trifft sich gut, denn auch ich wollte mit Ihnen über Ihre Nichte sprechen, Emilia«, unterbrach Angela sie. Jetzt durfte sie keinen Fehler machen, sonst saß Fania am Montag im Bus nach Sizilien. »Ich brauche das Mädchen wieder in der Seidenvilla, und zwar heute noch.«

Emilia starrte sie überrascht an. »Aber …«, wollte sie widersprechen, doch Angela ließ sie nicht zu Wort kommen.

»Meine Tochter kommt jetzt allein mit dem Baby klar. Und falls sie Hilfe benötigt, darf sie sich bestimmt auch an Sie wenden, oder?«

»*Naturalmente! Ma …*«

»Wissen Sie, Emilia, in der Seidenvilla wird gerade eine

Schneiderei eingerichtet. Im Augenblick werden Räume entrümpelt, deshalb wäre es großartig, wenn Fania nach dem Mittagessen gleich rübergehen könnte, um dort sauber zu machen. Bis Montag muss das Atelier eingerichtet sein, verstehen Sie?«

»*Certo!*« Die Aussicht, ihrer Nichte tüchtig viel Arbeit aufhalsen zu können, schien Emilias Laune zu heben. »Natürlich verstehe ich das. Fania wird Ihnen helfen. Ich werde sie gleich rufen. Sie kann hier etwas essen und dann rübergehen.«

»Das wäre schön.« Angela wandte sich zur Tür. »Und ab Montag erwarte ich sie wie immer um neun in der Seidenvilla. *Va bene?*«

»Signora …«

»Ja, Emilia?«

Die sonst so resolute Köchin nestelte verlegen an ihrer Schürze. »Am Montag fährt Fania wieder nach Hause zu ihrer Mutter.«

»Warum denn das? Ist das ihr eigener Wunsch?«

»Nein, natürlich nicht. Wenn es nach ihr ginge, würde sie hier mit Ihrer Tochter noch ewig herumsitzen und das Baby schaukeln.« Emilias Augen blitzten aufgebracht. »Meine Nichte ist … nun ja, ich hatte Grund, sie zurechtzuweisen. Sie nimmt sich zu viel heraus. Und daran … *mi scusi*, tragen auch Sie eine gewisse Schuld, Signora.« Emilia holte tief Luft und warf Angela einen prüfenden Blick zu, als fürchtete sie, zu weit zu gehen. »Bitte nehmen Sie es mir nicht übel, aber ich weiß, wovon ich spreche. Sie waren zu freundlich zu ihr und haben in dem Kind Wünsche geweckt, die nicht erfüllt werden können. Sehen Sie, ich arbeite schon seit vielen Jahren bei Signora Tessa und weiß ihre Großmut zu schätzen. Dennoch kenne ich meine Rolle. Ich werde nicht dafür bezahlt, dass ich Maulaffen feilhalte und so tue, als wäre ich ihre beste Freundin. Verstehen Sie mich nicht falsch, wir haben uns beide sehr gern, Signora Tessa hat ein goldenes Herz, und ich würde für sie durchs Feuer gehen, wenn es sein müsste. Aber mein Platz ist in der Küche, im Haushalt, meine Aufgabe ist es, ihr ein anständiges Essen zu kochen und das Haus in Ordnung zu halten. Dafür bekomme ich mein Gehalt. Fania ist noch zu jung, um Ihre Freundlichkeit richtig einzuschätzen zu können. Ihr ist zu Kopf gestiegen, dass sie nur für Nathalie und das Baby da sein sollte. Sie hat außerdem lauter Flausen im Kopf. Wissen Sie, was sie gemacht hat, statt mir zu helfen? In der Bibliothek angefangen, alles umzumodeln, sodass Signora Tessa sich gar nicht mehr zurechtfand. Ach, Signora Angela, ich werde nicht schlau aus dem Kind.«

Emilia sank auf einen Küchenhocker und tupfte sich mit ihrem Taschentuch die Stirn ab. Es war heiß in der Küche, doch Angela begriff, dass es der Streit mit ihrer Nichte war, der ihr so zu schaffen machte.

»Sie haben recht«, sagte sie. »Und ich danke Ihnen für Ihre offenen Worte, ich werde das in Zukunft beherzigen. Aber ich finde, Fania ist ein gutes Mädchen. Wir wollen ihr noch eine Chance geben, nicht wahr?« Emilia schien zu zögern. »Ich brauche sie. Sie haben selbst gesagt, dass ich …«

»Ich habe noch mehr Nichten«, unterbrach Emilia sie störrisch. »Und jede will in den Norden kommen. Das nächste Mal werde ich besser auswählen und …«

»Emilia, seien Sie nicht so hartherzig. So kenne ich Sie

gar nicht. Lassen Sie es uns noch einmal mit Fania versuchen. Ich war sehr zufrieden mit ihr. Wirklich.«

»Na gut«, räumte Emilia ein. »Wenn Sie es unbedingt wünschen. Eine Chance bekommt sie noch. Aber, *prego*, sagen Sie es mir frei heraus, falls Sie nicht zufrieden mit ihr sind. Das müssen Sie mir versprechen. Dann schicken wir sie umgehend zurück nach Hause. *E basta!*«

Fania hatte ihr kleines Köfferchen bereits gepackt, als Angela in den zweiten Stock des Turms kam, um mit ihr zu sprechen. Wie ein Häufchen Elend hockte sie davor und schluchzte herzzerreißend. Als sie Angela bemerkte, erschrak sie.

»Ich habe mit deiner Tante geredet, Fania.«

Die junge Frau zuckte zusammen. »*Zia* schickt mich nach Hause«, sagte Fania mit erstickter Stimme.

»Sie hat es sich anders überlegt«, entgegnete Angela sanft. »Wenn du möchtest, kannst du bleiben.«

Fania sah sie mit weit aufgerissenen Augen an. »Ist das wahr?«

»Ja«, antwortete Angela. Ein Strahlen ging über das Gesicht der jungen Frau. »Ich brauche dich in der Seidenvilla. Und zwar noch heute.«

Fania nickte. Dennoch wirkte sie, als könnte sie ihrem Glück nicht recht trauen. »Ich ... ich darf wirklich bleiben?«

»In deiner ursprünglichen Stellung«, antwortete Angela. »Also ist es gut, dass du gepackt hast. Du wohnst ab jetzt wieder bei deiner Tante und arbeitest bei mir. *D'accordo?*«

»Und ... Nathalie?«

»Die kommt jetzt allein zurecht.« Fania wirkte ernüchtert. »Ich bin dir dankbar, dass du meiner Tochter geholfen hast, Fania. Das hast du sehr gut gemacht. Nun ist dein Platz wieder bei mir.«

»*Certo.*«

Das klang alles andere als glücklich. Und während Angela der jungen Frau erklärte, wie sie ihr an diesem Samstagnachmittag in der Seidenvilla helfen sollte, wurde sie das Gefühl nicht los, dass Fania ganz andere Vorstellungen davon hatte, was sie mit ihrem Leben anfangen wollte, als ihre Tante Emilia. Hätte man sie doch nach Hause schicken sollen? Nein, auf keinen Fall. Von dieser Demütigung würde sich Fania vermutlich nur schwer erholen. Vielleicht kann ich ihr ja helfen, ihren Weg zu finden, dachte Angela. Auch wenn ich mir dann vermutlich eine neue Haushaltshilfe suchen muss.

6

Der halbe Webstuhl

Luca und seine Freunde hatten wie versprochen den Sperrmüll abtransportiert. Fania stürzte sich mit dem Mut der Verzweiflung in ihre Arbeit, und bereits am Samstagabend war der für die Schneiderei vorgesehene Raum blitzsauber.

Am Sonntagmorgen um zehn überraschten Stefano und Nicola Angela damit, dass sie sich mit einem Eimer weißer Wandfarbe, der von Renovierungsarbeiten im vergangenen Sommer übrig geblieben war, daranmachten, Decke und Wände zu streichen. Angela konnte gerade noch dafür sorgen, dass der von Fania sorgsam gereinigte Steinfußboden mit Abdeckplanen ausgelegt wurde, ehe die beiden die Farbrollen schwangen. Die Wände waren noch nicht getrocknet, als sie die Folien wieder zusammenlegten und Angelas riesigen Arbeitstisch, der einmal ihrem Mann gehört hatte, in die Mitte des Raums stellten. Vittorio half ihr, die Schneiderbüste und die Nähmaschine sowie anderes Zubehör hinunterzutragen.

So kam es, dass das Atelier am Montagmorgen bereit war, auch wenn es noch nach Wandfarbe roch. Angela war schrecklich aufgeregt und hatte die halbe Nacht nicht geschlafen.

»Wird schon gut gehen«, tröstete Vittorio sie, als er sich von ihr verabschiedete, um nach Venedig zu seiner Firma zu fahren. Jedes Mal schien es ihm schwerer zu fallen, sich von ihr loszureißen, Angela hatte das Gefühl, dass er sich in Asenza immer heimischer fühlte.

Punkt neun Uhr erschien Elena Alberti. Sie sah sich in dem neu gestalteten Raum um und schnupperte.

»Er wurde gestern erst gestrichen«, sagte Angela. »Besser, Sie lehnen sich noch nicht gegen die Wand. Sie könnten weiß werden.« Sie lachte, doch Elena sah sie aus großen Augen befremdet an. Angela räusperte sich und zeigte ihrer neuen Mitarbeiterin die Skizzen für das Kleid. »Ich habe am Wochenende einen Prototyp gemacht und die Schnitte korrigiert. Hier ...« Sie faltete die Schnittmuster auseinander, sie hatte sie sorgfältig beschriftet. »Wir können also gleich mit dem Zuschnitt beginnen.« Auf dem Tisch lag die noch in Leinen eingeschlagene Rolle mit der cremefarbenen Seide. »Da der Stoff wirklich kostbar ist, schlage ich vor, wir machen das gemeinsam.«

Elena Alberti hob die Brauen. »Bitte. Wie Sie wünschen.«

Angela beschloss, den unterschwelligen Vorwurf zu ignorieren. Vorsichtig nahm sie die Hülle von Lidias Stoff.

»Es handelt sich um handgewobene Seide«, sagte sie. »Ich muss wohl nicht extra betonen, dass wir das Material mit äußerster Vorsicht behandeln. Ehe wir beginnen und nach jeder Pause bitte unbedingt die Hände gründlich waschen ...«

»Aber ja. Wofür halten Sie mich?« Demonstrativ ging Elena Alberti zu dem Waschbecken, das sich im Atelier befand, wusch sich die Hände und trocknete sie sorgfältig ab. »Können wir jetzt endlich anfangen?«

Angela hatte keinen Grund, sich zu beklagen. Signora Alberti verstand ihr Handwerk, in kurzer Zeit waren die einzelnen Teile für Donatellas Kleid zugeschnitten. Die komplizierten Biesen am Dekolleté nähte die Schneiderin akkurat, auch die Ziernähte am Saum gelangen ihr gut. Von Stunde zu Stunde ließ Angelas Anspannung nach, und am Abend war auf der Schneiderbüste zu erkennen, wie das Kleid einmal aussehen würde. Während Fioretta mit Stefanos Hilfe ganze Kofferraumladungen voller Kartons, in denen sich wunderschöne Seidenschals befanden, zur Post brachte, von wo aus sie als Eilsendungen in die ganze Welt geschickt wurden, nähte Signora Alberti am folgenden Tag das Unterkleid.

Angela kümmerte sich um die Kellerfalte, die für mehr Bewegungsfreiheit sorgen würde. Sie hatte dafür einen ganz eigenen Kniff entwickelt, der es ermöglichte, dass der in der Falte verborgene Stoff weitgehend unsichtbar blieb. Es war wie das Ausarbeiten einer Skulptur – ein falscher Stich, und der empfindliche Stoff verriet den Fehler sofort. Es folgte der voluminöse Fledermausärmel. Angela hatte drei Versuche mit dem Futterstoff benötigt, um den eleganten Faltenwurf über der Schulter hinzubekommen. Inzwischen hatten es sich die Weberinnen zur Angewohnheit gemacht, morgens vor der Arbeit und nach der Mittagspause kurz die Köpfe ins Atelier zu stecken, um den Fortschritt dieses Wunderwerks, wie Maddalena das Kleid nannte, zu verfolgen.

»Hier sollte man mal ordentlich zusammenfegen«, meinte Nola eines Mittags und musterte kritisch den mit Stofffetzen und Fäden bedeckten Fußboden. Entschlossen griff die Weberin zu dem Besen, der in einer Ecke bereitstand, während Angela sich daran erinnerte, dass sie Fania eigentlich darum gebeten hatte, dies am Abend oder frühmorgens zu tun.

Sie war so absorbiert von ihrer Arbeit, dass sie kaum Zeit hatte, Tess und Nathalie zu vermissen, die mit dem Baby nach München gefahren waren, um für den neuen Erdenbürger die notwendigen bürokratischen Formalitäten zu erledigen. Mit einem Kinderreisepass für Peter Lorenzo Steeger, wie er nun offiziell als deutscher Staatsbürger hieß, kehrten sie zurück. Angela überließ es auch den beiden, gemeinsam mit Emilia und Fania das Weihnachtsessen zu planen. Alle waren sich sofort einig gewesen, dass sie Heiligabend nach deutscher Tradition feiern wollten, und zwar mit Tannenbaum und Gans mit Rotkraut und Semmelknödeln in der Seidenvilla. Für den 25. Dezember hatte Vittorio einen Tisch in seinem Lieblingsrestaurant reservieren lassen.

Am Donnerstagabend hatten sie das Unmögliche geschafft – das Kleid war fertig bis auf eine Kleinigkeit, die das Modell erst zu einem außergewöhnlichen machen würde: den roten Schal. Maddalena arbeitete fieberhaft an der Seide, und doch schien ihnen die Zeit davonzulaufen. Sie benötigten mehr als dreieinhalb Meter dafür, denn Donatella war stolze eins fünfundsiebzig groß.

Endlich, am Freitagnachmittag vor Weihnachten, war Maddalena mit dem Weben fertig. Vorsichtig wickelten sie und Angela den Stoff vom Warenbaum. Während Nicola und Stefano gemeinsam mit Giuggio seit Tagen versuchten, die gefundenen Einzelteile zu einem Webstuhl zusammenzusetzen, folgten die Frauen Angela ins Schneideratelier.

»*Madonna*«, sagte Maddalena andächtig. »Dieses Kleid ist nicht von dieser Welt.«

Auch wenn die Stoffbahn eigentlich zu breit war, nahm Angela sie so, wie sie war, legte sie provisorisch über die Schulter der Büste, steckte die Falten fest, in die sie die rote Seide legen würde, und trat ein paar Schritte zurück.

»Geschafft«, sagte sie glücklich zu Signora Alberti, die bereits im Mantel in der Tür stand.

»Ich komme am Montag wieder«, erwiderte die Schneiderin. Von allen wirkte sie am wenigsten beeindruckt.

Vermutlich ist sie einfach nur erschöpft von dieser Woche, dachte Angela und nickte ihr zu.

»Nächste Woche müssen wir noch die Nahtzugaben und Schnittkanten versäubern, und zwar von Hand. Den Schal mache ich über das Wochenende fertig.«

Doch Signora Alberti war schon gegangen.

»Für heute sollten Sie auch Schluss machen«, riet Nola. »Sie sind ja völlig erschöpft.«

»Es hat sich gelohnt«, meinte Maddalena glücklich und zupfte noch einmal an dem roten Stoff. »Wenn Sie so wunderschöne Dinge aus unserer Seide machen, bin ich richtig glücklich, Signora Angela.«

»Ich auch, Maddalena«, sagte Angela mit einem Seufzen. »Ich auch.«

Nach dem Abendessen bemerkte Angela, dass in der Weberei noch Licht brannte. Sie ging hinüber und fand Nicola, Stefano und Giuggio immer noch mit den Holzteilen beschäftigt.

»Gut, dass Sie kommen«, sagte Stefano aufgeregt. »Sehen Sie mal, was wir entdeckt haben.«

Er zog ein vergilbtes Stück Papier hervor, auf dem in der strengen Handschrift, die Angela inzwischen als die von Lela Sartori kannte, etwas geschrieben stand.

»Wo kommt das her?«

»Es war an einem der größeren Balken befestigt«, erklärte Nicola. »Wir haben ihn als letzten hochgehoben und den Zettel jetzt erst entdeckt.«

Webstuhl Francese Vidor, 2. Hälfte, las sie. *Auszuliefern bei Bezahlung. LS*

»Was hat das zu bedeuten?«, murmelte Angela. Und dann begriff sie. »Der Webstuhl, der nach Vidor verkauft wurde ...«, sagte sie und sah in die Gesichter der Männer. »Er war ...«

»... nicht vollständig, Signora«, brachte Giuggio ihren Satz triumphierend zu Ende. »Hab ich es nicht gleich gesagt? Die andere Hälfte haben wir hier.«

»Das heißt ...«

»Dieser Seidenfabrikant, Ranelli«, warf Stefano ein, »der hat geglaubt, er schnappt uns mit Lidias Hilfe den Webstuhl vor der Nase weg. Dabei hat die Hälfte gefehlt.«

»Deshalb haben wir ihn in Mestre nicht gesehen, als wir Lidia besucht haben«, sagte Angela verblüfft und sah wieder auf den Zettel.

»Was soll denn das heißen: *Webstuhl Francese* ...«, wollte Nicola wissen. »Ich verstehe kein Wort von dem, was ihr sagt.«

»Hier wurden Jacquard-Webstühle nach ihrem französischen Erfinder *Francesi* genannt«, erklärte Angela. »Lela Sartori, die ehemalige Besitzerin der Seidenvilla, besaß zwei davon. Beide wurde in den Siebzigern verkauft.

Einen hat Lidia in Vidor ausfindig gemacht. Den hat uns Ranelli vor der Nase weggeschnappt.«

»Mit Lidias Hilfe«, fügte Stefano anklagend hinzu.

»Aber er hat nur den halben Webstuhl bekommen.« Giuggio bleckte triumphierend die Zähne. »Und die Hälfte der Lochkarten.« Es war der alte Schreinermeister gewesen, der Angela damals geraten hatte, die Einzelteile des Webstuhls, die auf dem Dachboden einer Scheune in Vidor eingelagert waren, vor dem Kauf auf Vollständigkeit zu prüfen, nur deshalb war Ranelli zum Zuge gekommen. Jetzt sah er sich bestätigt.

»Offenbar haben die Käufer die zweite Rate nicht bezahlt.« Angela betrachtete nachdenklich den Zettel.

»Lela war schlau«, sagte Giuggio und wies auf das Gestänge, das sie bereits provisorisch aufgebaut hatten. »Sie hat die Webstube, die Bank und anderes stützendes Gestänge geteilt, aber das ist nicht schlimm, das, was fehlt, kann man leicht nachbauen. Sie hat jedoch auch die Schäfte geteilt und die Mechanik, mit der die Lochkarten eingelesen werden. Und das ist schwierig. Es sind handgegossene Metallelemente, sehr kompliziert. Selbst ich traue mir nicht zu, die andere Hälfte des Webstuhls zu rekonstruieren.«

»Das heißt aber auch«, meinte Angela nachdenklich, »dass Ranelli mit dem, was er Mimmo Trestelle abgekauft hat, nichts anfangen kann?«

Giuggio nickte. Schweigend starrten die Männer auf den unvollständigen Torso.

»Und was haben wir jetzt davon?« Nicola wirkte frustriert.

Einmal mehr fragte Angela sich, was wohl aus Lidia

geworden war. Ob Ranelli sie noch so schätzte, nachdem sich ihre »Morgengabe« als unbrauchbar erwiesen hatte?

»Weiß eigentlich jemand von euch, wie es Lidia geht?«

Stefano starrte sie an, als hätte er sich verhört. »Lidia? Nein. Mit Verrätern pflegen wir keinen Umgang.«

»Mami, ich hab Tante Simone angerufen und sie nach ihrem Rezept für Semmelknödel gefragt. Und weißt du, was sie mir geantwortet hat?«

Sie hielten in der Seidenvilla einen Brunch, auch Tess war gekommen. Der Esstisch war mit Köstlichkeiten bedeckt, die Vittorio in einem Feinkostladen von Asenza eingekauft hatte.

»Sie hat es dir hoffentlich erklärt?«

»Nein, Mami!« Erst jetzt bemerkte Angela, wie besorgt ihre Tochter wirkte. »Sie hat gesagt, dass sie kommt.«

»Was? Simone will kommen?«

»Zu Weihnachten. Sie sagt, sie wollte schon immer mal Urlaub in Italien machen. Wieso also nicht bei uns?«

»Was ist mit ihrem Mann? Kommt der auch mit?«

»Onkel Richard?« Nathalie nahm sich noch ein Mandelhörnchen. »Sie hat gesagt, er sei ausgezogen. Wegen einer anderen Frau, stell dir das mal vor! Die Details willst du gar nicht wissen.«

Angela war sprachlos. »Und was hast du geantwortet?«

»Na, dass sie uns willkommen ist.« Nathalie zog eine schmerzliche Miene, so als hätte sie Zahnweh. »Was hätte ich denn sonst sagen sollen?«

Angela sank stöhnend in ihrem Stuhl zurück. »Na großartig.« Das wird vielleicht eine Mischung werden, dachte sie. Ihre wenig sensible Schwägerin hatte ein einzigartiges Talent, Menschen vor den Kopf zu stoßen. »Wenn ich nur daran denke, wie sie …«

»Mami«, unterbrach Nathalie sie sanft. Sie wusste genau, was ihre Mutter meinte. Zu Beginn ihrer Schwangerschaft hatte Nathalie das Kind abgelehnt. Sie war nach München gefahren, um eine Abtreibung vorzunehmen, und hatte ausgerechnet ihre Tante Simone um Hilfe gebeten. Als Nathalie es sich im letzten Moment anders überlegt hatte, war Simone sehr wütend gewesen. »Wo ich mir extra einen Tag freigenommen habe«, hatte sie sich beschwert … »Mami«, wiederholte Nathalie leise und drückte ihr die Hand. »Lass uns das einfach vergessen, ja? Im Augenblick ist sie sehr unglücklich, die Ärmste.« Pietrino meldete sich, der in seiner Wippe geschlafen hatte, und Nathalie ging, um ihn auf den Arm zu nehmen. In wenigen Tagen würde der Kleine vier Wochen alt. An diesem Morgen hatte er Angela das erste Mal angelächelt.

»Das ist doch wunderbar«, sagte Vittorio. »Wer ist diese Simone?«

»Die Schwester von meinem Papa«, erklärte Nathalie und setzte sich mit Pietrino wieder an den Tisch, um ihn zu stillen. »Und sei gewarnt: Sie ist nicht wirklich nett.«

»Na, dann passt sie ja vortrefflich zu Lorenzo«, warf Tess ein. »Am besten quartieren wir sie gleich bei ihm ein.«

Nathalie musste so sehr lachen, dass Pietrino zu weinen begann, da er die Brustwarze verloren hatte. »Der ist gut, Tess, ja genau, das machen wir.«

»Und wie steht es mit Costanza und Amadeo?«, erkundigte sich Angela. »Haben sie eigentlich zugesagt?«

»*Sissignora*«, antwortete Vittorio zufrieden. »Und Tizi und Sol kommen auch.«

Nach einer Weile zog Angela sich ins Atelier zurück. Der Stoff für den roten Schal war zu breit, das hatte sie von Anfang an gewusst. Maddalenas Kette war nun mal in der Breite der Schultertücher aufgezogen worden, und so musste sie die Seide ihrer gesamten Länge nach um rund ein Drittel abschneiden. Das tat weh, aber es ging nicht anders.

Konzentriert legte sie die Schere an. Jetzt bloß nicht zittern, der Schnitt musste perfekt sein, sonst fiel der Schal nicht richtig. Endlich hatte sie es geschafft. Und nun musste die Kante perfekt versäubert werden.

Angela arbeitete ruhig und konzentriert. Dabei ging ihr die vergangene Woche noch einmal durch den Kopf. Elena Alberti war eine gute Schneiderin, und doch war sie mit ihr nicht warm geworden. War das nicht notwendig? Angela seufzte. Sie arbeitete am besten mit Menschen zusammen, mit denen sie auf einer Wellenlänge lag. Aber was war schon eine Woche? Elena und sie würden sich aneinander gewöhnen. Vermutlich hatte sie ihrer neuen Mitarbeiterin gegenüber zu wenig Vertrauen gezeigt, das könnte sie verletzt haben. Wie auch immer, dachte sie, als sie endlich die Handarbeit beendet hatte und ihre steifen Schultern zu lockern versuchte, mit der Zeit wird alles besser werden.

Zwei weitere Stunden brauchte sie, um den Schal so auf der Schulter des Kleides zu drapieren, dass er perfekt fiel, und ihn vorsichtig festzunähen. Dann war sie fertig. Angela ging einige Schritte zurück und begutachtete das Ergebnis. Die makellose Seide schimmerte sanft wie Alabaster. Die Falten, die der weite, bodenlange Ärmel warf, wirkten wie in Stein gemeißelt. Und der rote Schal, der die

Silhouette wie mit einem breiten Pinsel gezogen senkrecht teilte, leuchtete wie helles Feuer. Anna hatte recht behalten: Das himbeerfarbene Garn auf der karmesinroten Kette hatte einen unvergleichlichen Rotton ergeben.

»Es ist wunderwunderschön«, hörte sie ihre Tochter sagen. Nathalie war leise hereingekommen, ihr Söhnchen auf dem Arm. »Ich glaube, ich habe in meinem Leben noch nie ein so traumhaftes Kleid gesehen. Nähst du dasselbe für mich, Mami?«

Angela schüttelte lächelnd den Kopf. »Es ist ein Modellkleid«, erklärte sie. »Das gibt es nur ein einziges Mal auf der Welt. Aber ich entwerfe ein anderes für dich, mein Schatz. Wann immer du eine solche Garderobe brauchst.«

»Zu deiner Hochzeit vielleicht.« Nathalie lächelte schief.

»Oder zu deiner?«, schlug Angela vor.

Doch Nathalie schüttelte heftig den Kopf. »*Du* bist die Verlobte hier«, gab sie zurück. »Bei mir gibt es weit und breit momentan nur einen Mann.« Sie hob ihren Säugling in die Höhe, und sie lachten beide herzlich.

An diesem Sonntag tat sie nichts anderes, als lange zu schlafen, sich bekochen zu lassen, mit Vittorio einen Spaziergang zu machen und anschließend wieder die Beine hochzulegen. Es waren noch vier Tage bis Heiligabend, und Angela fühlte die Anstrengung des vergangenen Jahres in allen Poren. Nathalie hatte die Idee, das Kleid aus verschiedenen Blickwinkeln zu fotografieren und die Bilder Donatella zu schicken, was sie auch sofort in die Tat umsetzte.

Am Montagmorgen übergab sie Elena Alberti das Kleid, damit sie von innen die Nahtzugaben und Schnittkanten sorgfältig von Hand versäuberte.

»Das ist mein Markenzeichen«, erklärte sie, als sie sah, wie Elena die Stirn runzelte.

»Aber das sieht doch niemand«, wandte sie ein. »Wer schaut schon nach den Nähten …«

»Es macht einen Unterschied«, unterbrach Angela die Schneiderin. »Spätestens, wenn das Kleid aus der Reinigung kommt, spielt es eine Rolle. Es bleibt besser in Form. Das muss ich Ihnen nicht ernsthaft erklären, oder?«

Gemeinsam nahmen sie das Kleid von der Büste, drehten es auf links und breiteten es auf dem Tisch aus. Dann zeigte Angela mit Nadel und Faden, wie sie es sich vorstellte.

»Können Sie auf diese Weise alle Nähte bearbeiten? Man muss äußerst vorsichtig sein, die Stiche dürfen auf der Vorderseite keinesfalls erkennbar sein. Sehen Sie, so.«

Elena Alberti wirkte ungehalten. »Wenn Sie es wünschen! Aber das dauert eine Ewigkeit, das ist Ihnen schon klar?«

»Wir haben ja noch drei Tage bis Weihnachten. Sie sollten spätestens morgen Nachmittag fertig sein.«

Angela räumte im Atelier noch ein paar Sachen auf, jedoch nur, um noch einen Moment in der Schneiderei zu bleiben und zu sehen, ob Elena die Handarbeit auch tatsächlich so ausführte, wie sie es sich vorstellte.

Ich sollte damit aufhören, Elena kontrollieren zu wollen, schalt sie sich selbst und warf noch einen letzten Blick auf die Schneiderin.

»Sie finden mich im Büro, falls Sie mich brauchen«, sagte sie.

Elena Alberti nickte kurz und widmete sich wieder dem Kleid.

»Das sind die letzten Bestellungen.« Fioretta wies zufrieden auf einen Stapel schmaler Kartons, die sie für die Versendung der Seidentücher verwendeten.

»Ruggero Esposito fragt, ob wir noch ein Tuch mit Jacquard-Muster für seine Mutter hätten.«

Angela las gerade die neuesten E-Mails. Der Innenarchitekt aus Neapel war nicht nur einer ihrer wichtigsten Kunden, sie hatten sich auch angefreundet.

»Typisch Mann«, sagte Fioretta und seufzte. »Immer im allerletzten Moment. Ich glaube, zwei Tücher von Nicola sind noch da. Eines in Smaragdgrün und das andere ist … Warte mal, ich hol sie mal eben rüber. Dann schicken wir ihm Fotos, und er kann auswählen.« Und schon verschwand sie in Richtung Laden.

Angela fiel ein, dass sie auch noch eines in wunderschönen Türkistönen bei sich oben hatte, und ging rasch, um es zu holen. Sie hatte es noch nie getragen, und falls es Ruggero gefiel … Als sie in den Maulbeersaal kam, schreckte Fania aus einem Sessel hoch und versuchte, ein Buch hinter ihrem Rücken zu verstecken.

»Hast du etwas zum Lesen gefunden?«, fragte Angela möglichst harmlos und blickte sich in dem großen Raum um.

Sie hatte Fania am Morgen gebeten, die Fenster zu putzen und den Boden zu wischen, damit an Weihnachten alles schön sauber war. Doch noch immer war die Wohnung so, wie sie sie am Morgen verlassen hatte.

Sie beobachtete, wie Fania das Buch, das sie als eines aus ihrem Bücherregal erkannte, zurück an seinen Platz stellte und in die Küche rannte. Es lag ihr nicht, ihre Angestellten zurechtzuweisen, und sie hoffte, dass der Schreck über ihr unerwartetes Erscheinen ausreichte, um Fania an ihre Pflichten zu erinnern.

Sie holte das Seidentuch, und als sie auf dem Rückweg einen Blick in die Küche warf, sah sie, wie Fania heißes Wasser in den Putzeimer einlaufen ließ und sich Gummihandschuhe überstreifte.

»Du kannst gern nach Feierabend lesen«, sagte sie nun doch.

Fania nickte und vermied es, ihr in die Augen zu sehen. »Aber erst dann. In Ordnung?«

»Natürlich«, antwortete Fania rasch. »Bitte verzeihen Sie.«

Am Ende gefiel Ruggero das grün gemusterte Seidentuch am besten, und Fioretta packte es rasch für ihn ein. So ging der Vormittag dahin. Donatella rief an, und ihre Stimme überschlug sich beinahe, so begeistert war sie von den Fotos.

»Ich kann es kaum erwarten, das Kleid anzuprobieren«, rief sie in den Hörer. »Angela, du bist ein Genie. Bleibt es bei unserer Verabredung am 27. Dezember?«

Angela bejahte und buchte rasch einen Flug nach Rom für diesen Tag, beinahe hätte sie das vergessen. Dann sah sie in der Weberei vorbei, wo Stefano an einer Großbestellung arbeitete, die ihn auch noch im neuen Jahr beschäftigen würde. Nola bäumte gemeinsam mit Nicola Annas Webstuhl neu auf, und Angela bemerkte, dass ihre Mitarbeiterin im Gegensatz zu sonst bei dieser Arbeit richtig gute Laune hatte. Der Weber aus Neapel war der Einzige, den sie neben sich duldete, wenn es galt, die vielen Fäden durch die Ösen der Schäfte zu fädeln, offenbar beeindruckte es die erfahrene Weberin, wie geschickt der junge Mann mit seinem *francese* umging. Maddalena hatte gerade mit einem neuen Tuch begonnen, und wie Angela bemerkte, verwendete sie weiterhin das himbeerfarbene Garn, von dem ja noch jede Menge übrig war. Sie bat die Weberin, eine andere Farbe mit einzuarbeiten, damit es sich von dem Schal an Donatellas Kleid unterschied. Sie wählten ein im Ton ähnliches Mauve aus, und Maddalena wechselte jeden fünften Schuss zwischen den beiden Farben, was sehr hübsch aussah.

Schließlich wurde es Mittag. Zum Essen wurde Angela in der Villa Serena erwartet. Ehe sie aufbrach, wollte sie nach Elena Alberti sehen. Als sie ins Atelier trat, glaubte sie, ihren Augen nicht zu trauen.

Die Schneiderin stand mit hochrotem Kopf am Bügelbrett, das kostbare Kleid hatte sie offenbar hastig darüber gezerrt. Dampf stieg auf, und Angela stieß einen spitzen Schrei aus.

»Was machen Sie denn da?« Im nächsten Moment war sie bei der Frau, schob sie zur Seite und sah die Bescherung. »O mein Gott ...«, entfuhr es ihr, dann brachte sie keinen weiteren Ton mehr heraus.

Die Nähte waren allesamt verdorben. Viel zu grobe Stiche hatten sich auf der Vorderseite durchgeschlagen und das Kleid verunstaltet. Offenbar hatte die Schneiderin ihren Fehler bemerkt und versucht, den Schaden dadurch auszumerzen, dass sie die Nähte von links aufbügelte. Damit hatte sie das Ganze jedoch noch verschlimmert. Mit zitternden Händen breitete Angela das wertvolle Stück auf dem Arbeitstisch aus, um das Ausmaß der Zerstörung begutachten zu können. Die gesamte Vorderseite des Kleides einschließlich der komplizierten Kellerfalte war betroffen. Unrettbar zerstört.

»Lassen Sie mich das ausbügeln …«, versuchte Elena Alberti sich zu rechtfertigen. Angela musste dem Impuls widerstehen, die Frau zu schlagen. Ihr wurde kurz schwindlig vor Augen, sodass sie sich an der Tischkante festhalten musste. Die Arbeit einer ganzen Woche …

»Gehen Sie«, hörte sie sich mit rauer, fremder Stimme sagen. »Gehen Sie, und treten Sie mir nie wieder unter die Augen.«

»Wie? Ich soll einfach so gehen?« Elena Alberti stellte sich breitbeinig vor sie hin. »Sie schulden mir eine Woche Lohn.«

Angela glaubte, nicht richtig zu hören. Es fehlte nicht viel, und sie würde sich auf die Frau stürzen.

»Gehen Sie jetzt besser.« Angela hatte Fioretta nicht hereinkommen hören. »Schauen Sie nach den Feiertagen vorbei, dann wird Signora Angela mit Ihnen darüber sprechen. Jetzt ist nicht der richtige Moment.«

7

Endspurt

»Ich spreche mit Donatella«, hörte Angela Tess wie durch einen dichten Schleier hindurch sagen. »Sie wird es verstehen. Du liebe Güte, ihr ganzer Schrank hängt voll mit eleganten Kleidern. Davon geht die Welt nicht unter.«

Fioretta war zur Villa Serena gelaufen und hatte Tess gebeten, auf der Stelle mitzukommen. Nun standen sie um den Schneidertisch herum und starrten auf das ruinierte Kleid.

»Ist denn wirklich nichts zu retten?«

Fioretta hob das Oberteil ein wenig an und betrachtete es im Licht. Auch auf den kunstvoll genähten Biesen fanden sich hässliche Glanzspuren.

»Was sie nicht mit der Nadel geschafft hat, hat sie mit dem Bügeleisen zerstört.« Angelas Stimme zitterte. Sie ließ sich auf einen Stuhl fallen und rieb sich die Nasenwurzel. »Und dabei hat sie sich so gut angestellt…«

»Der rote Schal ist noch in Ordnung«, bemerkte Fioretta. »Und der Ärmel…«

Als sie ihn ausbreitete, wurden auch hier die speckig glänzenden Flecken, die das Bügeleisen hinterlassen hatte, sichtbar.

»Welch ein Jammer!« Tess schüttelte den Kopf. »Aber Liebes«, wandte sie sich an Angela, »was geschehen ist, ist geschehen. Komm. Jetzt musst du erst einmal etwas Anständiges essen. Und dann sehen wir weiter.«

»Ich bin nicht hungrig«, sagte Angela tonlos. Sie atmete tief durch und erhob sich. »Nein, ich muss nachsehen, wie viel von Lidias Seide übrig ist. Es waren an die zwölf Meter …«

»Was hast du vor?« Tess musterte sie beunruhigt. »Du fängst jetzt nicht etwa noch mal von vorne an? Angela, das ist nie und nimmer zu schaffen. Außerdem ist bald Weihnachten. Und du bist ohnehin am Ende deiner …«

»Ich bin noch lange nicht am Ende.«

Entschlossen verließ Angela das Schneideratelier und rannte, zwei Stufen auf einmal nehmend, hinauf in die Weberei, wo sie den Rest des cremefarbenen Seidenstoffs aufbewahrte. Kurz darauf kehrte sie mit der sorgsam verpackten Rolle zurück. Sie nahm das Kleid und hängte es auf einen Bügel. Und unter Fiorettas und Tess' ungläubigen Blicken räumte sie den Tisch frei und rollte den Seidenstoff aus.

»Was machst du da?«

Angela ließ sich nicht ablenken. Sie nahm ihr Metermaß und prüfte routiniert die Stoffmenge.

»Es könnte gerade so reichen«, murmelte sie. »Für die Kellerfalte muss ich womöglich einen anderen Stoff …«

»Angela, wach auf!« Tess legte ihr die Hand auf die Schulter. »Was du vorhast, ist unmöglich. Du ruinierst dich nur und schaffst es am Ende trotzdem nicht. Nicht allein!«

»Donatella wird ihr Kleid bekommen«, erklärte Angela störrisch. »Ich lasse mir von dieser Stümperin meinen Ruf nicht verderben!«

»Ich helfe dir«, sagte Fioretta. »Ganz egal, wie lange es dauert.«

»Ihr seid doch verrückt, ihr beiden.« Tess stampfte ungehalten mit dem Fuß auf.

»Nein, Tess«, entgegnete Angela. »Es muss sein. Die Marchesa hat das Kleid bereits auf Fotos gesehen. Ich kann sie jetzt nicht mehr enttäuschen, das geht einfach nicht. Heute ist der 21. Dezember. Bis zu meiner Abreise nach Rom ist es noch knapp eine Woche. Das ist zu schaffen, Tess. Zumal ich das Kleid ja schon einmal genäht habe, das zweite Mal ist es immer einfacher.«

»Aber dazwischen liegt Weihnachten«, wandte Tess verzweifelt ein. »Du bekommst Besuch. Von Vittorios Sohn, seiner Mutter und deiner Schwägerin.«

»Simone soll sich um das Weihnachtsmenü kümmern«, beschloss Angela. »Das kann sie ohnehin viel besser als ich. Fania wird ihre Finger von den Büchern lassen und dafür sorgen, dass das Haus in Ordnung ist. Und Costanza? Für die wäre es die Krönung des Festes, wenn ich versagen würde. Donatella ist ihre Schwägerin, vergiss das nicht.« Sie sah auf und erkannte endlich, welche Sorgen Tess sich um sie machte. »Bitte, Tess. Was ich jetzt brauche, ist Unterstützung. Auf allen Ebenen.«

Es war Tess anzusehen, wie sehr sie mit sich kämpfte. Schließlich stieß sie geräuschvoll die Luft aus. »Na schön. Nähen kann ich nicht. Aber dafür sorgen, dass die anderen dich in Ruhe lassen. Und dass du gut versorgt wirst.«

Die Neuigkeit von dem verdorbenen Kleid hatte sich in der Weberei sogleich herumgesprochen, und alle gingen nur noch auf Zehenspitzen durch die Werkstatt, um ihre *padrona*, die direkt unter ihnen wieder von Neuem beginnen musste, nicht zu stören. Tess hatte Angela dazu überreden können, eine kleine Pause einzulegen und etwas von der *parmigiana* zu essen, die Fania aus der Villa Serena geholt hatte. Sie hatte sich sogar eine Viertelstunde aufs Sofa gelegt, sich bemüht, ihren Atem zu kontrollieren und ihre Kräfte zu sammeln. Doch dann hatte sie keine Ruhe mehr gehabt.

Ein paar Stunden später waren die einzelnen Teile des Kleides erneut zugeschnitten. Fioretta blieb an ihrer Seite und assistierte ihr, so gut sie konnte. Sie waren seit Langem ein eingespieltes Team, die besonnene Art der jungen Frau beruhigte Angela und half ihr, sich zu konzentrieren. Gegen halb fünf klopfte es an der Tür. Es war Mariola.

»Ich möchte Ihnen meine Hilfe anbieten«, sagte sie.

»Wobei denn?«

»Beim Nähen.« Und als Angela sie überrascht musterte, fügte sie hinzu: »Das kann ich wirklich gut.«

»Wenn ich ehrlich bin«, antwortete Angela, »möchte ich lieber keine Experimente mehr eingehen.«

»Mit mir gehen Sie kein Risiko ein, Signora«, beteuerte Mariola. »Ich kenne mich mit handgewobener Seide aus, seit ich ein kleines Mädchen war. Wir haben sie zu Hause auch verarbeitet, ehe alles auseinanderbrach.« Ein Anflug von Wehmut zog über das Gesicht der jungen Frau. Nathalie hatte offenbar Ernst gemacht und ihr das Haar geschnitten, was ihr sehr gut stand. »Krawatten, Fliegen und Gilets waren meine Spezialität«, fuhr sie fort. »Und niemals mit der Maschine. Alles per Hand. Hier, ich möchte Ihnen etwas zeigen«, fügte sie hinzu, als sie Angelas abwehrende Haltung bemerkte. Aus ihrer Umhängetasche zog sie ein in Seidenpapier eingeschlagenes Päckchen und legte es auf den Tisch. »Bitte, sehen Sie sich das an. Ich habe es noch in Neapel aus einem Reststück genäht.« Angela schlug das zarte Papier auseinander. Zum Vorschein kam ein winziges Kleidchen aus weiß-rosé gemusterter Jacquard-Seide, kunstvoll verziert mit Herzrüschen und Schleifen. »Das Taufkleidchen für Valentina«, sagte Mariola, und ihre Stimme klang bedrückt. »Wir wussten schon lange, dass es ein Mädchen ist. Das war noch ein Grund für Edoardo, wütend auf mich zu sein.« Ihre Stimme klang brüchig.

»Aber wieso denn?«, fragte Fioretta.

»Er wollte keine Kinder.« Mariola biss sich auf die Unterlippe. »›Und wenn es unbedingt sein muss‹, hat er gesagt, ›dann einen Sohn‹.«

»Vielleicht sollten wir im neuen Jahr eine Doppeltaufe feiern«, schlug Angela vor. Sie betrachtete das hübsche Kinderkleid von allen Seiten, drehte es auf links und hielt die Nähte ins Licht der Deckenlampe. »Und das haben Sie tatsächlich vollständig von Hand genäht?«

Mariola nickte. »Meine Mutter hat immer gesagt, dass Seide von keiner Maschine berührt werden darf, Nähmaschinen kamen ihr nicht ins Haus.« Sie trat einen Schritt näher und betrachtete die Unmengen an Stoff, die auf dem Tisch ordentlich zusammengelegt waren, jeweils noch mit dem Schnittmuster versehen. Dann wandte sie sich dem verdorbenen Kleid auf dem Bügel zu und studierte es genau. »Da gibt es viele lange Nähte«, sagte sie nachdenklich. »Eine fantastische Seide! Wer hat die gewoben?«

»Eine Kollegin, die leider nicht mehr bei uns arbeitet«, antwortete Angela mit einem Seufzen. »Wo haben Sie denn Valentina gelassen?«

»Bei Nathalie.«

»Und wie stellen Sie sich das Arbeiten vor? Valentina ist noch so klein. Sie muss regelmäßig gestillt werden.«

»Ja, das stimmt«, räumte Mariola ein. »Aber die Abstände werden jetzt länger, sie schläft tagsüber recht viel. Ich dachte mir, ich bring sie einfach mit. Nathalie würde mir ihre Wippe ausleihen. Oder wir holen den Stubenwagen hier ins Atelier. Bei uns in Neapel sind auch ständig Kinder herumgewuselt, das ist doch normal. Aber … wenn Sie das stört …«

»Nein, das nicht. Nur …«

»Sie haben Sorge, dass das Kleid am Ende durch Babyspucke oder Schlimmeres verdorben wird, stimmt's?« Mariola lächelte über das ganze Gesicht, sodass sich ihre Grübchen zeigten. »Machen Sie sich keine Sorgen, Signora. Das wird nicht passieren.« Und als sie bemerkte, dass Angela immer noch zögerte, fügte sie hinzu: »Ich nähe schon, seit ich eine Nadel halten kann. Das hat eine lange Tradition in meiner Heimatstadt. Die besten Schneider der Welt kommen aus Neapel. Wirklich, Sie können mir vertrauen.«

»In Ordnung«, sagte Angela. »Wir probieren es. Mariola, ich weiß Ihr Angebot wirklich zu schätzen, es ist sehr nett von Ihnen …«

»Nein, das ist selbstverständlich«, erklärte die junge Frau ernst. »Wenn es Ihnen recht ist, komme ich morgen früh um acht. *Va bene?*«

Mariola hielt Wort. Am nächsten Morgen erschien sie pünktlich in der Seidenvilla, die schlafende Valentina in dem Tragetuch, das ihr Nathalie geschenkt hatte. Ihr Bruder trug ihr das abnehmbare Körbchen des Stubenwagens hinterher, und wunderbarerweise wirkte das rhythmische Geräusch der Webstühle über ihnen geradezu beruhigend auf das Baby. Mariola bat um ein altes Leintuch, das sie auf dem Boden unter ihrem Stuhl ausbreitete, damit die große Stoffmenge, die nun durch ihre Hände wandern würde, nicht schmutzig werden konnte. Dann legte sie ein mitgebrachtes Kissen auf ihren Schoß und begann mit dem meterlangen Saum des Fledermausärmels. Angela war überrascht, wie flink Mariolas Nadel durch den Stoff fuhr, und konnte kaum glauben, wie akkurat die junge Frau Stich um Stich setzte, während sie selbst sich den Zierbiesen am Dekolleté widmete.

Mariolas freundliches Wesen, Valentinas Rhythmus von Schlafen und Wachen, ja, sogar das Weinen des Babys, wenn es hungrig war, und nicht zuletzt Fioretta, die sich weigerte, ihre *padrona* zu verlassen, auch wenn sie ihr zeitweise nur zureichen konnte, was sie gerade benötigte, Garn in Nadeln einfädelte und die Stoffschnipsel auf dem Boden zusammenfegte – das alles wirkte auf Angelas angespannte Nerven wie Balsam.

Am Mittwoch, dem Tag vor Heiligabend, waren die diffizilen Arbeiten am Kleid beendet, und Mariola begann, die Seitennähte zu schließen. Fioretta trennte vorsichtig den roten Schal vom alten Kleid, und Angela schnitt den Stoff für das Unterkleid zu. Während ihre Schwägerin eintraf, im Gästezimmer einquartiert und mit der Bitte überrascht wurde, für rund ein Dutzend Menschen ein typisch deutsches Weihnachtsessen zuzubereiten, nahm das Kleid auf der Schneiderbüste erneut Gestalt an. Nathalie fuhr mit Simone zum Einkaufen, und Angela wurde immer ruhiger. Als sie überlegte, aus welchem Stoff sie die

Kellerfalte fertigen sollte, da Lidias Seide bis auf den letzten Rest verbraucht war, hatte Mariola die Idee, dafür den roten Stoff zu verwenden, der vom Schal übrig geblieben war.

»Eine großartige Idee!«, rief Angela. Und stellte sich bereits die Wirkung vor, wenn bei jedem Schritt, den Donatella machte, von den Knien abwärts ein leuchtend rotes Dreieck sichtbar würde.

Zufrieden trat sie zurück, als sie den Stoff für die Falte zugeschnitten und geheftet hatte. Wenn jetzt keine Katastrophe geschah, würden sie es schaffen.

»Wollen wir morgen freimachen?«

Fioretta und Mariola sahen sie ungläubig an.

»Morgen früh beende ich diese Naht«, sagte Mariola entschlossen und wies auf die Arbeit in ihrem Schoß. »Und wer weiß, vielleicht nähe ich dann einfach weiter.« Die junge Frau wirkte auf einmal traurig.

»Aber morgen ist Heiligabend«, wandte Angela sanft ein.

Mariola zuckte mit den Schultern und senkte den Kopf tiefer über ihre Arbeit.

»Mariola, du kommst zu uns«, sagte Fioretta. »Das haben wir doch schon verabredet. Dein Bruder wird auch da sein. Und am ersten Weihnachtstag …«

»Da bin ich auch auf alle Fälle hier«, unterbrach Mariola sie entschlossen. Und an Angela gewandt fügte sie hinzu: »Glauben Sie, ich tue viel lieber etwas Sinnvolles, als den ganzen Tag an meine Familie in Neapel zu denken.«

Angela schwieg betroffen. Mariolas Augen schimmerten verdächtig feucht, und deshalb widersprach sie nicht.

»Wenn wir das alles gemeinsam überstanden haben«, sagte sie stattdessen nach einer Weile, »dann würde ich Ihnen gern eine Stelle anbieten.«

Mariola blickte überrascht auf. »Mir? Was für eine Stelle denn?«

»Als Näherin, hier in meinem Atelier.«

Da strahlte sie, und auf einmal hing tatsächlich eine Träne an ihren langen Wimpern. Rasch tupfte Mariola sie mit ihrem Taschentuch weg, ehe sie auf den kostbaren Stoff auf ihrem Schoß fallen konnte.

»Schön hast du es hier.«

Angela hatte ihre Schwägerin seit Peters Beerdigung vor knapp zwei Jahren nicht mehr gesehen, jetzt standen sie sich im Innenhof der Seidenvilla gegenüber. Simone hatte dieselben dicken blonden Haare wie ihr Bruder, die sie früher zu kunstvollen Flechtfrisuren hochgesteckt hatte. Inzwischen trug sie einen Kurzhaarschnitt, der unordentlich herausgewachsen war. Außerdem war sie fülliger geworden, und sie hatte dunkle Ringe unter ihren Augen.

»Es freut mich, dass es dir bei uns gefällt. Ist in Nathalies Zimmer und im Bad alles in Ordnung? Hast du, was du brauchst?«

Ihr fiel ein, dass sie in den vergangenen Tagen überhaupt nicht mehr nach Fania gesehen hatte.

»Alles prima. Nur der Krach, der tät mir auf die Dauer auf die Nerven gehen«, fügte Simone hinzu und deutete auf die Fenster der Weberei, hinter denen es jetzt jedoch still war, denn es war bald sechs Uhr, und die Mitarbeiter hatten sich in ihren wohlverdienten Weihnachtsurlaub verabschiedet. »Wie hältst du das bloß aus?«

»Es ist eben meine Weberei«, antwortete Angela mit einem Schmunzeln. »Für mich klingt es wie Musik. Und ich kann am Klang der Webstühle hören, ob's da oben rundläuft oder nicht.«

Simone machte ein skeptisches Gesicht, unterließ es aber nachzufragen. Sie wirkte, als hätte sie einen gewaltigen Dämpfer erlitten, sie war längst nicht so forsch und frei heraus wie sonst. Simone war für mangelndes Taktgefühl bekannt, Angela fürchtete sich immer ein wenig vor ihrer scharfen Zunge. An diesem Abend wirkte sie allerdings einfach nur froh, in Asenza zu sein.

Angela bat ihre Schwägerin in ihre Wohnung. Als Simone das Fresko im Maulbeersaal sah, brachte sie zunächst kein Wort mehr heraus. Das, dachte Angela, ist eine echte Sensation.

Fania machte ihnen Tee und brachte ein paar Stücke Pandoro, den für das Veneto typischen Weihnachtskuchen.

»Du hast es wirklich gut«, bemerkte Simone. Angela hoffte, dass das Glitzern in ihren Augen kein Zeichen von Neid bedeutete. »Sogar eine Perle gönnst du dir.«

»Ich arbeite viel«, rechtfertigte Angela sich und ärgerte sich sogleich darüber. »Aber jetzt erzähl mal ... Wie geht es dir?«

Zu Angelas Bestürzung traten Tränen in Simones Augen. »Richard hat eine andere«, sagte sie und schluckte. »Er will die Scheidung.« Sie wandte den Blick ab und versuchte, die Fassung zu wahren. »Nach all den Jahren«, fügte sie bitter hinzu.

»Das tut mir leid«, sagte Angela leise. »Willst du mir davon erzählen?«

Während der nächsten Stunde lauschte sie den ausführlichen Schilderungen des Ehedramas ihrer Schwägerin, die offenbar nur darauf gewartet hatte, ihr Herz ausschütten zu können.

»Jetzt steh ich ganz allein da«, schloss sie ihren Bericht. »Ich hab ja nicht einmal Kinder so wie du. Und mein Bruder, der ist auch tot.« Wieder liefen die Tränen.

Angela rückte näher und legte den Arm um Simones Schultern. So fand sie Vittorio, der angesichts der verweinten Augen des Gastes aus Deutschland allen erst einmal einen Whiskey einschenkte. Angela nippte zwar nur an ihrem Glas, doch Simone, die von Vittorio geradezu verzaubert schien, zumal er ein wenig Deutsch verstand, sprach dem Getränk kräftig zu.

»Wie weit bist du mit dem Kleid?«, fragte Vittorio leise, als Simone in der Küche verschwand und dort herumzuwerkeln begann. Natürlich wusste auch er von der Katastrophe.

»Ich sehe Land«, antwortete Angela und ließ sich in die Arme schließen. »Mariola hilft mir mit ihrer flinken Nadel, und Fioretta weicht mir nicht von der Seite.«

»Sehr gut«, flüsterte Vittorio an ihrem Ohr und küsste sie zärtlich auf den Hals. »Dann kannst du ruhigen Gewissens ein paar Tage freimachen?«

Angela seufzte. »Leider nicht. Ich muss täglich ein paar Stunden ins Atelier. Aber beim Weihnachtsessen morgen bin ich selbstverständlich dabei. Simone wird eine Gans braten.«

»Zwei Gänse«, schallte es von der Tür. Nathalie war gekommen, ihr Baby im Tragetuch und eine Einkaufstasche in jeder Hand. »Tante Simone wollte sicherstellen, dass das Essen auch reicht.« Sie lachte, stellte die Taschen ab und gab Vittorio Küsschen auf die Wangen. »Ist sie in der Küche? Wunderbar. Ich werde mal mit ihr über das Rotkohlrezept reden.«

Sie verschwand hinter der Küchentür, und Angela hörte, wie sie Simone vorschlug, Ingwer an den Rotkohl zu geben, das habe sie in einem Rezept gelesen.

»Naaa«, machte Simone entrüstet. »So was kommt mir net ins Blaukraut!«

Angela lachte und zog Vittorio, der sich ein Stück Pandoro genommen hatte, aufs Sofa.

»Was hat denn deine Schwägerin?«, fragte er mit einem besorgten Blick in Richtung Küche zwischen zwei Bissen Kuchen. »Sie sieht verweint aus.«

»Liebeskummer«, antwortete Angela, bettete ihren Kopf auf seinen Schoß und streckte sich mit einem wohligen Seufzen aus. »Wie war dein Wiedersehen mit Amadeo?« An diesem Morgen hatte Vittorio seinen Sohn und seine Mutter vom Flughafen abgeholt.

Er schien zu zögern. Oder kam ihr das nur so vor?

»Schön«, sagte er. »Aber irgendwie ist er mir fremd geworden.«

Sie stutzte. »Wie lange habt ihr euch nicht gesehen?«

»Fast zwei Jahre.«

Angela versuchte, in seiner Miene zu lesen. Normalerweise war er nicht so kurz angebunden.

»Das ist eine lange Zeit für einen jungen Menschen.« Vittorio strich ihr eine Strähne aus der Stirn und nickte. Und doch hellte sich seine Miene nicht auf. »Sieht er dir ähnlich?«, fragte sie.

»Keine Ahnung, ich glaube nicht«, sagte er und lächelte endlich wieder. »Du wirst ihn ja morgen kennenlernen.«

»Wann kommt er denn?«

»Um fünf. Gemeinsam mit seiner Großmutter.«

»Costanza wird also wirklich auch da sein?«

Vittorio nickte und grinste schief. »Hattest du etwa gehofft, sie würde absagen?«

»Nein, Vittorio, natürlich nicht.«

Sie fühlte sich ertappt. Tatsächlich hatte sie bis zu diesem Moment nicht glauben können, dass die Principessa Fontarini in ihrem Haus Weihnachten feiern wollte.

»Nun, ich könnte es dir nicht verdenken«, gestand Vittorio freimütig ein. »Nach allem, was war. Aber Weihnachten ist schließlich das Fest des Friedens, und darauf wollen wir bauen.«

Ja, dachte Angela und schloss die Augen. Die Hoffnung stirbt zuletzt.

Und dann läutete es am Tor. Stöhnend wollte Angela sich erheben, doch Fania eilte an ihr vorbei und sagte, sie werde sich darum kümmern. Wenig später ging erneut die Tür auf, und das Erste, was Angela sah, war ein Gewirr aus grünen Zweigen.

»*Accidenti*«, hörte sie Stefanos Stimme dahinter. »Ich glaube, dieses Jahr ist er tatsächlich zu groß. Wie kriegen wir ihn bloß hinein?«

Am Ende mussten sie die Tür aushängen, damit die prächtige Blautanne, die Stefano wer weiß woher organisiert hatte, hindurchpasste.

»Für ein ordentliches *Natale alla tedesca* braucht man schließlich einen Baum, nicht wahr? Wir haben übrigens seit Jahren einen, wenn auch viel kleiner«, verriet er Angela, während er die Tanne in den mitgebrachten Ständer stellte. Sie war nicht nur breit, sondern auch hoch und reichte fast bis an die Decke des riesigen Saals.

»O mein Gott, ist die schön«, juchzte Nathalie und fiel dem Weber um den Hals.

»Ob unser Christbaumschmuck ausreicht?«, fragte Angela beeindruckt.

Und schon drückte Nathalie ihr den kleinen Pietrino in den Arm, der seine Großmutter begeistert anlächelte, und sauste los, um die Schachteln zu holen, in denen sie die Baumdekoration aus Deutschland aufbewahrten.

Simone scheuchte Fania aus der Küche und legte fränkische Bratwürste von ihrer Hausmetzgerei, die sie in einer Kühltasche mitgebracht hatte, in die Pfanne. Dazu gab es Brezen und Senf, denn die Bayerin behauptete, das sei das traditionelle Abendessen am Tag vor Heiligabend.

»Ohne Kartoffelsalat?«

»Nathalie!«, mahnte Angela ihre Tochter, die einen Flunsch zog.

»Und was ist das hier?« Simone stand breitbeinig in der Küchentür und hielt eine große Schüssel in der Hand. »Glaubst du, ich mach euch Bratwürscht ohne Kartoffelsalat?«

Pietrino begann zu weinen, doch Nathalie schwenkte eine silberne Christbaumkugel vor seinem Gesicht hin und her, was ihn augenblicklich verstummen ließ. Der Kartoffelsalat war lauwarm, wie es sich gehörte, und Vittorio behauptete, noch nie so gute Würste gegessen zu haben, was Simona nur so strahlen ließ.

»Stell dir vor, Tante Simone«, sagte Nathalie, »ich hab für dich noch einen Termin bei Edda erkämpfen können.«

»Wer ist denn Edda?«

»Die Friseurin nebenan«, erklärte Nathalie. Und als sie Simones befremdete Miene sah, fügte sie schnell hinzu: »Sie ist in ganz Norditalien für die tollsten Schnitte berühmt. Und da dachte ich, das darf ich meiner Tante auf keinen Fall vorenthalten.«

Sie setzte ihre unschuldigste Miene auf und biss in ihre Bratwurst, doch Simone ließ sich nicht täuschen.

»Du findest also, ich sollte mich herrichten«, sagte sie grimmig. Dann lächelte sie gnädig. »Hast ja recht. Danke! Wann ist der Termin?«

»Gleich morgen früh um halb acht«, sagte Nathalie und zog vorsichtshalber das Genick ein. »Danach ist natürlich alles längst ausgebucht ...«

»Um halb acht? Und ich dachte, ich hätt' Urlaub ...« Simone stöhnte.

»Ich muss heute auch früh ins Bett«, meinte Angela. »Morgen früh um halb acht bin ich schon wieder im Atelier.«

Angela begann, die stillen Tage mit Mariola zu genießen, und deshalb störte es sie überhaupt nicht, den Vormittag des 24. Dezember im Atelier zu verbringen. In ihrer Küche schwang Simone das Zepter. Nathalie war zu dem Schluss gekommen, dass bei einem so großen Baum unbedingt eine Lichterkette hermusste, denn wer wollte schon auf eine Leiter steigen, um echte Kerzen anzuzünden? Vittorio war aus Gründen der Brandgefahr derselben Meinung, und so fuhren die beiden mitsamt Pietrino in den nächsten Baumarkt, wo sie sich ins Getümmel stürzten. Fania legte ihren ganzen Ehrgeiz in das Schmücken der Festtafel. Sie schuf zauberhafte Arrangements aus Lorbeerblättern,

Tannenzweigen und Zitrusfrüchten. Der feine Duft nach Gänsebraten strich durch den Innenhof und verführte Mimi dazu, vor Angelas Wohnungstür Stellung zu beziehen, um auf eine günstige Gelegenheit zu warten, heimlich hineinzuschlüpfen, obwohl sie sehr genau wusste, dass ihr das nicht erlaubt war.

Während all dieser Geschäftigkeit und vorfreudiger Aufregung nähte Mariola Stich um Stich an dem Kleid für Donatella weiter. Angela erschienen diese morgendlichen Stunden wie die Ruhe vor einem Sturm. Valentina schlief die meiste Zeit über friedlich in ihrem Körbchen, und als sie einmal nicht aufhören wollte zu weinen, band Mariola sich das Tragetuch um und ging mit ihrem Töchterchen spazieren, bis es wieder eingeschlafen war.

»Sollten Sie nicht besser langsam Schluss machen?«, mahnte die junge Frau sanft, als es ein Uhr geschlagen hatte. »Sicherlich wollen Sie sich noch ausruhen, ehe Ihre Gäste kommen.«

Angela sah sie erstaunt an. Woher wusste Mariola von den Gästen? Als hätte sie ihre Gedanken laut ausgesprochen, errötete Mariola.

»Nathalie hat mir davon erzählt«, gestand sie und senkte den Kopf rasch über ihre Arbeit.

Soso, dachte Angela schmunzelnd. Und fragte sich, was die junge Frau sonst noch alles wusste. Doch sie folgte Mariolas Rat, schickte auch sie nach Hause, nicht ohne ihr vorher ein Geschenk zu überreichen. Es waren fünf Meter eines von Maddalena gewobenen aquamarinblauen Seidenstoffs, hübsch verpackt in einer ihrer Geschenkkartons samt Schleife.

»Es reicht mindestens für ein Kleid«, sagte sie. »Und

die Farbe wird Ihnen stehen. Frohe Weihnachten, Mariola. Und vielen Dank!«

Angela nahm ein Bad und machte sich in aller Ruhe schön.
»Suchst du mir was zum Anziehen aus?«, bat sie Vittorio, während sie sich die Haare föhnte.

Als sie in ihr Schlafzimmer kam, hing das Kleid in der Farbe von Rosenquarz an ihrem Schrank. Angela lächelte. Maddalena hatte die Seide dafür gewoben, und es fiel weich um ihren Körper, als sie hineinschlüpfte.

Bei einem ihrer Geschäftsbesuche in Neapel hatte sie auf einem Antikmarkt silberne Ohrstecker mit Rosenquarzkugeln gefunden, die perfekt dazu passten.

»Wie gefalle ich dir?«

»Du bist die Schönste!« Vittorio nahm ihre Hände und betrachtete ihre Finger. »Aber etwas fehlt.«

»Stimmt!«

Verlegen zog Angela die Schublade auf, in der sie den Ring mit dem Rubin aufbewahrte. Vittorio nahm ihn aus der Schatulle und steckte ihn ihr an.

»Nicht ohne deinen Verlobungsring«, bemerkte er mit einem bedeutungsvollen Lächeln.

»Auf gar keinen Fall«, stimmte Angela ihm zu und küsste ihn sanft.

Dass sie auch immer vergaß, das Familienerbstück zu tragen! Im Alltag war der Ring hinderlich, außerdem hatte sie eine Höllenangst davor, ihn zu verlieren. Der wahre Grund aber war, das wusste Angela natürlich und vermutlich auch Vittorio: Mit dem Ring, der seit Generationen von den Frauen der Fürstenfamilie Fontarini getragen wurde, fühlte sie sich einfach noch nicht richtig wohl.

8

Weihnachten *alla tedesca*

Tess war die Erste, die am Nachmittag in der Seidenvilla erschien, gefolgt von Gianni, der eine riesige Form mit Tiramisu hinter ihr hertrug.

»Emilias Weihnachtsgeschenk«, verkündete die alte Dame und öffnete Gianni die Küchentür.

Dabei wäre er beinahe mit Simone zusammengestoßen, die kritisch das Küchentuch über der leckeren Mascarpone-Creme anhob und beteuerte, dass der Kühlschrank bereits randvoll sei.

»Dann deponieren wir den Nachtisch in der Sommerküche«, beschloss Nathalie und begleitete Gianni ins Erdgeschoss, wo sich neben dem Gästezimmer eine weitere Küche befand.

Simone wirkte erleichtert, in Tess jemanden gefunden zu haben, der Deutsch sprach, und Angela, die ihre Schwägerin an diesem Tag noch nicht gesehen hatte, beglückwünschte sie zu ihrer neuen Frisur. Edda, die gute Seele, hatte Nathalies Tante auch dezent geschminkt. Sie wirkte jünger und längst nicht mehr so unglücklich wie am Tag zuvor.

Punkt fünf Uhr hielt ein eleganter Wagen vor der Tür der Seidenvilla, und wenig später standen die Principessa und Amadeo im Maulbeersaal. Sie blickten geblendet in die Lichter des riesigen Christbaums, den Nathalie gemeinsam mit Fania nach allen Regeln der Kunst geschmückt hatte. Die zwanzig Meter lange Lichterkette tauchte den Saal in goldenen Schein. Auf dem Tisch brannten Kerzen zwischen Fanias Arrangements, die Zitrusfrüchte verströmten ihren feinen Duft.

»*Benvenuti*«, begrüßte Angela die beiden liebenswürdig. »Bitte fühlt euch bei uns in der Seidenvilla wie zu Hause!«

Vittorio nahm seiner Mutter den Pelzmantel ab, und eine sanfte Wolke eines erlesenen Dufts umschwebte Angela, als sie Costanza auf die Wangen küsste. Das silbergraue Haar der alten Dame schimmerte im Kerzenlicht, und wie immer trug sie Weiß. Es war ein schlichtes Kleid aus Kaschmir, das ihre schlanke Figur betonte. Nein, man sah Costanza ihre fünfundsiebzig Jahre nicht an. Ihre dunklen Augen blickten sich hellwach um, nichts schien ihnen zu entgehen.

»Und du musst Amadeo sein.« Angela wandte sich an den jungen Mann, der sie eingehend musterte. »Ich freue mich sehr, dass wir uns endlich kennenlernen. Herzlich willkommen!«

Er war schön, anders konnte man es nicht sagen. Allerdings hatte er wenig Ähnlichkeit mit Vittorio, und Angela fiel auf einmal auf, dass sie weder von Sofia, seiner verstorbenen Mutter, noch von ihm jemals ein Foto gesehen hatte. Amadeo hatte zwar die gleichen dunkelbraunen Augen wie Vittorio und Costanza, ansonsten erinnerte nichts an seinen Vater. Das weich bis auf die Schultern fallende Haar war honigblond, seine Gesichtszüge zart geschnitten, sein Teint hell wie Porzellan, zu dem seine südländischen Augen einen interessanten Kontrast bildeten. Er bedankte sich höflich, dann glitt sein Blick hinüber zu Nathalie. Sie hatte sich ebenfalls umgezogen. Zu einer Bundfaltenhose aus schwarzem Satin hatte sie eine weite Bluse im Vintage-Stil kombiniert, die man vorne aufknöpfen konnte, denn sie musste ja Pietrino stillen, der es sich gerade auf Fanias Arm bequem gemacht hatte. Ihr Haar trug Nathalie an diesem Abend offen, und das kam so selten vor, dass selbst Angela angesichts ihrer kastanienroten Lockenfülle zweimal hinschauen musste, so hinreißend sah sie aus. Das fand wohl auch Amadeo, denn er konnte seinen Blick nicht von ihr losreißen.

»*Ciao*«, sagte sie mit dem ihr eigenen entwaffnenden Lächeln und ging auf ihn zu. »Ich bin Nathalie. Angelas Tochter.« Sie reichte zuerst Costanza die Hand und wandte sich dann an Amadeo. »Du studierst in Harvard, nicht wahr?«, fragte sie ihn.

»Ich mache im Frühjahr meinen Abschluss«, sagte er. »Und du? Studierst du auch?«

»Architektur«, antwortete sie und warf ihrer Mutter aus den Augenwinkeln einen Blick zu. Denn tatsächlich hatte sie sich noch gar nicht für dieses Fach eingeschrieben, obwohl sie auf Tizianas Rat während ihrer Schwangerschaft bereits Vorlesungen gehört hatte. Sie hatte mit Begeisterung Kunstgeschichte studiert, bis ihre Schwangerschaft alles verändert hatte …

»Nun, im Augenblick sind Sie ja wohl hauptsächlich Mutter«, warf Costanza in liebenswürdigem Ton ein. »Wo haben Sie denn Ihren Kleinen?«

Auf der Stelle erstarrte Amadeos Lächeln, seine Augen weiteten sich bestürzt. Dass diese attraktive junge Frau ein Kind hatte, schien ihn regelrecht zu schockieren. Da öffnete sich die Tür, und ein Wirbelwind schien in den Maulbeersaal zu wehen. Es war Tiziana, gefolgt von Solomon. Die junge Frau stürmte auf Angela zu und küsste sie zur Begrüßung auf die Wangen. Dann fiel ihr Blick auf den kleinen Pietrino. Sie nahm ihn Fania behutsam vom Arm und überhäufte auch den Kleinen mit Küssen.

»Da ist ja mein Süßer«, rief sie und zeigte ihn Costanza und Amadeo. »Ist er nicht hinreißend? Ach, so hübsch wie in diesem Alter sind die Männer nie wieder. Und stellt euch vor!« Tiziana strahlte vor Stolz. »Ich werde ihn zur Taufe tragen.«

»Was?«, entfuhr es Costanza. »Du willst die *madrina* werden von diesem …«

Sie konnte sich gerade noch zurückhalten, und doch ließ ihr abfälliger Ton keinen Zweifel daran, dass sie nichts Nettes hatte sagen wollen. Na warte, dachte Angela, und Zorn glühte in ihr auf. Dir werden wir deine Arroganz schon noch austreiben. Sie warf Vittorio einen entrüsteten Blick zu, der seine Mutter verärgert musterte.

»Es ist uns eine Ehre«, ließ Solomon sich vernehmen, der Nathalie demonstrativ die Hand reichte. »Ich bin Sol, Tizianas Verlobter. Freut mich, dich kennenzulernen, Nathalie. Wir sagen doch Du?«

»Natürlich«, antwortete Nathalie, die ein wenig bleich um die Nase geworden war. Sie nahm Tiziana ihr Kind ab, so als müsste sie es beschützen. »Uns steht wenigstens kein komplizierter Adelstitel im Weg, stimmt's?«

Sol schenkte ihr ein breites Grinsen.

»Nun, in Italien wird erst morgen Weihnachten gefeiert«, ergriff Tess das Wort, nachdem sie Fania in die Küche gescheucht hatte. »In Deutschland ist jedoch der Abend davor das eigentliche Fest, wir nennen es ›Heiligabend‹.

Heute feiern wir, wie wir alle wissen, die Geburt eines Kindes, das nicht auf Samt und Seide gebettet wurde, sondern auf Stroh in einer Futterkrippe. Normalerweise werden bestimmte Lieder gesungen und Geschenke ausgepackt, und es wird Gänsebraten gegessen. Egal in welcher Reihenfolge. Genau das wollen wir heute tun.«

»Lieder singen?« Lorenzo Rivalecca war unbemerkt eingetreten und betrachtete den Weihnachtsbaum, als wäre er ein gefährliches Hindernis.

Nathalie ging ihm entgegen. »Was hast du dagegen, Lieder zu singen?«, fragte sie ihn und nahm ihm sein Gastgeschenk ab, nachdem sie ihm Küsschen auf die faltigen Wangen gedrückt hatte.

»Nun ja, so ziemlich alles, würde ich sagen«, brummte Lorenzo und warf seinem Urenkel einen liebevollen Blick zu. »Na, wie geht's dem kleinen Mann? Ich schätze, er kann Weihnachten genauso wenig ausstehen wie ich!« Er sah sich mit vorgerecktem Hals und zusammengezogenen Brauen im Maulbeersaal um. Sein Habichtsblick blieb an Costanza hängen. »Was sind denn da für feine Leute? Wenn ich das gewusst hätte ... Ich glaub, ich geh gleich wieder ...« Er wandte sich ab.

»Aber nein, Lorenzo, nun warte doch.« Nathalie holte ihren Großvater an der Tür ein. »Bitte bleib. Fania hat extra eine feine *minestrone* für dich gekocht.«

»Fania?« Lorenzo blickte sich misstrauisch um. »Kann die das überhaupt?«

Wie aufs Stichwort erschien die junge Sizilianerin mit einem Tablett voller Gläser, in denen der typische Schaumwein des Veneto perlte: ein wundervoller Prosecco aus Valdobbiadene.

»Nun gut, das Singen können wir vielleicht auslassen«, bemerkte Angela mit einem Schmunzeln, nachdem sie Simone aus der Küche geholt hatte. »Ich möchte euch meine Schwägerin vorstellen, die extra aus Bayern angereist ist, um mit uns Weihnachten zu feiern. Freundlicherweise hat sie sich bereit erklärt, uns mit einem typisch deutschen Weihnachtsessen zu verwöhnen: gebratene Gans und Rotkraut.«

»Ein deutsches Gericht wäre ohne Kraut ja wohl auch unvollständig«, kommentierte Amadeo ironisch.

»Und was ist mit Knödeln?«, warf Lorenzo grimmig ein.

»Keine Sorge. Auch an Knödeln wird es nicht fehlen, nicht wahr, Simone?« Angela übersetzte rasch ihrer Schwägerin, dass sich alle sehr auf ihre Kartoffelknödel freuten. »Simone spricht leider kein Italienisch«, erklärte sie ihren Gästen.

»*English?*« Solomon schenkte Angelas Schwägerin ein freundliches Lächeln.

»*No, sorry*, leider auch kein *English*«, antwortete Simone verlegen. »Nathalie, du musst für mich übersetzen.«

»Klar, mach ich«, antwortete ihre Nichte auf Deutsch.

»Wer ist denn nun diese Dame mit dem strengen Blick da drüben?« Lorenzo deutete mit seinem Glas auf Costanza und gab sich keine Mühe, seine Stimme zu senken.

»Komm, ich stell euch vor, ja?«, bot Angela an. »Lorenzo Rivalecca, eine der wichtigen Honoratioren unseres Städtchens und uns sehr verbunden.«

Rivalecca hob belustigt eine seiner buschigen Augenbrauen und grinste in Richtung seiner Tochter.

»*Non c'è altro da dire*«, meinte er. »Damit ist alles gesagt. Und wer sind Sie?«

Costanza betrachtete ihn, als hätte sie Angst, dass er seinen Prosecco über ihr Kleid schütten würde, und wich einen halben Schritt zurück.

»Ihr voller Name samt Titel lautet: *La sua* Eccellenza Costanza Maria Grazia Antonella Principessa Fontarini«, kam Amadeo Angela zuvor und warf seinem Vater ein spöttisches Lächeln zu, so als machte er sich über Lorenzo Rivalecca lustig.

Angela berührte dieser Blick unangenehm. Lorenzo reckte den Kopf nun noch weiter vor. Seine Augen blitzten vor Vergnügen.

»Aha, das ist ja ein eher bescheidener Name«, schnarrte er. »Soll ich Costanza sagen oder lieber Maria Grazia? Antonella ist auch ganz hübsch. Ha! Ich kann mich nicht entscheiden …«

Er lachte sein keckerndes Lachen und verschüttete nun tatsächlich ein wenig von seinem Prosecco. Costanzas Blick wurde eisig.

»Die Suppe ist fertig«, rief Simone dazwischen, doch kaum jemand nahm davon Notiz.

»Wo haben Sie denn diesen Spaßvogel aufgegabelt?«, fragte Costanza spitz in Angelas Richtung.

Vittorio war augenblicklich zur Stelle. »Wir wollen jetzt nicht unseren guten Ton vergessen, *carissima madre*«, sagte er leise und hakte sich bei ihr unter. »Komm, lass uns zu Tisch gehen. Wenn ich Angelas Schwägerin richtig verstanden habe, wird gleich die Suppe serviert.«

Er führte sie an das am weitesten von der Küche entfernte Ende des Tisches, und Tiziana, die mit Amadeo ein

Gespräch begonnen hatte, folgte ihnen. Amadeo blühte in ihrer und Solomons Gesellschaft sichtlich auf. Angela wusste, dass sie sich aus den USA kannten, ja, sie erinnerte sich daran, dass Amadeo in Solomons Kanzlei ein Praktikum absolviert hatte. Sie sorgte dafür, dass sich Lorenzo so weit wie möglich entfernt von Costanza neben Nathalie setzte, die sich sofort rührend um ihren Großvater kümmerte.

Simone hatte wirklich keine Mühe gescheut und aus einem prächtigen Stück Tafelspitz eine aromatische Brühe gekocht, außerdem kleine Grießnockerl zubereitet. Angela war sich allerdings nicht sicher, ob die Gäste aus Venedig ihren Aufwand wirklich zu schätzen wussten.

Lorenzo jedoch, einen Teller *minestrone* vor sich, schnupperte in Richtung Nathalies Teller. »Wieso krieg ich davon nichts?«, wollte er wissen. Nathalie starrte ihn entgeistert an, denn ihr Großvater aß seit Jahren nichts anderes als seinen geliebten Gemüseeintopf. Dann tauschte sie rasch mit ihm den Teller. Schlürfend kostete er. »*Delizioso!*«, rief er und fasste Simone, die nun auch endlich am Tisch ihm gegenüber Platz genommen hatte, genauer ins Auge.

»Hat diese Frau schon einen Ehemann?«, erkundigte er sich bei Nathalie, die sich vor Überraschung beinahe verschluckt hätte.

»Im Augenblick nicht«, gab sie lächelnd zur Antwort.

»Ich werde ihr einen Antrag machen«, beschloss Rivalecca und aß die Suppe mit sichtlichem Genuss. »Los, frag sie.«

Nathalie sah ihn von der Seite an. »Aber Lorenzo, du kennst sie doch überhaupt nicht«, wandte sie ein und wechselte einen Blick mit Angela, die sich das Lachen kaum verkneifen konnte. »Ihr sprecht ja nicht einmal eine gemeinsame Sprache!«

»Wer eine solche Suppe kochen kann, mein liebes Kind«, belehrte Lorenzo sie und hob, wie es seine Angewohnheit war, den Löffel, um seine Worte zu unterstreichen, »der braucht keine weiteren Beweise zu liefern. Reden wird ohnehin überbewertet.«

»Warte wenigstens noch die Gans ab«, riet Angela.

»Was hat er gesagt?«, wollte Simone wissen. »Ihr redet doch über mich!«

»Frag sie, ob sie mich heiraten will!«, forderte Lorenzo seine Enkelin ungeduldig auf.

»Er findet deine Suppe hervorragend«, erklärte Nathalie und konnte ein hysterisches Kichern kaum unterdrücken. Simone schenkte Lorenzo ein strahlendes Lächeln und nickte ihm zu.

»Ha!«, rief er aus und lächelte entzückt zurück. »Ich glaube, sie mag mich.«

Auch die Gänse waren Simone ausgezeichnet gelungen, und zu Angelas Erleichterung entspannte sich allmählich die Atmosphäre im Maulbeersaal. Tess hatte den schlafenden Pietrino auf dem Arm und strahlte nur so vor Glück. Nathalie nutzte die Gelegenheit, um sich zwei von Simones Knödeln und ein schönes Stück Gans einzuverleiben, noch immer litt sie unter einem fürchterlichen Heißhunger.

»Hast du dich eigentlich schon entschieden, ob du nach deinem Abschluss in unser New Yorker Büro kommen wirst?«

Solomon schenkte Amadeo einen wohlwollenden Blick. Der junge Mann antwortete nicht gleich. Versonnen schien er die violetten Spuren zu betrachten, die Simones Rotkohl auf seinem Teller hinterlassen hatte.

»Amadeo wird zurück nach Venedig kommen«, sagte Costanza an seiner Stelle.

Solomon hob die Brauen, und Angela sah, wie das Wohlwollen aus seinen graublauen Augen verschwand.

»Ach so?« Er musterte Amadeo abwartend. Es war nur zu deutlich, dass er eine Erklärung erwartete.

»Na ja, das steht natürlich noch nicht fest…« Amadeo wirkte verlegen und warf seiner Großmutter einen irritierten Seitenblick zu.

»Er hat ein verlockendes Angebot erhalten«, fuhr Costanza unbeirrt fort und tupfte ihren Mund mit der Leinenserviette ab. »Das liegt ja wohl auch nahe bei seinen ausgezeichneten Noten. Da wird er nicht das erstbeste Angebot annehmen. Nicht wahr?«

Sie lächelte Amadeo voller Stolz an und schob das letzte Stück eines Kartoffelknödels auf ihrem Teller herum, so als wüsste sie nicht, was damit anzufangen war.

Solomon betrachtete Amadeo mit kühlem, erwartungsvollem Blick. Als er nichts sagte, verzog sich der Mund des New Yorker Anwalts zu einem spöttischen Lächeln.

»Ein verlockenderes Angebot als unseres?«, fragte er. »Da bin ich gespannt.«

»Amadeo wird Justiziar bei Ranelli Seta«, verkündete Costanza mit Triumph in der Stimme. »Und das mit vierundzwanzig Jahren. Ich bin sehr stolz auf meinen Enkel. Ach, was wundere ich mich, Amadeo war schon immer ein Überflieger.«

»Aber *nonna*, was sagst du da …«, protestierte Amadeo leise und starrte noch immer auf seinen Teller.

Angela stockte der Atem. Der venezianische Seidenfabrikant Massimo Ranelli kaufte im ganzen Land kleinere Webereien auf, und auch sie hätte er im Frühjahr um ein Haar in die Knie gezwungen. Es war ihm gelungen, Lidia, ihre beste Weberin, abzuwerben, und beinahe wären auch die anderen Mitarbeiter ihrem Beispiel gefolgt. Das hätte das Ende der *tessitura di Asenza* bedeutet. Und jetzt wollte ausgerechnet Vittorios Sohn in der Rechtsabteilung dieser Firma arbeiten? Das waren keine guten Nachrichten, nein, ganz und gar nicht …

»Hast du dir das reiflich überlegt?« Vittorios Stimme klang gereizt. Offenbar ärgerte es ihn, dass er überhaupt nicht um Rat gefragt wurde. »Du bist jung und solltest Erfahrungen sammeln. Eine Chance, wie Solomon sie dir anbietet, wirst du schwerlich …«

»Es ist noch überhaupt nichts entschieden«, unterbrach Amadeo seinen Vater.

»Nun, wie ich meine, habt ihr euch bestens verstanden, neulich, als ihr die Konditionen besprochen habt«, warf Costanza ein und legte endgültig ihr Besteck weg. »Ranelli geht mit Sicherheit davon aus, dass du …«

»Ja, wenn das so ist …« Solomon schenkte ihr ein wölfisches Lächeln. »Ich hatte keine Ahnung, dass dieser junge Mann eine Managerin hat. Aber keine Sorge«, sagte er an Amadeo gewandt, der etwas erwidern wollte. »Geh ruhig zu diesem Seidenunternehmen. Es ist gut, dass wir darüber sprechen. Also gebe ich meinen Brüdern Bescheid, dass wir anderweitig disponieren können.«

Amadeo wurde leichenblass.

»Wieso mischst du dich in seine Karriere ein«, zischte Vittorio seine Mutter an. »Merkst du nicht, dass ...«

»Ich kümmere mich eben um deinen Sohn«, gab Costanza kalt zurück. Und der unausgesprochene Vorwurf »im Gegensatz zu dir« stand für alle laut und deutlich im Raum.

»Hauptsache, Amadeo wird glücklich«, sagte Solomon abschließend und hob sein Glas. »Auf den künftigen Justiziar der Firma ... Wie heißt sie noch gleich?« Er sah gespielt Hilfe suchend zu Tiziana, die den Wortwechsel mit großen Augen verfolgt hatte und ziemlich unglücklich wirkte. »Ach ja. Ranelli Seta.«

»Aber sprechen wir doch über *Ihre* Pläne«, wandte Costanza sich an Nathalie. »Sie studieren Architektur, sagten Sie? Bei wem denn?«

»Im Augenblick pausiere ich«, erklärte Nathalie widerstrebend. »Sobald mein kleiner Sohn es erlaubt, werde ich mich einschreiben.«

Costanza hob verwirrt die Brauen. »Das heißt, Sie sind noch gar nicht ...«

»Nathalie hat bis zur Zwischenprüfung Kunstgeschichte studiert und wird nun das Fachgebiet wechseln«, warf Angela ein.

»Warum das? Gefällt Ihnen Kunstgeschichte nicht mehr? Bei wem haben Sie denn die Vorlesungen besucht?«

Nathalie schob ihre Unterlippe ein wenig vor, ein deutliches Zeichen dafür, dass ihr diese Unterhaltung nicht behagte. Angela überlegte fieberhaft, wie sie ihrer Tochter beispringen und die Aufmerksamkeit der Principessa auf etwas anderes lenken könnte.

»Doch, ich finde Kunstgeschichte nach wie vor sehr

spannend«, antwortete Nathalie. »Ich habe mich mit der Architektur Palladios und seinen Schülern befasst und möchte jetzt lieber selbst ...«

»Ach, dann müssen Sie bei Professore Francesco Sembràn studiert haben«, rief Costanza aus. »Ein wirklich beeindruckender junger Mann. Ein Hochbegabter so wie unser Amadeo. Stellen Sie sich nur vor«, sagte sie in Solomons Richtung, der überhaupt nicht den Eindruck machte, als wäre er an weiteren Sensationen aus Costanzas Mund interessiert, »mit achtunddreißig Jahren schon Professor! Aber leider, leider ...« Sie wartete, bis Fania, die begonnen hatte, den Tisch abzuräumen, ihren Teller weggenommen hatte. Dann wandte sie sich in vertraulichem Ton an Nathalie. »Wissen Sie, ich bin recht gut mit Monica befreundet, seiner bemerkenswerten Ehefrau. Oder besser gesagt: Nochehefrau.« Pietrino hatte zu weinen begonnen, und Nathalie stand auf, um ihn Tess abzunehmen. »Und daher weiß ich«, fuhr Costanza fort, »dass der gute Professor ein fatales Laster hat. Er kann die Finger nicht von seinen Studentinnen lassen.«

Nathalie, der es gerade gelungen war, ihr Baby zu beruhigen, wandte sich betroffen zu Costanza um und wurde zu Angelas Entsetzen über und über rot. Der Principessa entging das natürlich nicht. Ihre Augen weiteten sich, ein kleines, perfides Lächeln erschien auf ihren Lippen.

»Aber warum sehen Sie mich denn so entsetzt an, liebe Nathalie?«, flötete sie. »Sollten wir hier etwa einen weiteren Beweis von Francescos bedauernswerter Eigenschaft vor Augen haben?« Costanza richtete ihren Blick auf Pietrino. »Sie haben uns noch gar nicht erzählt, wer der Vater Ihres Kindes ist ...«

»Mamma, das reicht jetzt!« Vittorio war lauter geworden, als Angela es je mit ihm erlebt hatte. Seine Augen funkelten zornig. »Deine Skandalsucht ist unerträglich.«

»Und deine Naivität Legende«, entgegnete seine Mutter scharf. »Ich kann nur hoffen«, fuhr sie an Amadeo gewandt fort, »dass du mehr von mir geerbt hast als von deinem Vater und von Sofia …«

»Lass bitte meine Mutter aus dem Spiel«, unterbrach Amadeo sie leise. »Apropos …«, fügte er mit Blick auf seinen Vater hinzu. »Wo sind eigentlich ihre Werke?«

Vittorio sah ihn irritiert an. »Du meinst Sofias Bilder? In einem Bankdepot«, antwortete er. »Warum fragst du?«

»Weil ich sie mir gern ansehen würde«, gab Amadeo zurück. »Ich habe neulich mit einer Galeristin in Boston gesprochen. Sie zeigte sich interessiert …«

»Du willst die Bilder deiner Mutter verkaufen?«

Es war still geworden an der langen Tafel. Erst jetzt bemerkte Angela, dass Nathalie mit ihrem Baby verschwunden war. Lorenzo am anderen Ende der Tafel hob den Kopf, um herauszufinden, was Vittorio so in Rage gebracht hatte.

»Zunächst würde ich sie gern einer Öffentlichkeit zugänglich machen, statt sie in einem Bankdepot zu verstecken.« Amadeo hielt dem Blick seines Vaters stand. »Du hast ja nicht einmal eines ihrer Werke in deiner Wohnung hängen«, fügte er leise und verbittert hinzu.

»Wie wäre es«, mischte Angela sich ein, »wenn wir uns die Bilder einmal gemeinsam ansehen würden?«

»Ich weiß nicht, was *Sie* das angeht!«

Amadeo war bleich geworden, so zornig war er auf

einmal. Sein Blick schnellte von ihrem Gesicht zu dem Ring an ihrer Hand. Dann wandte er sich ab.

»Amadeo«, mahnte Vittorio mit Wärme in seiner Stimme. »Lass uns in aller Ruhe unter vier Augen über dieses Thema sprechen. Ich bin der Letzte, der sich dagegen sträubt, Sofias Bilder irgendwann öffentlich zu zeigen, aber ...«

»Irgendwann?« Amadeos bleiche Wangen glühten auf einmal vor unterdrücktem Zorn. »Wann soll das sein? Wenn sich keiner mehr an sie erinnert? Du hast sie doch auch schon längst vergessen ...«

»Amadeo, bitte komm zu dir!« Tiziana war aufgestanden, und Solomon erhob sich ebenfalls. »Es ist unerträglich, wie du mit deinem Vater sprichst. Hast du vergessen, wessen Gast du bist? Und du, Costanza ...«

»Mit dir wollte ich ohnehin noch ein Wörtchen reden. Und zwar allein«, fügte die Principessa mit einem Seitenblick auf Solomon hinzu.

»So, willst du das?« Tiziana warf temperamentvoll ihre Locken über die Schulter. Ihre Augen funkelten. »Hat dich meine Mutter darum gebeten, ja? Sollst du mir dazu raten, meine Verlobung zu lösen? Ist es das, was du sagen willst?« Costanza setzte ein überlegenes Lächeln auf und schwieg. »Ich kann nicht fassen, wie hartherzig du geworden bist«, fuhr Tiziana entrüstet fort. »Du warst immer wie eine Tante für mich. Aber seit ich aus dem Ausland zurück bin, habe ich begriffen ...«

»Was hast du begriffen?«, fiel Costanza ihr ins Wort. »Dass wir anders sind? Das lässt mich hoffen, dass wenigstens du dich noch besinnen wirst, wenn schon mein eigener Sohn ...«

»Ich höre mir diese Bosheiten keine Sekunde länger an«, sagte Solomon und legte seinen Arm um Tizianas Schultern. »Wie ist es möglich, dass Sie sich für etwas Besseres halten und auch noch die einfachsten Anstandsregeln mit Füßen treten? Komm, Darling. Hier wirst du mit Argumenten genauso wenig ausrichten wie bei deinen Eltern.«

»Es ist nicht notwendig, dass Sie gehen«, verkündete Costanza und erhob sich. »*Wir* werden uns verabschieden, nicht wahr, Amadeo?«

Amadeo zögerte. Unschlüssig sah er von Tiziana zu Angela. Offenbar wurde ihm gerade bewusst, welchen Affront er sich gegenüber der Gastgeberin geleistet hatte.

»Bitte bleib noch«, sagte Vittorio leise zu seinem Sohn. »Wir rufen deiner *nonna* ein Taxi.«

»Ein Taxi ist nicht notwendig. Vor dem Haus wartet mein Fahrer«, ließ Costanza sich vernehmen. Sie schlüpfte in den Pelzmantel, den Fania ihr reichte. »Mein Enkelsohn wird mit mir kommen, er ist aus demselben Holz geschnitzt wie ich. Auf ihm ruht all meine Hoffnung.«

Amadeo schien hin- und hergerissen. Schließlich gab er sich einen Ruck.

»Ich bin in *nonnas* Begleitung gekommen«, sagte er. »Da sollte ich sie wohl auch nach Hause bringen, nicht wahr?«

Ein keckerndes Lachen erklang am anderen Ende der Tafel. »Der Goldjunge seiner *nonna*«, krächzte Lorenzo und schlug sich vor Vergnügen auf die mageren Schenkel. »Seht nur, wie er an ihrem Rockzipfel hängt. Nun ja, es ist ein Mantel. Und der ist ja auch aus Nerz gearbeitet.« Dann wurde er ernst und stierte Amadeo unter seinen buschigen Augenbrauen hervor finster an. »Außerdem hat er keine Manieren, der feine Herr. *Buonasera*, Principessa. Es ist mir ein Vergnügen, Sie scheiden zu sehen!«

In diesem Augenblick ließ ein gewaltiges Krachen sie alle zusammenfahren. Glas splitterte, und gleich neben Angela schlug etwas Schweres zu Boden.

»Das darf doch nicht wahr sein«, rief Tess und besah sich die Bescherung genauer.

Es war ein faustgroßer Stein. Jemand hatte damit eines der Fenster eingeworfen.

9

Donatella

Solomon war als Einziger so geistesgegenwärtig, hinunter auf die Straße zu laufen, doch natürlich war da niemand mehr. Costanzas Fahrer, der wegen der Enge der Gasse um die Ecke geparkt hatte, gab vor, nichts gesehen und gehört zu haben.

Tess rief sogleich die Polizia Municipale an und meldete den Steinwurf. Ein wachhabender *vigile*, wie die Beamten im Volksmund genannt wurden, kam sogar vorbei und nahm den Stein als Beweismittel mit, Angela glaubte allerdings nicht ernsthaft daran, dass man den Steinewerfer finden würde.

»Ich seh mal nach Nathalie«, flüsterte Tess ihr zu, als er wieder gegangen war.

»O ja, danke! Das ist eine gute Idee.«

Während Fania die Scherben zusammenkehrte und Vittorio gemeinsam mit Solomon die zerbrochene Scheibe mit der Folie aus einer zerschnittenen, großen Mülltüte notdürftig abklebte, wurde Angela bewusst, wie verräterisch ihre Tochter sich benommen hatte, kaum war der Name ihres Professors gefallen.

»Weihnachten *alla tedesca* ist aufregender, als ich dachte«, bemerkte Lorenzo vergnügt und packte, da sich bislang keiner um die Geschenke gekümmert hatte, das, was er mitgebracht hatte, selbst aus und schenkte allen von dem Marc di Lorenzo ein, wie er den edlen Tresterschnaps nannte. »Der ist aus meinen eigenen Trauben gebrannt, und zwar drei Mal«, erklärte er Simone, die zu allem, was er sagte, freundlich nickte. »Na ja, im Grunde sind es jetzt nicht mehr meine Weinberge«, fuhr er redselig fort. »Vor ein paar Jahren habe ich sie verkauft. Nur zwei, die hab ich behalten.« Sein Kopf ruckte nach vorne. »Und zwar die besten!«, verriet er ihr.

Angela, die das mit angehört hatte und übersetzte, staunte. Selbst sie hatte das nicht gewusst.

»Ich kann es nicht fassen, wie sehr sich Amadeo verändert hat«, sagte Tiziana bekümmert zu Vittorio und nahm ihr Glas dankend an. »Was sagst du dazu, Sol?« Sie wandte sich an ihren Verlobten. »Als wir ihn vor einem Jahr in den Staaten trafen, war er vollkommen anders.«

Solomon zuckte mit den Schultern. »Er ist unter die Fuchtel seiner Großmutter geraten«, erwiderte er. »Nun, er wird lernen müssen, eigene Entscheidungen zu treffen.« Er blickte sich suchend um. »Wie geht es denn deiner Tochter?«, fragte er Angela. »Sie hat das einzig Richtige getan und sich vor dieser Gesellschaft in Sicherheit gebracht.«

»Für eine junge Mutter ist das alles ein bisschen viel Aufregung«, sagte sie ausweichend.

Es freute sie, dass er an Nathalie dachte, während Tiziana sich über Costanzas Unverfrorenheit in Rage redete und am Ende doch wieder bei ihrem eigenen Dilemma angekommen war, der Frage nämlich, was sie tun konnte, um ihre Eltern zu versöhnen.

»Gar nichts kannst du tun«, unterbrach Vittorio irgendwann ihren Redeschwall. »Denn unsere Mütter haben eines gemeinsam: Sie sind stur und denken nicht daran, auch nur einen Millimeter von ihren Vorurteilen abzuweichen. Wir sind es, die eine Entscheidung treffen müssen, Tizi.«

»Welche Entscheidung?«

»Was uns wirklich wichtig ist.« Er stand auf. »Ich jedenfalls habe meine getroffen. Angela ist das Wichtigste für mich auf der Welt.«

Tiziana sah ihn fassungslos an. »Sie ist dir wichtiger als dein Sohn?«

Angela sah mit Bestürzung, wie Vittorio mit sich rang.

»Ich finde es nicht richtig, dass man solche Entscheidungen treffen muss«, wandte sie ein. »Wenn du mich fragen würdest, wer mir wichtiger ist, Nathalie oder Vittorio, könnte ich das ehrlich gesagt nicht beantworten. Man kann seine Gefühle zu unterschiedlichen Menschen doch nicht gegeneinander abwägen.«

»Amadeo wird sich besinnen«, sagte Vittorio schließlich. »Er ist noch jung.«

»In seinem Alter habe ich die Verantwortung für zweihundert Mitarbeiter übernommen«, wandte Solomon ein. »Schade. Ich hatte ihn auch anders eingeschätzt.« Er kostete von dem Marc di Lorenzo und machte dem alten Herrn ein Kompliment.

»Ich hätte mich mehr um Amadeo kümmern müssen«, sagte Vittorio niedergeschlagen.

»Eine Erntesaison in den Weinbergen«, krächzte Lorenzo. »Dann hätte der Signorino wieder Grund unter den Füßen.«

Angela musste schmunzeln bei der Vorstellung, dass Amadeo sich seine langen, feingliedrigen Hände bei der Weinernte schmutzig machte.

»Vermutlich hast du recht, Lorenzo«, sagte Vittorio

nachdenklich. »Wir haben ihn alle miteinander viel zu sehr verwöhnt.«

Keiner wollte mehr von Emilias Tiramisu kosten, stattdessen drängte Solomon zum Aufbruch.

»Es war wunderschön bei dir«, flüsterte Tiziana dicht an Angelas Ohr, als sie sich von ihr mit einer Umarmung verabschiedete.

»Ach, lass es gut sein, reden wir nicht mehr davon«, wehrte sie müde ab.

Sie würde diesen Abend als das schrecklichste Weihnachtsfest aller Zeiten in Erinnerung behalten. Vermutlich war Nathalie derselben Meinung. Und nachdem Tizi und Sol gegangen waren, führte Angelas erster Weg ins Zimmer ihrer Tochter.

»Wieso hast du das gesagt?«

Mit vielen Kissen im Rücken thronte Nathalie auf ihrem Bett, Pietrino an der Brust. Aus verquollenen Augen sah sie ihre Mutter vorwurfsvoll an.

»Sie hat doch nicht ahnen können, dass Costanza Pietrinos Vater kennt!«, wandte Tess ein und ließ ein paar gebrauchte Papiertaschentücher im Mülleimer verschwinden.

»Aber wenn du dich nicht eingemischt und groß herumerzählt hättest, dass ich bislang Kunstgeschichte studiert habe …«

»Ich weiß.« Angela setzte sich auf die Bettkante. »Es tut mir leid. Keine Ahnung, warum ich das gesagt habe.«

»Weil du stolz auf deine Tochter bist«, erklärte Tess. »Und neben diesem Wunderkind von einem Amadeo eben auch ein bisschen mit deiner Tochter auftrumpfen wolltest. Stimmt's?«

Angela stöhnte. Sie nickte. »Vermutlich war es das.«

»Und jetzt weiß sie es.« Nathalies Stimme klang gepresst.

»Sie ahnt es«, korrigiert Angela sie sanft.

»Was macht das bei einem Menschen wie Costanza für einen Unterschied? Ehrlich, Mami, ich hätte mir im Traum nicht vorstellen können, wie schrecklich diese Frau ist.«

»Wenn du nicht reagiert hättest wie ein ertappter Teenager, wäre sie niemals darauf gekommen«, konstatierte Tess trocken und erhob sich. »Jetzt putz dir die Nase, richte dein Krönchen, wie man heute so schön sagt, und vergiss das Ganze.«

»Sie wird sofort zu dieser Monica laufen«, jammerte Nathalie. »Und dann erfährt es Francesco auch.«

»Ach, Mädchen!« Tess betrachtete sie liebevoll. »Was ist daran so schlimm? Dann weiß er es endlich. Früher oder später hättest du es ihm sowieso sagen …«

»Nein!« Nathalie war so heftig geworden, dass ihr Baby zu weinen begann. »Ich will nichts mehr mit ihm zu tun haben.«

»Aber das brauchst du doch gar nicht«, wandte Angela ein.

»Lasst uns heute Abend nicht auch noch darüber streiten«, bat Tess. »Ich fand es anstrengend genug. Da fällt mir ein: Wir haben noch eine Riesenschale mit Nachtisch im Kühlschrank.« Sogleich leuchteten Nathalies Augen auf. »Möchtest du davon? Emilia hat extra koffeinfreien Kaffee verwendet. Und mit dem Alkohol hat sie ebenfalls geschummelt. Sie weiß doch, wie gern du das magst.«

»Her damit«, kommandierte Nathalie und lächelte zaghaft. »Ich möchte eine doppelte Portion.«

Angela holte gerade die schwere Schale aus dem Kühlschrank in der angrenzenden Küche, als es klopfte. Es war Vittorio.

»Hier habt ihr euch versteckt!« Er wirkte verlegen. »Darf ich reinkommen? Endlich ist Lorenzo gegangen. Er scheint sich mit Simone richtig gut zu verstehen.«

»Ja, er will sie heiraten«, sagte Nathalie und begann tatsächlich schon wieder zu kichern.

»Heiraten? Mich?« Hinter Vittorio kam Simone zum Vorschein. »Wer denn?«

»Freu dich nicht zu früh«, warnte Nathalie ihre Tante. »Lorenzo hat sich in deine Suppe verliebt.«

Kurz starrte Simone ihre Nichte verständnislos an. »Der uralte Kerl?«, rief sie empört aus.

Nathalie nahm ihre Portion Tiramisu entgegen. »Na, so alt ist er auch wieder nicht«, meinte sie spitzbübisch. »Nur ungefähr … Lass mich mal nachrechnen, doppelt so alt wie du. Aber er ist eine gute Partie, Simone.«

»Ah, geh weiter«, schimpfte sie. »Du hast mich wohl schon aufgegeben, nur weil mein Richard jetzt eine Jüngere hat?«

Sie nahm gnädig eine Schale Nachtisch entgegen und ließ sich theatralisch auf die Bettkante gegenüber von Angela sinken.

»Mmh, das schmeckt«, sagte sie, nachdem sie gekostet hatte. »Davon muss ich unbedingt das Rezept haben.« Im Nu hatte sie ihr Schälchen geleert.

Auch Pietrino schien satt zu sein, und Nathalie hob ihn hoch, damit er sein Bäuerchen machen konnte.

»Gib ihn mir«, bat Simone, und Nathalie reichte ihr den Kleinen.

»Na, du kleiner Scheißer«, sagte Simone zu ihm. »Was für ein Glück, dass deine Mama dich am End' doch nicht hat wegmachen lassen.«

Angela stockte der Atem.

»Simone«, stieß Nathalie gequält hervor. »Du bist unmöglich!«

»Wieso?« Simone schaukelte ihren Neffen in ihren Armen. »Ich sag bloß, was wahr ist. Stimmt's, Kleiner?«

Pietrino schien seine Tante intensiv zu fixieren. In seinem Bäuchlein rumpelte es. Und ehe Simone es sich versah, landete der gesamte Inhalt seines Magens auf ihrem Festtagskleid.

Es fühlte sich an wie eine Auszeit nach überstandenem Stress, als Angela am Weihnachtsmorgen ins Atelier kam. Arbeit kann so erholsam sein, dachte Angela, schaltete das Oberlicht an und ließ sich auf einen Stuhl fallen. Der vergangene Abend hatte sie mehr mitgenommen, als sie es sich und Vittorio hatte eingestehen wollen. Er war rührend gewesen, hatte sich mehrfach bei ihr für das Verhalten seiner Mutter und seines Sohnes entschuldigt, ja, auch dafür, dass er darauf gedrängt hatte, die beiden in die Seidenvilla einzuladen. »Das war eine bescheuerte Idee«, hatte er gesagt.

Angela hatte ihm im Stillen beigepflichtet, dennoch fand sie, dass es den Versuch wert gewesen war. Sie würde auch weiterhin alles tun, um wenigstens ein halbwegs vernünftiges Verhältnis zu ihrer künftigen Schwiegermutter zu bekommen. Ohne ein Entgegenkommen von Costanzas Seite war das allerdings nicht möglich.

Mehr Sorgen bereitete Angela dagegen Amadeo. Es

war offensichtlich, dass seine Großmutter ihn beeinflusst hatte, anders war seine Voreingenommenheit ihr gegenüber nicht zu erklären. Da war jedoch noch etwas, das sie irritierte, und das hatte mit der Diskussion um Sofias Bilder zu tun. Amadeos Mutter war Malerin gewesen und offenbar eine wirklich gute. Zu ihrem Bedauern hatte Angela bislang noch nie eines ihrer Gemälde zu Gesicht bekommen. Es stimmte, in Vittorios Loft über seinem Innenarchitekturbüro in Venedig hing kein einziges Bild. Bei ihrem ersten Besuch dort hatte er ihr erklärt, dass er es seit Sofias Unfall nicht mehr ertrug, ihre Gemälde zu sehen. Aber wenn sein Sohn das nicht wusste, weil jeder von ihnen mit seiner Trauer allein umging – war es da ein Wunder, wenn sie sich immer mehr voneinander entfremdeten? Wie sollte Amadeo sie jemals an der Seite seines Vaters akzeptieren, wenn er das Gefühl hatte, das Andenken an seine Mutter würde nicht angemessen gewahrt? Auch Nathalie hatte sich zunächst schwer damit getan, als sie ihr nur wenige Monate nach dem Tod ihres Vaters Vittorio vorgestellt hatte. Diese Themen waren heikel, das wusste Angela aus Erfahrung.

Die Tür ging leise auf, und Mariola schlüpfte herein. Es hatte in der Nacht zu regnen begonnen, Angela hoffte, dass die Plane, die sie vor das Fenster geklebt hatten, hielt. Während der Feiertage würde es wohl kaum möglich sein, einen Handwerker zu bekommen.

»Wie war das deutsche Weihnachtsfest?« Mariola knöpfte einen alten, weiten Mantel auf, den Angela noch nie an ihr gesehen hatte. Darunter kam Valentina im Tragetuch zum Vorschein. »Den hat mir Nola geliehen«, erklärte sie, als sie Angelas verwunderten Blick sah. »Sie sagt, sie braucht ihn nicht mehr.« Sie lachte und wickelte ihr Baby aus dem Tuch. »Sie hat die halbe Nacht keine Ruhe gegeben«, erzählte die junge Mutter, als sie das Kind in den Stubenwagen legte. »Deshalb hoffe ich, dass sie uns heute schön arbeiten lässt.« Und tatsächlich, im nächsten Augenblick war Valentina auch schon eingeschlafen.

Während Mariola sich das Unterkleid vornahm, drapierte Angela, die froh darüber war, dass die junge Frau die Frage nach dem vergangenen Abend offenbar schon wieder vergessen hatte, den roten Schal. Dabei hob sie den Fledermausärmel an und betrachtete die akkuraten, mit bloßem Auge kaum sichtbaren Stiche des Saums.

»So feine Nähte habe ich noch nie zuvor gesehen«, lobte sie ihre Helferin, und Mariola strahlte vor Stolz. »Nicola hat einmal erwähnt, dass Sie auch eine gute Weberin sind. Gibt es noch mehr Talente, die Sie mir noch nicht verraten haben?«

»Na ja, ich sticke auch sehr gern. Überhaupt macht es mir großen Spaß, ein Kleid oder ein Accessoire zu verzieren. Sie haben ja die Rüschen an Valentinas Kleidchen gesehen, aber ich kann auch Sternrüschen und viele andere, das hat mir alles meine Großtante gezeigt. Oder etwas mit winzigen Perlen und Pailletten besticken, sehen Sie, wie hier auf meinem Handytäschchen.« Mariola zog eine über und über mit winzigen Glasperlen verzierte Hülle hervor. Angela nahm sie in die Hand und betrachtete das rotgoldene Renaissancemuster, das sie an Nicolas Lochkarten erinnerte. »Das haben Sie selbst bestickt? Die Perlen sind ja geradezu mikroskopisch klein. Sie müssen sehr geschickte Finger haben.« Sie reichte das Täschchen zurück. »Das ist wunderschön, Mariola. Mir fallen auf Anhieb eine ganze Reihe von Kleidern ein, auf denen eine solche Stickerei fantastisch aussehen würde.«

Mariola strahlte und warf dem Kleid auf der Schneiderbüste einen bewundernden Blick zu. »Sie entwerfen so außergewöhnliche Kleider. Wenn ich mithelfen kann, sie zu nähen und zu verzieren … Wissen Sie, so etwas war schon immer mein Traum.« Ihre Wangen waren rosarot geworden vor lauter Eifer. »Einer meiner Großonkel hatte früher eine Schneiderei in Neapel«, erzählte sie. »Eigentlich nur für Herren. Er hat Maßanzüge angefertigt, selbst die Signori von der Stadtverwaltung und der Bürgermeister, sie alle sind seine Kunden gewesen. Und meine Tante hat hin und wieder Aufträge für Brautkleider angenommen, nicht offiziell, das sprach sich einfach herum. Schon als kleines Mädchen hat mich das fasziniert. Wann immer ich konnte, war ich dort und hab nach und nach alles gelernt: das Perlensticken, Rüschennähen und auch Stickereien mit Seidengarn. Weiß auf Weiß, da brauchte man gute Augen. Meine Tante, die immer schlechter sah, überließ mir das sehr gern.« Sie seufzte. »Darüber ist meine Schulbildung auf der Strecke geblieben«, fügte sie bedauernd hinzu. »Damals habe ich nicht eingesehen, warum ich den Abschluss machen sollte, wo ich doch bei meiner Tante arbeiten konnte. Leider mussten sie vor einigen Jahren schließen, sowohl mein Großonkel seine Herrenschneiderei als auch meine Tante, die ja ohnehin nur inoffiziell gearbeitet hat.« Sie fädelte ihre Nadel neu ein und beugte sich wieder über den Saum des Unterkleids. »Damals hat mir Nicola das Weben beigebracht. Aber eigentlich mach ich viel lieber das hier.« Sie wies auf das fast fertige Kleid, an dem Angela den roten Schal festnähte.

»Dann ist es für uns beide eine glückliche Fügung, dass Sie nach Asenza gekommen sind«, sagte Angela. »Sie haben aber niemals Entwürfe Ihrer Tante in Schnittmuster umgesetzt?«

Mariola schüttelte den Kopf. »Nein, das hat sie immer selbst gemacht. Und wenn ich es mir recht überlege, hatte sie nur drei oder vier Modelle, die sie abgewandelt hat. Das Besondere waren die Verzierungen, die Stickereien waren immer anders. Mal nur mit weißem Seidenfaden oder als Lochstickerei, dann wieder mit Perlen oder Strass, mit aufgesetzten Paspeln und Rüschen und so weiter. Auf diesem Gebiet kann ich fast alles, was es gibt. Nur zuschneiden oder gar Schnitte herstellen – das habe ich nie gelernt.«

Also brauchte sie doch eine erfahrene Schneiderin, die sie selbst entlastete und die in der Lage war, ihre Entwürfe eigenständig umzusetzen. Angela seufzte in sich hinein. Wo könnte sie so jemanden nur finden?

Sie hatte für den 27. Dezember einen Flug nach Rom gebucht. Auf diese Weise hätte sie noch Zeit, das Kleid an Donatellas Figur anzupassen, falls das notwendig sein würde. Angela hoffte inständig, dass die Marchesa über Weihnachten nicht noch mehr zugenommen hatte.

Vittorio, der zwischen den Feiertagen in seiner Firma in aller Ruhe ein paar Dinge erledigen wollte, brachte sie zum Flughafen Marco Polo von Venedig.

»Danke, dass du dich um das Fenster gekümmert hast«, sagte Angela, als sie durch das mittelalterliche Stadttor von Asenza rollten. Es war ihm tatsächlich gelungen, einen Glaser dazu zu bewegen, die zerbrochene Glasscheibe zu ersetzen.

»Mich würde wirklich interessieren, wer am Weihnachtsabend einen Stein in dein Fenster wirft«, gab er nachdenklich zurück. »Kannst du dir erklären, wer das gewesen sein könnte?«

Sie hatte sich das natürlich auch schon gefragt. »Nein«, sagte sie. »Wenn ich Feinde haben sollte, wäre mir das neu.« Außer Costanza, fügte sie in Gedanken hinzu. Aber die kämpfte mit anderen Mitteln. »Wirst du dich mit Amadeo treffen?«, fragte sie. Der Gedanke an den jungen Mann hatte sie während der vergangenen Tage nicht losgelassen.

»Vermutlich sollte ich das.« Er warf ihr einen raschen Blick von der Seite zu. »Ehrlich gesagt bin ich im Augenblick noch viel zu wütend auf ihn. Ich finde, er hat sich unmöglich benommen ...«

»Sprich mit ihm«, riet Angela. »Vermutlich ist ihm die Sache selbst schon peinlich.« Wenn nicht, ist ohnehin Hopfen und Malz verloren, dachte sie. »Und das mit Sofias Gemälden ...«

»Ich will nicht, dass sie in den USA verkauft werden«, unterbrach er sie heftig. »Sie sind so persönlich. Mit Erinnerungen beladen. Wie kann Amadeo auch nur daran denken, sie einer Galerie zu übergeben?« Er holte tief Luft und schüttelte den Kopf. »Vor ihrem Unfall hingen ihre Bilder überall im Loft. Sie sind so kraftvoll, Angela, unser Leben war voller Farben. Danach ...«

»Ich weiß.« Angela legte ihre Hand auf die seine, die das Lenkrad hielt. Er hatte ihr gleich bei ihrem allerersten Besuch in seiner Wohnung erzählt, warum er sie nach Sofias Tod abgehängt und Fedo gebeten hatte, die Wohnung vollständig umzugestalten. Sein Schmerz war damals so groß gewesen, dass er ihren Anblick einfach nicht ertragen konnte. »Hast du die Bilder seither gar nicht mehr gesehen?«

»Nein«, antwortete er düster. »Fedo hat sie in meinem Auftrag in das Bankdepot bringen lassen. Seitdem sind sie dort.«

Angela rechnete nach. Das war inzwischen fast drei Jahre her.

»Könnte es nicht sein, dass Amadeo dein Verhalten falsch interpretiert?«, wandte sie behutsam ein. »Auf ihn wirkt es offenbar wie Desinteresse. Ich möchte ja nur«, fügte sie rasch hinzu, als Vittorio aufbrausen wollte, »dass zwischen euch keine Missverständnisse herrschen. Vielleicht denkt er, dass du Sofia längst vergessen hast, und gibt mir daran die Schuld.«

»Aber das ist doch Unsinn!« Vittorios Augen funkelten, so aufgebracht war er.

»Bitte, denk darüber in Ruhe nach«, bat Angela. »Ich fände es sehr schade, wenn zwischen ihm und mir so etwas unausgesprochen stehen würde.«

Kaum war ihr Flugzeug gestartet, fielen ihr auch schon die Augen zu. Sie war so erschöpft, dass die freundliche Stewardess sie wachrütteln musste, als sie in Rom gelandet und die anderen Passagiere längst ausgestiegen waren.

»Geht es Ihnen gut?« Die junge Frau musterte sie besorgt.

»Ja, alles bestens«, antwortete sie verlegen. »Die Feiertage waren ... ein wenig anstrengend.«

Die Stewardess lächelte verständnisvoll und brachte ihr Donatellas Kleid, das in einer speziellen Transporthülle verpackt an einem gesonderten Ort aufbewahrt worden war, damit es im Handgepäckfach nicht zerdrückt wurde.

Sie nahm ein Taxi zur Stadtwohnung der Colonari nahe der Spanischen Treppe. Bislang kannte sie nur den repräsentativen Palazzo, in dem die Wohltätigkeitsbälle gewöhnlich stattfanden. Genau vor einem Jahr hatte sie dort Vittorio gegenübergestanden, der mit ihr aufgrund einer Intrige seines Freundes Dario Monti gebrochen hatte. Tess hatte dieses Zusammentreffen gemeinsam mit Donatella eingefädelt, und zunächst war sie darüber sehr verärgert gewesen. Jetzt fragte sie sich zum ersten Mal, ob nicht auch dies einer von Costanzas Schachzügen gewesen sein könnte, schließlich war Dario ein alter Freund der Familie.

Rom glitzerte in weihnachtlichem Schmuck. Es dämmerte bereits, als sich das Taxi durch den Verkehr der Innenstadt vorankämpfte. Der Fahrer hatte die Route über die Via Aurelia gewählt, und so kam Angela in den Genuss, die hell erleuchtete Kuppel des Petersdoms zu sehen, als sie den Vatikan passierten. Es war die sogenannte *ora di punta*, die Hauptverkehrszeit, und es ging nur im Schritttempo über die Brücke, die nach dem Principe Amedeo Savoia Aosta benannt war. Der Namensgeber erinnerte Angela wieder an Vittorios Sohn, und sie fragte sich, wie wohl das Treffen zwischen den beiden verlaufen würde, von dem sie hoffte, dass es bald stattfand. Kurz vor ihrem Abflug hatte sie Vittorio noch dazu überreden können, Amadeo anzurufen.

Weiter ging es über den Lungotevere dei Sangallo, der Straße, die am rechtsseitigen Ufer des Tiber in Richtung Norden führte, vorbei an der Engelsbrücke, wo ein weiterer Stau Angela die Gelegenheit gab, das Castello degli Angeli, die berühmte Engelsburg, in all seiner trutzigen Pracht zu bewundern. Am Ende brauchten sie für die Fahrt, die normalerweise eine Dreiviertelstunde dauerte, fast die doppelte Zeit.

Wie bei so vielen vornehmen Wohnungen in Roms historischem Zentrum war auch der Eingang zu Donatellas privatem Reich eine unscheinbare Pforte, hinter der man nichts Besonderes erwartete. Ohne die Beschreibung der Hausherrin hätte Angela die Tür vermutlich lange gesucht. Ein Dienstmädchen öffnete, nahm ihr das Gepäck ab, und nachdem Angela es darum gebeten hatte, den Kleidersack mit dem kostbaren Inhalt aufzuhängen, kam ihr Donatella mit weit geöffneten Armen entgegen.

»Angela, wie schön, dass du hier bist.« Die Marchesa trug einen dunkelblauen Hosenanzug, Angela sah sofort, dass sie nicht mehr zugenommen hatte. Wenn sie Glück hatten, passte das Kleid. »Willkommen! Ich hab ein ganz fürchterlich schlechtes Gewissen, dass du nur meinetwegen den Weg auf dich genommen hast. Gaetano hat mich übrigens tüchtig ausgeschimpft.«

Sie öffnete die Tür zu einem großzügigen Salon. Das Erste, was Angela in dem dämmrigen Raum sah, war ein prasselndes Feuer in einem imposanten Marmorkamin. Ein Dalmatiner, groß wie ein junges Kalb, der davor gedöst hatte, erhob sich knurrend.

»Still, Nestor«, vernahm Angela eine freundliche Männerstimme. Erst jetzt nahm Angela die Gestalt im Hintergrund des Salons wahr. Gaetano Colonari, Donatellas Ehemann, saß vor einer Fensterfront und war nur als Schattenriss zu erkennen. »Meine Frau hat wahrlich genug Kleider in ihrem Schrank«, sagte er. »Aber auf diese Weise darf auch ich endlich Ihre Bekanntschaft machen. Donatella schwärmt ja seit Monaten von Ihnen und Ihrer Seidenweberei.«

»Wir sind vor allem darüber sehr froh, dass du unseren Vittorio wieder ins Leben zurückgeholt hast«, fügte Donatella ernst hinzu.

»Ja, das stimmt«, erklang es vom Fenster.

»Lass uns das Licht anschalten«, schlug die Hausherrin vor. »Sonst denkt Angela am Ende, ein Geist spricht zu ihr.«

Leises Lachen ertönte, dann erhellte der warme Schein von zwei Stehlampen den Raum. Der Marchese erhob sich und kam ihnen entgegen. Angela hatte Costanzas Bruder erst zweimal getroffen. Sie waren sich auf dem Wohltätigkeitsball im vergangenen Jahr kurz vorgestellt worden, und natürlich war er auch beim fünfundsiebzigsten Geburtstag seiner Schwester, als sie und Vittorio sich so überraschend verlobt hatten, zugegen gewesen. Bislang hatte sich allerdings noch keine Gelegenheit ergeben, ihn besser kennenzulernen.

»Willkommen in unserem bescheidenen Heim«, sagte er und lächelte verschmitzt. Angela stellte fest, dass er keinerlei Ähnlichkeit mit Vittorios Mutter hatte. »Aus irgendeinem Grund weigert sich meine Frau, im Palast meiner Vorfahren zu residieren.«

»Ach komm«, entgegnete Donatella. »Du bist doch auch lieber hier, vor allem im Winter. Bis man diese Säle dort warm bekommt ... Dein Enkel würde sagen, dass das ökologisch nicht vertretbar ist für zwei alte Leutchen wie uns.«

Der Marchese nickte und bat Angela, in einem der Sessel vor dem Feuer Platz zu nehmen.

»Ich schlage vor, dass wir uns duzen«, sagte er, nachdem er und Donatella es sich auf dem Sofa bequem gemacht hatten. »Schließlich wirst du bald zur Familie gehören.«

»Sehr gern«, antwortete Angela erleichtert.

Nestor kam zu ihr und schnupperte an ihrer Hand.

»Wenn du ihn jetzt streichelst«, warnte Donatella mit einem Lächeln, »weicht er nicht mehr von deiner Seite.«

»Wäre das so schlimm?«

Angela kraulte ihn bereits am Hals. Genüsslich schloss der Dalmatiner die Augen und schmiegte sich an sie.

Sie tranken Tee, aßen von dem Panettone, den das Mädchen auf einem silbernen Teller brachte, und plauderten über dieses und jenes, denn natürlich wollte Donatella wissen, wie es Tess ging und warum sie in diesem Jahr nicht zum Ball kommen würde. Und doch konnte Angela es kaum erwarten zu sehen, wie das Kleid der Marchesa passte. Als Gaetano sich entschuldigte, fand sie es an der Zeit, auf den Grund ihres Besuchs zurückzukommen.

»Was meinst du«, fragte sie behutsam. »Möchtest du das Kleid sehen?«

»Aber natürlich möchte ich das.« Donatella bekam ganz rote Wangen vor Aufregung. »Ich wollte dich nur nicht gleich nach deiner Ankunft damit überfallen.«

Im Gästezimmer, das eher einer Suite glich und aus den Fenstern einen wundervollen Blick auf die erleuchtete Stadt bot, öffnete Angela den Reißverschluss des Transportsacks. Cremefarbene Seide quoll heraus, und Donatella stieß einen spitzen Schrei des Entzückens aus, als

Angela das Modell auf dem Bett drapierte. Dann zog sie die Vorhänge zu und bat die Hausherrin, hinter dem Paravent, der in einer Ecke des Raumes stand, ihren Hosenanzug abzulegen.

Während sie den rückwärtigen Reißverschluss öffnete, den Mariola mit ihren winzigen Stichen so geschickt zwischen die Naht eingefügt hatte, dass er nicht zu sehen war, lauschte sie auf das Rascheln von Kleidung hinter dem Paravent.

»Der Reißverschluss ist so lang, dass du bequem ins Kleid steigen kannst«, sagte sie. »Wenn du bereit bist …?«

»Ich bin bereit.« Donatellas Stimme klang wie die eines Kindes kurz vor der Bescherung. »Soll ich … herauskommen?«

»Es wäre einfacher«, antwortete Angela mit einem Lächeln.

Die Marchesa trat verlegen ins Licht. Zu Angelas Erleichterung trug sie bereits ein Miederhöschen, das recht gut Bauch und Hüften in Form brachte, und einen trägerlosen Büstenhalter.

»Du hast dich exzellent auf die Anprobe vorbereitet«, lobte Angela sie.

Sie breitete das Kleid vorsichtig auf dem Teppich aus und forderte Donatella auf, in seine Mitte zu treten. Ihre Aufregung wuchs, als sie es am Körper der Marchesa emporzog. Ihre Befürchtung, es wäre womöglich irgendwo zu eng, war jedoch vollkommen unbegründet.

»Schau mal«, sagte sie und zeigte ihr die Öffnung zum Fledermausärmel, »hier kannst du mit dem Arm reinschlüpfen.«

Angela schloss den Reißverschluss. Das Kleid passte.

Ein riesiger Stein fiel ihr vom Herzen. Rasch ging sie um die Marchesa herum und begutachtete das Mieder. Es saß wie angegossen.

»Komm, betrachte dich im Spiegel«, forderte sie Donatella auf. »Keine Sorge«, beruhigte sie sie, als sie unsicher den Arm hob, damit sie nicht auf den weiten Ärmel trat. »Alles ist so gearbeitet, dass es den Boden lediglich berührt. Jedenfalls werde ich das gleich überprüfen, wir haben genau nach Maß gearbeitet.«

Nein, nichts schleppte auf dem Boden nach. Rasch zupfte sie noch an dem roten Schal, doch das war gar nicht notwendig, er war so perfekt drapiert, dass er ganz von allein zu Boden fiel.

Donatella Colonari betrachtete sich mit weit aufgerissenen Augen im Spiegel.

»Na, was sagst du?«

»Es ist ... einfach hinreißend«, flüsterte die Marchesa. »Und so leicht.« Sie drehte sich vor dem Spiegel hin und her und besah sich von allen Seiten. »Es fühlt sich an wie eine zweite Haut.« Sie kicherte leise, was gar nicht damenhaft klang. »Weißt du, wie es sich anfühlt?« Ihre Augen blitzten, als sie Angela ansah. »So als hätte ich überhaupt nichts an.«

10

Die Gemälde

»Es tut mir wirklich leid, dass ich das sagen muss, aber du solltest weiterhin auf der Hut sein, Angela.« Es war ein strahlender Wintermorgen, und Donatella hatte ihren Gast zum Frühstück in ein elegantes Café um die Ecke eingeladen. »Meine liebe Schwägerin hat sich noch längst nicht damit abgefunden, dass Vittorio dir den Fontarini-Ring an den Finger gesteckt hat.«

Angela seufzte tief. »Ich weiß, Donatella.« Der Appetit auf ihr *cornetto* mit Pistazienfüllung war ihr vergangen. »Frag mich bitte nicht nach dem Weihnachtsfest, zu dem wir sie eingeladen haben.«

»Sie hat mir schon alles erzählt.« Die Marchesa lachte schallend. »Natürlich ihre Version: Die Weihnachtsdekoration geschmacklos. Das Essen abscheulich. Die Gäste unter Niveau.« Donatella warf Angela einen mitleidigen Blick zu. »Dabei kann ich mir vorstellen, welche Mühe du dir gegeben hast. Sicher war es hinreißend.« Sie nippte an ihrem Cappuccino. »Sag mal, es stimmt doch sicher nicht, dass sich deine Tochter mit diesem Kunstgeschichtsprofessor eingelassen hat?« Angela fühlte, wie ihr das Blut aus dem Gesicht wich. »Also ist es wahr«, fuhr Donatella nachdenklich fort und drückte Angelas Hand. »Übrigens solltest du an etwas arbeiten: In deinem Gesicht kann man lesen wie in einem Buch.«

»Ich weiß«, gab Angela mit einem Seufzen zurück.

»Aber so bin ich nun mal. Nathalie auch. Wir tragen unser Herz auf unserer Zunge und sind nicht in der Lage, uns zu verstellen.« Sie betrachtete das *cornetto*. Es sah so verlockend aus. Doch ihr Magen fühlte sich an, als hätte er sich verknotet. »Ich fürchte, an Costanzas Ablehnung kann ich nichts ändern, wir werden uns damit abfinden müssen. Ich mache mir nur Sorgen wegen Amadeo.«

Donatella winkte dem Kellner und bestellte für sie beide Mineralwasser. »Amadeo habe ich schon seit einer Ewigkeit nicht mehr gesehen«, sagte sie dann. »Er war so ein unglaublich nettes Kind, fast zu folgsam, fand ich. Und er sah aus wie ein kleiner Engel.« Das tut er heute noch, dachte Angela. Jedoch eher wie ein etwas arroganter Erzengel, falls es das überhaupt gab. »Wieso machst du dir denn Sorgen? Wie ich höre, wird er einen glänzenden Abschluss machen.« Donatella nahm einen Schluck von ihrem Wasser. »Er war von Anfang an so ein beängstigendes Wunderkind«, fuhr sie fort. »Sofia hat ihn sehr gefördert und dafür gesorgt, dass er mehrmals Schulklassen überspringen konnte.« Sie seufzte.

»Ich nehme an, er vermisst sie sehr«, warf Angela leise ein.

»Das tun wir alle«, stimmte Donatella ihr zu. »Außer meiner lieben Schwägerin natürlich, die ihr das Leben schwer gemacht hat. Keine einzige Träne hat sie an ihrem Grab vergossen. Ich werde nie vergessen, wie sie da stand mit diesem kühlen Lächeln im Gesicht.« Sie schüttelte den Kopf. Noch immer wirkte sie fassungslos. »Sofia war ihr nicht gewachsen«, fuhr sie fort. »Sie war ... Wie soll ich das beschreiben? Zu weich. Eine Künstlernatur. Für Costanzas perfide Spitzen fand sie keine Gegenwehr. Leider hat Vittorio das damals noch nicht begriffen. Und was meinen lieben Mann anbelangt – Gaetano hält sich aus diesen Dingen lieber raus. Er und Costanza haben nicht viel gemeinsam, weißt du? Auch er hat Sofia sehr gern gehabt.« Sie sah Angela an, ihr Blick wurde weich. »Zum Glück bist du anders als sie, Angela. Du hast zwar dieselbe Sensibilität, aber du bist stark. Wie du diese marode Weberei wieder auf die Beine gestellt und dich gegen Massimo Ranelli behauptet hast – meine Hochachtung! Du wirst dich auch gegen Costanzas lächerliche Intrigen wehren. Doch du musst auf der Hut sein.«

»Ich fürchte, sie hat bereits Amadeo gegen mich aufgehetzt.«

Donatella betrachtete sie eine Weile nachdenklich und nahm einen Bissen von ihrem Vanillehörnchen. »Wenn du Vittorios Sohn für dich gewinnen willst, dann tu etwas für Sofias Andenken.« Die Marchesa tupfte sich mit ihrer Serviette die Krümel von den Lippen.

»Hast du eigentlich auch ein Bild von ihr?«

»Du meinst, eines ihrer Gemälde? Natürlich. Nicht nur eines. Willst du sie sehen?«

»O ja, sehr gern. Weißt du, Vittorio hat sie aus seinem Leben verbannt und in ein Bank-Depot bringen lassen. Er sagt, er erträgt es nicht, sie zu sehen.«

Donatellas Miene wurde finster. »Der dumme Junge!«, schimpfte sie. »Davon, dass man die Vergangenheit wegsperrt, wird der Schmerz nicht kleiner.« Sie bat den Kellner um die Rechnung. »Und du«, sagte sie zu Angela, »iss dein Hörnchen auf. Wir werden jetzt einen kleinen Spaziergang machen.«

Energischen Schritts ging die Marchesa mit ihr durch die Straßen der vornehmen Gegend in Richtung Piazza del Popolo. Vor einem unscheinbaren Haus in einer Seitenstraße der Via del Babuino blieb sie stehen und holte einen Schlüsselbund aus ihrer Handtasche. Angela sah ein Bronzeschild mit eingravierter Schrift neben der Tür. FONDAZIONE PROALFA las sie und wartete gespannt, was ihre Begleiterin ihr zeigen wollte.

Das Treppenhaus hatte schlichte weiße Wände, die Stufen waren aus Granit. Ovale Fenster mit Bleiglasfüllung und abwechselnd klaren und matten Scheiben erhellten den Aufgang. Das schwarze Eisengeländer war elegant geschwungen.

»Das Haus stammt aus der Zeit des Art déco«, erklärte Donatella, während sie in den zweiten Stock hinaufgingen. »Ich habe es bewusst schlicht renovieren lassen, denn unter uns gesagt habe ich den ganzen Prunk ziemlich satt.« Sie blieb vor einer Wohnungstür stehen und schloss sie auf. Wieder entdeckte Angela das Bronzeschild mit dem Namenszug der Stiftung. »Willkommen in meiner Parallelwelt«, sagte Donatella und öffnete lächelnd die Tür.

»Was bedeutet das?«

»Nun, ich tue noch andere Dinge, als mir sündteure Modellkleider schneidern zu lassen und Empfänge zu geben. Gaetano und ich, wir sind der Meinung, dass Reichtum verpflichtet. Obwohl unser Familienvermögen beträchtlich ist, hat mein Mann immer gearbeitet, ehe er das Rentenalter erreichte. Und ich habe vor Jahren diese Stiftung gegründet.« Angela sah sich in dem Foyer mit ovalem Grundriss, von dem sechs Türen abgingen, um. »Anfangs habe ich mich für alles Mögliche eingesetzt, bis ich darauf kam, dass ein wesentlicher Grund für Armut mangelnde Bildung ist. Und die fängt beim Lesen und Schreiben an. PROALFA kommt von *pro alfabetismo*. Seit rund zwei Jahrzehnten entwickeln und fördern wir Maßnahmen, um gegen den Analphabetismus anzukämpfen. Vor allem hier in Italien, wir unterstützen jedoch auch Projekte auf der ganzen Welt.« Sie öffnete eine der Türen und bat Angela einzutreten. »Über die Feiertage ist niemand hier. Aber du solltest einmal während eines normalen Arbeitstags kommen, du würdest staunen, was hier los ist. Das ist mein Büro.« Angela sah einen modernen, funktionalen Schreibtisch und einen Bürostuhl, wie er auch sonst in Unternehmen zu finden war. Das Einzige, was den Raum zu einem besonderen machte, waren zwei großformatige, abstrakte Gemälde in leuchtenden, kraftvollen Farben. »Du kannst dir denken, dass ich dich nicht hergebracht habe, um dir von meiner Stiftung zu erzählen.« Donatella betrachtete sie mit forschendem Blick.

»Diese Bilder hat Sofia gemalt, nicht wahr?«

»So ist es. Rein von ihrer Erscheinung her hätte man eher vermutet, sie malt Aquarelle in zarten Pastelltönen«, sagte sie nachdenklich. Angela nickte. Diese Gemälde waren alles andere als zart. Das eine zeigte kühn übereinandergelagerte Formen in unterschiedlichen, leuchtenden Rot- und Gelbtönen auf einem hellen Grund. Das andere spielte kraftvoll mit den Kontrasten von Rot und Schwarz. »Diese Bilder sind meine Batterien«, fügte Donatella hinzu. »Wenn ich einmal müde und ausgelaugt bin, dann brauche ich nur diese beiden Gemälde anzusehen, und ich bin wieder voller Energie. Aber komm mit, es gibt noch mehr.«

Im Besprechungsraum hing eine Serie von sechs Bildern, die hauptsächlich in lichtem Gelb und Grün gehalten waren, und in weiteren Räumen fanden sich Werke, in denen die Farben Violett und Blau dominierten. Es schien, als hätte Sofia sich jeweils auf eine Primärfarbe eingelassen und sie im Kontext mit anderen Tönen erkundet.

»Wie gefallen sie dir?«

»Sie sind großartig.« Angela ging ganz nah an eines heran, das sie in seinen zahlreichen Abstufungen von Blau an fließendes Wasser erinnerte. »Man bekommt einen ganz klaren Kopf, wenn man sie sich anschaut.«

»Ja, so ist es. Sofias Werke tun einem einfach gut.«

Und es ist schade, fügte Angela in Gedanken hinzu, dass Vittorio sich von dieser Farbenwelt seit ihrem Tod vollkommen abschneidet.

»Amadeo hat an Weihnachten davon gesprochen, dass er die Bilder seiner Mutter gern einer Galeristin in Boston zeigen würde.«

»Warum dort? Wieso nicht hier in Italien oder wenigstens in Europa?«

»Ich würde ihm gern vorschlagen, eine Ausstellung zu organisieren …«

»Eine fabelhafte Idee!«

»Ich weiß nicht, was sich in Vittorios Depot befindet«, fuhr Angela nachdenklich fort. »Würdest du eventuell deine Bilder für eine Ausstellung ausleihen?«

»Selbstverständlich!« Donatellas Augen blitzten. »Einige meiner Bekannten besitzen ebenfalls welche. Die kann ich sicherlich dazu überreden.«

Und in Neapel, fiel Angela ein, da muss es auch Werke von Sofia geben. Jedenfalls hatte Ruggero Esposito ihr das erzählt.

»Das alles kann natürlich nur mit Vittorios Zustimmung geschehen«, sagte sie mit einem Seufzen. »Hatte Sofia denn zu ihren Lebzeiten Ausstellungen?«

Donatella schüttelte traurig den Kopf. »Es kam nicht mehr dazu«, sagte sie. »Sie ist auf der Fahrt zu einem Vorgespräch für eine große Show verunglückt. Danach hat natürlich keiner mehr solche Pläne verfolgt.«

Amadeo hat das nicht vergessen, dachte Angela. Sie schritt noch einmal durch die verschiedenen Räume und ließ die Bilder zu sich sprechen. Eine große Hochachtung, gepaart mit Sympathie für Vittorios verstorbene Frau, erfüllte sie.

»Danke«, sagte sie zu Donatella, »danke, dass du mir das ermöglicht hast. Und dass du mir Einblick in dein Paralleluniversum gewährst. Ich bin wirklich sehr beeindruckt …«

»Was glaubst du, wofür ich den jährlichen Wohltätigkeitsball veranstalte?« Donatella lächelte breit.

»Da fällt mir ein«, erklärte Angela schuldbewusst, »dass ich dir gar nichts für die Versteigerung mitgebracht habe.« Im vergangenen Jahr hatte sie einen Bettüberwurf aus der Seide der *tessitura di Asenza* gespendet.

»Oh, das brauchst du auch nicht«, wehrte Donatella ab. »Sieh du zu, dass du die Seidenvilla voranbringst. Ich will, dass jene spenden, die nicht wissen, was sie mit ihrem Reichtum anfangen sollen. Und davon gibt es in meinen Kreisen viel zu viele.«

Auf dem Weg zum Flughafen erreichte sie eine Nachricht von Tiziana. »Vito sagt, du kommst nachher in Marco Polo an. Das trifft sich gut, denn ich habe heute einen Networking-Abend organisiert. Es kommen lauter spannende, berufstätige Frauen. Keine Männer. Ich erwarte dich um acht in der Bar Dandolo des Hotel Danieli.«

Angela lehnte sich ins Polster des Taxis zurück und schloss die Augen. Ihr erster Reflex war abzusagen – mit der Begründung, sie habe keine Zeit. Stimmte das denn? Donatellas Kleid war fertig, die Weberei hatte bis nach dem Fest der Heiligen Drei Könige geschlossen.

»Danke für die Einladung«, schrieb sie zurück. »Ich komme gern.« Und hatte das Gefühl, dass die Anspannung der vergangenen Tage und Wochen von ihr abfiel.

Als sie das legendäre Hotel an der Riva degli Schiavoni gleich um die Ecke der Piazza San Marco betrat, blieb sie kurz wie benommen stehen, so sehr beeindruckte sie das altehrwürdige Foyer dieses Palastes, das wirkte, wie aus der Zeit gefallen. Sie fragte einen Angestellten nach Tiziana Pamfeli, und er führte sie in die angrenzende Bar mit Säulen aus rotem Marmor, die die Renaissanceholzdecke stützten. Hinter einem prächtig geschmückten Weihnachtsbaum erkannte Angela im hinteren Teil des dezent beleuchteten Raumes Tiziana umringt von einem guten Dutzend Damen, die sich in den Clubsesseln rund um Marmortischchen verteilt hatten und sich angeregt miteinander unterhielten. Angela konnte nicht anders, als den apricotfarbenen Damast, mit dem die Sessel bezogen waren, mit fachmännischem Blick zu mustern, da hatte Tiziana sie bereits entdeckt und kam auf sie zu.

»So schön, dass du es einrichten konntest«, sagte sie und küsste sie herzlich auf die Wangen. Sie trug ein hochgeschlossenes Kleid aus sonnenblumengelbem Feinstrick, das ihre fabelhafte Figur betonte, das lange schwarze Haar fiel offen über Schulter und Rücken. »Komm, ich stelle dich gleich ein paar meiner Freundinnen vor.« Sie zog Angela sanft mit sich. »Mit Graziella, Fabrizia und Stefania bin ich zur Schule gegangen. Susa und Anamaria kenne ich vom Studium. Bitte setz dich zu uns. Was möchtest du trinken?«

Im Nu war Angela in Gespräche involviert und lernte nach und nach weitere der Eingeladenen kennen. Nach einer Stunde wurde ihr jedoch bewusst, dass sie eigentlich todmüde war. Sie suchte die Toilette auf, zog sich die Lippen nach und überlegte, während sie zurück zu den anderen ging, wie sie sich von Tiziana am besten schon früh verabschieden konnte, als sie eine auffallend gekleidete Frau bemerkte, die ganz allein an der Bar stand und unschlüssig zu der Gruppe um Tiziana hinübersah. Ihr dichtes, langes Haar schimmerte in einem ungewöhnlichen Mahagoniton und war zu einer prachtvollen Frisur aufgesteckt, die Angela an vergangene Jahrhunderte erinnerte. Sie trug ein gewagtes Ensemble aus einem weit schwingenden, knöchellangen Seidenrock in Tannengrün, der an einer Seite gerafft war, dazu eine kupferfarbene Wickelbluse, deren Ärmel in lange Spitzentrompeten derselben Farbe ausliefen. Mit ihren kräftigen, dunklen Augenbrauen und dem leuchtend rot geschminkten Mund wirkte diese Frau wie ein exotischer Vogel, der zwar perfekt in das Ambiente der Bar Dandolo passte, sich von den anderen Frauen allerdings deutlich abhob.

»*Buonasera*«, sprach sie die Fremde an. »Sie sind sicher auch von Tiziana eingeladen worden. Mein Name ist Angela Steeger.«

»Sie sind Deutsche?«, fragte die andere zurück.

»Ja, das haben Sie natürlich sofort an meinem Akzent bemerkt.« Angela lächelte verlegen.

»Nein, gar nicht«, widersprach ihr Gegenüber. »Sie sprechen ausgezeichnet Italienisch. Aber Ihr Name ... Oder sollen wir Du sagen? Ich glaube, hier duzen sich alle.«

»Gern«, antwortete Angela.

»Ich bin Romina Fulvio«, stellte die Frau mit dem ungewöhnlichen Aufzug sich vor.

»Möchten Sie zu den anderen hinübergehen?«

Romina winkt ab. »Ich denke, ich geh besser. Außer Tizi kenne ich niemanden. Außerdem ...«, sie verzog das Gesicht und lächelte gequält, »... hier hat sicher jede einen akademischen Grad.«

»Nun, am Ende zählt nicht der Titel, sondern was jemand kann. Oder?«

Romina verzog erneut ihr Gesicht, diesmal schmerzlich.

»Nicht immer«, gab sie zurück, und ein bitterer Zug erschien um ihren Mund. »Manchmal zählen auch ganz andere Dinge.« Sie hob den Blick und ließ ihn durch den prachtvollen Raum streifen. Dann stellte sie ihr Glas ab. Es war leer. »Aber ich wollte dir nicht die Laune verderben. Ich hatte heute keinen guten Tag.«

»Ein perfekter Grund, um sich nicht zu Hause zu vergraben. Trinken wir noch etwas?« Angela wusste selbst nicht, was in sie gefahren war. Hatte nicht auch sie eben noch gehen wollen? Doch unter allen Bekannten von Tiziana interessierte sie Romina am meisten. Sie war anders, und das machte sie neugierig. »Mir gefällt, was du anhast«, sagte sie. »Der Schnitt dieser Bluse ist ... entschuldige, dass ich so indiskret bin, aber ich wüsste zu gern, welche Marke das ist.«

Romina lachte und sah auf einmal wunderschön aus mit ihren blitzenden perlweißen Zähnen. Auf einmal musste sie husten, und es dauerte eine Weile, bis sie wieder Luft bekam.

»Marke Eigenbau«, antwortete sie schließlich. »Ich bin Schneiderin. Leider habe ich heute meinen Job verloren. Tja. So viel dazu. *Ciao*, Angela. Es hat mich gefreut.«

Sie nickte ihr zu und ging zielstrebig in Richtung Ausgang.

»Warte«, rief Angela, doch Romina hörte sie schon nicht mehr.

»Wo will sie denn hin?« Tiziana hatte sich offenbar zu ihnen gesellen wollen und sah Romina betroffen nach. »Dabei ist sie gerade erst gekommen, ich hatte nicht mal Gelegenheit, sie zu begrüßen ...«

Angela nahm sich keine Zeit für Erklärungen. Sie hatte wieder dieses Kribbeln im Bauch gespürt, das sie immer befiel, wenn etwas Außergewöhnliches bevorstand. Noch nie hatte ihr Gefühl sie getrogen. Und deshalb beeilte sie sich, Romina zu folgen.

An der Garderobe, wo sie sich gerade in ein prächtiges Cape aus schwarzem Samt helfen ließ, ein wundervolles und aufwendig genähtes Stück, das sie an einen Kostümfilm erinnerte, holte Angela sie ein.

»Romina, bitte warte«, rief sie.

Die Schneiderin drehte sich überrascht zu ihr um. Fragend wanderten ihre dunklen Augen über Angelas Gesicht.

»Ja?« Es war ihr anzusehen, dass sie keine Lust auf weiteren Smalltalk hatte.

»Ich bin verzweifelt auf der Suche nach einer guten

Schneiderin«, brach es aus Angela hervor. »Einer, die eigenständig arbeitet, Schnitte anfertigen kann und meine Entwürfe umsetzt. Jemanden mit Geschmack und Fantasie, der weiß, wie man aufwendige Modelle realisiert.« Romina starrte sie an, als hätte sie einen schlechten Scherz gemacht. Deshalb holte Angela tief Atem und sprach einfach weiter. Was hatte Donatella gesagt? Dass sie stark sei. »Wir kennen uns überhaupt nicht«, fuhr sie fort. »Aber ich habe Augen im Kopf, und was ich sehe, gefällt mir. Stammt dieses Cape auch von dir?« Romina nickte. »Dann zieh es wieder aus und komm zurück. Wir sollten uns unterhalten.«

»Wenn du an einem Tag nicht nur deine große Liebe, sondern auch deine Existenz verlierst, ist das ein ziemlicher Brocken.«

Sie hatten sich in eine Ecke des Foyers gesetzt, denn zurück zu Tizianas Business-Treff hatte Romina auf keinen Fall gewollt.

»Wo hast du denn gearbeitet?«, erkundigte sich Angela.

»Sogni Veneziani. Sagt dir das was? Eine der renommiertesten Schneidereien für den venezianischen Karneval. Kostüme, Kleider, Kopfschmuck, Schuhe, nach historischem Vorbild oder nach der Fantasie. Da hab ich zwanzig Jahre lang die Schneiderei geleitet.« Wieder musste sie husten, es klang keuchend und schmerzhaft.

»Asthma«, sagte sie freudlos, als der Anfall vorüber war. Sie kramte in ihrer Handtasche, zog einen Inhalator hervor und nahm eine Sprühdosis. »Ich vertrage das Klima nicht«, fügte sie seufzend hinzu und atmete ein paarmal erleichtert auf. Offenbar begann das Medikament zu wirken. »Die Lagune ist fürchterlich für mich. Gut. Jetzt bin ich ja vogelfrei und kann gehen, wohin ich will.« Dabei wirkte sie alles andere als glücklich.

»Was ist passiert?« Angela betrachtete besorgt die dunklen Augenringe unter Rominas Make-up.

»Das, was immer passiert, wenn man nicht auf sein Herz aufpasst. Zehn Jahre waren Enzo und ich ein Paar. Heute hat er Schluss gemacht. Und mich gleichzeitig fristlos entlassen.« Sie lehnte sich erschöpft in ihrem Sessel zurück. »Enzo ist der Besitzer des Ladens.«

»Damit kommt er nicht durch«, warf Angela ein. »Er wird dir eine Abfindung bezahlen müssen.«

Romina seufzte erneut. »Schon möglich. Das Dumme ist nur: Ich will keine Abfindung. Was ich brauche, ist diese Art von Arbeit.« Die Schneiderin sah sie an, ihre Augen glänzten, als sie weitersprach. »Enzos fantastische Entwürfe, das erlesene Material. Samt, Seide, Brokat, alles verdammt schwer zu verarbeiten, aber ich liebe das. Verstehst du? Lass mich das komplizierteste Renaissancekostüm nach Enzos Zeichnungen nähen, und ich bin glücklich. Steck mich in eine normale Damenkonfektion, und ich gehe ein vor Langeweile.« Sie warf Angela einen forschenden Blick zu. »Du sagst, du suchst jemanden. Wofür?«

»Für Modellkleider«, antwortete Angela. »Aus handgewobener Seide.«

»Handgewobener Seide?« Romina zog die Silben in die Länge. »Und wo soll die herkommen?«

»Aus der *tessitura di Asenza*«, gab Angela zurück. »Meiner Seidenweberei. Sie liegt auf dem Land, eine Stunde in Richtung Berge. Willst du sie dir mal ansehen?«

»Wie war's auf Tizianas Frauenabend?« Vittorio gab ihr einen zärtlichen Kuss zur Begrüßung, als sie in seine Wohnung im Quartier San Marco kam. »Lange hast du es ja nicht ausgehalten«, fügte er mit einem Schmunzeln hinzu.

»Stell dir vor, womöglich habe ich die Schneiderin meiner Träume gefunden.« Überglücklich schlang Angela ihre Arme um seinen Hals und erzählte ihm von der Begegnung mit Romina. »Sie hat versprochen, nach Asenza zu kommen und sich die Seidenvilla anzusehen.«

»Ob sie wohl in die Provinz ziehen will, wenn sie wirklich so ein Paradiesvogel ist, wie du sie beschreibst?«

»Sie leidet unter Asthma«, erklärte Angela und ließ sich auf das Sofa fallen. »Die Luft in Venedig tut ihr nicht gut, sie möchte weg von hier. In Asenza ist zwar nichts los, dafür ist die Luft ausgezeichnet.«

»Na, dann hoffen wir das Beste. Möchtest du Wein?« Er hob eine Flasche Soave von ihrem Lieblingsweingut hoch. Sie schüttelte den Kopf.

»Ich hatte schon zwei Bellini«, erwiderte sie stöhnend. »Lieber einen Kräutertee.«

Vittorio lachte und stellte den Wasserkocher an. »In Rom hast du Furore gemacht«, erzählte er gut gelaunt, während er die Kräuterteemischung aus dem Schrank holte. »Donatella hat angerufen und mir von dem Kleid vorgeschwärmt.«

»Ja, zum Glück hat es gepasst.« Angela lehnte ihren Kopf gegen das Rückenpolster. Wenn sie die Augen schloss, drehte sich alles.

»Sie hat mir erzählt, dass sie dir die Bilder von Sofia gezeigt hat.«

Angela war sofort wieder hellwach und warf ihm einen

prüfenden Blick zu. Ob er dagegen etwas einzuwenden hatte? Im Grunde war sie erleichtert, dass Donatella ihm davon berichtet hatte. So musste sie das Thema nicht anschneiden.

»Sie sind wundervoll, Vittorio«, sagte sie und sah zu, wie er den Tee aufgoss.

»Ja, das sind sie.« Er stellte den Becher auf den Couchtisch und setzte sich zu ihr. Sie betrachtete die weißen Trennwände, mit denen das ehemalige Warenlager unterteilt war, und stellte sich vor, wie Sofias Gemälde Leben und Farbe in diese Räume gebracht hatten. Zum ersten Mal kam ihr das Loft kahl vor. Sie überlegte noch, ob sie die Gelegenheit nutzen sollte, um die Idee mit der Ausstellung vorzuschlagen, doch Vittorio kam ihr mit einer ganz anderen Frage zuvor. »Möchtest du Silvester mit mir hier in Venedig verbringen?« Sie sah ihn überrascht an. Darüber hatte sie sich noch gar keine Gedanken gemacht. »Ich finde, du hast eine kleine Auszeit von Asenza verdient.«

»Ja, warum nicht?« Angela dachte an Tess und Nathalie, mit denen sie den vergangenen Jahreswechsel gefeiert hatte. Sollte sie die beiden nicht vorher fragen?

»Wenn du willst, laden wir natürlich auch Nathalie ein«, schlug Vittorio vor, und ihr wurde einmal mehr bewusst, wie gut er sie kannte. »Ich würde mich allerdings wundern, wenn die jungen Leute nicht etwas anderes vorhätten.«

»Sie hat ein Baby«, wandte Angela sanft ein. »Aber du hast recht. Wenn ich ehrlich bin, steckt mir Weihnachten noch in den Knochen. Das Letzte, was ich möchte, ist, schon wieder Gastgeberin sein. Was hat denn Amadeo vor?« Vittorio zuckte mit den Schultern. »Hast du mit ihm gesprochen?«, fragte sie behutsam nach.

»Ich hab ihn angerufen, wie ich es dir versprochen habe. Aber der junge Mann ist beschäftigt.« Er klang beleidigt, und Angela konnte ihn sehr gut verstehen.

»Wo wohnt er eigentlich hier in Venedig?«

»Bei meiner Mutter natürlich.« Das ist nicht gut, dachte Angela besorgt. Je mehr Kontakt er mit Costanza hatte, desto größer war die Wahrscheinlichkeit, dass sie ihn beeinflusste. Oder schätzte sie den jungen Mann falsch ein? Am Weihnachtsabend hatte er nicht gerade einen vorteilhaften Eindruck gemacht. Vittorio stand auf und schenkte sich von dem Weißwein ein. »Ich glaube, die beiden haben sich gegen mich verschworen«, fuhr er fort.

Und gegen mich, fügte sie in Gedanken hinzu. Dann kam ihr eine Idee. »Weißt du was?« Er sah sie fragend an. »Gib mir doch mal seine Handynummer. Es gibt da etwas, das ich gern mit ihm besprechen würde.«

Vittorio betrachtete sie aufmerksam. Sie konnte direkt sehen, wie es hinter seiner Stirn arbeitete. »Darf ich fragen, was das ist?«

Angela lächelte. »Es geht um eine Ausstellung. Mit Sofias Bildern. Donatella hielt das für eine ausgezeichnete Idee. Und ich könnte mir vorstellen, dass ihm das gefallen würde.«

Vittorio hatte nicht widersprochen, sondern ihr nach einigem Überlegen tatsächlich die Nummer seines Sohnes gegeben. Als sie ihn am folgenden Morgen anrief, schien Amadeo derart überrumpelt, dass er einwilligte, sich mit ihr auf einen Kaffee in ihrer Lieblingsbar in Cannaregio zu treffen, einem Stadtteil, in den sich die noble Gesellschaft Venedigs und auch die Touristen selten verirrten. Gerade deshalb gefiel es Angela dort. Falls es noch so etwas wie ein ursprüngliches Venedig gab, dann in einigen Winkeln und Ecken nördlich von San Marco.

Nebel lag über der Lagunenstadt, als sie aufbrach, er hüllte die morbide Pracht in einen mystischen Schleier. Hier und dort brach die Wintersonne zaghaft durch und färbte die Schwaden altrosa und golden, ehe das Licht wieder verschwand, sich die Feuchtigkeit auf alles legte und den Stoff von ihrem Wintercape durchnässte. Aus dem Zwielicht tauchten gelegentlich in Mäntel vermummte Anwohner auf, die ihre Müllbeutel zu den Sammelstellen brachten, von wo sie an bestimmten Tagen abtransportiert wurden. Unter den Brücken, die sie überquerte, glitten Boote hindurch, beladen mit Lebensmitteln, aber auch mit Baumaterial und Sandsäcken, denn niemand wusste, wann der winterliche Regen einsetzen und Venedig einmal mehr unter Wasser stehen würde. Jeder ging rasch und mit gesenktem Kopf, und doch erhaschte Angela hier und dort einen freundlichen Blick unter Hutkrempen hervor, den sie dankbar erwiderte.

Sie mochte Venedig, auch an solchen Tagen. Und sie mochte das einfache Leben der wenigen Einheimischen, die ihre Wohnung nicht an Touristen vermieteten, während sie selbst aufs Festland zogen.

Ihr Ziel war eine einfache Bar, in der die Bewohner des Viertels am Morgen ihren Cappuccino mit einem Hörnchen oder einem frisch belegten *panino* zu sich nahmen, die alten Männer im Sommer ihren Weißwein mit in den Schatten auf der gegenüberliegenden Seite der winzigen

Piazza holten und am Nachmittag die Signore ihren ersten Sprizz tranken. Angela hatte sie auf einer ihrer seltenen Spaziergänge entdeckt, als sie auf der Suche nach einem Laden für Naturpigmente gewesen war und sich in dem Quartier rund um die Kirche Santi Giovanni e Paolo verlaufen hatte.

Sie waren um elf verabredet, und Angela stand bereits an der einfachen Theke mit der verspiegelten Rückwand, in der man hinter den aufgereihten Flaschen gut verfolgen konnte, wer sich über die kleine Brücke von hinten näherte. Ihr tropfendes Cape hatte sie über einen der Barhocker gebreitet und nahm eben ihren Kaffee entgegen, als Amadeo eintrat.

»Möchtest du auch einen Milchkaffee?«

»Lieber einen Latte macchiato«, antwortete er und warf ihr aus seinen großen braunen Augen einen prüfenden Blick zu, ehe er die Umstehenden musterte. Er trug einen kurzen Tweed-Mantel über seinen Jeans und einen hellen Rollkragenpullover. Seine blonden Locken hatten sich in der feuchten Luft geringelt. »Warum wollten Sie mich sehen?«

Angela trank einen Schluck von ihrem Kaffee. »Bitte, sag Angela zu mir. Dein Vater und ich werden bald heiraten. Da wäre es doch seltsam, wenn wir uns siezen würden, nicht wahr?« Amadeo schwieg, die Hände in den Taschen seines Mantels vergraben. Er machte keine Anstalten, ihn auszuziehen, so feucht er auch war. »Ich war in Rom bei deiner Großtante Donatella«, fuhr sie fort.

»Ja, ich habe gehört, dass Sie neuerdings ihre Schneiderin sind.«

Es klang verächtlich. Angela hörte wohl den abfälligen

Ton in seiner Stimme bei dem Wort »Schneiderin«, einmal davon abgesehen, dass er beim Sie blieb. Sie beschloss, nicht darauf einzugehen.

»Bei der Gelegenheit sprachen wir über die Gemälde deiner Mutter«, fuhr sie unbeirrt fort. »Donatella zeigte mir einige davon. Und da hatten wir eine Idee, zu der ich dich gern um deine Meinung fragen möchte. Was würdest du von einer Retrospektive von Sofias Werken halten?«

Sie beobachtete ihn genau, und sosehr er sich auch bemühte, sich seine Gefühle nicht anmerken zu lassen, er konnte nicht verhindern, dass seine Augen kurz aufleuchteten.

»Was haben Sie vor?«

Angela war sich nicht sicher, ob es Begeisterung war oder eher Ablehnung, was in seiner Stimme mitschwang.

»Noch nichts Konkretes«, antwortete sie und widmete sich wieder ihrem Kaffee. »Mich würde interessieren, was du von dieser Idee hältst.«

»Schickt Sie mein Vater?«

Angela musste lächeln. In seinem Trotz sah er Vittorio auf einmal sehr ähnlich, auch wenn seine Gesichtszüge wohl eher nach seiner Mutter kamen.

»Nein«, antwortete sie. »Aber er weiß von diesem Treffen und hat mir deine Nummer gegeben.« Sie betrachtete den jungen Mann, der sicher mühelos einen Vertrag als Model bekommen könnte, so verdammt gut sah er aus. Zwei fünfzehn- oder sechzehnjährige Mädchen, die gerade hereingekommen waren, konnten den Blick nicht von ihm wenden. Ob er sich dessen bewusst war? Garantiert. So gut aussehend und so klug – auf einmal stieg Mitleid in ihr auf. Von den Göttern derart beschenkt worden zu sein, das war zweifellos nicht immer einfach. Donatellas Worte kamen ihr in den Sinn, wie liebevoll sich Sofia um Amadeo gekümmert hatte. Sein Schmerz über ihren Verlust musste unermesslich sein. Und Vittorios ebenso.

»Warum sprichst du nicht mit deinem Vater?«

Er blickte überrascht auf. »Ich spreche doch mit ihm«, verteidigte er sich.

»Ich meine, richtig. Ganz ehrlich, ich verstehe das nicht. Du hast meine Tochter kennengelernt, für mich wäre es undenkbar, dass sie nicht meine Nähe suchen würde, wenn wir so lange getrennt gewesen wären.«

Amadeo starrte sie finster an. »Warum fragen Sie nicht Vittorio?«, stieß er aus. »Er ist es, der sich zurückgezogen hat, kaum war meine Mutter tot. Glauben Sie etwa, er hätte mich jemals in den Arm genommen und getröstet? Es war ihm ganz einfach egal. Er konnte nicht schnell genug ihre Sachen aus der Wohnung räumen. Und ihre Bilder auch. Da ist nichts mehr, was an sie erinnert. Nichts!«

Er war laut geworden, und die beiden Mädchen starrten sie neugierig an. Amadeos sonst so bleiches Gesicht war rot vor Zorn. Brüsk wandte er sich ab und wollte gehen. Angela legte ihre Hand auf seinen Arm.

»Bitte«, sagte sie leise. »Geh nicht so.« Amadeo starrte auf ihre Hand auf seinem Ärmel. Einen Moment lang dachte sie, er würde sie einfach abschütteln und gehen. Doch er zögerte. »Hast du schon einmal daran gedacht, dass er das aus Schmerz getan haben könnte? Weil er es nämlich nicht ertragen hätte, ihre Bilder weiter um sich zu haben? Er hat deine Mutter über alles geliebt.« Er sah sie zweifelnd an. »Vielleicht hat er sich in deinen Augen nicht richtig verhalten«, fuhr sie fort. »Und doch wäre deine

Mutter sicher traurig, wenn sie sehen könnte, wie sehr ihr euch auseinandergelebt habt. Gib ihm eine Chance. Du willst Anwalt werden. Also solltest du alles sorgfältig prüfen, ehe du zu einem Urteil gelangst.«

Sie konnte sehen, wie es in ihm arbeitete. Seine Lippen zuckten, zwischen seinen wie mit dem Pinsel gemalten Brauen kräuselte sich die Haut. Schließlich sah er ihr in die Augen. Sie waren erfüllt von Schmerz.

»Ich habe nichts gegen Sie, Angela«, sagte er. »Und vermutlich meinen Sie es tatsächlich gut. Aber bitte, tun Sie mir einen Gefallen. Lassen Sie mich in Frieden.«

Ehe sie etwas dagegen tun konnte, legte er in einer Geste, die sie schmerzhaft an Vittorio erinnerte, ein paar Münzen auf die Theke, die er wohl in seiner Manteltasche gehabt hatte. Seinen Latte macchiato hatte er nicht einmal angerührt. Dann nickte er ihr zu, verließ die Bar und verschwand im Nebel.

11

Vorsätze

Das Haus inmitten eines halb verwilderten Gartens, das Tiziana und Solomon in Malamocco auf dem Lido bezogen hatten, war hell erleuchtet, als Angela und Vittorio am letzten Abend des Jahres dort eintrafen. Sie hatten die Lagune mit dem Boot in südlicher Richtung überquert, an dem kleinen Anlegesteg des Freizeitvereins Lega Navale festgemacht und waren zu Fuß hinübergeschlendert.

»Ich habe eine Überraschung für euch«, verkündete die Hausherrin mit einem verschmitzten Strahlen. »Kommt rein!« Angela sah sich neugierig um. Nicht nur die Architektur hier auf der Venedig vorgelagerten Nehrung unterschied sich von der in Venedig, auch die Inneneinrichtung der modernen Villa war auf das Notwendigste reduziert.

»Ja, da staunst du, nicht wahr?« Tiziana lachte. »Ach, es tut so gut, in einem ganz normalen Haus zu wohnen und nicht in diesen alten Kästen, die vor Historie nur so dampfen.« Und als sie sah, dass Angela interessiert eine abstrakte Skulptur aus weißem Marmor betrachtete, die auf einem Podest in der Eingangshalle stand, fügte sie hinzu: »Zum Glück haben Sol und ich denselben Geschmack. Aber kommt doch bitte rein!«

Angela erkannte ein paar Frauen wieder, die sie in der Bar Dandolo kennengelernt hatte, und begrüßte sie herzlich. Solomon brachte ihr und Vittorio den Cocktail des Abends, eine Art Martini, den er selbst nach einem alten

Familienrezept, wie er behauptete, gemixt hatte und der vorzüglich schmeckte. Die Tür zu einem Wintergarten ging auf, und Angela verschluckte sich beinahe: Nathalie kam ihr mit Pietrino auf dem Arm entgegen, und hinter ihr entdeckte sie Tess, die sich mit Amadeo unterhielt.

»Hey, Mami!« Nathalie strahlte und umarmte sie. »Da staunst du, was?«

»Aber wirklich! Dabei hast du mir doch erzählt, du könntest Tante Simone nicht allein lassen! Oder habt ihr sie etwa auch mitgebracht?«

Nathalie schüttelte lachend den Kopf. »Stell dir vor, Simone hat einen Anruf von Onkel Richard bekommen und sofort den Koffer gepackt. Angeblich will er sich mit ihr aussprechen.«

»Ach, das wäre ja wundervoll.«

Angela kannte das Paar nun schon seit fast fünfundzwanzig Jahren und hatte sich nie vorstellen können, dass sich die beiden wirklich trennen würden.

»Und dann hab ich das am Telefon Sol erzählt, und eh ich michs versah, hat er uns hergeholt. Wir teilen uns hier das Gästezimmer. Ist das nicht wundervoll?« Tess schien sehr zufrieden.

»Für mich gehört ihr zur Familie«, sagte der Anwalt mit einer Ernsthaftigkeit, die Angela zu Herzen ging. »Und Familie hält zusammen. Jedenfalls ist das bei uns so.«

»Da hast du mir eine große Freude gemacht, Solomon«, sagte Angela, die von seinen Worten berührt war. »Vielen Dank.«

»Nenn mich doch Sol«, bat er und schenkte ihr ein herzliches Lächeln. »Das heißt in vielen Sprachen Sonne, und das gefällt mir.«

»Und es passt zu dir!«

Sols Lächeln bekam einen wehmütigen Zug. »Nicht alle denken so, aber ... nun ja, man kann nicht von jedem gemocht werden.«

Er sah hinüber zu Amadeo, der allein im Wintergarten stand und so wirkte, als wüsste er nicht recht, warum er hier war.

»Das ist übrigens eine weitere Überraschung«, meinte Angela. »Wie habt ihr es geschafft, Amadeo herzulocken?«

Sol grinste. »Tizi hat da ihre eigenen Methoden«, antwortete er schmunzelnd und fügte hinzu: »Die beiden kennen sich schon seit Ewigkeiten. Sie betrachtet ihn wie einen jüngeren Bruder. Und da Costanza in Rom ist ...«

»Stimmt, sie war auf Donatellas Wohltätigkeitsball. Ist sie gleich dort geblieben?«

»Wer weiß, was sie aushecht!« Tiziana, die wie ein Schmetterling von Gruppe zu Gruppe flog und stets darauf achtete, dass sich auch ja niemand langweilte, war plötzlich wieder an Sols Seite. »Ich muss mich mehr um Amadeo kümmern. Er darf auf keinen Fall die ganze Zeit dem Einfluss seiner Großmutter ausgesetzt sein. Komm, wir leisten ihm Gesellschaft«, schlug sie vor.

Es klingelte erneut, und die beiden Gastgeber entschuldigten sich, um die ankommenden Gäste zu begrüßen. Es war Fedo mit seinem Lebensgefährten, und als Angela wieder dazu kam, in den weitläufigen Räumen, deren Türen offen standen, nach Amadeo Ausschau zu halten, entdeckte sie ihn schließlich mit Nathalie im Gespräch. Umso besser, dachte sie und sah sich nach Vittorio um.

Sie fand ihn im Schlafzimmer in den Anblick eines Gemäldes versunken. Angela erkannte auf den ersten Blick, dass es von Sofia stammte, ihre Maltechnik und Farbgebung waren so charakteristisch, dass es für sie keinen Zweifel gab. Es war ein besonders intensives Bild in den vorherrschenden Farben Gelb und Orange auf leichtem, hellem Grund. Einige wenige Stellen in Grau und Blau standen dazu im Kontrast. Es hatte etwas Schwebendes, Leuchtendes, ließ sich nicht festlegen und strahlte, wie Angela fand, Zuversicht aus, als wenn das Licht nach grauen Tagen über einer Andeutung von Wasser wieder durchbräche.

Sie warf Vittorio einen forschenden Blick von der Seite zu. War es das erste Mal, seit er seine Wohnung hatte umgestalten lassen, dass er eines von Sofias Bildern betrachtete? Sie wollte auf keinen Fall stören und wendete sich ab.

»Hättest du Lust, mit mir und Amadeo ins Depot zu gehen?«, sagte er da.

Sie verstand sofort, was er meinte. Er wollte die Bilder, die dort eingelagert waren, aus ihrem Dornröschenschlaf erwecken. Oder es sich zumindest ernsthaft überlegen.

»Ja, das würde ich sehr gern«, antwortete sie. »Falls es nicht besser wäre, du und Amadeo machen das zunächst allein …« Und mit einem Blick zur Tür fügte sie hinzu: »Hier kommt er übrigens, du kannst ihn gleich fragen.«

Amadeo war allerdings in Gesellschaft, Nathalie begleitete ihn, ihr schlafendes Baby im Tragetuch.

»Hier hängt eines«, hörten sie ihn gerade sagen, dann entdeckte er sie und seinen Vater und stockte kurz.

»Das Bild ist von deiner Mutter?« Nathalies unbefangene Art schien die Anspannung zu lösen, die kurz zwischen Vater und Sohn zu spüren gewesen war. »Wow, das ist großartig. Gibt es noch mehr davon?«

»Ungefähr fünfzig«, erwiderte Vittorio. »Sie befinden sich in einem Depot. Wollen wir sie uns nächste Woche ansehen?«

Der Blick seines Sohnes hing an dem Bild und wurde weich.

»Also, wenn ich mitkommen dürfte, würde ich mich sehr freuen«, bemerkte Nathalie. Sie sah Amadeo fragend an.

»Vielleicht sollten wir die beiden besser allein …«, begann Angela.

»Nein, warum?«, unterbrach Amadeo sie. »Nathalie kann gern mitkommen. Nicht wahr, Papà?«

»Klar!«

»Wo hat Sofia denn studiert?«, wollte Nathalie wissen.

Und während Amadeo ihr bereitwillig den künstlerischen Werdegang seiner Mutter schilderte, atmete Angela innerlich auf. Ihre Tochter schien genau die richtige unbefangene Art zu haben, mit dem Erbe von Amadeos Mutter umzugehen. Leise zog sie sich zurück.

Um halb zwölf entschuldigten sie sich bei ihren Gastgebern, die volles Verständnis dafür aufbrachten, dass sie nun gern allein sein wollten. Hand in Hand schlenderten sie zu Vittorios Boot zurück. Das Jahr war so ereignisreich gewesen, umso mehr wünschten sie sich, es in aller Ruhe zu zweit zu verabschieden. An Bord holte Vittorio winddichte Jacken und Wollmützen aus einer Box, dann löste er die Leinen und startete das Boot. Er steuerte es in Richtung Norden, vorbei an den Inseln Poveglia und

San Clemente, wo das beeindruckende Hotel Kempinski in heller Festbeleuchtung erstrahlte, und stellte den Motor in sicherem Abstand von der Einfahrtsrinne vor der Giudecca ab.

»Was für ein Jahr«, sagte er und holte eine Flasche Champagner aus der Kühlbox, aus der er außerdem noch zwei Gläser hervorzauberte.

»Du sagst es«, pflichtete Angela ihm bei. »Unglaubliche Dinge sind geschehen. Ich habe einen Heiratsantrag bekommen, und ich wurde Großmutter.« Sie lachte leise und schmiegte sich an Vittorio.

»Ich liebe dich«, sagte er und drückte ihr einen Kuss auf die Schläfe. »Wollen wir nächstes Jahr weitere unglaubliche Dinge folgen lassen und heiraten?«

Obwohl sie bereits den Verlobungsring an ihrem Finger trug, schlug ihr Herz rascher bei diesem Gedanken.

»Was hältst du von einem Termin im Sommer?«, schlug sie vor.

»Ach, das dauert mir noch viel zu lange.«

»Oder im Mai? Da ist es sehr schön in Asenza.«

»Einverstanden. Der Mai ist ein perfekter Monat für eine Hochzeit«, pflichtete er ihr bei.

Er ließ den Champagnerkorken knallen, und als wäre dies das Signal, begannen über Venedig und auf den kleineren Inseln um sie herum die ersten Leuchtkörper des großen Feuerwerks aufzusteigen und tauchten die Lagune in alle Farben des Regenbogens.

Am Neujahrsmorgen schliefen sie lange aus, liebten sich zärtlich und innig, schlummerten wieder ein, und erst am Nachmittag trieb sie der Hunger aus dem Bett. Auf ihrem

Handy fand Angela drei verpasste Anrufe und eine Nachricht von Nathalie mit der Frage, ob sie gemeinsam mit ihnen zu Abend essen wollten, Tizi habe im Paradiso Perduto an der Fondamenta della Misericordia einen Tisch reserviert.

Als sie dort eintrafen, waren sie alle schon versammelt: Tiziana und Solomon, Nathalie und Tess, sogar Amadeo war gekommen. Er saß neben Nathalie, und die beiden unterhielten sich angeregt miteinander, als wären sie beste Freunde.

»Kommt noch jemand?«, erkundigte sich Angela, als sie ein weiteres Gedeck an der Tafel ausmachte.

»Ich habe Romina eingeladen, sie kann aber erst später zum Dessert zu uns stoßen.« Tiziana warf ihr ein komplizenhaftes Lächeln zu. »Sie hat mir von deinem Vorschlag erzählt. Ehrlich, ich fände es großartig, wenn das klappen würde. Romina hat früher meine Karnevalskostüme genäht.« Sie seufzte und wirkte, als würde sie in Erinnerungen schwelgen. »Damals war ich noch jung ...«

»Und jetzt bist du schon richtig alt«, neckte Vittorio sie mit einem Schmunzeln. »Erinnerst du dich, wie ich dich zum *corteo* mitgenommen habe? Da warst du fünf oder sechs ...«

»Wie könnte ich das vergessen!« Tizianas Augen blitzten. »Er hat mich den ganzen Tag auf den Schultern durch die Stadt getragen, und ich war so unglaublich stolz auf mein Kostüm. Ich ging als Sternchen. Das Kostüm habe ich heute noch. Wenn Pietrino mal größer ist, passen wir es ihm an.«

»Und du?«, erkundigte sich Nathalie bei Amadeo. »Gehst du auf Bälle? Ich hab gehört, in euren Kreisen sei das selbstverständlich, da zöge man von einem Palazzo zum nächsten.«

»Ja, das tun viele«, gab Amadeo eher gelangweilt zur Antwort. Da schien ihm etwas einzufallen. »Würde dir das denn Spaß machen?«

»O ja, und wie!« Nathalie bekam ganz sehnsüchtige Augen. Dann warf sie Pietrino einen Blick zu. Er war von Schoß zu Schoß weitergereicht worden und lag momentan an Tizianas Schulter, von wo er aufmerksam das Treiben im Restaurant zu beobachten schien. »Aber das kann ich dieses Jahr vergessen«, fügte sie ernüchtert hinzu.

»Ich muss ja auch wieder zurück an die Uni«, erklärte Amadeo tröstend. »Nächstes Jahr ziehen wir gemeinsam los.«

»Wirklich?«

»Ich biete mich jetzt schon als Babysitterin an«, warf Angela ein.

»Ich auch!« Tiziana und Tess hatten gleichzeitig gesprochen und sahen sich jetzt lachend an.

»Na, das reicht locker für drei Abende«, meinte Amadeo vergnügt.

Angela und Tess wechselten einen kurzen, bedeutungsvollen Blick. So gut gelaunt hatten sie den jüngsten Spross der Fontarini-Familie noch nicht erlebt.

»Übrigens«, erhob Tiziana das Wort, nachdem die Bestellungen aufgegeben worden waren. Sie schlug mit der Gabel gegen ihr Glas. »Es gibt in Sols Familie ein kleines Neujahrsritual. Nichts Besonderes«, fügte sie rasch hinzu, als sie die fragenden Blicke sah. »Jeder sagt, was er im vergangenen Jahr am schönsten fand, und dann verrät er seinen Vorsatz fürs neue Jahr. Seid ihr dabei?« Und da niemand widersprach, wandte sie sich an Nathalie, die direkt neben ihr saß. »Möchtest du anfangen?«

Nathalies Augen wurden ganz groß, während sie nachdachte. Schließlich sagte sie: »Das Schönste letztes Jahr war ... Na ja, es war auch gleichzeitig das Schlimmste. Nämlich Pietrinos Geburt.« Sie presste kurz verlegen die Lippen aufeinander und sah in die Runde, in der es ganz still geworden war. Angela kam es so vor, als würde sie den Blickkontakt zu Amadeo bewusst vermeiden. Nathalie holte tief Luft. »Und für das neue Jahr habe ich mir vorgenommen ...« Sie errötete wie ein Teenager und sah Tiziana Hilfe suchend an. »Ich schätze, man muss die Wahrheit sagen?« Tiziana schmunzelte und nickte. »Na gut. Also, ich hab mir vorgenommen, mich in diesem Jahr in den richtigen Mann zu verlieben.«

Tiziana klatschte in die Hände, sprang auf und umarmte ihre Sitznachbarin.

»*Bravo*«, rief sie. »Was für ein wundervoller Vorsatz. Und jetzt zu dir, mein lieber Amadeo. Was war das Schönste im vergangenen Jahr?«

»Mensch, Tizi«, machte er und verzog sein Gesicht. »Das ist *peinlich*.« Sie wandte ihren Blick jedoch nicht von ihm und schüttelte unerbittlich den Kopf. »Also gut«, fuhr er mit einem theatralischen Seufzer fort. »Das Schönste war, Venedig wiederzusehen. Und für das neue Jahr ... Eigentlich hab ich noch überhaupt keinen Vorsatz gefasst!«, versuchte er sich rauszureden.

»*Va bene*«, konterte Tizi mit funkelnden Augen. »Dann weiß ich einen guten Vorsatz für dich: In diesem Jahr solltest du Frieden schließen. Und du weißt genau, was ich meine.«

Amadeo hob scheinbar fragend seine Augenbrauen und schob seine Unterlippe vor. »Nein«, gab er trotzig zurück. »Ich habe nicht die geringste Ahnung ...«

»Jetzt ist Tess an der Reihe.« Tiziana würdigte Amadeo keines weiteren Blickes mehr.

»Für mich war auch das Schönste, als der kleine Pietrino auf die Welt kam«, sagte Tess und strahlte Nathalie an. »Und für das neue Jahr hab ich mir vorgenommen, eine Hochzeit auszurichten.« Ihr Lächeln reichte von einem Ohr bis zum anderen. »Oder auch zwei. Je nachdem.«

Tiziana musste schlucken, so überrascht und gerührt schien sie von dem Nachsatz, denn es war allen klar, wen sie damit meinte.

»Und du, liebste Angela?«

»Mir geht es wie meiner Tochter«, sagte sie nach einem Moment des Nachdenkens. »Auch für mich war der schönste Moment gleichzeitig der schlimmste des Jahres. Es war, als Vittorio mir diesen Ring ansteckte.« Sie hob ihre Hand, sodass sich das Licht an dem Rubin ihres Verlobungsrings brach.

»Warum war es auch der schlimmste?«

Amadeo sah sie herausfordernd an. Angela hatte längst verstanden, dass es ihn irritierte, den Ring seiner Mutter an ihrer Hand zu sehen.

»Das ist schwer jemandem zu erklären, der nicht dabei war«, antwortete sie und sah ihm in die Augen. »Denn eigentlich wollte deine Großmutter, dass dein Vater Tiziana heiratet.«

»Tiziana?« Er sah empört zwischen ihnen hin und her. »Das ist nicht wahr!«

»O doch, mein Lieber«, sagte Tiziana sanft. »Und ob das wahr ist. Du hättest dabei sein sollen an ihrem fünfundsiebzigsten Geburtstag. Sie wollte Vito allen Ernstes öffentlich dazu zwingen, *mir* den Fontarini-Ring anzustecken.« Sie lachte traurig auf. »Dabei hatte ich mich längst mit Sol verlobt. Heimlich. Nur Vito hat es gewusst.«

»Und ich werde ihm niemals vergessen«, warf Solomon schmunzelnd ein, »dass er mir meine Liebste damals nicht einfach weggeschnappt hat.«

Er lachte, und Vittorio stimmte halbherzig mit ein, während er besorgt seinen Sohn betrachtete.

»Ihr nehmt mich doch auf den Arm!« Amadeo wirkte unwirsch und hilflos zugleich. »Mir hat *nonna* das ganz anders erzählt.«

»Das glaube ich dir gern«, erklärte Tiziana aufgebracht. »Ach, mein Lieber, eines Tages wirst auch du begreifen, dass deine *nonna*, so liebenswürdig sie sein mag, ein … Na ja, sagen wir mal, schwieriger Mensch ist. Sie möchte, dass alles nach ihren Plänen geht. Auch du spielst in diesen Plänen eine Rolle.«

»Was meinst du damit?« Amadeo starrte sie finster an.

Doch Tiziana hatte sich bereits Angela zugewandt. »Du hast noch nichts von deinem Vorsatz erzählt.«

»Ich möchte ganz einfach, dass wir alle ein wenig … glücklicher miteinander sind«, sagte Angela. Ihre Stimme zitterte. Der Wortwechsel um die Umstände ihrer Verlobung hatte sie traurig gestimmt. »Und entspannter. Dazu möchte ich meinen Teil beitragen.«

»Ach, das ist so typisch meine Mami«, brach Nathalie das betretene Schweigen. »Sie ist einfach der harmonische Typ. Aber es gibt nun mal Situationen, da geht das nicht.

Oder?« Sie lächelte Angela zärtlich an. Dann betrachtete sie gespannt Vittorio. »Und was ist mit dir?«

Vittorio räusperte sich und setzte sich auf seinem Stuhl zurecht. »Der schönste Augenblick war, als Angela Ja gesagt hat.« Er lächelte in Erinnerung an diese Szene. »Sie hätte ja genauso gut Nein sagen können, wir hatten das schließlich nicht miteinander abgesprochen. Und Angela ist eine Frau mit einem starken eigenen Willen. Als ich ein paar Wochen vor Mammas Geburtstag das Thema Verlobung auch nur ansprach, da packte sie ihre Sachen, und weg war sie. Doch, genau so war es«, sagte er schmunzelnd, als Angela etwas einwerfen wollte. »Und für das neue Jahr nehme ich mir … Ach, ich nehme mir eine ganze Reihe von Dingen vor. Drei, wenn ihr es wissen wollt. Oder ist das gegen die Regeln?« Er blinzelte Tiziana schelmisch zu.

»Für dich machen wir eine Ausnahme«, meinte sie gnädig.

»Also Nummer eins: Ich werde den Worten die Tat folgen lassen und Angela heiraten.« Jubel brandete auf, nur Amadeo blieb still und betrachtete seinen Vater unter halb gesenkten Lidern hervor. »Nummer zwei: Ich möchte weniger arbeiten und mehr Zeit mit den Menschen verbringen, die ich liebe. Und Nummer drei …«, er sah seinen Sohn an, und sein Blick wurde weich, »… ich möchte ein paar Dinge korrigieren, die ich falsch gemacht habe.« Er biss sich auf die Unterlippe, dann holte er tief Luft. »Am besten setze ich einen meiner Vorsätze gleich in die Tat um: Amadeo, es tut mir leid, dass ich dich enttäuscht habe, nachdem Sofia …« Seine Stimme brach. Er schluckte schwer, nahm er einen erneuten Anlauf und sagte: »Denkst du, du kannst mir verzeihen?«

Es war auf einmal sehr still in dem sonst so lebhaften Lokal, und die Hintergrundmusik, die keiner bislang wahrgenommen hatte, wirkte überraschend laut. ... *the fundamental things apply as time goes by*, erklang in der Version des legendären Jazzpianisten Teddy Wilson.

Amadeo starrte seinen Vater mit unbewegter Miene an, und gerade als Angela dachte, er würde keine Antwort mehr geben, sagte er: »Ja, ich denke schon.«

Das Lied war noch nicht verklungen, als Romina erschien und mit ihrem fröhlichen »Hab ich was verpasst?« die fast schon feierliche Atmosphäre wieder ins Heitere wendete. Solomons und Tizianas Glücksmomente sowie Vorsätze fürs neue Jahr galten natürlich auch ihrer gemeinsamen Zukunft – und der Hoffnung auf Versöhnung mit den Eltern Pamfeli.

Als Romina gefragt wurde, sah sie Angela an. »Ich hoffe, meinem Leben eine ganz neue Wendung zu geben«, sagte sie. »Raus aus der Stadt, hinaus aufs Land.«

»Das aus deinem Mund zu hören!«, wandte Tiziana staunend ein. »Wo du doch in Venedig geboren wurdest und so gut wie nie aus der Lagune herausgekommen bist.«

»Genau deswegen wird es Zeit«, gab die Schneiderin mit einem fatalistischen Seufzen zurück. »Neues Jahr, neues Glück. Schließlich bin ich schon zweiundfünfzig. Wenn ich jetzt den Absprung nicht schaffe, wann dann?«

Als Angela ihr vorschlug, sie gleich am nächsten Tag mit dem Wagen nach Asenza mitzunehmen, war sie sofort damit einverstanden.

»Und was ist mit euch?«, fragte sie Tess und ihre Tochter.

»Wir bleiben noch«, antworteten beide wie aus einem Munde. »Wenn wir dürfen«, fügte Nathalie an Tiziana gewandt hinzu.

»Aber natürlich dürft ihr«, gab sie zurück. »Ihr müsst sogar. Ich wollte dir doch im Büro meine neuen Entwürfe zeigen.« Nathalies Augen begannen zu leuchten.

»Und wann sehen wir uns Sofias Bilder an?«, erkundigte sich Vittorio und sah Nathalie und Amadeo an.

»Morgen?« Amadeo sagte das mit einem Lächeln, und Angela ging das Herz auf, so verwandelt erschien ihr der junge Mann.

»*D'accordo.*« Aus Vittorios Stimme war eine grenzenlose Erleichterung herauszuhören.

»Ich hab allerdings versprochen, *nonna* vom Flughafen abzuholen«, fiel Amadeo ein. Er wandte sich an Nathalie. »Sie kommt am Vormittag an. Wir könnten das gemeinsam tun.«

Nathalie wirkte alles andere als begeistert. »Ach, weißt du ...«, begann sie gedehnt. Es war ihr anzusehen, dass sie fieberhaft nach einer Ausrede suchte.

»*Facciamo così*«, sagte Tiziana, die ihr Dilemma sofort verstanden hatte. »Am Morgen nehme ich Nathalie und den Kleinen mit ins Büro. Wir essen eine Kleinigkeit zu Mittag, und um zwei holt ihr sie bei mir ab, denn danach habe ich einen Termin. *Va bene?*« Es war klar, dass sie keinen Widerspruch duldete.

Angela freute sich auf ihr Zuhause, auch wenn sie Vittorio recht geben musste – die Tage in Venedig waren wirklich eine Erholung für sie gewesen. Sie rief im Hotel Duse an und reservierte ein Zimmer für Romina, und als sie sich am folgenden Morgen mit ihr vor dem Bahnhof traf, in dessen Nähe wie immer ihr Wagen in einem Parkhaus stand, fühlte sie sich voller Tatendrang.

Kurz hinter Treviso hielten sie bei einem Supermarkt. Fania hatte sie darum gebeten, ein paar Dinge einzukaufen, als sie ihr den Besuch angekündigt hatte. Romina wollte im Wagen auf sie warten und ein paar verspätete Neujahrsanrufe tätigen.

Als Angela ihren voll beladenen Einkaufswagen zu den Kassen lenkte, waren nur zwei geöffnet. Sie stellte sich an der kürzeren Reihe an – und auf einmal war es, als hätte ein elektrischer Schlag sie getroffen. An der Kasse nebenan saß ... Nein, das konnte nicht sein. Angela schloss die Augen, fokussierte ein beliebiges Werbeschild, und sah dann noch einmal hin. Kein Zweifel. An der anderen Kasse saß Lidia.

Lidia? Wie war das möglich? Oder war es nur eine Frau, die ihrer früheren Weberin ähnlich sah? Angelas Blick wurde von der aufrecht dasitzenden Gestalt wie magisch angezogen, dem roten, etwas glanzlosen Haar, das zu einem strengen Dutt zusammengesteckt war, dem bleichen Teint, der Haut, die ein bisschen wirkte wie Pergamentpapier mit ersten Knitterfalten. Von den zu einem dünnen Bogen gezupften, rötlich braunen Augenbrauen, dem verkniffenen Mund.

Als hätte die Frau es gespürt, sah sie auf, und ihre Blicke trafen sich. Ja, es war Lidia, jetzt war sich Angela ganz sicher. Auch wenn sie sofort wieder wegsah, so, als hätte sie sie nicht erkannt.

Eine Seidenweberin, die die wundervollsten Stoffe fertigen konnte, an der Kasse eines Supermarkts? Was für eine Verschwendung! Erst im vergangenen Frühjahr hatte sich Lidia von Massimo Ranelli abwerben lassen. Warum? War es wirklich das höhere Gehalt gewesen? Oder die verantwortungsvolle Aufgabe, eine Abteilung zu leiten? Offenbar hatte sie ihren Job verloren. Weshalb sonst war sie hier?

»Jetzt träumen Sie doch nicht!«

Die ältere Dame hinter ihr hätte ihr um ein Haar ihren Einkaufswagen in den Rücken gerammt. Angela beeilte sich, ihre Waren auf das Band zu legen. Immer wieder musste sie zur benachbarten Kasse hinübersehen. Noch einmal hatte sie Blickkontakt mit Lidia, ein weiteres Mal sah die Weberin rasch weg, und Angela begriff, dass sie ihre frühere Chefin wohl erkannt hatte, es aber nicht zeigen wollte.

Wahrscheinlich schämt sie sich, dachte sie, und ein Sturm von widersprüchlichen Gefühlen tobte in ihr auf. Zorn, denn Lidia hatte sie nicht nur von einem Tag auf den anderen im Stich gelassen, sie hatte auch Ranelli Seta den Jacquard-Webstuhl aus Vidor zugeschanzt – von dem Angela inzwischen allerdings wusste, dass er nicht vollständig gewesen sein konnte. Außerdem hatte sie Lidia im Verdacht, wichtige Kundendaten an den Konkurrenten weitergegeben zu haben. Trotzdem überwog die Bestürzung darüber, dass sie jetzt hier an der Kasse saß. Und … Ja, da war auch Mitleid.

»Das macht einhundertdreiundvierzig Euro«, sagte ihre Kassiererin ziemlich laut, »hören Sie denn nicht?« Die alte Dame hinter Angela schnalzte missbilligend mit der Zunge.

Sie bezahlte und begann hastig, die Lebensmittel einzupacken. Damit war sie eine Zeit lang beschäftigt. Als sie aufblickte, saß eine andere Frau an der Kasse nebenan. Hatte sie das alles nur geträumt? Nein. Ganz sicher nicht. Lidia arbeitete nicht mehr bei Ranelli Seta, ihre ehrgeizigen Pläne waren nicht aufgegangen. Angela kannte die stolze Frau gut genug, um sich darüber im Klaren zu sein, wie verzweifelt sie über diese Wendung sein musste. Und welche Schmach es für sie bedeutete, dass ihre ehemalige Chefin sie hier gesehen hatte.

12

Vorahnungen

Der letzte Kilometer war immer der schönste, Angela genoss die Auffahrt zum Stadttor jedes Mal aufs Neue. Die Enge der Gassen in der Altstadt, die Häuser aus Travertin, die an diesem Tag wie pures Gold in der Wintersonne schimmerten, die Piazza della Libertà mit ihrem rumpelnden Kopfsteinpflaster und der Anblick des Kirchturms, der das Städtchen überragte und von fast überall aus zu sehen war – das alles bedeutete für Angela inzwischen, nach Hause zu kommen. Hin und wieder warf sie Romina, die sehr schweigsam geworden war, einen Blick aus den Augenwinkeln zu. Ob es ihr wohl gefiel? Oder begriff die Venezianerin jetzt erst richtig, was es bedeuten würde, in ein Provinzstädtchen zu ziehen?

Angela bat die Schneiderin auszusteigen, ehe sie den Wagen in der engen Garage, die zur Seidenvilla gehörte, parkte. Sie war voller Vorfreude, als sie das Tor abschloss und sich Romina zuwandte, die mit einem fast schon ängstlichen Ausdruck die Gasse hoch- und runterblickte.

»Da sind wir«, sagte sie und schloss die Tür zum Innenhof auf.

Wie jedes Mal, wenn sie jemanden mitbrachte, der noch nie hier gewesen war, versuchte sie alles zu betrachten, als sähe sie es zum allerersten Mal. Es war früher Mittag, und die Rinde des laublosen Maulbeerbaums schimmerte silbern in der Wintersonne. Auf der Bank saß Mimi und beobachtete aufmerksam eine lärmende Schar Meisen, die in den oberen Ästen der Krone nach den letzten vertrockneten Maulbeeren pickten, nun aber, von den beiden Frauen erschreckt, aufflatterten und sich auf dem Dachfirst über der Weberei niederließen.

Die vier zweistöckigen Flügel der Villa, die den Innenhof umschlossen, wirkten mit ihren umlaufenden Galerien hinter den steinernen Säulenbögen fast wie ein Kloster, schlicht und doch in den Proportionen ausgewogen. Romina war aus Venedig sicherlich prächtigere Bauten gewohnt, trotzdem war ihr anzumerken, wie beeindruckt sie war.

»Die Schneiderei ist erst im Aufbau«, brach Angela das Schweigen, während Mimi sich Romina neugierig näherte. »Bislang gibt es einen Raum, der notdürftig ausgestattet ist. Ich würde das Atelier gern gemeinsam mit dir einrichten, damit es genau so ist, wie es sein muss.«

Romina wirkte überrascht. »Wir fangen also bei Adam und Eva an?«

»Nicht ganz.« Angela hoffte inständig, dass sie die erfahrene Schneiderin nicht vergraulte. »Ich habe Anfragen für die nächsten sechs Monate und auch schon entsprechende Entwürfe. Was mir bislang fehlte, war jemand, der sie umsetzen kann. Was ich entwerfe, ist anspruchsvoll. Ich leite die Weberei und kann auf Dauer nicht jedes einzelne Modellkleid selbst anfertigen. Aber ich habe eine fantastische Näherin, die jahrelang Brautkleider in Handarbeit verziert hat.« Sie warf Romina einen prüfenden Blick zu. »Du hättest die Chance, dir hier den idealen Arbeitsplatz zu schaffen.«

Romina seufzte und beugte sich zu Mimi hinunter,

die um ihre Beine strich. »Den idealen Arbeitsplatz hatte ich«, sagte sie wehmütig und nahm das Kätzchen hoch, so als wären die beiden längst beste Freunde. Angela staunte darüber, wie willig das sonst eher widerspenstige Tier sich in Rominas Arm schmiegte. »Aber gut. Jammern hilft nichts. Willst du mir den alten Kasten mal von innen zeigen?«

Sie führte Romina zuerst durch die Weberei, denn sie hoffte, der Anblick der herrlichen Stoffe würde die an kostbare Materialien gewöhnte Schneiderin am ehesten begeistern. Und tatsächlich verfehlten die Proben, die Angela aus dem Schrank holte, ihre Wirkung nicht. Auch der *omaccio* schien Romina zu faszinieren. Stefano hatte seine Arbeit an einem wunderschönen Petrolton für eine neapolitanische Villa während der Weihnachtsferien ruhen lassen, und als Angela das schützende Leintuch anhob, brachte die Mittagssonne das Webstück zum Funkeln. Am meisten allerdings begeisterten Romina die Jacquard-Stoffe, die Nicola gefertigt hatte.

»Solche Muster hab ich noch nie gesehen«, gestand sie, als Angela ihr die Proben zeigte, die Nicola bislang für das geplante Musterbuch fertiggestellt hatte. »Was man daraus alles nähen könnte ...«

Angela atmete insgeheim auf. Hatte Romina Feuer gefangen? Nun wagte sie es, ihr das provisorische Schneideratelier samt Abstellraum zu zeigen und gemeinsam mit ihr zu überlegen, wie sie diese Räumlichkeiten am besten nutzen könnten.

In der Färberei war Romina die Aufmerksamkeit in Person. Als Angela den Rundgang im Laden beendete und Romina aufforderte, sich in aller Ruhe anzusehen, was immer sie wollte, auch wenn sie jedes Regal ausräumen würden, tat sie das mit Hingabe.

»Ich erkenne vier verschiedene Charaktere«, sagte sie, nachdem sie mit großem Sachverstand fast die Hälfte der Ware geprüft hatte. »Jemand liebt es, Materialien miteinander zu kombinieren.«

»Das ist Anna«, bestätigte Angela.

»Andere Stoffe sind weich und anschmiegsam.«

»Maddalena.«

»Dann haben wir hier diese ungewöhnlich schönen graphischen Muster, Streifen und Karos in allen Varianten. Sie fühlen sich auch anders an, irgendwie fester.«

»Nola.« Angela konnte nicht umhin, Romina für ihr gutes Auge zu bewundern.

»Aber da sind ein paar wenige Tücher, die ganz besonders sind«, fügte die Schneiderin hinzu und nahm vorsichtig eines der letzten Stücke aus dem Regal, das Lidia gewoben hatte. »Leicht. Knisternd. Und ein wenig kühl. Ideal für elegante Kleider.«

Angela seufzte. Wieder sah sie Lidia hinter der Supermarktkasse vor sich. Was für eine Verschwendung. Auf einmal kam ihr ein verwegener Gedanke. Oder war er das überhaupt nicht? Was, wenn Lidia in die Seidenvilla zurückkehrte?

»Diese Weberin hat uns leider verlassen«, sagte sie schließlich und versuchte, den Gedanken zu verscheuchen. Die anderen würden vermutlich niemals damit einverstanden sein, zu sehr hatte Lidia sie alle vor den Kopf gestoßen.

»Wie schade.«

Romina berührte mit den Fingerspitzen behutsam die

fuchsiafarbene Stola und legte sie mit Händen, die darin geübt waren, mit Stoff umzugehen, rasch zusammen.

Fania hatte inzwischen die Einkäufe aus der Garage geholt, und als sie Angelas Wohnung betraten, duftete es bereits köstlich nach Busiate alla Norma, dem Gericht, das Fania am liebsten zubereitete – spiralförmig gedrehte Nudeln, die sich Emilia regelmäßig direkt aus ihrer sizilianischen Heimat schicken ließ, mit einer typisch sizilianischen Soße aus frischen Tomaten, in Olivenöl gegarten Auberginen und jeder Menge Basilikum.

Nach dem Essen machten sie einen Spaziergang durch die Altstadt, damit Romina einen Eindruck davon bekam, wo sie womöglich in Kürze leben würde. Sie tranken einen Kaffee in der Bar des Hotel Duse, und bei der Gelegenheit checkte Romina gleich in ihr Zimmer ein. Während Angela auf sie wartete, betrat Dario Monti die Bar. Instinktiv wandte sie sich ab, zu sehr nahm sie dem Architekten, der ihr beim Umbau der Seidenvilla behilflich gewesen war, noch immer die Intrige übel, wegen der sich Vittorio im ersten Sommer ihrer Liebe von ihr getrennt hatte. Doch als er sich direkt neben sie an die Theke stellte, sah sie ein, dass es gegen jede Regel der Höflichkeit verstoßen würde, sich ihm nicht zuzuwenden.

»*Ciao*, Angela«, sagte Dario. »Ich wünsche dir ein glückliches neues Jahr.«

»Danke, Dario«, antwortete sie und musste sich räuspern. »Das wünsche ich dir auch.«

Sie sah ihn an und stellte fest, dass er verlegen wirkte. Er war fast einen Kopf kleiner und fünfzehn Jahre älter als sie, und die kahle Stelle auf seinem Kopf hatte sich vergrößert. Auf einmal tat er ihr leid, wie er so vor ihr stand und offenbar nach den richtigen Worten suchte. Wie war er nur jemals auf die Idee gekommen, sie könnten ein Paar werden? Fausto, der jeden im Ort kannte und darüber hinaus mit allen Geheimnissen und Vorlieben seiner Gäste bestens vertraut war, stellte einen kleinen schwarzen Kaffee vor Monti hin und zwinkerte Angela beruhigend zu.

»Weißt du«, sagte Dario schließlich, »ich warte schon seit Monaten auf eine Gelegenheit, mich endlich bei dir zu entschuldigen.« Er holte tief Atem und blickte sich rasch um, als wollte er sichergehen, dass keiner zuhörte. »Die ganze Sache damals ... sie ist mir peinlich. Ich war in dich verliebt, ja, ganz ehrlich. Und ich dachte wirklich, dass du ...«

»Es ist gut«, unterbrach Angela ihn sanft. »Lass uns nicht mehr darüber sprechen. Wie geht es dir? Was machen die Aufträge?«

»Oh, alles läuft bestens ...«, begann er erleichtert.

Dann wurde seine Aufmerksamkeit von etwas anderem in Anspruch genommen. Von jemandem, der sich ihnen aus dem Inneren des Hotels näherte. Romina. Darios dunkle Augen weiteten sich bewundernd, als sie sich zu ihnen gesellte.

»Das Zimmer ist sehr hübsch. Und es hat einen tollen Ausblick.« Romina blickte fragend von Angela zu Dario.

»Darf ich dir vorstellen? Dario Monti, ein Architekt«, sagte Angela. »Und Romina Fulvio ist gerade zu Besuch hier.«

Sie hielt es für angebracht, mit dem Zweck ihres Besuchs noch hinter dem Berg zu halten. Denn in der Bar des

Hotel Duse wäre diese Information genauso öffentlich, als hätte sie eine Annonce in die Zeitung gesetzt.

»*Piacere.*« Dario Montis Augen funkelten. »Ich hoffe, Sie fühlen sich wohl in unserem Städtchen.«

Angela bestellte einen Cappuccino für Romina, die sich erkundigte, welche Art von Häusern er baute, und Monti berichtete bereitwillig von den halb verfallenen Gehöften und Weingütern, auf deren Renovierung und Umgestaltung er sich spezialisiert hatte.

»Ich überlege mir, nach Asenza zu ziehen«, verriet die Schneiderin schließlich. »Vielleicht könnten Sie mir etwas empfehlen. Ich habe ein bisschen was gespart und frage mich gerade, ob ich nicht lieber eine Wohnung oder ein kleineres Haus kaufen sollte, statt etwas zu mieten.«

Angela horchte auf. Das waren gute Neuigkeiten, offenbar hatte Romina sich bereits entschlossen.

»Sie wollen herziehen?« Monti wirkte hingerissen. »Das ist ja großartig! Oh, da finden wir bestimmt etwas Passendes für Sie. Wie ernst ist es Ihnen damit?«

Romina nahm einen großen Schluck von ihrem Cappuccino und schien nachzudenken. Als sie die Tasse abstellte, sah sie Angela an, die ihren Blick lächelnd erwiderte.

»Sehr ernst«, sagte sie und wandte sich Monti zu.

»In diesem Fall sollte ich noch ein paar Details wissen«, meinte er eifrig. »Wo das Gebäude stehen sollte, welchen Stil Sie bevorzugen, und natürlich käme es auch auf die finanziellen Möglichkeiten an. Dafür sollten wir uns einmal etwas länger unterhalten.« Romina strahlte. Es war offensichtlich, dass sich die beiden sympathisch fanden. »Wann wollen Sie denn herziehen?«

Wieder wechselte Romina einen Blick mit Angela. »So bald wie möglich, nicht wahr?«

Angela sah den fragenden Blick des Architekten, und ehe sich in dieser Kleinstadt irgendein Gerücht verbreitete, beschloss sie, mit der Wahrheit herauszurücken.

»Romina wird in der Seidenvilla mitarbeiten«, sagte sie.

Monti riss die Augen auf, sein Blick wanderte neugierig zwischen den beiden Frauen hin und her.

»Sie sind Weberin?«

»Nein, Schneidermeisterin.«

»Wir werden ein Modeatelier eröffnen«, verriet Angela und war sich sehr wohl darüber im Klaren, dass Fausto, so desinteressiert er auch wirkte, während er seine Gläser polierte, doch kein Wort von dem versäumte, das sie sprachen. »Um Modellkleider aus unserer Seide anzufertigen. Romina ist dafür die perfekte Frau.«

Kurz war Monti sprachlos. Dann nickte er. »Natürlich!«, rief er mit einem Blick auf Rominas Kleidung, die ähnlich ausgefallen war wie an dem Tag, als sie und Angela sich kennengelernt hatten. Zu einem plissierten, weiten Hosenrock in Weinrot trug sie eine senfgelbe Jacke im Kosakenstil mit schwarzen Paspeln. Sie sah darin umwerfend aus. »Warum hab ich das nicht gleich erraten? Sie sind Modemacherin. Das sieht man sofort.«

»Nun«, wehrte Romina geschmeichelt ab, »Modemacherin ist wohl zu hoch gegriffen. Ich kann gut nähen. Wenn es sein muss, nähe ich Ihnen jedes beliebige historische Kostüm.«

Sie lächelte, und wundervolle Grübchen verschönten ihre ansonsten eher unregelmäßigen Gesichtszüge.

»Haben Sie ... ich meine, habt ihr beide heute Abend schon etwas vor?«

»Warum fragen Sie?«

»Machen Sie mir die Freude, und essen Sie bei mir zu Abend. Angela wird bestätigen, dass ich ein recht passabler Koch bin.«

»Das stimmt.« Angela musste sich ein Grinsen verkneifen. Damals, als sie nach Asenza gekommen war, hatte Dario sie häufig zum Essen ausgeführt und auch für sie gekocht.

»Dann darf ich mit euch rechnen?« Dario Monti sah erwartungsvoll von Romina zu Angela. »Um acht?«

»Ich muss heute Abend noch ein paar Dinge erledigen«, schwindelte Angela und warf Romina einen ermutigenden Blick zu. »Aber dir würde ich raten, dir diese Einladung auf keinen Fall entgehen zu lassen. Dario ist ein wundervoller Koch.«

Romina betrachtete sie einen Moment lang unsicher. »Ist ... ist dir das wirklich recht?«

»Aber natürlich. Und wenn Dario dir helfen kann, eine Wohnung oder gar ein Haus zu finden, wäre das doch fantastisch.«

Täuschte sie sich, oder hatte es zwischen den beiden bereits gefunkt? Wie auch immer, Angela hoffte, dass Dario nicht eine weitere Enttäuschung für Romina werden würde.

Über die Vertragsbedingungen waren Angela und Romina sich rasch einig. Das finanzielle Angebot nahm die Schneiderin, ohne zu verhandeln, an, ja, sie wirkte sogar angenehm überrascht, was Angela erleichterte. Offenbar hatte ihr früherer Lebensgefährte sie recht knausrig entlohnt. Danach widmeten sie sich der Ausstattung des Ateliers, erwogen, die Trennwand zwischen den beiden Räumen herauszunehmen, diskutierten die ideale Deckenbeleuchtung und suchten im Internet die Spezialnähmaschinen heraus, die Romina anzuschaffen empfahl. Im Geiste addierte Angela die Kosten, dabei wurde ihr flau im Magen. Brauchten sie das alles wirklich sofort? Sie gab sich selbst die Antwort: Ja. Denn sie würden von Anfang an hochprofessionelle Arbeit leisten. Und mit diesen Geräten, das sah sie ein, würden Modellkleider auch rascher zu nähen sein. Die Investition würde sich lohnen.

Es war schon dunkel, als sie sich beide erschöpft, aber glücklich zurücklehnten und fanden, dass es für diesen Tag genug war.

»Morgen stelle ich dir Mariola vor«, schlug Angela vor und fuhr den Computer herunter. »Ich bin mir sicher, dass ihr euch versteht. Bei uns herrscht ein fast schon familiäres Klima, in der Weberei geht es anders nicht, sonst gelingen die Stoffe nicht.«

Romina nickte. »Ja, das Betriebsklima ist nicht zu unterschätzen«, erwiderte sie düster. »In Enzos Laden waren wir fünfunddreißig, davon neunundzwanzig Frauen. Enzo hatte immer wieder wechselnde Lieblinge. Er dachte wohl, wenn er uns gegeneinander ausspielt, strengen wir uns alle mehr an.« Sie lachte bitter auf. »Stattdessen fehlte nicht viel, und wir hätten uns gegenseitig umgebracht. Zwar hatte ich eine Sonderrolle als seine Lebensgefährtin, jedenfalls dachte ich das lange. Gerade deshalb hassten mich die anderen.« Sie stand auf und schlüpfte in ihre Jacke. »Ich hoffe, hier geht es anders zu.«

»O ja«, beeilte Angela sich zu beteuern und erhob sich ebenfalls. »Natürlich gibt es immer mal Meinungsverschiedenheiten, doch die bekommen wir schnell in den Griff. Die meisten meiner Weberinnen und Weber kennen sich schon lange. Wir hier in der Seidenvilla, wir halten zusammen.«

Als sie den Innenhof durchquerten, fiel Angela ein, dass Romina an diesem Tag gar nicht gehustet hatte. Vielleicht lag das ja tatsächlich an der guten Luft in Asenza.

»Ich begleite dich noch zum Hotel«, schlug sie vor und sah auf ihre Armbanduhr. »In einer Stunde holt Dario dich ab.«

»Das brauchst du nicht. Es sind ja nur zweihundert Meter.« Am Tor blieb sie noch einmal stehen. »Dieser Dario Monti«, begann sie und verlagerte ihr Gewicht von einem Fuß auf den anderen. »Ist er ... ich meine, hat er eine Frau?« Sie wirkte verlegen.

»Soviel ich weiß, nicht«, antwortete Angela. »Wir hatten zwar in letzter Zeit ... nun ja, nicht mehr so viel Kontakt. Aber wenn Dario in einer Beziehung wäre, hätte ich das bestimmt erfahren.« Sie lachte. »Eines muss dir klar sein: Asenza ist wie ein Dorf. Jeder weiß alles von jedem.« Jedenfalls fast, fügte sie in Gedanken hinzu und dachte an das Geheimnis um ihren Vater.

»Ach, glaub bloß nicht, das wäre in Venedig anders«, gab Romina lachend zurück. »Da sind die Kreise letztlich auch recht klein, und jeder kennt jeden.« Sie stemmte die Hände in die Taschen ihrer Kosakenjacke und drehte sich einmal um die eigene Achse. »Wer hätte noch vor einer Woche gedacht, dass ich hier landen würde. Bis ich dich traf, wusste ich nicht mal, dass es einen Ort namens

Asenza überhaupt gibt. Na ja. Dann geh ich mal, mich ein wenig schönmachen.«

»Überhaupt nicht notwendig«, bemerkte Angela, während sie sich zum Abschied auf beide Wangen küssten. »Du bist auch so die eleganteste Frau weit und breit.«

Es war sieben Uhr abends, und Angela widerstand dem Pflichtgefühl, das ihr einflüstern wollte, auf der Stelle die von Fania sorgfältig gesammelte Post durchzusehen. Sie war müde und hatte allen Grund, zufrieden zu sein. Und doch war da ein seltsam bohrendes Gefühl, so als hätte sie irgendetwas übersehen, etwas Wichtiges. Sie überlegte hin und her, ging sogar ihre Notizen für Rominas Arbeitsvertrag noch einmal durch, was das anbelangte, war allerdings alles in bester Ordnung. Was also stimmte nicht?

Sie rief Vittorio an, der überglücklich von seinem Nachmittag mit Nathalie und Amadeo berichtete. Davon, wie froh er sei, endlich seine Angst überwunden und sich Sofias Bildern gestellt zu haben.

»Und weißt du was? Es tut überhaupt nicht mehr weh.« Angela atmete auf. Erleichtert lauschte sie der Stimme ihres Geliebten. »Drei der Gemälde habe ich gleich mit ins Loft genommen, Nathalie hat geholfen, sie auszusuchen. Amadeo findet auch, dass sie einen tollen Geschmack hat, na ja, das hat sie von ihrer Mutter.« Er lachte glücklich, und sie stimmte mit ein. Dennoch hatte sie den Eindruck, dass irgendwo Unheil drohte. »Es macht dir doch nichts aus, wenn ich sie aufhänge?«

»Aber nein«, versicherte sie. »Ich fand die Wände in letzter Zeit tatsächlich etwas kahl. Ist mit Tess alles in Ordnung?«

»Ja. Willst du sie sprechen? Ich bin gerade bei Tizi und Sol…«

Sie sprach kurz mit jedem Einzelnen. Alle waren fröhlich und versicherten ihr, dass es ihnen gut ging. Falscher Alarm, sagte sie zu sich selbst, als sie das Gespräch beendete. Ihre Unruhe wurde sie jedoch nicht los.

Sie verließ endlich das Büro und ging hinauf in ihre Wohnung. Der riesige Christbaum im Maulbeersaal verströmte seinen harzigen Duft. Ihr Blick fiel auf den Marc di Lorenzo, den Fania auf der Küchentheke hatte stehen lassen. Da wurde ihr bewusst, dass sie ihrem Vater noch gar nicht ein gutes neues Jahr gewünscht hatte.

Es war noch nicht zu spät für einen Besuch, ein Spaziergang würde ihr guttun, und so schlüpfte sie rasch in die bequemste Jeans und zog ihre Laufschuhe an. Auf der Piazza della Libertà stand wie immer um diese Zeit eine Menschengruppe vor dem Hotel Duse beisammen, die Stimmung erschien ihr ungewöhnlich bedrückt. Sie achtete nicht darauf, an diesem Abend war ihr nicht mehr nach Dorfklatsch. Zügig stieg sie die steile Gasse hinauf zur Kirche und überquerte den Platz davor.

Das große Tor, sonst immer geschlossen und mit einem Nummerncode gesichert, war sperrangelweit auf. In der Auffahrt standen Menschen, die Angela noch nie gesehen hatte, und auf einmal wusste sie, dass etwas passiert war. Auch die Haustür war offen und der Palazzo hell erleuchtet wie zu einem Fest.

Angela begann zu rennen. Sie hörte, wie jemand »Was will denn die hier?« fragte, und achtete nicht darauf. Im Foyer entdeckte sie Matilde, die Haushälterin. Sie weinte haltlos.

»Was ist passiert?« War das ihre Stimme, so fremd und keuchend?

Dottore Spagulo kam den prächtigen Treppenaufgang aus hellem und dunklem Marmor herunter, seinen Arztkoffer in der Hand. Alles schien sich zu verlangsamen, Angela kam es so vor, als bewegte sich der Dottore in Zeitlupe auf sie zu.

»Signor Rivalecca ist gestorben«, sagte er. »Vor ungefähr einer Stunde.« Der Arzt betrachtete sie forschend. »Ich weiß, Sie haben sich um den alten Herrn gekümmert. Er hat nicht leiden müssen«, fügte er hinzu, tätschelte ihr den Oberarm und wandte sich einem großen, dicken Mann mit teigigen Gesichtszügen zu, den Angela noch nie gesehen hatte.

»Er liegt oben«, flüsterte Matilde. »Möchten Sie ihn sehen?«

Wie betäubt folgte Angela ihr die Treppe hinauf. Hinter sich hörte sie Stimmen, wieder fragte jemand, wer sie überhaupt sei und was sie hier zu suchen hätte. Ich bin seine Tochter, dachte sie, und mit einem Mal wurde ihr bewusst, dass niemand davon Kenntnis hatte, nicht einmal Matilde. In den Augen der anderen war sie eine Fremde.

Die Haushälterin öffnete eine Tür, und das Erste, was Angela sah, war ein riesiges Bett mit einem Baldachin aus verblichenem Damast. Er musste einmal goldgelb gewesen sein, und mit Sicherheit war er in der Seidenvilla gewoben worden. Ein muffiger Geruch nach Alter und Einsamkeit hing in der Luft. Ihr Vater lag auf dem Bett, ein seidener Überwurf bedeckte ihn bis über die Brust. Sein Gesicht war von einem wächsernen Weiß, die Augen geschlossen, seine Nase schien sich noch stärker abzuheben als je zuvor. Angela sank auf den Stuhl, der neben dem Kopfende stand, und legte ihre Hand auf seine Hände, die auf der Brust übereinanderlagen, so als wollte er gerade jemandem seine Liebe gestehen. Sie waren kühl, jedoch nicht kalt.

Das ihr so vertraute ironische Lächeln lag um seinen Mund, und wäre nicht diese vollkommene Ruhe, das Fehlen von Atem und Puls gewesen, Angela hätte glauben mögen, dass er jeden Augenblick seine listigen Augen öffnen und irgendeine unerwartete Bemerkung machen würde. Als ihr klar wurde, dass dies nie wieder geschehen würde, kamen endlich die Tränen, und sie ließ ihnen freien Lauf.

Wie lange sie so dasaß, wusste sie später nicht mehr, Matilde hatte sie allein gelassen. Doch auf einmal ging polternd die Tür auf, und der Mann aus dem Foyer kam herein.

»Hier ist er«, sagte er viel zu laut, und Angela schreckte auf.

»Wer sind Sie?«, fragte sie und erhob sich.

Der Mann betrachtete sie feindselig aus blassblauen Augen über tief hängenden Tränensäcken. Hinter ihm erkannte sie den örtlichen Leichenbestatter.

»Sagen Sie mir lieber, was Sie hier verdammt nochmal verloren haben.«

»Signora Steeger hat oft nach ihm gesehen«, hörte sie Matildes Stimme vom Flur.

»Ja«, sagte er. »Und ihm dabei so manches abgeschwatzt.«

Angela erstarrte. Dann wandte sie sich ab und trat noch einmal an das Totenbett ihres Vaters. Mit diesem schrecklichen Menschen würde sie sich auf keine Diskussion einlassen. Jetzt kommt die bucklige Verwandtschaft, meinte sie ihn raunen zu hören, achte nicht auf ihn. Sie fuhr ihrem Vater kurz über die Stirn, berührte seinen Scheitel.

»Ich hab dich lieb«, flüsterte sie so leise, dass nur er es hören konnte, und verließ das Zimmer.

»Das ist Guglielmo Sartori«, raunte Matilde ihr draußen auf dem Flur zu. »Signora Lelas Großneffe. Die beiden haben sich zu ihren Lebzeiten überworfen, Signor Rivalecca konnte ihn nicht ausstehen. Aber jetzt ist er natürlich der Erbe.«

Natürlich. Es war zu spät, um Ansprüche zu stellen, und sie hatte auch keine.

Wie im Traum ging sie die Treppe hinunter. Sie war eine Fremde für die, die nach Lorenzo kamen. Noch einmal sah sie sich in dem großen Foyer um, warf einen letzten Blick in das Herrenzimmer, dessen Tür offen stand und in dem sich bereits die beiden Frauen, die kurz zuvor noch unschlüssig vor dem Haus gestanden hatten, habgierig umsahen. Dann verließ sie den Palazzo in der Gewissheit, nie wiederzukommen, ging über den Kiesweg zum Tor und drehte sich nicht mehr um.

Auf dem Kirchplatz blieb sie stehen, und auf einmal kam das große Weinen. So vieles hatte sie ihren Vater noch fragen wollen und nie daran gedacht. Wir leben, als wären wir unsterblich, fuhr es ihr durch den Kopf. Obwohl doch gerade sie ganz genau wusste, wie zerbrechlich ein Menschenleben war. Der Winterhimmel über dem Kirchplatz war sternenklar. Als sie nach einer Weile etwas ruhiger wurde, entdeckte sie im Osten den Fixstern Sirius und darüber das Sternbild des Orion. Sie zwang sich, mehrere

Male tief ein- und auszuatmen, bis ihr Schluchzen verebbte. Ihr Blick glitt über den Friedhof, und auf einmal glaubte sie, dort beim Grab der Lela Sartori eine hochgewachsene, etwas gebeugte Gestalt zu sehen, die über die Stadt in Richtung Süden starrte, so wie damals, als sie Lorenzo Rivalecca zum ersten Mal begegnet war. Ungläubig blinzelte sie, und als sie wieder hinsah, war da nichts mehr.

Eine Täuschung. Oder auch nicht.

13

Verwandtschaft

Am Tag der Beerdigung regnete es in Strömen. Sie drängten sich etwas abseits von den anderen unter zwei großen Regenschirmen dicht aneinander, auch, um sich Trost zu spenden: Angela, Nathalie mit dem Baby und Tess, die sofort aus Venedig zurückgekehrt waren, Vittorio. Emilia, Fania und Gianni waren ebenfalls gekommen. Guglielmo Sartori und seine Familie hatten ganz vorn am offenen Grab Aufstellung genommen, als wollten sie keinen Zweifel daran aufkommen lassen, dass dies ihre Veranstaltung war, wie Tess es sarkastisch formuliert hatte. Offenbar hatten sie jedoch vergessen, Schirme mitzubringen, und so waren Guglielmo und seine Frau samt ihren vier Söhnen, die sie auf ein Alter zwischen fünfzehn und Anfang zwanzig schätzte, bereits klatschnass.

Inzwischen hatte Tess herausgefunden, dass Sartori der Enkel eines der beiden Brüder von Lela war und heute in einem wenige Kilometer entfernten Weiler wohnte. Er hatte vor vielen Jahren, als sie noch lebte, das Weinberghäuschen bewohnt, in dem vor ein paar Monaten die alte Carmela untergekommen war. Nach einem Streit war er von seiner Großtante daraus verjagt worden. Seitdem hatte er sich in Asenza nicht mehr blicken lassen.

Zu Angelas Überraschung war das halbe Städtchen zu Lorenzos Beerdigung erschienen. Die gesamte Belegschaft der Seidenvilla hatte sich auf der gegenüberliegenden Seite des Grabes versammelt, sogar Carmela hatte sich an ihren beiden Stöcken den Berg heraufgemüht, obwohl sie und Lorenzo sich stets nur gezankt hatten. Angela wollte ihren Augen kaum trauen, als sie beobachtete, wie resolut sich die zähe Alte nun durch die Menge nach vorn drängte und sich auch nicht scheute, mit dem Knauf ihres rechten Stockes hier und dort nachzuhelfen, bis sie endlich neben Guglielmo zu stehen kam. Der warf ihr einen bitterbösen Blick zu, den die um mehrere Köpfe kleinere Alte mit einer Grimasse beantwortete. Sartori wirkte, als wollte er Carmela verjagen, doch da begann der Pfarrer mit seinen letzten Segensworten, und Guglielmo schien sich widerwillig zu beherrschen.

Als schließlich der Sarg in die Erde hinuntergelassen wurde, traten Angela schon wieder Tränen in die Augen. Jeder von ihnen hatte eine weiße Rose mitgebracht, und um diese als letzten Gruß Lorenzo mit ins Grab zu geben, reihten sie sich in die lange Schlange der Bewohner von Asenza ein, die ebenfalls von Lorenzo Rivalecca Abschied nehmen wollten. Durch den Schleier aus Regen und Tränen nahm Angela wahr, dass Guglielmo mit seiner Familie bereits den Friedhof verließ.

Als sie endlich das Doppelgrab erreichten, in das ihr Vater nun neben Lela gebettet worden war, ließ der Regen nach, und die Wolken rissen auf. »Leb wohl«, sagte sie leise, warf die Rose in die Grube und legte den Arm um Nathalie, die haltlos schluchzte. Als sie aufblickte, blendeten Sonnenstrahlen ihre tränennassen Augen.

»Sieh nur«, flüsterte Nathalie. Ein Regenbogen spannte

sich über die Ebene und brachte die Wassertropfen, die von den Bäumen fielen, zum Schimmern.

Sie gingen nicht zum *banchetto funebre*, zu dem Guglielmo die ganze Stadt ins Hotel Duse eingeladen hatte, sondern direkt in die Villa Serena, um sich bei einem *vin brulé* aufzuwärmen, wie man in Norditalien Glühwein aus der Zeit der französischen Okkupation am Ende des 18. Jahrhunderts nannte.

»Der gibt sein Erbe jetzt schon aus«, merkte Tess an, nachdem sie von Emilia gehört hatte, welch ein Festessen es im Hotel Duse für alle gab. »Wenn der sich nur nicht verrechnet.«

Sie hatten sich in dem gemütlichen Salon niedergelassen, wo ein Feuer im Kamin prasselte. Emilia hielt trockene Socken bereit und verteilte Wolldecken. Romina war selbstverständlich damit einverstanden gewesen, dass sie sich zu einem späteren Zeitpunkt um die Details des Modeateliers kümmern würden, und war nach Venedig zurückgekehrt.

»Wenn sich nur keiner erkältet hat …« Emilia seufzte und ging, um für Nathalie, die ihr Baby stillte, eine Wärmflasche zu machen. »Gianni kam eben auch völlig durchfroren aus dem Hotel Duse. Er hat sich schrecklich aufgeregt. Dieser Guglielmo Sartori …«, fuhr Emilia fort, »… wie der am Grab stand …« Sie schüttelte den Kopf und ging zurück in ihre Küche.

»Sein Lebtag hat er sich nicht um Lorenzo gekümmert«, schimpfte Tess und nahm in ihrem Lieblingssessel Platz. »Und jetzt den großen Herrn spielen …«

»Ach, Tess«, unterbrach Angela sie. »Das ist doch nun völlig egal.« Sie saß auf dem Sofa neben ihrer Tochter und breitete die Wolldecke über ihrem und Nathalies Schoß aus, während Vittorio am Kamin stand und seine klammen Hände in Richtung der Flammen hielt.

»Lässt es dich denn wirklich so kalt? Immerhin bist du seine Tochter.« Vittorio warf ihr einen forschenden Blick zu.

»Ich war genau ein Jahr und acht Monate lang seine Tochter«, entgegnete Angela. »Vorher wusste ich nicht einmal, dass er mein Vater war. Ich hab die Zeit …« Schon wieder kamen ihr die Tränen. »Nein, ich hab sie nicht genug genossen. Wie oft war ich zornig auf ihn.«

Vittorio ging rasch zu ihr, setzte sich auf die Armlehne des Sofas und streichelte ihr tröstend den Rücken.

»Du hast dich so viel um ihn gekümmert, wie er es zugelassen hat«, versuchte er sie zu beruhigen.

»Das stimmt«, bestätigte Tess. »Lorenzo hat dich und Nathalie näher an sich herangelassen als jeden anderen Menschen. Er ist ja richtig aufgeblüht. Und wie er sich über Pietrinos Geburt gefreut hat! Was kann man mehr wollen?«

Angela trocknete sich die Augen und stieß einen Seufzer aus.

»Ich überlege mir die ganze Zeit«, begann sie, »was gewesen wäre, wenn meine Mutter mir die Wahrheit gesagt hätte. Ich meine, vielleicht nicht als Kind, aber doch als Erwachsene. Wenn ich die Chance gehabt hätte, Lorenzo früher zu treffen. So … sagen wir mal, vor fünfundzwanzig Jahren.« Sie blickte versonnen in die Flammen. »Womöglich wäre alles ganz anders gekommen«, fuhr sie fort. »Vielleicht wäre ich schon viel früher nach Italien gezogen und hätte mich hier verheiratet und …«

»Hey«, unterbrach Nathalie sie mit sanfter Empörung.

»Dann gäbe es mich heute nicht. Hast du das vergessen? Und Pietrino auch nicht.«

Angela sah auf, und es schien, als erwachte sie aus einem Traum.

»Das stimmt«, erwiderte sie. »Du hast vollkommen recht.«

»Alles ist richtig so, wie es ist«, verkündete Tess.

Nathalie musste lachen. »Du klingst so unfassbar weise, liebste Tess«, sagte sie. Und ernsthaft fügte sie hinzu: »Oma Rita hat es nun mal so beschlossen.« Sie hob Pietrino hoch. Auf der Stelle machte er ein lautes Bäuerchen und wirkte selbst so verblüfft darüber, dass auch Angela lachen musste. Emilia kam mit der Wärmflasche, und auf einmal war die Schwere verflogen.

»Nathalie hat recht«, meinte Tess. »Was meinst du, was Lorenzo jetzt sagen würde? Er würde vorschlagen, dass wir endlich auf sein Wohl trinken. Aber etwas Richtiges.« Sie stellte ihren Becher mit Glühwein beiseite. »Emilia? Wissen Sie, wo die Flasche mit diesem besonderen Grappa von Signor Rivalecca steht?«

»Sie meinen den, von dem er gesagt hat, er sei in einem Kirschholzfass gereift?«

Tess nickte. »Seien Sie doch so nett und bringen uns die Flasche und Gläser. Auch für Sie und Gianni. Wir wollen auf sein Wohl trinken.«

Emilia öffnete erstaunt den Mund, dann schloss sie ihn wieder und ging. Nach einer Weile kam sie mit einem Tablett voller Gläser zurück, Gianni folgte ihr mit der Flasche, die er trug, als wäre sie ein Heiligtum. Stille erfüllte den Raum, während er einschenkte und jedem eines der langstieligen, tulpenförmigen Gläser reichte.

»Auf Lorenzo Rivalecca«, sagte Tess, hob ihr Glas und sah in die Runde.

»Auf Lorenzo«, wiederholten die anderen und leerten ihre Gläser, nur Nathalie nippte lediglich an ihrem.

»Möge er in Frieden ruhen«, fügte Tess hinzu. Ein verschmitztes Lächeln schlich sich in ihr Gesicht. »Soweit das neben Lela möglich ist.«

Emilia brachte die Gläser weg und verkündete, dass man in zwanzig Minuten zu Mittag essen könne. Gianni kniete sich vor das Feuer und begann, mit einem Schürhaken die halb verbrannten Holzscheite herumzuschieben. Offenbar ohne es zu bemerken, machte er dabei einen solchen Lärm, dass Tess ihn aufmerksam betrachtete.

»Na, wie war's beim Leichenschmaus?«, fragte sie ihn.

»Eine Schande«, stieß der sonst so friedfertige junge Mann aus. »Signor Sartori hat einen Schnaps nach dem anderen getrunken und damit geprahlt, was ihm nun alles gehört.«

»Das ist noch lange nicht sicher«, wandte Tess ein.

»Wie meinen Sie das?« Gianni hielt in seiner Arbeit inne und sah sie interessiert an.

»Nun, vielleicht gibt es ja ein Testament.« Tess wickelte sich fester in eine der Wolldecken. »Es würde mich nicht wundern, wenn der alte Lorenzo ihm da einen Strich durch die Rechnung gemacht hätte. Auch wenn er glaubt, dass er der letzte lebende Verwandte ist …«

»Genau darüber sind sie in Streit geraten«, erzählte Gianni empört. »Sie haben sogar herumgeschrien. Und das bei einem *banchetto funebre*.« Der junge Mann schüttelte den Kopf.

»Mit wem hat er denn gestritten?« Tess schien ganz Ohr zu sein.

»Mit Signora Ponzino.«

»Mit Carmela?«

»Genau.« Gianni war wirklich aufgewühlt. »Sie sagte, wenn Guglielmo erbberechtigt sei, dann sei sie es schon lange. Stimmt es denn, dass sie eine Nichte von Lela Sartori ist? Ihre Mutter ist angeblich eine gebürtige Serena und ihr Vater Livio Sartori, Signora Lelas Bruder.«

»Wirklich?« Angela starrte ihn ungläubig an.

»Serena? Wie meine Villa?«, wollte Tess wissen. »Bist du dir da sicher?«

Gianni zuckte ratlos mit den Schultern. *»Che ne so io«*, rief er aus und stocherte weiter im Feuer herum. »Was weiß denn ich! Jedenfalls hat sie das gesagt, und sie haben fürchterlich gestritten.«

Auf einmal war es ganz still geworden, jeder schien nachzudenken.

»Mir gegenüber hat sie nie erwähnt, dass sie mit Lela verwandt ist«, sagte Angela schließlich. »Glaubt ihr, dass das stimmt?«

Niemand hatte eine Antwort darauf.

»Sartori ... Serena ... Was haben denn diese beiden Familien miteinander zu tun?« Tess wirkte ratlos.

»Da fällt mir etwas ein.« Angela setzte sich aufrecht hin. »Weißt du noch, als wir für den Umbau hier nach den ursprünglichen Bauplänen gesucht haben?« Tess nickte und sah sie fragend an. »Damals habe ich alles durchsucht, auch die Schränke im Herrenzimmer dort drüben.« Sie wies auf eine doppelte Flügeltür aus dunklem Nussbaumholz, die ständig geschlossen war, da Tess den Raum dahinter nicht nutzte. »In einem hab ich alte Unterlagen gefunden, und wenn ich mich nicht irre, standen auf den Ordnern beide Namen: Serena und Sartori.« Sie hielt einen Augenblick inne und dachte nach. »Die Familie Serena betrieb doch eine Seidenzucht hier, oder?«

»Ja«, antwortete Tess.

Und Gianni fügte hinzu: »Hinter dem Haus stehen noch die Gebäude. Ein baufälliger Schuppen am anderen. Ich wollte Signora Tessa schon lange mal fragen, ob wir die nicht besser abreißen sollten.«

Angela wandte sich an Tess. »Wenn du willst, sehe ich gleich mal nach«, schlug sie vor.

Tess nickte.

»O ja! Das klingt aufregend.« Nathalies Augen glänzten, während sie Pietrino an die andere Brust legte.

Als Angela das Herrenzimmer betrat, fand sie den Raum genauso vor, wie sie ihn in Erinnerung hatte. Die zugezogenen Vorhänge und die dunkle Holztäfelung sorgten für Dämmerlicht, und Angela schaltete die Deckenbeleuchtung ein. Da war der Schachtisch mit den Figuren aus weißem und schwarzem Marmor, die Clubsessel aus altem Rindsleder um den Rauchertisch mit gehämmerter Messingplatte. Und da war der Einbauschrank, der eine gesamte Wand einnahm. Perserteppiche dämpften ihre Schritte, als sie sich ihm näherte und ratlos die vielen Schubladen und Türen betrachtete. Das kostbare Stück war mit Einlegearbeiten aus Perlmutt und Ebenholz verziert. Wo hatte sie diese Unterlagen damals gefunden?

Im Eckschrank, natürlich. Jetzt erinnerte sie sich wieder und öffnete die Tür. Und richtig, da waren sie, die abgegriffenen, mit marmoriertem Papier bezogenen

Mappen. Angela zog vorsichtig eine davon heraus und betrachtete das Etikett, das auf der Vorderseite klebte. In geschwungener Handschrift hatte jemand *TESSITURA SARTORI-SERENA* darauf geschrieben. Sie nahm einen Stapel der Mappen aus dem Schrank und trug sie hinüber in den Salon.

»Hier«, sagte sie und legte ihn auf dem Couchtisch ab. »Da steht es.« Sie wies auf den Schriftzug mit den beiden Namen. »Sieht so aus, als hätte es einmal eine gemeinsame Firma gegeben.«

Tess löste die schwarzen Baumwollbänder des obersten Ordners, schlug ihn auf und blätterte darin.

»Was ist das?«, fragte sie ratlos.

Angela, die ihr über die Schulter sah, erkannte maschinengeschriebene Zahlenreihen auf ausgeblichenem Papier, dicht an dicht in endlosen Tabellen. »Sieht aus wie Bilanzen«, bemerkte sie. Die Farbe der Buchstaben und Zahlen war verblasst.

»Gibt es da drüben noch mehr Dokumente?«

»Ich glaube schon.« Angela sah zurück zur Flügeltür, die sie offen gelassen hatte. Es wehte kühl aus dem ungeheizten Herrenzimmer zu ihnen herüber, und Gianni ging, um die Tür zu schließen. »Und Fotoalben. Vielleicht lohnt es sich, die ein bisschen genauer anzusehen.«

Emilia rief zum Essen, und Tess legte die Mappe zurück auf den Stapel. »Nun, dann weiß ich ja, womit ich mir an einsamen Winterabenden die Zeit vertreiben kann«, sagte sie und erhob sich, um mit den anderen ins Esszimmer zu gehen. Es war ihr anzusehen, dass sie förmlich darauf brannte, dem Geheimnis der beiden Familien auf die Spur zu kommen.

Sie saßen noch nicht richtig bei Tisch, als es läutete. Mariola, die kleine Valentina im Tragetuch, stand kurz darauf mit geröteten Wangen im Esszimmer. Sie war außer Atem.

»Tut mir so leid, dass ich störe«, stieß sie hervor, während Nathalie Emilia bat, ein zusätzliches Gedeck zu bringen. »Aber ich weiß nicht, was ich tun soll.«

»Was ist los? Beruhige dich, Mädchen.« Tess betrachtete sie besorgt. »Setz dich erst mal. Was ist passiert?«

»Ich muss sofort das Gärtnerhäuschen räumen.«

»Wer sagt das?« Tess stemmte empört die Hände in die Hüften.

»Dieser Mann. Sartori heißt er. Er sagt, das ganze Anwesen gehört jetzt ihm.«

»Das kann er nicht machen!«, wetterte Tess. »Lorenzo ist erst seit ein paar Stunden unter der Erde. Was nimmt sich dieser Mensch heraus?«

»Sie tragen schon Sachen aus dem Palazzo«, berichtete Mariola und sank auf einen der Stühle. Sie war ganz bleich im Gesicht.

»Das darf er doch gar nicht«, rief Nathalie.

»Wer sollte ihn daran hindern?«

»Außerdem ist er total betrunken«, berichtete Mariola und hob Valentina aus dem Tragetuch.

»Wo ist denn Ihr Bruder?«, wollte Angela wissen.

Mariola zuckte mit den Schultern. »Nach der Beisetzung ist er mit seinen Kolleginnen weggegangen.«

Tess schüttelte missbilligend den Kopf, und Angela fragte sich, ob Nicola sich inzwischen mehr Fioretta oder eher Anna zugewandt hatte. Die Feiertage hatte er schön säuberlich aufgeteilt, wie ihr zu Ohren gekommen war.

»Du bleibst jetzt erst einmal hier«, bestimmte Tess. »Betten gibt es genug. Und seit Fania nicht mehr hier schläft ... Wo ist sie überhaupt?«

»Sie hat gesagt, dass sie in der Seidenvilla putzen muss«, antwortete Gianni. Sein besorgter Blick hing an Mariola. »Soll ich oben einheizen?«

»Natürlich. Sonst erfriert sie ja im Turm.«

»Ich hab gehört, du kannst gut nähen«, mischte Emilia sich mit einem grimmigen Lächeln ein. »Es gäbe da die eine oder andere Sache, die repariert werden müsste.«

»Emilia!«, rief Tess und wollte noch etwas einwenden, doch Mariola kam ihr zuvor.

»Ja, natürlich.« Mariola schenkte Emilia ein dankbares Lächeln.

»Das mach ich wirklich gern, Signora Tessa! Sie sind so großzügig. Und Sie glauben nicht, wie ich mich freue, wenn ich endlich auch mal was zurückgeben darf.«

Emilia wirkte sehr zufrieden und ging, um nachzusehen, was alles geflickt werden müsste. Sie brachte es dann gleich ins Turmzimmer.

»Jemand muss diesen Mann stoppen.« Tess wirkte äußerst ungehalten. »Solange der Nachlass nicht offiziell an Guglielmo übertragen wurde, hat er kein Recht, den Palazzo zu plündern oder Leute aus ihren Wohnungen zu werfen.«

Angela dachte voller Sorge an das Häuschen, in dem sie Carmela untergebracht hatte. Es befand sich am Fuße des Weinbergs gleich hinter dem Friedhof, wenige hundert Meter vom *centro storico* entfernt. Lorenzo hatte zwar einmal gesagt, er schenke ihr dieses Häuschen, damit sie es an die gehbehinderte alte Frau zum Selbstkostenpreis vermieten konnte. Doch sie bezweifelte, dass das mehr als Worte gewesen waren. Sollte sich das Weinberghäuschen, wie sie annahm, im Besitz ihres Vaters befinden, würde nicht nur Mariola, sondern auch Carmela ihre Wohnung verlieren. Oder stimmte es gar, was die alte Frau behauptete? War am Ende Carmela die Erbin, oder würde sie sich Lorenzos Vermächtnis mit Guglielmo teilen?

Dann müsste sich Angela wenigstens in Zukunft keine Sorgen um sie und ihre Tochter machen.

Als Angela und Vittorio am Nachmittag in die Seidenvilla kamen, fanden sie Fania auf dem Sofa sitzend und in ein Buch vertieft. Sie war derart versunken, dass sie erst merkte, dass sie nicht mehr allein war, als Angela direkt vor ihr stand. Vor Schreck ließ sie das Buch auf den Boden fallen. Angela erkannte einen ihrer Romane. Auch wenn Fania ihn sofort wieder aufhob, einige Seiten waren zerknickt.

Angela sah sich im Maulbeersaal um, während sich Vittorio diskret in der Küche zu schaffen machte, sie konnte hören, wie er an der Espressomaschine hantierte. Fania hatte weder aufgeräumt noch sauber gemacht.

»Beruhige dich doch«, sagte sie, als sie sah, dass Fania zitterte wie Espenlaub. »Ich habe dir erlaubt, meine Bücher zu lesen, aber zuerst sollte die Arbeit kommen. Waren wir uns darin nicht einig?« Fania nickte und blickte zu Boden. Angela seufzte innerlich. »Komm, Fania, wir wollen uns mal unterhalten.« Erschrocken sank Fania zurück aufs Sofa, und Angela setzte sich neben sie. »Hausarbeit ist nicht das, was du am liebsten machst, hab ich recht?« Das Mädchen lief dunkelrot an, Tränen schimmerten in seinen Augen. »Jetzt hab keine Angst, ich schick dich nicht gleich zurück, wie es deine Tante tun würde. Aber ich möchte, dass du ehrlich mit mir bist. Würdest du lieber etwas anderes machen?« Fania wagte, ihr kurz in die Augen zu sehen, und nickte. »Was wäre das?« Und als die junge Frau nur schluckte und sich nicht entschließen konnte zu sprechen, fuhr sie fort: »Vielleicht kann ich dir ja behilflich sein.«

Endlich holte die junge Sizilianerin tief Luft, sah auf das Buch in ihren Händen und sagte: »Kennen Sie die Buchhandlung am Tor?«

Angela nickte. »Gonzino? Ja, natürlich.«

»Die suchen jemanden.«

Angela schwieg verblüfft. Sie hatte mit allerhand Unausgegorenem gerechnet, dabei hörte es sich so an, als hätte Fania bereits einen Plan.

»Einen Lehrling?«

Fania nickte und sah auf. »Signor Gonzino sagt, ich soll erst mal zwei Wochen so bei ihm arbeiten. Auf Probe sozusagen. Und dann würden wir weitersehen ...«

»Aber das ist ja fabelhaft!«

Fania starrte Angela überrascht an. Im nächsten Moment lief ein Strahlen über ihr Gesicht. »Sie ... Sie sind mir nicht böse?«

»Aber nein.« Angela lächelte. »Weißt du, mir ist es lieber, du findest einen Beruf, der dir Freude macht. Denn ehrlich gesagt, in letzter Zeit war ich nicht besonders damit zufrieden, wie du die Wohnung und die Weberei sauber gehalten hast. Kochen kannst du sehr gut. Alles andere ist nicht deine Stärke. Wenn du eine Buchhändlerlehre machen kannst, umso besser.«

»Und … was ist mit Ihnen?« Angela sah sie verständnislos an. »Wer kümmert sich um Sie, wenn ich bei Gonzino arbeite?«

Angela lachte. »Ach, ich komm schon zurecht. Soll ich mit Emilia sprechen?«

Doch Fania wirkte noch immer besorgt. »Und wenn sie mich am Ende nicht behalten?« Nervös fuhren ihre Finger über das Buch auf ihrem Schoß. »Glauben Sie mir, meine *zia* wird Ernst machen und mich heimschicken. Das will ich auf gar keinen Fall!«

Angela gab ihr im Stillen recht. »Dann machen wir es so: Wir sagen Emilia vorerst nichts von deinen Plänen, bis du die Lehrstelle sicher hast. Was hältst du davon?«

Das Gesicht der jungen Sizilianerin war ein einziges Leuchten. »Sie sind die Allerbeste«, flüsterte sie. Tränen traten in ihre Augen. »Ich weiß gar nicht, wie ich Ihnen danken soll!«

»Ich hätte da eine Idee.« Angela erhob sich und nahm ihr sanft das Buch aus der Hand. »Mach deine Arbeit so gut wie möglich, solange du noch hier bist. Aber jetzt geh nach Hause. Ich bin müde und traurig, Signor Rivalecca hat mir viel bedeutet. Bitte komm morgen und hol nach, was du heute versäumt hast.«

»Natürlich«, sagte Fania leise und verließ die Seidenvilla.

Erst am Montag würden die Webstühle wieder in Betrieb genommen werden, und so hatte Angela noch den Freitag und das Wochenende für sich. Es war seltsam, dass nur so wenige Menschen wussten, wie nahe Lorenzo ihr tatsächlich gestanden hatte, keiner konnte das Ausmaß ihrer

Trauer verstehen. Auch Nathalie war niedergeschlagen, und so verbrachten sie die Tage gemeinsam, nachdem Vittorio zurück nach Venedig gefahren war. Sie gingen mit dem Baby spazieren, wenn es das Wetter erlaubte, und erinnerten sich gegenseitig an so manche Begebenheit mit dem alten Kauz. Oft mussten sie unwillkürlich lachen, dann fühlte sich der Verlust für einen Moment leichter an. Und doch bedrückte es Angela, wenn sie daran dachte, wie widerwillig sie an manchen der vereinbarten Abende zum Palazzo Duse hinaufgegangen war, um mit ihrem Vater die *minestrone* zu teilen. Jetzt wünschte sie sich, sie hätte ihn öfter besucht.

»Aber das hat er gar nicht gewollt«, wandte Nathalie ein, als sie es ausgesprochen hatte. »Er war am glücklichsten, wenn man ihn in Ruhe ließ.«

»Nein«, widersprach Angela. »Am glücklichsten habe ich ihn erlebt, wenn er Pietrino ansah.« Sie mussten schlucken, um nicht in Tränen auszubrechen.

Dennoch, oder vielleicht gerade deswegen, mied Angela in diesen Tagen, ehe die *tessitura di Asenza* ihre Arbeit wieder aufnehmen würde, den Friedhof. Vor allem um den Palazzo Duse machte sie einen großen Bogen. Sie konnte Guglielmo Sartoris Plünderungen nicht mit ansehen. Auch hielt sie sich vom Hotel Duse fern, denn das Letzte, was sie hören wollte, war das Gerede der Leute.

Den Sonntagabend, bevor die Betriebsferien zu Ende gingen, verbrachte sie allein in der Seidenvilla. Sie hatte sich eben ganz gegen ihre Gewohnheit ein Glas vom Marc di Lorenzo, dem Weihnachtsgeschenk ihres Vaters, eingeschenkt, als ein entsetzlicher Knall direkt neben ihr sie fast zu Tode erschreckte. Das Glas fiel ihr aus den Händen und zerschellte inmitten der Scherben der Fensterscheibe. Direkt vor ihren Füßen lag ein Pflasterstein. Vor Schreck zitterte sie am ganzen Körper. Schon wieder hatte jemand das Fenster eingeworfen.

Sie brauchte ein paar Atemzüge, bis sie sich einigermaßen gefasst hatte. Dann ging sie zum anderen Fenster und sah vorsichtig hinaus. Die Gasse war menschenleer. Natürlich. Wer auch immer schon wieder einen Stein geworfen hatte, wartete nicht darauf, erwischt zu werden. Mit zitternden Fingern wählte sie die Nummer der Polizia Municipale und meldete die Angelegenheit. Der *vigile*, der nach einer Stunde endlich kam, war ein anderer als der an Heiligabend. Das zerbrochene Fenster und der Pflasterstein schienen ihn wenig zu beeindrucken.

»Das werden dumme Jungs gewesen sein«, meinte er und kritzelte etwas auf seinen Block, notierte sich Uhrzeit und Straße, ließ sich von Angela erzählen, was sie gehört hatte, und verabschiedete sich.

Angela schloss die hölzernen Läden an allen Fenstern, überlegte kurz, ob sie Vittorio anrufen und ihm von der Sache erzählen sollte, doch sie entschied sich dagegen. Er würde sich nur Sorgen machen und womöglich den weiten Weg auf sich nehmen, um zu ihr zurückzukommen, dabei hatte er am folgenden Morgen einen wichtigen Termin.

Sie zwang sich, ein Bad zu nehmen, in der Hoffnung, dass es sie entspannen würde, danach ging sie zu Bett. Doch schlafen konnte sie nicht. Wer tat ihr das bloß an? Und warum? Sie nahm sich vor, am nächsten Morgen zu Edda hinüberzugehen und sich zu erkundigen, ob es in der Nachbarschaft ähnliche Vorfälle gegeben hatte. Denn dann könnte sie der Theorie des Wachtmeisters, dass dieser Vandalismus auf das Konto von Jugendlichen ging, womöglich Glauben schenken.

Sie lag noch eine lange Weile wach, lauschte in die Nacht hinaus, in der Erwartung eines erneuten Steinwurfs. Doch alles blieb still. Und irgendwann fielen ihr die Augen zu.

14

Gerede

Am Montag saß sie schon um acht Uhr in ihrem Büro und rief den überraschten Glaser an, um dieselbe Scheibe erneut in Auftrag zu geben. Bei der Gelegenheit erkundigte sie sich bei ihm, ob er von ähnlichen Vorfällen in Asenza oder in der Umgebung gehört hätte. Der Handwerker wusste von keinen weiteren mutwillig zerbrochenen Scheiben.

Als Fania kam, rief sie sie zu sich und bereitete sie auf das Chaos im Maulbeersaal vor, damit sie sich nicht erschreckte. Dann zwang sie sich, den Zwischenfall auszublenden und sich ihrer Arbeit zu widmen.

Sie blätterte durch die anstehenden Projekte und sah ihr E-Mail-Postfach durch. Zwischen zahlreichen Weihnachtsmails und guten Wünschen zum neuen Jahr fand sie ein herzliches Dankesschreiben von Ruggero. Seine Mutter sei hingerissen von dem Seidentuch, das sie in letzter Minute geschickt hatten. Donatella hatte ihr außerdem eine Auswahl an Fotos gemailt, die sie auf dem Wohltätigkeitsball zeigten. Angela musste lächeln, als sie sie betrachtete. Die Marchesa Colonari wirkte auf ihnen wie ein Star unter grauen Mäusen, obwohl auch ihre illustren Gäste angemessen und durchweg teuer gekleidet waren. Auf einem der Bilder entdeckte sie Costanza in einem eierschalenfarbenen Kleid, zu dem die wundervolle Seidenstola mit eingewobenem Familienwappen perfekt gepasst hätte, die Angela ihr zu ihrem fünfundsiebzigsten Geburtstag geschenkt hatte. Stattdessen trug sie eine helle Pelzstola, womöglich ein Silberfuchs, das war auf dem Foto nicht genau zu erkennen.

Angela schloss die Fotodatei und seufzte. Costanza würde sie niemals akzeptieren, und das Beste wäre, sie würde sich damit abfinden.

»Alles Gute zum neuen Jahr.« Sie schreckte auf. Fioretta war hereingekommen und hängte ihren Mantel an den Haken neben der Tür. Und ehe sie sich bedanken und die guten Wünsche erwidern konnte, fügte ihre Assistentin hinzu: »Es tut mir so leid.«

»Was denn?«

»Na, ich weiß doch, wie sehr du Signor Rivalecca gemocht hast. Jeder weiß das. Und deshalb …«

»Danke, Fioretta.« Angela musste sich räuspern und tat so, als müsste sie die Ordner auf ihrem Schreibtisch umräumen, damit ihre Mitarbeiterin ihre feuchten Augen nicht sah. »Das ist sehr nett von dir. Wie bist denn du ins neue Jahr gekommen?«

Fioretta ließ sich auf ihren Stuhl sinken. Sie wirkte niedergeschlagen. »Ach …« Angela erkannte bestürzt, dass ihre Assistentin mit den Tränen kämpfte. »Ich hatte schon schönere Silvesterfeiern.«

»Was ist passiert?«

Ehe Fioretta antworten konnte, wurde die Tür aufgestoßen, und Carmela schleppte sich an ihren Stöcken herein. Die zierliche alte Frau wirkte zerzaust und war völlig außer Atem. Fioretta sprang auf und bot ihr ihren Platz an.

»Sie müssen etwas unternehmen!«, keuchte Carmela

und ließ sich grußlos auf den Stuhl fallen. »Jemand muss diesen Bastard in seine Schranken weisen.«

»Guten Morgen, Signora Carmela.« Angela wechselte einen bestürzten Blick mit Fioretta. »Was ist denn geschehen? Von wem sprechen Sie?« Und doch hatte sie bereits eine gewisse Ahnung, wen sie meinen könnte.

»Dieses Stinktier von einem Guglielmo will mich aus dem Weinberghäuschen werfen«, stieß sie hervor. »Nicht dass ich mit dem Wicht nicht allein fertigwerden könnte«, beeilte sie sich zu versichern und reckte sich zu ihrer vollen, wenig beeindruckenden Höhe auf. »Aber schließlich sind Sie die Eigentümerin.« Sie schob sich ihre Brille zurecht und blickte Angela forschend an. »Das sind Sie doch hoffentlich, oder?«

Angela nickte, und dennoch war auch sie besorgt. Sicher. Ihr Vater hatte ihr das Weinberghäuschen geschenkt, damit sie es an Carmela vermieten konnte, die wegen ihrer kaputten Hüften so dringend eine Wohnung zu ebener Erde brauchte. Jedenfalls hatte er das gesagt. Ob die kleine Immobilie allerdings offiziell auf sie überschrieben worden war, darum hatte sie sich nie gekümmert.

»Ist Signor Sartori gerade in Asenza?«, fragte Angela.

Carmela nickte so heftig, dass ihr beinahe die Brille von der Nase gerutscht wäre. »Er ist oben im Palazzo«, knurrte sie und verzog verärgert das Gesicht. »Dabei geht das nicht, solange der Nachlass noch nicht geregelt ist. Signora Angela, Sie sind ein guter Mensch. Jemand muss diesem Mann Einhalt gebieten. Ich bitte Sie, stehen Sie der alten Carmela bei.«

Angela erhob sich. Carmela hatte recht. Allein wenn sie daran dachte, wie sehr sich ihr Vater aufregen würde, wüsste er, dass dieser mit Sicherheit wenig geliebte Verwandte seiner Frau, sei er nun Erbe oder nicht, in seinem Haus ein und aus ging, Schränke durchwühlte und Gegenstände wegtrug, war ihr klar, dass sie einschreiten musste.

»Dann werden wir ihm mal einen Besuch abstatten«, erklärte sie und griff nach ihrem Mantel.

»Seht euch vor diesem Menschen vor.« Fioretta wirkte besorgt. »Man erzählt sich nicht viel Gutes von ihm.«

Angela nickte und nahm den Autoschlüssel aus ihrer Handtasche.

»Lassen Sie uns den Wagen nehmen«, schlug sie Carmela vor, die sich mühsam erhob. Offenbar hatte sich ihr Hüftleiden in den letzten Tagen verschlechtert.

»Ja.« Carmela seufzte dankbar. »Schließlich wollen wir noch vor dem Mittagessen oben am Palazzo ankommen, *vero?*« Ein listiges Grinsen erschien auf ihrem faltigen Gesicht. »Außerdem macht das mehr Eindruck, wenn wir mit dem Wagen vorfahren.«

Es waren zwar nur ein paar hundert Meter, und doch hätte Carmela die Steigung zwischen der Piazza della Libertà und dem Palazzo Duse oben auf dem Berg nur schwer bewältigen können. Während Angela den Wagen an der Friedhofsmauer abstellte und der alten Frau heraushalf, sah sie hinüber zum Anwesen ihres Vaters. Das schmiedeeiserne Tor des Palazzos stand offen. Ein Lieferwagen, der schon bessere Tage gesehen hatte, parkte in der Auffahrt.

»Das ist Guglielmos Klapperkiste«, zischte Carmela und stützte sich auf ihre Stöcke. Vor Wut war sie ganz bleich geworden.

»Möchten Sie lieber hier warten?« Angela machte sich Sorgen um sie.

»Auf keinen Fall«, entgegnete Carmela entschlossen und begann, zur Einfahrt zu humpeln.

Sie hatten die Freitreppe zur Eingangstür noch nicht erreicht, als Guglielmo Sartori erschien, die alte Kaminuhr aus dem Herrenzimmer im Arm. Beim Anblick der beiden Frauen stockte er.

»Was habt ihr hier zu suchen?«, blaffte er sie an.

»Das möchte ich gern von Ihnen wissen«, gab Angela zurück. Der Mann reizte sie, seine ganze selbstgefällige Erscheinung. Und der Anblick von Lorenzos Uhr gab ihr den Rest. »Soweit ich weiß, ist der Nachlass von Signor Rivalecca noch nicht offiziell geregelt«, fügte sie hinzu.

»Wie kommen Sie dazu …«

»Was geht Sie das an?« Guglielmo verstaute die Uhr im Lieferwagen, dann wandte er sich ihr angriffslustig zu. Carmela dagegen ignorierte er. »Hören Sie«, sagte er unfreundlich, »mir ist durchaus bekannt, dass Sie sich bei meinem Großonkel eingeschleimt haben. Welche Mittel Sie dazu eingesetzt haben, darüber muss man wohl nicht lange nachdenken.« Er starrte ihr anzüglich auf den Busen, worauf sein unverschämter Blick an ihrem Körper entlang nach unten glitt. Angela fühlte, wie ihr das Blut in den Kopf stieg vor Wut. »Womöglich haben Sie sich eingebildet, der alte Narr würde sich noch dazu hinreißen lassen, Sie auf seine letzten Tage zu heiraten.« Er lachte ein hässliches Lachen.

»Du Schweinehund!«, krächzte Carmela und drohte mit ihrem Stock. »Was hast du nur für schmutzige Gedanken!«

»Na, das liegt doch auf der Hand«, höhnte Guglielmo. »Aber Sie werden sich noch wundern, *tedesca*«, fuhr er mit finsterer Miene an Angela gewandt fort. »Er kann nicht bei Trost gewesen sein, als er Ihnen die Seidenvilla zu diesem Spottpreis verkauft hat. Nein, Ihr Geschwätz können Sie sich sparen, bei mir verfängt das nicht. In den Kaufunterlagen steht alles schwarz auf weiß. Und wissen Sie was? Das wird Sie noch teuer zu stehen kommen. Ich werde Sie nämlich verklagen. Denn dass der Alte in den letzten Jahren nicht mehr ganz richtig im Kopf war, das weiß ganz Asenza. Ich werde diesen Kauf anfechten und die Seidenvilla zurückbekommen.« Er grinste hämisch und fixierte Carmela. »Und du, alte Vettel, hast wohl gedacht, du bringst Verstärkung mit, was? Da hast du dich geschnitten, alte Hexe. Ich gebe dir eine Woche, deinen Krempel zu packen. Und komm mir nicht mit dem Märchen, das Weinberghäuschen gehöre dieser sauberen Dame hier. Das Weinberghäuschen gehört mir, so wie alles andere auch.«

»Das tut es nicht«, schrie Carmela außer sich. »Ich stehe in der Erbfolge in genau derselben Reihe wie du. Das weißt du ganz genau.«

»Nur dass du das nicht beweisen kannst, *figlia di puttana*!«

»Das werden wir schon noch sehen, *stramaledetto*!«

»*Cretina!*«

»*Pezzo di merda!*«

»Kommen Sie, Carmela«, mahnte Angela. »Wir werden uns hier nicht länger beschimpfen lassen, sondern anderswo unser Recht suchen.«

Carmela jedoch ließ noch nicht so schnell von ihrem

verhassten Verwandten ab, tauschte noch einige malerische Schimpfwörter mit Guglielmo, ehe es Angela gelang, sie zum Wagen zu führen.

Sie fuhr die aufgebracht vor sich hin murmelnde Frau nach Hause und beschloss, sofort zu handeln. Ihr war plötzlich eingefallen, dass sie ja Davide Bramante, den Kämmerer der Stadt, aus ihrer allerersten Zeit in Asenza recht gut kannte. Damals hatte sie mit ihm und Dario Monti ab und zu Tennis gespielt, und sie wechselten jedes Mal ein paar Worte miteinander, wenn sie sich im Hotel Duse sahen. Als sie jetzt seine Sekretärin bat, einen kurzfristigen Termin bei ihm zu bekommen, war das kein Problem.

»Was hast du auf dem Herzen, Angela?«, fragte der Kämmerer, nachdem sie sich nach seiner Familie und dem chronischen Leiden in seiner rechten Schulter erkundigt hatte. »Suchst du einen Tennispartner? Tut mir leid, ich kann seit Längerem nicht mehr spielen.«

Angela schüttelte seufzend den Kopf. »Ich weiß gar nicht, wie ich beginnen soll«, gestand sie. »Ich habe zwei Fragen, und ich hoffe, du kannst mir helfen. Zum einen hat mir mein … ich meine, Lorenzo Rivalecca …« Sie biss sich auf die Unterlippe. Beinahe hätte sie sich verplappert. »Er hat mir im vergangenen Jahr das Weinberghäuschen in der Via del Monte Grappa überlassen, damit ich es an Carmela Ponzino vermieten konnte. Carmela ist ja die Mutter einer meiner Weberinnen, und sie ist so schlecht zu Fuß. Er wollte sich damit nicht abgeben und hat mir erlaubt, mich darum zu kümmern, hat sogar gesagt, er wolle mir das Häuschen schenken, was ich aber nicht ernst genommen habe. Nun ja, jetzt spielt sich dieser Guglielmo Sartori als sein Erbe auf und will Carmela aus dem Häuschen werfen.« Sie holte tief Atem und blickte Davide verlegen an. »Ich habe keine Ahnung, ob Signor Rivalecca das damals nur so gesagt hat oder ob er mir tatsächlich ... Ich meine ... Kannst du für mich herausfinden, ob mir das Weinberghäuschen gehört oder nicht?«

Davides Augen waren immer größer geworden. Offenbar fragte er sich, warum der als geizig verschriene Lorenzo Rivalecca so etwas getan haben sollte.

»Da müssen wir uns ans Katasteramt wenden«, sagte er schließlich. »Das kann ich natürlich für dich übernehmen, kein Problem, obwohl es nicht in meinen Zuständigkeitsbereich fällt.« Er betrachtete sie verwundert. »Erlaube mir eine Frage: Warum sollte Rivalecca dir das Häuschen geschenkt haben?«

»Du weißt ja, wie er war«, meinte Angela. »Er hatte die seltsamsten Einfälle. In diesem Fall ging es um Carmela. Soweit ich weiß, hat sie sich als Angestellte von Lela Sartori die Gesundheit ruiniert. Offenbar hat Lela keine Sozialbeiträge für ihre Weberinnen einbezahlt, deshalb bezieht Carmela außer ihrer Witwenpension keine Rente. Sie lebte all die Jahre mit ihrer Tochter in einer Dachwohnung. Aber nachdem ihre Hüften so schlimm wurden, kam sie nicht mehr die Treppe herunter. Ich fand, dass das ein untragbarer Zustand war, und bat Rivalecca darum, sie in dem Häuschen unterzubringen, immerhin stand es leer. Da hat er gesagt, er schenkt es mir zu diesem Zweck.« Sie holte tief Luft und presste kurz die Lippen aufeinander. »Mir ging es nie darum, das Häuschen zu besitzen«, fügte sie rasch hinzu und hoffte, dass Davide sie nicht ebenfalls der Raffgier bezichtigte, so wie Guglielmo dies offenbar tat. »Ihre Miete deckt gerade die Unkosten. Mein Anliegen war, dass Carmela ein passendes Zuhause bekam. Als Nachfolgerin von Lela Sartori, für die sie gearbeitet hat, fühle ich mich moralisch dazu verpflichtet und …«

»Ich verstehe vollkommen«, unterbrach Davide sie. »Zu Signor Rivaleccas Lebzeiten erschien dir nicht wichtig, ob es dir gehört oder nicht. Aber jetzt spielen die Eigentumsverhältnisse eine Rolle, die privaten Absprachen, die ihr getroffen habt, sind natürlich hinfällig.« Angela nickte dankbar, und Davide machte sich eine kurze Notiz. »Und deine zweite Frage?«

»Vermutlich geht es mich nichts an«, erklärte Angela und betrachtete die Luftaufnahme von Asenza, die hinter Davides Schreibtischstuhl an der Wand hing. »Ich wüsste trotzdem gern, wie das nach einem Todesfall korrekterweise vonstattengeht. Kann der vermeintliche Erbe sofort über den Nachlass schalten und walten, wie er will? Kann er Dinge aus der Erbmasse abtransportieren und Mietern des Verstorbenen kündigen? Muss er denn nicht abwarten, bis er als Erbe offiziell bestätigt wurde?«

»Natürlich muss er das«, antwortete Davide und runzelte die Stirn. »Zunächst wird festgestellt, ob es nicht noch mehr Erben gibt. Ich habe schon gehört, dass dieser Sartori sich genau so aufführt, wie du es beschreibst.«

»Und wieso tut keiner was dagegen? Auch eine junge Mutter mit ihrem Baby ist davon betroffen.«

Davide nickte und hob die Schultern. »Wo kein Kläger …«

»Dann klage ich eben an«, unterbrach Angela ihn aufgebracht. »Ich stand Signor Rivalecca recht nahe. Sartori hat mir vor einer Viertelstunde unterstellt, ich hätte es auf sein Vermögen abgesehen«, fügte sie bitter hinzu. »Er hat mir gedroht, den Verkauf der Seidenvilla anzufechten, denn er hat die Dokumente dazu gefunden und findet den Preis, den ich damals bezahlt habe, zu niedrig. Der Mann ist die Unverschämtheit in Person. Also bitte sei so lieb und sag mir, an wen ich mich wenden muss, damit ihm jemand Einhalt gebietet.«

Davide wirkte betroffen und verlegen zugleich. »Du musst nichts unternehmen, Angela. *Ich* werde dem Einhalt gebieten. Ich entschuldige mich dafür, dass keiner von Amts wegen bislang eingeschritten ist. Danke, dass du dich für Carmela und für die junge Frau einsetzt, das ist sehr anständig von dir.«

»Das wirst du wirklich tun?« Angela fiel ein Stein vom Herzen. »Danke, Davide.«

»Und was die Sache mit diesem Weinberghäuschen anbelangt … Welche Adresse genau ist das denn?« Er schob ihr Block und Stift herüber, und Angela schrieb sie ihm auf. »Ich werde mich erkundigen. Und keine Sorge«, fügte er mit einem Lächeln hinzu. »Ich mach das ganz diskret.«

Am nächsten Tag kam der Glaser und ersetzte die Scheibe. Angela beschloss, sich bei Edda die Spitzen schneiden zu lassen und bei dieser Gelegenheit herauszufinden, was im Städtchen derzeit so geredet wurde. Vor allem interessierte sie brennend, ob sie weit und breit die Einzige war, der man die Scheiben einwarf.

Als sie kurz vor der Mittagspause in den Salon kam, waren die Geschehnisse um den Palazzo Duse Gesprächsstoff Nummer eins.

»Habt ihr schon gesehen?«, ließ sich Signora Belmondo

von der *pasticceria* vernehmen, den Kopf voller Lockenwickler. »Das Tor ist mit einem Schloss gesichert. Heute Morgen hab ich nach dem Grab meiner Schwiegermutter gesehen, und da stand dieser Sartori mit seinem Lieferwagen davor und hat ganz schön dumm aus der Wäsche geschaut.«

»Ja«, bestätigte Dina von der Eisdiele, die in den Wintermonaten im Hotel Duse aushalf. »Er hat sich lauthals beschwert und zwei *caffè corretto* getrunken. ›Mit extra viel Grappa drin‹, hat er gesagt. Und schrecklich über ein paar Weiber geschimpft, die ihn noch kennenlernen würden …«

»Es war die Polizei, die das Anwesen abgesperrt hat«, glaubte eine alte Dame zu wissen. Sie wartete auf ihre Enkelin, eine pummelige Zehnjährige mit einem Buch vor der Nase, der Edda gerade die feinen Haare schnitt. »Jemand vom Nachlassgericht hat alles ordnungsgemäß versiegelt.«

»Das wurde auch höchste Zeit«, fand die Friseurin und ließ ihre Schere klappern. »Der hat sich vielleicht aufgeführt! *Mamma mia,* als wäre er der König von Asenza. Wie der mit der armen Carmela umgegangen ist. Nein, das ging einfach zu weit.«

Angela saß ganz still auf ihrem Platz vor einem Spiegel in der hintersten Ecke und spitzte die Ohren. So schnell hatte Davide gehandelt? Oder war es den Behörden langsam von allein zu bunt geworden? Nein, das nahm sie nicht an. Dankbarkeit durchströmte sie.

»Stimmt es eigentlich, dass Carmela mit Lela Sartori verwandt ist?« Es war die Frau des Konditors Carlucci, der das beste Konfekt weit und breit machte, die diese Frage in den Raum geworfen hatte. Eine Weile antwortete niemand. Dann sagte die alte Dame, deren Enkelin Edda eben den Nylonumhang abnahm: »Das habe ich meine Schwester neulich auch gefragt. Aber alles, was sie noch wusste, war, dass sich die beiden spinnefeind waren.«

»Dabei hat Carmela doch für Lela Sartori gearbeitet«, wunderte sich Signora Belmondo. »Sie hat ganz wundervolle Stoffe gewoben. Ich habe noch von meiner Schwiegermutter ein Set Tischwäsche. So etwas Schönes habt ihr noch nicht gesehen.«

»Natürlich hat sie für Lela Sartori gearbeitet. Wo hätte sie denn auch sonst hinsollen? Als Weberin hatte sie nicht viel Auswahl. So richtig zerstritten haben sie sich allerdings wohl erst, als Lela diesen Weinbauern heiratete, Gott hab ihn selig. Schon damals gab es Streit um den Besitz. Aber um was es damals genau ging ...«

»Sie sagte jedenfalls neulich, sie sei mit Lela verwandt«, erklärte Signora Belmondo. »Nur ob das stimmt ...«

»Immerhin hat Rivalecca sie am Ende in diesem Häuschen in der Via del Monte Grappa einquartiert«, versuchte Edda die Gemüter zu beruhigen. »Auf seine alten Tage wurde er direkt umgänglich. Nicht wahr, Signora Angela?«

Alle Augen wandten sich ihr erwartungsvoll zu. »Ich bin immer recht gut mit ihm ausgekommen«, sagte sie.

»Er hat Ihnen ja wohl auch die Seidenvilla zu ziemlich vorteilhaften Konditionen überlassen«, konnte sich Dina nicht verkneifen zu sagen. »Jedenfalls sagt das Signor Sartori.«

»Und du glaubst, was dieser aufgeblasene Kerl herumerzählt?« Eddas Schere blitzte gefährlich auf, ehe sie sie in ihren Rollständer warf.

»Wir können alle froh sein, dass die Weberei nicht geschlossen wurde«, warf die alte Dame ein, deren Namen Angela nicht kannte. »Die Seidenverarbeitung gehört zur Historie unseres Städtchens. Früher hat fast jeder Haushalt Seidenrauben gezogen, Seide aus Venezien war bekannt in ganz Europa. Es wäre ein Jammer gewesen, hätte Rivalecca das Gebäude an einen Immobilieninvestor verkauft. Ich jedenfalls freue mich jedes Mal, wenn ich am Schaufenster des Ladens der *tessitura* vorbeigehe.«

Sie erhob sich, nickte freundlich in Angelas Richtung und bezahlte die Rechnung für ihre Enkelin.

»*Grazie*, Signora Gonzino«, sagte Edda, als sie das Trinkgeld sah, und auf einmal fiel es Angela wie Schuppen von den Augen. Die alte Dame war die Mutter des Buchhändlers, bei dem Fania in die Lehre gehen wollte.

Endlich war auch die letzte Kundin gegangen, und Edda legte Angela schwungvoll den Umhang über die Schulter.

»Das Jahr ist noch so jung«, sagte sie mit einem Seufzen, »und doch ist schon so viel geschehen. Hätten Sie erwartet, dass Signor Rivalecca auf einmal so viele Verwandte hat?«

Edda warf Angela im Spiegel einen halb ironischen, halb forschenden Blick zu, auf den sie lediglich mit einem Schulterzucken und einem unverbindlichen Lächeln antwortete. Wenn die Leute wüssten, dachte sie, und ließ sich von Edda die Haare waschen.

»Mich beschäftigt etwas ganz anderes«, gestand sie, als Edda bereits begonnen hatte, ihr Haar zu stufen. »Mir wurde schon zweimal eine Fensterscheibe eingeworfen, und ich habe keine Ahnung, wer das getan haben könnte.«

»Eine Fensterscheibe?« Edda ließ schockiert die Schere sinken.

»Ja, und zwar zweimal dieselbe. Am Weihnachtsabend. Und vergangenen Sonntagabend schon wieder. Sie wissen nicht zufällig, ob hier im Ort etwas Ähnliches auch woanders passiert ist?«

Edda starrte sie noch immer an. »Unfassbar«, erwiderte sie schließlich und schüttelte den Kopf. »Und das bei uns! Waren Sie bei der Polizei?«

»Der *vigile* glaubt, dass es Jugendliche waren. Nur … ich weiß nicht so recht. Einmal könnte das ja noch angehen. Aber gleich zweimal so kurz hintereinander?«

»Ich frage mich manchmal, in welchen Zeiten wir eigentlich leben …« Edda seufzte. »Nein«, fügte sie nachdenklich hinzu und begann mit der letzten Stufung. »Mir hat keiner von so etwas erzählt. Das muss natürlich nichts heißen«, fuhr sie rasch fort. »Mein Salon ist ja kein Nachrichtenbüro.« Sie lächelte verschmitzt, kämmte Angelas Haar in Form und kontrollierte, ob beide Seiten gleich lang geraten waren. Aber ein bisschen schon, dachte Angela. Doch das behielt sie lieber für sich. »Allerdings werde ich Augen und Ohren offen halten«, versprach Edda und griff nach dem Föhn.

»Das wäre nett.«

Die Türglocke ging, und Angela erkannte im Spiegel Nicola, der den Friseursalon betrat.

»Bist du fertig, *bella*?«, rief er gut gelaunt. Dann erst erkannte er seine *padrona*, der gerade die Haare getrocknet wurden, und lief über und über rot an.

Ach du Schande, fuhr es Angela durch den Kopf. Sie dachte an Anna und Fioretta, die bis über beide Ohren in ihren Kollegen verliebt waren.

»*Subito, amore*«, antwortete Edda und warf Angela einen strahlenden Blick zu. »Wir wollen die neue Pizzeria ausprobieren, die neben Gonzino aufgemacht hat. Zur Eröffnung gibt es alles zum halben Preis.« Sie hüllte Angela in eine Wolke aus Haarspray und nahm ihr den Umgang ab. »Wieso hast du mir nicht erzählt, dass bei euch eine Fensterscheibe eingeworfen wurde?« Nicola erschrak und sah von Edda, die rasch die Rechnung ausschrieb, zu Angela und wieder zurück.

»Er wusste es bislang noch nicht«, beruhigte Angela sie und beglich ihre Rechnung. »Es war ein Fenster in meiner Privatwohnung.«

»Wenn ich mir vorstelle, das wäre mir passiert«, plapperte Edda weiter, während sie die Schlüssel für die Ladentür aus ihrer Handtasche holte. »Also falls der sich traut wiederzukommen«, versicherte sie Angela, »erwischen wir den. Stimmt's, Nicola? Schließlich geht mein Schlafzimmer auf dieselbe Straße raus.«

»Äh ... ja«, stotterte er und vermied es, Angela in die Augen zu sehen.

Dass die Stimmung in der Weberei schlecht war, wunderte Angela nun kein bisschen mehr. Fioretta vermied es, in die Werkstatt zu gehen, und vergrub sich verbissen in die Endabrechnung des Weihnachtsgeschäfts und den Jahresabschluss, während Anna mit wenig Schwung an einem Tuch in hellen Frühlingsfarben arbeitete. Nolas Bemerkungen entnahm Angela, dass Nicola bei Edda bereits mehr oder weniger eingezogen war. Maddalena, die das Ganze überhaupt nicht zu interessieren schien, wirkte blass und besorgt. Carmelas Streit mit Guglielmo Sartori ließ natürlich auch sie nicht unberührt. Nur Stefano und Nicola schienen bester Laune zu sein. Bemerkte der Neapolitaner denn wirklich nicht, welche Herzen er gerade brach?

Angela war dabei, die Bestände im Laden zu prüfen, als der Dreiklang der Türglocken ertönte. Eine dunkelhaarige Frau in einem beigen Wollmantel trat ein. Als Erstes fielen Angela die Augen der Kundin auf, groß, fast schwarz und mit einem dunklen Eyeliner betont. Sie sah sich um, als suchte sie etwas. Oder jemanden.

»*Buongiorno*«, begrüßte Angela die Besucherin. »Möchten Sie sich erst umsehen, oder kann ich Ihnen behilflich sein?«

Die Frau fixierte sie, und auf einmal begriff Angela, dass sie nicht gekommen war, um sich Seidentücher anzusehen. Aber weswegen sonst?

»Ich suche eine Nathalie Steeger«, sagte sie schließlich. Ihre Stimme klang rau.

Etwas in ihrer Erscheinung ließ Angela kurz zögern. Die Frau, die Nathalie suchte, mochte Mitte dreißig sein und war von gepflegter Erscheinung, jedoch wirkte sie erschöpft und desillusioniert. Harte Linien hatten sich um ihren vollen Mund gegraben. Und auf einmal kam Angela ein Verdacht.

»Ich bin Nathalies Mutter«, sagte sie.

Die Frau nickte. »Das hab ich mir gedacht, als ich Ihren Namen im Internet gefunden habe. Denn seltsamerweise ist Ihre Tochter aus Padua sang- und klanglos verschwunden.«

»Was wollen Sie von meiner Tochter?«

Die Frau maß sie mit Blicken. »Das würde ich ihr gern selbst sagen«, gab sie zurück. »Falls es stimmt, was ich gehört habe.«

Angela dachte fieberhaft nach. Seit Mariola bei Tess untergeschlüpft war, leistete Nathalie ihr dort Gesellschaft. Ehe sie die Besucherin zur Villa Serena schickte, wollte sie ihre Tochter lieber auf die Begegnung vorbereiten. Denn sie hatte da so eine Ahnung ...

»Bitte kommen Sie mit mir, Signora Sembràn«, sagte sie.

Die Fremde zuckte kurz zusammen, und da wusste Angela, dass sie ins Schwarze getroffen hatte. Die Besucherin war niemand anderes als Monica, die Frau von Nathalies Professor. Die Frau von Pietrinos Vater. Offenbar hatte Costanza zu einem weiteren Schlag gegen sie und ihre Tochter ausgeholt.

15

Familiengeheimnisse

Sie führte Signora Sembràn in den Maulbeersaal und bat sie, dort zu warten. Fania, die glücklicherweise gerade nicht in ein Buch versunken war, sondern die Küche aufräumte, wies sie an, Kaffee für die Besucherin zu machen. Dann schlüpfte sie in ihren Mantel und eilte zur Villa Serena.

»Kommen Sie herein«, begrüßte Emilia sie gut gelaunt. »Die Damen sitzen im Salon bei einer guten Tasse Tee. Möchten Sie auch eine?«

Angela verneinte, öffnete die Tür zum Wohnzimmer und blieb erstaunt auf der Schwelle stehen, überrascht von dem Bild, das sich ihr bot.

Während Pietrino in seiner Wippe schlief, saßen Nathalie und Tess auf dem Sofa, in ihrer Mitte Carmela, die zwischen ihnen so zierlich wirkte wie ein Kind. Ihre Beine reichten nicht bis auf den Boden, ihre schmale Gestalt, die Angela mehr denn je an ein mageres Vögelchen erinnerte, versank beinahe in den Polstern. Auf ihrem Schoß lag ein aufgeschlagenes Fotoalbum.

»Das ist meine Mutter«, sagte sie gerade und wies mit dem Finger auf eine Fotografie. »Sie hieß Carlotta. War sie nicht hübsch?« Sie sah auf und bemerkte Angela. »Ich erkläre den beiden, wer ich eigentlich bin«, erläuterte sie und wirkte dabei so gelöst wie noch nie.

Es tat Angela leid zu stören, und doch musste es sein.

Sie bat ihre Tochter, kurz zu ihr in die Eingangshalle zu kommen.

»Was ist los, Mami?«, fragte Nathalie irritiert. »Das ist unheimlich spannend! Wusstest du, dass Carmela die uneheliche Tochter von Carlotta Serena und Livio Sartori ist?«

»Nein«, antwortete Angela. »Ich werde mir das später ganz genau erklären lassen. Jetzt ist anderes wichtiger. Kannst du bitte Pietrino holen und mit mir kommen? Ich erkläre es dir unterwegs …«

»Aber warum denn? Und wohin?« Nathalie sah ungeduldig zur Tür, hinter der Carmela offenbar gerade ihre Geschichte erzählte.

»Hör zu, Nathalie«, bat Angela ihre Tochter. »Bei mir zu Hause sitzt Monica Sembràn. Sie will dich sprechen.«

Alle Farbe wich aus Nathalies Gesicht. »O nein, das darf nicht … Nein, ich will auf keinen Fall mit ihr sprechen.«

»Ich fürchte, es lässt sich nicht umgehen«, versuchte Angela sie zu überzeugen. »Sie wirkt recht entschlossen.«

»Ich halte das für keine gute Idee, Mami.«

»Mir scheint, sie wird sich nicht so einfach abspeisen lassen. Wenn du jetzt nicht mitkommst, wird sie dich früher oder später hier aufspüren. Meinst du nicht, es wäre besser, du bringst es hinter dich?«

»Was will sie von mir?« Nathalie wirkte, als hätte sie schreckliche Angst vor dieser Frau.

»Das weiß ich nicht«, antwortete Angela. »Sie will es dir selbst sagen.« Und als sie sah, wie Nathalie zögerte, fügte sie hinzu: »Komm! Du bist doch sonst so mutig.«

»Aber …«

In diesem Moment läutete es, und Nathalie fuhr zusammen. Emilia kam aus der Küche, um nachzusehen, wer gekommen war.

»Warum stehen Sie denn im kalten Flur herum?«, schalt sie, als sie Angela und Nathalie sah. »Husch, hinein in die warme Stube.« Sie öffnete die Haustür und stöhnte. »Heute geht es hier ja zu wie in einem Taubenschlag. Wer soll denn bitte das schon wieder sein?«

»Ist sie das?« Nathalie spähte über Emilias Schulter hinweg ängstlich in Richtung Tor.

»Bitte lassen Sie die Dame herein«, sagte Angela zu Emilia. Sie hatte die Gestalt im beigen Wollmantel sofort erkannt. »Können wir mit ihr ins Esszimmer gehen?«

»Wenn ihr für euch sein müsst, nehmt mein Turmzimmer.«

Tess war in der Tür zum Wohnzimmer erschienen. Ihre klugen blauen Augen wanderten von Angela zu Nathalie und dann zu der Frauengestalt, die entschlossen die Einfahrt heraufkam.

»Es ist …«

»Schon gut«, unterbrach Tess Angela liebevoll und mit bedeutungsvollem Blick in Richtung ihrer Haushälterin. »Emilia, sei so lieb und mach Tee für die drei Damen. Und leg ein bisschen von deinem Mandelgebäck dazu.«

»Selbstverständlich«, grummelte Emilia. »Wenn die Villa Serena zu einem Durchgangsbahnhof werden soll – meinetwegen.« Sie machte kehrt und begab sich in ihre Küche.

Als Angela sich umwandte, stand Monica Sembràn auf der Schwelle und fixierte Nathalie mit ihren dunklen Augen.

»Sagen Sie mal, Signora, sind Sie mir jetzt tatsächlich gefolgt?« Bei allem Verständnis, aber das Verhalten dieser Frau ging auch ihr langsam zu weit. »Ich hatte Sie gebeten zu warten …«

»Tut mir leid, ich hab in letzter Zeit einfach keine Geduld mehr. Warten! Warten! Ich habe keine Kraft mehr zu warten.« Monica Sembràns Stimme klang brüchig, durchdrungen von verhaltenem Zorn und Resignation.

Nathalie hatte keine Zeit gehabt, sich herzurichten, ihr prächtiges Haar etwa kunstvoll zu arrangieren, wie sie es immer tat, wenn sie schwierige Situationen zu meistern hatte, und sich schön zu schminken. An diesem Nachmittag trug sie Jeans und einen bequemen Baumwollpulli, ihr Haar war locker zu einem Zopf geflochten, aus dem sich einzelne Locken gelöst hatten. Signora Sembràn hingegen war elegant gekleidet, sie trug ein sorgfältiges Make-up, und dennoch las Angela in ihren Augen die Demütigung einer müden, frustrierten Mittdreißigjährigen angesichts der jugendlichen Frische einer gerade mal zwanzigjährigen Rivalin. Einer vermeintlichen Rivalin, korrigierte Angela sich in Gedanken.

»Lassen Sie uns hineingehen«, schlug sie vor. »Bitte geben Sie mir Ihren Mantel.«

»Nein, ich …«

»Doch, Signora«, unterbrach Angela sie bestimmt. »Sie haben mich ausfindig gemacht, mich ohne Vorwarnung überfallen und sind mir bis hierher gefolgt. Sicherlich nicht nur, um meine Tochter anzustarren. Wir werden uns jetzt wie vernünftige Menschen zu einem Gespräch zusammensetzen. Bitte, Nathalie, hol dein Kind.«

Nathalie wollte widersprechen, dann besann sie sich

und verschwand im Wohnzimmer. Angela geleitete Signora Sembràn zum Treppenhaus und hoch in den ersten Stock in Tess' Turmzimmer. Wenig später kam Nathalie. Sie hatte Pietrino auf dem Arm und nahm zögernd an dem Tisch vor dem Panoramafenster Platz, wo sie oft mit Tess zusammensaßen. Von hier aus hatte man einen traumhaften Ausblick über die Hügellandschaft bis über die südliche Ebene, wo man ganz in der Ferne an besonders klaren Tagen sogar Venedig sehen konnte. Doch Monica Sembràn hatte nur Augen für sie und ihr Baby.

Solche Geliebte suchte sich also ihr Mann aus … Angela war es, als könnte sie Monicas Gedanken lesen, so deutlich spiegelten sie sich in ihrer Miene.

Aus dem Tragetuch vor Nathalies Brust drangen brabbelnde Laute. Sie löste den Knoten und hob ihr Baby heraus. Keine von ihnen sprach, die Atmosphäre war so dicht, dass Angela den Eindruck hatte, man könnte die Luft zwischen ihnen schneiden. Nur Pietrino gab leise Töne von sich, wandte den Kopf und schien die Besucherin intensiv zu fixieren.

Auf einmal, als folgte sie einem Impuls, hielt Nathalie der fremden Frau den Säugling entgegen, und nach einem Moment des Zögerns nahm Signora Sembràn ihn tatsächlich und hielt ihn in ihren Armen. Sie betrachtete den Kleinen, der ihr aufmerksam ins Gesicht blickte, mit seinen Ärmchen ruderte und winzige Spuckebläschen produzierte.

Im Turmzimmer schien die Zeit stillzustehen. Nur Pietrinos Gebrabbel war zu hören. Er fühlte sich auf dem Arm der fremden Frau, die nichts weiter tat, als ihn anzusehen, sichtlich wohl. Ganz allmählich ließ ihre Anspannung ein wenig nach. Schließlich wurden Pietrinos Schmatzlaute intensiver, und als er zu wimmern begann, sah sie endlich auf.

»Er hat Hunger«, sagte sie und reichte ihn Nathalie zurück, die ihren Pulli hochschob, den Still-BH öffnete und ihr Kind an die Brust legte. »Stimmt es, dass mein Mann sein Vater ist?«

Nathalie zuckte unmerklich zusammen. Nach dem langen Schweigen erschienen auch Angela die Worte wie Peitschenhiebe.

»Ja«, gab Nathalie schlicht zur Antwort.

»Und was sagt er dazu?«

»Er weiß es nicht.«

Monica Sembràn starrte Nathalie verständnislos an. »Sie haben es ihm nicht erzählt?« Nathalie schüttelte den Kopf und wandte trotzig den Blick ab. »Warum nicht?«

»Weil …« Nathalies Stimme brach, sie musste sich räuspern. »Weil ich es so beschlossen habe.«

Monica Sembràn musterte Nathalie verständnislos. »Sie wollen die Heldin spielen und alles auf Ihre Kappe nehmen?«, fragte sie empört. »Ihn nicht einmal zur Rechenschaft ziehen?« Der Zug um ihren Mund verhärtete sich wieder. »Wussten Sie denn gar nicht, dass er verheiratet ist und drei Kinder hat?«

»Er hat gesagt, er lebt in Trennung.«

»Vor einem Jahr?« Monica Sembràn lachte böse auf. »Das ist ja lächerlich.«

»Er hat mich genauso angelogen wie Sie.«

Nathalie und die Frau ihres ehemaligen Geliebten maßen sich mit feindseligen Blicken, und keine von beiden gab nach.

»Damit darf er nicht durchkommen«, sagte Monica Sembràn schließlich entschlossen. »Ich weiß nicht, ob Ihnen bekannt ist, dass ich die Scheidung eingereicht habe. Unsere Kinder sind sechs, vier und einundhalb Jahre alt. Er wird dafür bezahlen, was er ihnen und mir angetan hat. Und für Pietrino wird er auch geradestehen müssen. Dafür werde ich sorgen.«

»Was Sie für sich und Ihre Kinder unternehmen, das ist Ihre Sache«, konterte Nathalie. »Ich möchte das auf keinen Fall.«

»Wieso nicht?« Monica Sembràns Augen funkelten. »Wollen Sie Ihrem Sohn den Unterhalt vorenthalten, den sein Vater ihm schuldet?«

»Ich will nicht, dass er sich in unser Leben einmischt.« Nathalie sah sie beinahe flehend an. »Ich habe sogar das Studienfach gewechselt, um ihn nicht mehr sehen zu müssen. Ich will mein Kind allein großziehen und ...«

»Sie sind jung«, fiel Signora Sembràn ihr ins Wort und griff nach ihrer Handtasche. »Später würden Sie es bereuen. Francesco ist wie ein großes Kind. Was ihm gefällt, das nimmt er sich«, fuhr sie verbittert fort. »Er muss lernen, dass das Konsequenzen hat. Er kann nicht einfach Kinder in die Welt setzen und ungeschoren davonkommen. Ihre Haltung mag ehrenvoll sein, aber sie ist auch dumm. So dumm, wie sich mit ihm überhaupt eingelassen zu haben.«

»Ich finde, Sie sollten sich um Ihre eigenen Angelegenheiten kümmern und meine Tochter in Ruhe lassen«, mischte sich nun Angela ein. »Ich kann verstehen, dass Sie aufgebracht sind. Meinen Enkel als Waffe in Ihrem Scheidungsverfahren zu benutzen wäre jedoch nicht fair ...«

»Fair?« Monica Sembràn hatte sich erhoben und presste ihre Handtasche an sich. »Was ist denn bitte schön fair an dieser ganzen Sache? Ist es fair, dass Sie mit meinem Mann geschlafen haben?« Sie funkelte Nathalie zornig an. »Oder dass ich das Ganze auf demütigende Art und Weise von einer hochstehenden Dame der Gesellschaft erfahren musste…«

»Meine künftige Schwiegermutter ist selbst eine verbitterte Frau«, wandte Angela ein. »Es tut mir leid, dass Sie…«

»Wie bitte? Die Principessa Fontarini… Ihre zukünftige Schwiegermutter?«

»So ist es«, antwortete Angela schlicht. »Auch wenn es ihr nicht gefällt. Ihr Sohn und ich werden bald heiraten.«

Jetzt fuhr Nathalies Kopf überrascht herum, und Angela fiel ein, dass sie nach Lorenzos Tod überhaupt noch nicht daran gedacht hatte, ihr zu erzählen, was Vittorio und sie in der Silvesternacht beschlossen hatten.

»Verbittert kommt sie mir allerdings nicht vor«, bemerkte Signora Sembràn spitz, und Angela bereute kurz ihre unbedachten Worte. Doch dann fand sie, dass es eigentlich egal war. Costanza Fontarini konnte ruhig wissen, was sie über sie dachte.

»Nun, Costanza Fontarini geht das Ganze nichts an«, schloss sie das Thema mit Nachdruck. »Weder Ihre Ehe noch wie meine Tochter mit der Vaterschaft ihres Kindes umgeht.«

»Mich geht es sehr wohl etwas an«, beharrte Monica Sembràn. »Und ich sehe nicht ein, aus welchem Grund ich Rücksicht auf Sie nehmen sollte. Haben Sie etwa Rücksicht auf mich und meine Familie genommen?« Sie warf

Nathalie einen letzten Blick zu und vermied es dabei sorgfältig, Pietrino anzusehen. »Aber Sie sind ja nicht die Einzige«, fügte sie verächtlich hinzu. »Sie sind lediglich eine Episode in einer langen Reihe von Demütigungen. Und damit ist jetzt Schluss.«

Sie verließ das Turmzimmer, und Angela, die ihr rasch bis zur Tür gefolgt war, sah sie mit klackernden Absätzen die Treppe hinuntergehen, ihren Mantel vom Haken nehmen und in Richtung Ausgang verschwinden.

»Puh«, machte sie und wandte sich zu ihrer Tochter um, die noch immer auf ihrem Stuhl saß, Pietrino an der Brust. Sie wirkte, als hätte jemand versucht, sie zu schlagen, und beugte sich über ihr Kind, als müsste sie es beschützen.

»Sie wird es ihm sagen«, erwiderte sie stöhnend.

»Ja, das wird sie wohl.«

Angela trat an eines der seitlichen Fenster und erhaschte durch die kahlen Kronen der Maulbeerbäume hindurch einen Blick auf die sich eilig entfernende Monica Sembràn. »Aber schlimmer als mit seiner Frau wird es wohl kaum werden, oder?« Sie musterte ihre Tochter nachdenklich. Nathalie antwortete nicht. Sie sah nicht einmal auf und wirkte, als würde sie mit ihrem Kind verschmelzen. »Brauchst du etwas? Soll ich Emilia schicken?« Nathalie schüttelte den Kopf.

»Ich möchte einen Augenblick allein sein, Mami«, sagte sie leise.

»Natürlich.« Angela zog es das Herz zusammen, als sie sah, wie unglücklich ihre Tochter war. Sie hoffte inständig, dass sich bald alles zum Guten wenden würde.

Als sie das Wohnzimmer betrat, saß Carmela noch immer auf dem großen Sofa, das Fotoalbum auf dem Schoß. Sie wackelte vergnügt mit den Füßen.

»Setzen Sie sich zu uns«, lud die alte Frau Angela großmütig ein und klopfte mit der linken Hand auf den freien Platz neben ihr. »Ich möchte, dass Sie das alles ganz genau wissen. Sehen Sie mal. Das ist meine Mutter.«

Kurz zögerte Angela. Musste sie nicht zurück zu ihrer Arbeit? Dann nahm sie auf dem Sofa Platz und war sogleich von dem Porträt, auf das Carmela zeigte, in Bann geschlagen. Es war das Gesicht einer jungen Frau, das ihr von einer Schwarz-Weiß-Fotografie entgegenstrahlte. Sie hatte einen herzförmigen Mund und ausdrucksvolle Augen, die den Betrachter unter langen Wimpern hervor anstrahlten. Auf dem sorgsam hochgesteckten Haar trug sie ein winziges, schalenförmiges Hütchen mit einem angedeuteten Tüllschleier, das Kinn mit der weichen Rundung war anmutig auf eine Hand gestützt.

»Carlotta Serena, meine Mamma«, wiederholte Carmela feierlich. »Sie ist in diesem Haus aufgewachsen«, fügte sie hinzu und lehnte sich zurück. »Ich war noch ein kleines Mädchen, als wir es verloren haben. Eine einzige Erinnerung daran ist mir geblieben. Da drüben, wo jetzt die Palmen stehen, war früher eine Terrasse.« Sie wies auf den Wintergarten, von dem Angela seit der Renovierung wusste, dass er erst in den Fünfzigerjahren entstanden war. »Dort hab ich gespielt … Nun ja, bald darauf hat mein Großvater die Villa verkaufen müssen und ist in die Berge zu den anderen Partisanen gegangen. Meine Mutter hat mir oft davon erzählt, wie schlimm es war, als sie alles verloren hatten.«

»Warum musste er die Villa denn verkaufen?« Angela betrachtete das zarte Gesicht der Carlotta Serena und suchte nach Ähnlichkeiten zwischen ihr und Carmela oder Maddalena.

»Zuerst hat uns sein bester Freund im Stich gelassen.« Carmela schob sich die Brille zurecht und schlug ein paar Seiten im Album zurück bis fast zum Anfang. »Sein bester Freund, das war Lelio Sartori. Hier. Auf diesem Foto sind sie beide.« Sie hielt das Album schräg, sodass Angela die Fotografie besser sehen konnte. Zwei Männer im Alter von zirka dreißig Jahren in Jagdkleidung und mit Schrotflinten über den Schultern hielten zufrieden lachend erlegte Rebhühner hoch. »Carlo Serena, mein *nonno*, hatte eine Seidenraupenzucht, und sein Freund Lelio Sartori hat das Seidengarn in seiner Weberei verarbeitet.« Sie blätterte weiter, und Angela erkannte Carmelas Großvater Carlo auf einem weiteren Bild, das ihn vor einem Automobil zeigte. Sein Haar war lichter, sein Schnurbart leicht ergraut. »Das war er, mein *nonno*. Er ist nicht mehr aus den Bergen zurückgekommen. Das war aber schon nach dem Zerwürfnis …«

»Nach welchem Zerwürfnis?«

Carmela seufzte tief. »Im Grunde bin ich an allem schuld. Wäre meine Mamma nicht mit mir schwanger geworden, wer weiß, wie alles gekommen wäre.«

»Unsinn, Carmela«, fiel Tess sanft ein. »So darf man nicht denken. Was ist denn damals passiert?«

»Meine Mamma und Livio Sartori, das war Lelios ältester Sohn, waren miteinander verlobt. Beide Familien waren für die Beziehung, etwas Besseres hätte nicht passieren können, die Väter waren Freunde und Geschäftspartner. Doch dann hat Livio im letzten Moment meine Mamma sitzenlassen. Da war sie schon schwanger.« Carmela ließ sich gegen die Rückenlehne des Sofas fallen und seufzte tief auf. »Dieser Schuft! Er hat so eine dumme Pute aus Venedig geheiratet, die sich immer für etwas Besseres gehalten hat. Man hat gemunkelt, dass sie eine größere Mitgift hatte. Wenn es ums Geld ging, haben die Sartoris schon immer jeden Anstand vergessen, auch Livios Vater, der alte Lelio, hat ihm nicht die Ohren lang gezogen und gesagt: Du hast das Mädchen geschwängert, jetzt wird geheiratet. Darüber haben er und mein *nonno* sich bis aufs Blut zerstritten.« Gedankenvoll strich Carmela mit den Fingerspitzen über das Bild von Carlo Serena, ihrem Großvater mütterlicherseits. »Lela war Livios jüngste Schwester, so ein richtiges Nesthäkchen, sie war gerade mal elf Jahre älter als ich. Hier ...«, sie blätterte im Album, bis sie eine Fotografie fand, auf der Kinder in Matrosenanzügen und Rüschenkleidern zu sehen waren, »... das ist Lela.« Carmelas Fingerspitze bohrte sich fast in die alte Aufnahme. Drei Kinder waren zu sehen: ein kleines, dünnes Mädchen von etwa fünf Jahren in einem prächtigen weißen Seidenkleid, in dem es schier versank, eine hübsche, keck dreinblickende Zwölf- oder Dreizehnjährige in einem Rüschenkleid mit blonden Zöpfen und ein ungefähr gleichaltriger Junge mit blitzenden Augen in einem Matrosenanzug. »In der Mitte, das ist Lela, neben ihr, das ist Carlotta, meine Mutter. Und auf der anderen Seite, das ist Livio, der Schuft, der sie später schwängerte ...«

»Das heißt, Lela Sartori war tatsächlich ...«

»*La mia zia*«, krächzte Carmela dazwischen und nickte. »Meine Tante. In der Tat. Nur dass Livio mich nicht als seine Tochter anerkannt hat. Das war es, was meine Mamma so früh ins Grab brachte.« Carmela richtete ihre dunklen, durch die starken Brillengläser vergrößerten Augen auf Angela. »Was glauben Sie, was das für ein Skandal damals war! Die Sache ging sogar vor Gericht. Da hat dieser *farabutto* in aller Öffentlichkeit gesagt, er könne nicht sicher sein, ob er der Einzige war, der mit … Na, Sie wissen schon. Meine Mamma war gesellschaftlich erledigt, auch wenn jeder die Wahrheit kannte, hat man mit dem Finger auf uns gezeigt. Lidias Mutter hat sich da sehr hervorgetan, die dumme Ziege. Und ganz besonders hat es mich Lela spüren lassen. Die ließ keine Gelegenheit aus, um mir klarzumachen, dass ich keinerlei Rechte in ihrer Familie hatte. Sie war eine harte Frau.« Carmelas Blick ruckte unruhig hin und her. »Glücklich ist sie allerdings nicht geworden mit all dem Reichtum, den sie angehäuft hat. Beide Brüder sind gestorben. Livio, als er Jagd auf die Partisanen gemacht hat. Und Lodovico wurde todkrank, nachdem er so lange am *omaccio grande* gearbeitet hatte. Auch was die Liebe anbelangt, hatte Lela kein Glück. Ausgerechnet an diesem *donnaiolo* Lorenzo Rivalecca hatte sie einen Narren gefressen, diesem zehn Jahre jüngeren Weiberheld, der überhaupt nichts von ihr wissen wollte. Jahrelang hat sie ihm den Hof gemacht.« Carmela kicherte. »Alle haben sich heimlich über sie lustig gemacht. Manche behaupteten, dass Rivalecca sein Herz an eine Erntehelferin aus dem Ausland verloren hatte und darauf wartete, dass die zurückkam. Aber entweder war das nur Gerede, oder die *straniera* wollte nichts mehr von ihm wissen. Ich hab diese Geschichte sowieso nie glauben können, so romantisch war Lorenzo einfach nicht. Na ja, und dann, ein paar Jahre später, haben sie plötzlich das Aufgebot bestellt, Lorenzo und Lela. Da bin ich zu ihr gegangen und hab gesagt: *Zia*, wir müssen reden. Und zwar über das Erbe. Da war meine Mamma schon tot, und ich, weil ich nichts anderes gelernt hatte, war Weberin in der Seidenvilla geworden, sobald ich mit den Füßen die Pedale erreichen konnte. All die Jahre zuvor hatte ich den Mund gehalten. Und was glauben Sie, was Lela gesagt hat, als ich mein Erbteil eingefordert hab?« Sie sah Angela an, als erwartete sie eine Antwort, um sie dann selbst zu geben: »*Vaffanculo*. Scher dich zum Teufel.«

Carmela schwieg erschöpft. Die Erzählung hatte sie angestrengt. Tess schenkte ihr Tee nach und reichte ihr die Tasse.

»Trinken Sie«, forderte sie die alte Frau auf. »Sie müssen ja eine ganz trockene Kehle haben.«

Folgsam nahm Carmela die Tasse und führte sie zitternd zu ihrem Mund. Nachdem sie ein paarmal geschlürft hatte, gab sie sie wieder zurück.

»Ich will, dass Sie das wissen, *tedesca*«, fuhr sie müde fort. »Denn dieses Mal werde ich nicht mehr nachgeben und stillhalten wie früher. Auch Rivalecca hat mich davongejagt, nachdem Lela tot war. Jeder von den Alten weiß, dass ich Livio Sartoris Tochter bin. Und doch ... beweisen kann ich es nicht.«

Das Album rutschte von ihren Knien, und ehe Angela es auffangen konnte, fiel es zu Boden. Sie und Tess wechselten einen Blick, als sie sich beide danach bückten. Mehrere der alten Aufnahmen hatten sich von den Seiten gelöst, an denen sie so viele Jahre lang angeheftet gewesen waren. Carlotta Serenas wunderschönes Porträt glitt auf dem glatten Steinboden einige Meter in Richtung Herrenzimmer. Angela stand auf und sammelte alles ein. Was für eine Geschichte. Welche Tragödie.

Und dann begriff sie erst das ganze Ausmaß des Gehörten. Im Grunde hätten sowohl Carmela als auch Maddalena ein Anrecht auf die Seidenvilla gehabt. Abgesehen von Guglielmo waren sie die einzigen Nachkommen der Weberdynastie Sartori.

»Wie ist denn Guglielmo mit Ihnen verwandt?«, erkundigte sie sich.

»Er ist der Enkel von Lodovico, Lelas anderem Bruder. Lodo war ein guter Weber, von ihm hab ich viel gelernt. Dann ist er dem Fluch des *omaccio* zum Opfer gefallen.« Carmela hob den Blick und sah Angela mit einer Mischung aus Bewunderung und Schauder an. »Wissen Sie eigentlich, dass Sie es waren, die den Bann von diesem Webstuhl genommen hat?«

Angela lächelte gequält. Was sie an diesem Tag erfuhr, war fast ein bisschen zu viel auf einmal.

»Ich glaube nicht an Flüche«, entgegnete sie sanft. Doch die Alte wackelte mit dem Kopf und sah ihr eindringlich in die Augen.

»*Chissà*, Signora Angela. Seien Sie sich da mal nicht zu sicher.« Sie beugte sich ihr entgegen. »Erst gestern Abend hab ich einen mächtigen Fluch gegen Guglielmo ausgesprochen. Und was ist passiert?« Sie lächelte verschmitzt. »Schon heute Morgen haben die Behörden den Palazzo abgesperrt.« Triumphierend sah sie von Tess zu ihr. Angela konnte sich ein Lachen kaum verkneifen. »So, jetzt wissen Sie Bescheid über mich und Maddalena.« Carmela kämpfte sich von dem bequemen Sofa herunter und griff nach ihren Stöcken. »Werden Sie mir helfen, meinen rechtmäßigen Anteil am Erbe zu bekommen?«

»Ich wüsste nicht, wie Angela Ihnen dabei helfen könnte«, wandte Tess ein.

»Sie wird einen Weg finden«, meinte Carmela zuversichtlich und stemmte sich auf. »Diese Frau hat nicht nur den *omaccio* von seinem Fluch erlöst, sondern auch das Scheusal Rivalecca gezähmt. Ihr wird schon was einfallen.« Und an Angela gewandt fügte sie hinzu: »Ich zähle auf Sie, *tedesca*!«

16

Entscheidungen

Angela träumte unruhig in der folgenden Nacht. Signora Sembràn machte der armen Carlotta mit blitzenden Augen Vorwürfe, und Lela Sartori als kleines Mädchen im überdimensionierten weißen Kleid traktierte Carmela mit einer Krücke. Dann war da auf einmal Lidia, die mit spitzen Fingern auf ihre Supermarktkasse einhackte und erklärte, dass sie ihre Rechnung noch präsentieren würde.

Lidia. Die Begegnung mit ihr hatte Angela über all dem, was inzwischen geschehen war, beinahe vergessen. Erst Carmelas Bemerkung vom Vortag über deren Mutter hatte sie wieder daran erinnert. Als sie an der Küchentheke ihren Morgenkaffee trank und im Stehen die Brioche aß, die am Tag zuvor übrig geblieben war, beschloss sie, endlich ihrer Belegschaft von ihren Beobachtungen zu erzählen, wohl wissend, wie heikel das Thema noch immer war.

Den Vormittag über war sie jedoch im Büro vollauf beschäftigt. Donatella rief an und erzählte ihr nun persönlich, wie großartig das Kleid bei ihren Freundinnen und Bekannten angekommen war. Sie gab Angela eine lange Liste von Interessentinnen durch, bei denen sie sich melden sollte. Wenn nur ein Drittel dieser Frauen Kleider bei ihr in Auftrag gab, würden Romina und Mariola bis in den Sommer hinein beschäftigt sein. Wieder dachte sie an Lidia. Ihre Stoffe wären für diesen Zweck einfach ideal.

Nach der Mittagspause und dem gemeinsamen Kaffee

unter dem Maulbeerbaum ging sie mit den anderen in die Werkstatt und erzählte ihnen, wo sie Lidia gesehen hatte. Allen schien es die Sprache verschlagen zu haben. Nola war die Erste, die sich von dieser schockierenden Neuigkeit erholte.

»Sind Sie ganz sicher, dass sie es war?«, fragte sie skeptisch.

»Ja, ganz sicher.«

Angela sah von einem Gesicht zum anderen und versuchte herauszulesen, wie viel Ablehnung in den Mienen zu erkennen war.

»Wer ist Lidia?«, fragte Nicola.

»Eine Verräterin«, knurrte Stefano.

»Das ist die, die zu Ranelli gegangen ist«, klärte Nola ihn auf.

»Aber … wenn sie jetzt in einem Supermarkt arbeitet, ist sie nicht mehr bei Ranelli, oder?« Maddalena wirkte erschrocken.

»Wohl eher nicht«, antwortete Angela.

»Er hat sie rausgeworfen«, mutmaßte Orsolina mit einem Hauch von Schadenfreude. »Wahrscheinlich war sie ihm zu anstrengend.«

»Wo sie so schön weben kann …«, gab Maddalena zu bedenken.

»Wir können nur Vermutungen darüber anstellen, wie es dazu kam«, ergriff Angela wieder das Wort. »Worüber ich allerdings nachdenke, ist …« Sie zögerte kurz. Dann entschloss sie sich, mit ihren Überlegungen herauszurücken. »Sollen wir versuchen, sie zurückzuholen? Dazu würde ich gern eure Meinungen hören.«

Alle starrten sie an, als hätte sie etwas Ungeheuerliches

gesagt. Über Maddalenas Gesicht jedoch glitt ein Leuchten.

»Ja, ich fände das schön«, sagte sie. »Ich weiß«, fügte sie rasch hinzu, als die anderen sich ihr empört zuwandten, »sie ist nicht immer nett zu uns gewesen. Aber irgendwie fehlt sie mir. Ich weiß auch nicht, warum.«

»Also mir nicht!«, konterte Stefano. »Sie war eine Nervensäge. Immer schlecht gelaunt. Und wenn man sich mal über etwas freute, fand sie garantiert ein Haar in der Suppe.«

»Jetzt übertreib mal nicht!« Anna strich sich eine Strähne ihres blondierten Haars hinters Ohr. »Klar, einfach war es nicht mit ihr. Aber *so* schlimm ...«

»Sie hat dafür gesorgt, dass Ranelli uns den Webstuhl aus Vidor vor der Nase wegschnappen konnte, der eigentlich uns versprochen gewesen war. Und als wäre das nicht schon genug gewesen, hat sie ihm auch noch Interna verraten. Hab ich recht, Fioretta?« Stefano sah Angelas Assistentin auffordernd an.

»Ja, das ist wahr«, räumte Fioretta mit einem verlegenen Seitenblick auf ihre *padrona* ein. Denn Angela hatte diese Details damals nicht an die übrige Belegschaft weitergegeben, um sie nicht unnötig zu verunsichern.

»Wenn das stimmt«, mischte Nicola sich ein, »wieso sollten wir dann so jemanden wieder bei uns haben wollen?«

Es war klar, dass er gegen jeden Vorbehalte hegte, der zu Ranelli abgewandert war. Schließlich hatten seine Cousins zu seinem Ärger genau dasselbe getan.

»Du kannst da gar nicht mitreden«, fuhr ihm Anna über den Mund. »Du kennst Lidia ja überhaupt nicht.«

Es war offensichtlich, dass Anna sauer auf ihren Kollegen war, und Angela brauchte nicht lange nachzudenken, warum. Nicola schien allerdings noch immer keine Ahnung davon zu haben, welchen Kummer er ihr und Fioretta bereitete. Verwundert riss er die Augen auf und hob fragend die Brauen.

»Willst *du* sie etwa zurückhaben?« Wie immer hielt Stefano zu seinem Kollegen.

»Na ja«, wandte Nola ein, »ich verstehe schon, warum Signora Angela sich das überlegt. Denn Lidias Stoffe könnten wir gut gebrauchen, *vero*?«

Angela nickte. »Das stimmt«, erwiderte sie. »Aber ich werde keine Schritte in diese Richtung unternehmen, wenn auch nur ein Einziger von Ihnen dagegen ist.«

Nachdenkliche Stille entstand. Am Fenster summte eine Fliege auf der Suche nach einem Ausweg ins Freie.

»Trotz allem tut sie mir schon auch leid«, brach Anna das Schweigen. »Stellt euch mal vor, ihr würdet an einer Supermarktkasse arbeiten …«

»Das hat sie sich selbst zuzuschreiben.« Stefano wirkte unversöhnlich.

»Aber Stefano«, wandte sich seine Frau an ihn, »du sprichst so oft davon, dass Signora Angela dir eine zweite Chance gab und …«

»Hab ich meinen Unfall etwa selbst verschuldet?«, unterbrach er sie empört.

»Natürlich nicht.«

»Wir müssen das ja nicht heute entscheiden«, erklärte Angela. »Denkt einfach darüber nach. In ein paar Tagen können wir das Thema noch mal besprechen. *Va bene?*«

Stefano verschränkte unversöhnlich seine Arme vor

der Brust, so als müsste er nicht länger über diese Sache nachdenken. Die anderen jedoch murmelten Zustimmung, erhoben sich und nahmen ihre Arbeit auf.

»Signora, Sie müssen mir helfen.«

Angela seufzte und sah auf, wer sie nun schon wieder störte. Sie musste dringend mit Fioretta den Jahresabschluss durchgehen, doch nun stand Fania außer Atem und mit hochrotem Kopf im Büro.

»Was gibt es denn?« Angela bemühte sich, nicht genervt zu klingen.

»Signor Gonzino sagt, ich darf das Praktikum nur machen, wenn Sie Ihr Einverständnis geben.« Fania wirkte verlegen. Ihr Blick flog über die Papiere auf dem Schreibtisch. »Er sagt, er will Ihnen auf keinen Fall meine Arbeitskraft wegnehmen. Könnten Sie ... ich meine, ich sehe ja, dass Sie beschäftigt sind.«

»Ja, das bin ich«, antwortete Angela. »Was brauchen Sie?«

»Könnten Sie vielleicht mit mir kommen?«

Angela fuhr sich mit der Hand über die Augen. Nahm das denn nie ein Ende? Erst musste sie Carmela beistehen, dann stand Signora Sembràn vor ihrer Tür. Von dem Ärger mit Guglielmo Sartori ganz zu schweigen. Und irgendwer warf ihr die Fensterscheiben ein. Vielleicht hätte sie doch auf Emilia hören und Fania nach Hause schicken sollen. Aber nein, rief sie sich zur Ordnung und zwang sich zu einem Lächeln. Das wäre nicht richtig. Schließlich war ihr an der Zukunft des Mädchens wirklich gelegen.

»Morgen früh gehen wir gemeinsam zu Gonzino«, erklärte sie. »Gleich um neun, wenn die Buchhandlung öffnet. *Va bene?*« Fania zögerte, es war ihr anzusehen, dass sie das am liebsten sofort erledigt hätte. Doch sie wagte nicht zu widersprechen. »Und nun lass uns weiterarbeiten. Hast du schon das Bad geputzt? Nein? Nun, dann wird es Zeit.«

Kaum hatten sie sich erneut in die Buchhaltung vertieft, als es zaghaft an der Tür klopfte.

»*Che diamine!*«, entfuhr es Fioretta, deren Nervenkostüm nicht mehr dasselbe war, seit Nicola bei Edda eingezogen war.

»*Avanti*«, rief Angela ungehalten.

Die Tür wurde zögernd einen Spaltbreit geöffnet, und zu ihrem Erstaunen war es Matilde, die hereinspähte.

»Soll ich später wiederkommen?«, fragte sie scheu.

»Kommen Sie nur, Matilde«, sagte Angela überrascht und sah auf die Uhr. Es war bereits kurz nach vier. »Fioretta, ich glaube, wir machen für heute Schluss. Lass uns das morgen erledigen, wenn ich mit Fania bei Gonzino war. Am besten schließen wir das Büro ab und nehmen alles zu mir hoch. Da stört uns keiner.«

Während Fioretta widerwillig die Unterlagen einsammelte, bat Angela die frühere Haushälterin ihres Vaters freundlich, Platz zu nehmen.

»Wie geht es Ihnen?«

Matilde wartete, bis Fioretta sich verabschiedet hatte, dann öffnete sie die Einkaufstasche, die sie mitgebracht hatte, und holte zwei silbern gerahmte Bilder daraus hervor. Gerührt erkannte Angela die Fotografie, die Lorenzo mit ihrer Mutter zeigte, rund achtundvierzig Jahre war das jetzt her. Gleichzeitig fuhr es ihr heiß durch alle Glieder. Woher wusste Matilde ...

»Signor Rivalecca hat mich darum gebeten«, kam ihr die Hausangestellte zuvor. »Wenn mir mal was passiert, hat er gesagt, gib dieses Bild der *tedesca*. Sie weiß schon, warum. Und dieses hier«, Matilde wies auf die zweite Fotografie, »das ist ja Ihre Tochter mit ihrem Kleinen. Signor Rivalecca war immer so gut gelaunt, wenn die beiden ihn besucht haben. Wirklich, Sie haben ein Wunder an ihm bewirkt. Ich war ja schon so lange bei ihm, aber nie hab ich ihn so froh erlebt, wie nachdem Sie da gewesen waren. Und ehe das alles in die Hände von Signor Sartori fällt, dachte ich ...« Sie wies auf die Fotografien und seufzte. »Er würde mich vermutlich eine Diebin nennen ...«

»Danke«, half Angela der Haushälterin aus ihrer sichtlichen Verlegenheit. »Das ist so nett von Ihnen.« Wieder spürte sie, wie Tränen in ihr aufsteigen wollten. »Was machen Sie eigentlich jetzt, Matilde?«

Angela wurde bewusst, dass die Haushälterin ja mit Lorenzos Tod ihre Arbeitsstelle verloren hatte. Wie alt mochte Matilde sein? Vielleicht Anfang fünfzig?

»Ich weiß es nicht«, antwortete sie niedergeschlagen. »Signor Rivalecca hat ein paarmal erwähnt, dass er mich in seinem Testament bedenken wollte, ich solle mir keine Sorgen machen. Aber jetzt mach ich mir doch welche.« Sie seufzte. »Wer stellt schon eine Frau in meinem Alter ein?«

Auf einmal kam Angela eine wundervolle Idee. »Sie könnten für mich arbeiten«, sagte sie.

Matilde sah sie erstaunt an. »Ich kann nicht weben, Signora ...«

»Nein, ich meine im Haushalt.«

»Aber ... haben Sie nicht jemanden? Ich hab gehört, Sie hätten ein junges Mädchen eingestellt.«

»Fania möchte gern etwas anderes machen«, erwiderte Angela ausweichend. »Ich versuche gerade, ihr eine Lehrstelle zu vermitteln. Wirklich, ich wäre so froh, wenn Sie ...«

»Oh, das wäre wundervoll«, unterbrach Matilde sie erleichtert. »Wenn Sie wollen, fange ich gleich morgen an. Was stellen Sie sich denn vor? Wenn Sie möchten, kümmere ich mich um das ganze Gebäude, auch die Werkstätten. Im Vergleich zum Palazzo Duse ist das ja überschaubar.«

»Wie lange waren Sie eigentlich bei Lorenzo?«

»Fast zwanzig Jahre«, antwortete Matilde wehmütig. »Und nur damit Sie es wissen: Ich kann noch mehr kochen als nur *minestrone*.« Sie lächelte scheu, doch als sie sah, dass Angela in schallendes Gelächter ausbrach, stimmte sie fröhlich mit ein.

»Das sind gute Nachrichten«, gab Angela zurück. »Obwohl ich Ihre *minestrone* immer sehr mochte.« Sie wurde ernst. »Ach, ich vermisse ihn so«, gestand sie.

»Ich auch, Signora«, pflichtete Matilde ihr bei, und ihre Augen glänzten feucht. »Ich vermisse ihn auch.«

Am nächsten Morgen um neun erschien Fania in ihrer besten Bluse und der Jeans, die sie sich von ihrem ersten Lohn gekauft hatte, das Haar zu einem kecken Knoten oben auf ihrem Kopf geschlungen, so wie Nathalie es manchmal trug. Angela fand es rührend, wie die junge Frau vorsichtig tastend einen eigenen Stil ausprobierte, sogar einen blassrosa Lippenstift hatte sie aufgelegt, den man nur wahrnahm, wenn man genau hinsah.

»*Zia* Emilia wollte wissen, warum ich mich für die Arbeit bei Ihnen heute so sorgfältig zurechtgemacht habe«, bekannte sie nervös, als Angela ihr ein Kompliment machte.

»Und was haben Sie geantwortet?«

»Nichts«, gab Fania trotzig zurück. »Meistens ist es besser, man lässt sich auf keine Diskussion mit ihr ein.«

Angela musste sich ein Lächeln verkneifen.

Edda schloss gerade ihren Salon auf, als sie vorübergingen, grüßte und musterte Fania und Angela neugierig. Auf der Piazza della Libertà begegneten sie Dina, die eilig in Richtung Hotel Duse ging, auch sie warf ihnen einen interessierten Blick zu.

»O weh!« Fania stöhnte. »Jetzt wissen es bald alle.«

Sie nahmen die Gasse, die zum südlichen Stadttor hinunterführte, und bogen schließlich in die Straße ein, in der sich die Buchhandlung befand. Ein fröhlicher Dreiklang ertönte, als Angela die Ladentür öffnete.

»*Buongiorno*, Signora Steeger.« Es war die ältere Dame, die Angela erst kürzlich bei Edda getroffen hatte, und Angela grüßte erleichtert zurück. »Wie kann ich Ihnen helfen?«

»Es heißt, Sie haben eine Lehrstelle zu besetzen.« Angela sah sich in der gemütlichen Buchhandlung um. Hin und wieder hatte sie ein Buch oder ein Fachmagazin bestellt und war immer freundlich bedient worden. »Signorina Fania würde gerne Buchhändlerin werden und möchte sich darauf bewerben. Ich bin überzeugt davon, dass sie die Richtige ist.«

»Arbeitet sie nicht bei Ihnen im Haushalt?« Signora Gonzino musterte Fania skeptisch. »Ich hab meinem Sohn gesagt, dass er Ihnen auf keinen Fall die Arbeitskraft wegnehmen darf.«

»Ich stelle sie gern frei«, beeilte Angela sich zu sagen. »Das Wichtigste für uns Frauen ist doch eine gute Ausbildung. Finden Sie nicht auch, Signora Gonzino?« Ihr Gegenüber nickte, ein leises Lächeln zeigte sich auf dem klugen Gesicht der älteren Dame. »Ich werde Fania nicht im Weg stehen, wenn sie diese Möglichkeit erhält. Außerdem habe ich bereits eine neue Haushälterin.«

Sie bemerkte den erschrockenen Blick sehr wohl, mit dem Fania sie streifte.

»Haben Sie Ihre Schulzeugnisse dabei?«

Fania biss sich auf die Unterlippe und schüttelte den Kopf.

»Die sind zu Hause in Sizilien«, bekannte sie. »Aber ich kann sie mir schicken lassen.«

Signora Gonzino betrachtete sie streng. »Soweit ich weiß, gibt es noch eine andere Bewerbung um die Lehrstelle«, sagte sie schließlich.

»Nun, ohne den anderen Aspiranten zu kennen, kann ich sagen, dass keiner eine so große Liebe zu Büchern hat wie Fania«, bemerkte Angela im Brustton der Überzeugung. »Neben ihrer Arbeit im Haushalt hat sie meine gesamten Bücher nach Autorennamen sortiert und etliche mit Leidenschaft gelesen. Ich bin ganz sicher, dass diese junge Frau als Buchhändlerin ihre Bestimmung finden wird.«

Signora Gonzino lächelte, offenbar gefiel ihr der Eifer, mit dem Angela sich für Fania einsetzte.

»Nun, dann bleib einfach erst mal hier«, schlug sie Fania vor. »In einer Stunde kommt mein Sohn, der wird darüber entscheiden. Inzwischen kannst du mir helfen, die neue Lieferung einzusortieren.« Fania strahlte und errötete vor Freude. Rasch zog sie ihre Winterjacke aus, und Signora Gonzino erklärte ihr, wo sie sie im Hinterzimmer der Buchhandlung aufhängen konnte. An Angela gewandt sagte sie mit gedämpfter Stimme: »Hand aufs Herz, Signora. Sie empfehlen die junge Dame aber nicht nur so nachdrücklich, weil Sie sie loswerden wollen?«

Angela blieb kurz die Luft weg. »Nein«, sagte sie bestimmt. »Fania interessiert sich für nichts anderes als für Bücher. Sie als Haushälterin weiter zu beschäftigen würde bedeuten, ihre Zukunft in die falschen Gleise zu lenken. Das würde ich mir nicht verzeihen. Bitte legen Sie ein gutes Wort für das Mädchen ein, ja?«

Das Lächeln der älteren Dame vertiefte sich.

»Ich will sehen, was sich machen lässt. Wissen Sie, wir kannten uns bislang nicht persönlich«, fügte sie hinzu, »aber ich wollte Ihnen schon lange sagen, dass ich es bewundere, wie Sie die Seidenvilla wiederbelebt haben. Und wenn ich Ihnen einen Tipp geben darf: Achten Sie nicht auf das Gerede der Leute.«

Angela war zu verwirrt, um sofort nachzufragen, was genau sie damit meinte. Sie bedankte sich, wünschte Fania, die zurück in den Laden kam und nervös ihre Bluse zurechtzupfte, viel Glück und verabschiedete sich.

Als sie auf dem Rückweg erneut die Piazza della Libertà überquerte, entdeckte sie Davide Bramante, den Stadtkämmerer, mit Fausto an der Theke des Hotel Duse im Gespräch. Als er sie bemerkte, winkte er sie zu sich.

»Guten Morgen, Angela. Wie gut, dass ich dich treffe. Komm, lass uns einen Kaffee zusammen trinken.«

Angela willigte gern ein. Und während sich Fausto daranmachte, ihren Cappuccino so zuzubereiten, wie sie ihn am liebsten mochte, nämlich mit besonders viel geschäumter Milch, nahm Davide seine Tasse und trug sie zu einem der Außentische, auf den die ersten Strahlen der Morgensonne fielen. Angela verstand. Vielleicht hatte der Stadtkämmerer Neuigkeiten für sie, die er ihr gern ohne Zeugen mitteilen wollte.

»Ich habe inzwischen nachgefragt«, sagte er leise, nachdem Fausto Angelas Cappuccino gebracht hatte und zu einem neuen Gast an die Theke zurückgekehrt war. »Leider bist du im Grundbuch nicht als Besitzerin dieses kleinen Hauses in der Via del Monte Grappa eingetragen.« Angela nickte und bemühte sich, ihre Enttäuschung zu verbergen. Und doch hatte sie es eigentlich nicht anders erwartet. Vermutlich hatte ihr Vater die hingeworfene Bemerkung, dass er ihr das Häuschen schenken würde, im nächsten Moment schon wieder vergessen. »Dafür habe ich eine andere Neuigkeit für dich«, fuhr Davide Bramante fort. »Du weißt, dass ich unseren Notar sehr gut kenne.« Angela nickte. Die beiden waren sogar beste Freunde, das hatte ihr Dario Monti einmal erzählt. »Er hat mir gesagt, dass in Kürze die Testamentseröffnung ansteht.«

»Aha«, murmelte sie. Dann wurde ihr bewusst, dass Davide gespannt auf ihre Reaktion wartete. »Und was geht mich das an?«

»Auch du wirst eine Einladung erhalten.«

Angela bemerkte sehr wohl, dass er sie neugierig musterte und ihre Überraschung genau registrierte.

»Ich? Aber wieso denn ich?«

Davide zuckte mit den Schultern und hörte nicht auf, sie eingehend zu betrachten.

»Ich dachte, das wüsstest *du*.«

Angela schüttelte den Kopf und fühlte, wie ihr ganz heiß wurde. Wer kannte ihr Geheimnis? Niemand. Lorenzo hatte es mit in sein Grab genommen. Und Tess, Nathalie und sie hatten es sorgsam gehütet.

»Ich habe keine Ahnung«, antwortete sie. »Es muss sich um einen Irrtum handeln.«

»Das glaube ich nicht«, entgegnete Davide. »Außer dir werden auch deine Tochter und seine Haushälterin eine Einladung bekommen. Bei Matilde ist das leichter zu verstehen, nicht wahr? Vermutlich wollte sich der alte Kauz für ihre treuen Dienste erkenntlich zeigen.«

Angela hob die Schultern und ließ sie wieder fallen.

»Ja, vermutlich.« Sie hatte plötzlich das Gefühl, auf der Hut sein zu müssen. Natürlich würde es Gerede geben, wenn sie und Nathalie ebenfalls eingeladen würden.

»Man sagt, dass du ihn regelmäßig besucht hast«, fuhr Davide fort, und allmählich bekam Angela das sichere Gefühl, dass er sie ausforschen wollte.

»Das stimmt. Ich habe einmal im Monat mit ihm zu Abend gegessen. Wenn der Notar so gut unterrichtet ist, erinnert er sich vielleicht auch an diese seltsame Klausel, die Rivalecca in den Kaufvertrag schreiben ließ. Wir wissen ja alle, was für ein eigenwilliger Mensch er gewesen ist.«

Davide nickte und ließ sie nicht aus den Augen. »Ja, das war er in der Tat. Es gibt Leute, die seinen Geisteszustand angezweifelt haben.«

»Oh, sein Verstand war ausgezeichnet«, antwortete Angela heftiger, als sie beabsichtigt hatte. Langsam wurde sie ärgerlich. »Er hatte eben seine eigene Art, das Leben zu nehmen.«

Der Kämmerer nickte erneut und sah sie dabei an, als überlegte er sich, ob er noch etwas sagen sollte, dann entschied er sich offenbar dagegen.

»Ich muss wieder los.« Er legte ein paar Münzen auf den Tisch und verabschiedete sich fast ein wenig zu schnell von ihr. Während er zum Rathaus ging, sah ihm Angela kopfschüttelnd hinterher. Signora Gonzino hatte von Gerede gesprochen. Man brauchte nicht viel Fantasie, um ihren »Rat« und das seltsame Verhalten des Kämmerers miteinander in Verbindung zu bringen. Es war der herzliche Kontakt, den sie zu Lorenzo Rivalecca gepflegt hatte, der für Klatsch und Tratsch sorgte.

Kaum hatte sie mit Fioretta den Jahresabschluss durchgesehen, klingelte es Sturm, und die erste der Spezialnähmaschinen wurde geliefert. Das erinnerte Angela daran, dass sie mit der endgültigen Renovierung des Schneiderateliers noch nicht weitergekommen war, dabei sollte Romina ja so bald wie möglich bei ihr anfangen. Noch ehe sie darüber nachdenken konnte, welchen Schritt sie zuerst machen sollte, hörte sie nebenan im Laden die laute und unangenehme Stimme eines Mannes, die ihr bekannt vorkam.

»Lassen Sie mich durch. Das gehört sowieso demnächst alles mir.«

Guglielmo Sartori. Als Angela in den Hof hinausging, stand er bereits unter dem Maulbeerbaum. Die Fäuste in die Hüften gestemmt und einen alten Filzhut in den Nacken geschoben, sah er sich um.

»Was wollen Sie hier?« Dieser Mann weckte in Angela etwas, das ihr sonst fremd war: Unmut und Abwehr.

»Mich ein wenig umsehen.« Er musterte sie mit seinen kleinen, habgierigen Augen.

»Dies ist Privatgelände«, konterte Angela. »Bitte gehen Sie.«

Ein Lächeln erschien auf Guglielmo Sartoris wenig vorteilhaftem Gesicht. Widerwillen erfasste Angela angesichts der fleischigen Lippen, die stets zu einem sarkastischen Grinsen verzogen waren, und den teigigen Zügen mit den hängenden Tränensäcken. Einen Moment lang betrachtete er Angela, dann wandte er sich ab und stapfte zur Färberei hinüber. Fioretta machte Anstalten, ihm hinterherzueilen, doch Angela hielt sie zurück. Keine von ihnen sollte sich an diesem Menschen die Finger schmutzig machen.

»Geh und hol Stefano«, bat sie Fioretta, die auf der Stelle davonrannte.

Sie selbst folgte Sartori, der in Orsolinas Reich eindrang, wo die Färberin gerade in einem brodelnden Sud aus Krappwurzeln rührte und auf jemanden, der nichts von ihrer Profession verstand, wirken musste wie eine Kräuterhexe. Doch noch bevor Guglielmo Sartori etwas sagen konnte, kamen Stefano und Nicola über ihn wie das Jüngste Gericht. Ehe es sich der plumpe Mann versah, hatten sie ihn rechts und links untergehakt und zogen, ja trugen ihn beinahe quer über den Hof und durch das Tor, das Fioretta ihnen flink geöffnet hatte, hinaus auf die Straße.

»Bei uns meldet man sich an«, beschied Stefano ihn. »Und wenn die *padrona* es für richtig hält, werden Sie vielleicht auch empfangen. *Arrivederci*, Signore.«

»Deine saubere *padrona* wird schon bald ihre Koffer packen müssen«, schrie Guglielmo außer sich vor Wut und wollte sich an Nicola vorbei zurück in den Hof drängen. »Die Seidenvilla gehört ihr nämlich gar nicht. Meine Anwälte werden das beweisen …«

»Geh nach Hause«, unterbrach Nicola ihn und gab ihm einen Schubs, der ihn wieder auf die Straße beförderte. »Und wenn ich dir einen Rat geben soll, *amico*: Lass dich hier nicht mehr blicken!«

17

Fliegende Steine

Es fiel Angela schwer, zur Tagesordnung zurückzukehren. So wirr Sartoris Drohungen auch klangen, allein der Gedanke, dass jemand versuchte, ihr die Seidenvilla streitig zu machen, erfüllte sie mit Unruhe. Da kam es ihr gerade recht, als zur Mittagszeit Nathalie und Mariola samt ihren Babys bei ihr vorbeischauten. Die beiden jungen Frauen hatten das für Mitte Januar prachtvolle Wetter ausgenutzt und einen ausgedehnten Spaziergang gemacht. Jetzt waren sie bester Laune und stillten ihre Kinder im Hof unter dem Maulbeerbaum.

»Was hältst du davon, wenn wir Valentina und Pietrino noch diesen Monat taufen lassen? Ich hab schon mit Tizi gesprochen, sie hätte Zeit. Und Mariola wollte dich auch etwas fragen.« Nathalie gab ihrer Freundin einen kleinen Stups mit dem Ellbogen.

»Na ja, ich … ich wollte Sie fragen, weil ich doch hier noch kaum jemanden kenne … Ich meine, würden Sie vielleicht die Patenschaft für meine Valentina übernehmen?« Mariola war ganz rot geworden vor Verlegenheit.

»Sehr gern«, antwortete Angela gerührt. »Es ist mir eine Ehre. Ich finde, dann sollten wir uns jetzt duzen. Wenn ich erst einmal Valentinas Patentante bin, wäre es seltsam, wenn wir beim Sie blieben.« Mariola errötete noch mehr und schenkte ihr ein strahlendes Lächeln. »Und ihr glaubt wirklich, dass wir das in so kurzer Zeit organisiert bekommen?«, fügte Angela hinzu.

»Du musst überhaupt nichts tun«, erklärte Nathalie. »Wir halten die Feier ganz klein. Emilia hat sich bereit erklärt, ein schönes Essen zu machen, Tess lädt uns in die Villa Serena ein. Mariolas Eltern werden kommen, nicht wahr?« Ihre Freundin nickte, ihre Augen glänzten vor Freude. »Apropos Emilia. Sie hat heute ihren freien Tag.« Sie blinzelte ihrer Mutter zu. »Da hab ich mir gedacht ... wir laden uns einfach bei dir ein.«

Angela lachte. »Fania hat eine Riesenportion Cannelloni vorbereitet«, erklärte sie. »Das reicht für uns drei.«

Nathalie lief hinauf in Angelas Küche und wärmte das vorbereitete Essen auf. Weil die Sonne so schön in den Hof schien, kam sie mit den gefüllten Tellern zurück, und sie setzten sich zusammen auf die Bank, um zu essen.

»Ach, tut das gut.« Nathalie seufzte, schloss die Augen und hielt ihr Gesicht in die Sonne. »Es wird Zeit, dass ich mal wieder etwas anderes tue, als Windeln zu wechseln und als wandelnde Nahrungsquelle für diesen kleinen Macho hier zu fungieren. Ich kann es kaum erwarten, mit dem Studium zu beginnen.«

»Du könntest dich mit den Büchern beschäftigen, die Tiziana dir geliehen hat«, schlug Angela vor.

»Die hab ich schon alle durch«, entgegnete Nathalie. »Ich muss mir dringend neue holen.«

»Mir geht es genauso«, warf Mariola ein. »Wann nähen wir denn weiter?«

»Erst muss die Schneiderei professionell eingerichtet werden.« Angela biss sich auf die Unterlippe. »Dafür müsste der zweite Raum auch endlich ausgeräumt werden.«

»Wieso hast du eigentlich nicht gleich alles weggeworfen?«

»Da ist dieser Aktenschrank«, erklärte Angela. »Er stammt noch von Lela Sartori.« Sie stellte ihren leeren Teller neben sich auf die Bank, und sofort sprang Mimi vom Maulbeerbaum, um daran zu schnuppern. »Irgendwie hab ich das Gefühl, wir sollten den durchsehen, ehe wir alles wegtun.«

»Das kann ich doch machen«, schlug Nathalie vor und schob sich genüsslich die letzte Gabel des Nudelgerichts in den Mund.

»Ich helfe dir, ja?«, schlug Mariola vor und sammelte die leeren Teller ein, sehr zu Mimis Missfallen, die sie empört anfauchte.

»Am besten fangen wir gleich an«, beschloss Nathalie und erhob sich.

»Ist die Schokolade alle?«

Sie hatten die Reste ihres kleinen Picknicks in Angelas Küche zurückgebracht. Jetzt kramte Nathalie in einem der Küchenschränke.

»Fania legt sie immer in den Kühlschrank«, verriet ihr Angela.

»Wo ist Fania eigentlich?«, erkundigte sich Nathalie, während sie eine angebrochene Packung Halbbitterschokolade aus dem Kühlschrank holte. »Ich hab sie schon seit einer Weile nicht mehr gesehen.«

Sie brach sich ein Stück ab und legte die Tafel auf den Küchentresen.

»Ich verrate euch ein Geheimnis.« Angela nahm sich ebenfalls von der Schokolade und reichte sie Mariola.

»Was denn für ein Geheimnis?« Nathalies Interesse war geweckt.

»Fania ist bei Gonzino.«

»Bei Gonzino?« Nathalie zog ihre Stirn kraus. »Du meinst, bei dem Buchhändler?«

»Genau. Sie will dort eine Lehre machen. Heute ist sie zur Probe dort. Drückt die Daumen, dass sie sie nehmen. Und bitte behaltet das vorerst für euch, ja?«

Nathalie starrte ihre Mutter an. »Natürlich!«, rief sie. »Was für eine tolle Idee. Wann immer sie kann, steckt sie ihre Nase in ein Buch. Wie bist du denn darauf gekommen?«

»Sie ist selbst darauf gekommen und hat mich um Hilfe gebeten. Heute Morgen war ich mit ihr dort und habe mich quasi mit Engelszungen für sie ins Zeug gelegt.«

»Du meinst mit Angela-Zungen?« Nathalie strahlte und nahm ihre Mutter in die Arme. »Du bist die Beste!«, behauptete sie.

»Ach was«, wehrte Angela ab.

»Weiß denn Emilia davon?«

»Nein, bis jetzt nicht«, antwortete Angela. »Und deshalb ist es ja auch noch ein Geheimnis. Wenn sie Fania tatsächlich nehmen, ist immer noch Zeit, mit ihr zu reden. Aber ehrlich, was kann sie denn dagegen haben?«

»Zuerst wird sie wahrscheinlich ein bisschen toben«, meinte Nathalie. »Aber dann wird sie sehr stolz auf ihre Nichte sein.«

»Das hoffe ich sehr.«

Am Nachmittag hörte Angela nichts von den beiden, wurde auch ansonsten nicht gestört und arbeitete in Ruhe endlich alles Liegengebliebene auf. Fioretta verabschiedete sich in den Feierabend, Mariola und Nathalie erklärten, am folgenden Morgen weitermachen zu wollen, und gingen mit ihren Babys zur Villa Serena.

Angela genoss die Ruhe und war vollkommen vertieft in die Berechnungen einer Bestellung, als die Tür zu ihrem Büro aufgerissen wurde. Es war Emilia, und sie schien außer sich.

»Signora Angela«, rief sie aufgeregt. »Wissen Sie, wo Fania steckt? Sie ist noch nicht nach Hause gekommen, dabei haben wir schon fast acht Uhr.«

»Bitte setzen Sie sich, Emilia«, bat Angela die aufgeregte Frau.

»Nein, Signora, dazu hab ich keine Zeit.« Emilia schien vor Angst ganz aufgelöst. »Wenn sie nicht hier ist, muss ich das Mädchen suchen gehen. *Madonna*, was hab ich mir da nur aufgehalst ...«

»Emilia, ich weiß, wo Fania ist. Machen Sie sich keine Sorgen ...«

»Keine Sorgen?« Die kleine, rundliche Frau schnaubte vor Empörung. »Wie soll ich mir keine Sorgen machen, wenn das Mädchen sich rumtreibt ...«

»Aber das tut Fania nicht. Bitte. Setzen Sie sich hin, ich erkläre Ihnen alles.« Zögernd gab Emilia nach und sank auf den Besucherstuhl vor Angelas Schreibtisch. »Fania hat viel zu viele Talente, als dass sie ihr Leben lang als Haushälterin arbeiten sollte.«

»Talente?« Emilia wurde zornig. »Wollen Sie damit sagen, dass man keine Talente braucht, um ein Haus ordentlich zu führen? Um zu kochen und ...«

»Nein, Emilia, entschuldigen Sie, ich habe mich nicht

richtig ausgedrückt. Hören Sie: Fania hat *andere* Talente. Und wenn sie Glück hat, kann sie den Beruf erlernen, der ihr wirklich liegt.«

»Einen *anderen* Beruf?« Emilias Augen wurden kugelrund.

»Fania bewirbt sich um eine Lehrstelle als Buchhändlerin. Deshalb ist sie noch nicht zu Hause. Sie ist bei Gonzino. Im Buchladen. Den kennen Sie doch, oder? Er ist unten in der Nähe des südlichen Stadttors.«

Emilia brauchte offenbar einen Moment, um diese Informationen zu verdauen. Dann nickte sie langsam.

»Natürlich kenne ich Gonzino«, antwortete sie. »Dort hab ich mal ein neues Kochbuch bestellt. Aber es hat nichts getaugt, Signora Angela. Alles, was man in der Küche wissen muss, weiß man entweder aus Erfahrung oder weil es einem jemand beigebracht hat. Dieses neumodische Zeug kann man vergessen.«

Angela musste sich ein Lächeln verkneifen. »Genau. Aber andere Leute brauchen Bücher. Sogar dringend. Und Fania wird sie verkaufen.«

In der Stille, die ihren Worten folgte, war das Schlagen der Hoftür zu hören. Ein paar Sekunden später klopfte es an der Tür.

»*Avanti*«, rief Angela.

Es war Fania, und doch schien sie nicht dieselbe junge Frau, die Angela am Morgen bei Gonzino zurückgelassen hatte. Die neue Fania strahlte über das ganze Gesicht.

»Sie nehmen mich!« Vor lauter Glück kiekste ihre Stimme. »Stellen Sie sich nur vor, Signora …«

Sie stockte. Unter dem strengen Blick ihrer Tante wurde sie im Nu wieder zur schüchternen Haushaltshilfe.

»Heimlichkeiten!«, presste Emilia hervor.

Und dann folgte eine ganze Kaskade in sizilianischem Dialekt, der Angela nicht folgen konnte. Sie sah lediglich die Wirkung der Worte auf Fania, die immer mehr zu schrumpfen schien.

»Das reicht jetzt«, erklärte Angela mit Nachdruck. »Hören Sie auf, Emilia, was immer Sie da sagen. Fania hat sich großartig bewährt, wenn Gonzino ihr heute schon den Lehrvertrag zusagt, denn eigentlich sollte sie zwei Wochen zur Probe arbeiten. Dafür hat sie Lob verdient. Und keine Schelte.« Emilia sah sie aufgebracht an und wollte etwas erwidern, doch Angela ließ sie nicht zu Wort kommen. »Wenn Sie es wirklich gut mit Ihrer Nichte meinen, seien Sie stolz auf sie. Rufen Sie Ihre Schwester an und erzählen Sie ihr, welchen Erfolg Fania heute errungen hat.«

»Warum dann diese Heimlichtuerei?«

»Weil Sie so streng sind, Emilia«, erklärte Angela liebevoll. »Und weil das arme Mädchen zu viel Angst vor Ihnen hat. Aber wir wissen ja, dass Sie es im Grunde nur gut meinen. *Vero?*«

Emilias Züge wurden weich. »*Ma certo*«, sagte sie und wandte sich erschrocken ihrer Nichte zu, die immer noch dastand wie ein begossener Pudel. »Natürlich meine ich es gut mit dir. Nur … da ist diese Verantwortung! Und immer die Angst, sie könnte eine Dummheit begehen.«

»Sie ist erwachsen«, mahnte Angela sanft. »Und jetzt erzähl mal, Fania. Wie war dein erster Tag bei Gonzino?«

»Lass uns in die Berge fahren.« Angela fühlte, wie Vittorio sie besorgt musterte. Es war Freitag, und eigentlich wollten sie das Wochenende in Asenza verbringen. Angela hatte das Gefühl, noch so viel erledigen zu müssen ... »Du siehst aus, als hättest du anstrengende Tage hinter dir.«

»Das stimmt«, räumte Angela ein. »Aber ...«

»Kein Aber«, unterbrach Vittorio sie zärtlich und schlug vor, einen Ausflug in die Dolomiten zu unternehmen, wo Fedo gerade die Neugestaltung eines Fünfsternehotels abgeschlossen hatte. »Der Direktor hat uns einen Gratisaufenthalt angeboten, so glücklich ist er mit unserer Arbeit.« Da ließ Angela sich nicht noch einmal bitten.

Es tat gut, sich ein ganzes Wochenende lang mit nichts anderem zu beschäftigen als mit Fragen, ob sie zum Beispiel eine Schneeschuhwanderung machen oder lieber den neu gestalteten Wellnessbereich des Hotels ausprobieren sollten. Am Ende taten sie beides und genossen außerdem die gute Küche des Hauses. Vittorio erzählte von den Plänen zur Ausstellung von Sofias Bildern, und Angela hörte zu ihrer Erleichterung heraus, dass er sich vor Amadeos Abreise nach Boston noch einige Male mit seinem Sohn getroffen hatte.

»Ich glaube, er mag deine Tochter ganz gern«, sagte Vittorio, als sie am Samstagnachmittag nach einem Saunagang auf den Ruheliegen im geschützten Bereich der Terrasse, fest in Wolldecken eingepackt, die Wintersonne genossen. »Und dich auch, er hat sogar erwogen, euch noch mal in Asenza zu besuchen. Ist es nicht schön, dass sich unsere Kinder so gut vertragen? Er will übrigens zu unserer Hochzeit kommen.«

»Wirklich?« Angela wandte den Kopf und sah ihn erstaunt an. »Und ich dachte, dass es ihm gar nicht behagt, mich als Stiefmutter zu bekommen.« Bei dem Wort ›Stiefmutter‹ mussten sie beide herzlich lachen. Doch dann wurde Angela sehr ernst. »Er scheint eine enge Beziehung zu Costanza zu haben«, gab sie zu bedenken. »Und die mag mich nun mal nicht.«

»Amadeo hat das inzwischen durchschaut.« Vittorio betrachtete nachdenklich das atemberaubende Bergpanorama, das sich vor ihnen in der Wintersonne präsentierte.

»Wird er denn tatsächlich zu Ranelli Seta gehen?«

»Darüber haben wir nicht mehr gesprochen.« Vittorio seufzte. »Ich hab beschlossen, mich da nicht auch noch einzumischen«, fügte er hinzu. »Amadeo muss das selbst entscheiden.«

»Schade, dass Costanza Sol so vor den Kopf gestoßen hat. Mir scheint, dass sie Amadeo damit die Karriere in New York vermasselt hat, falls er überhaupt noch daran interessiert sein sollte.«

»Auch darüber ist wohl das letzte Wort noch nicht gesprochen.«

»Wie geht es den beiden denn?« Angela richtete sich ein wenig auf. »Ich habe Tiziana seit Neujahr nicht mehr gesehen.«

Vittorio zuckte mit den Schultern. »Sie streiten häufig«, gab er düster zur Antwort. »Ehrlich, ich verstehe Tizi in letzter Zeit nicht mehr. Sie lässt sich von ihrem Vater am Gängelband führen, und Sol wird das vermutlich nicht mehr lange mitmachen. Wenn sie nicht achtgibt, riskiert sie die Liebe ihres Lebens.«

»Ist Sol das denn?«

»Ich hatte schon den Eindruck. Aber Tizi ist gewohnt, alles zu bekommen, was sie sich wünscht. Und jetzt will sie den Mann, den sie liebt, *und* die Liebe ihrer Eltern. Manchmal muss man sich eben entscheiden.« Er wirkte nachdenklich. Eine Hotelangestellte kam und bot ihnen eine Auswahl frisch gepresster Fruchtsäfte an. Angela entschied sich für einen Apfel-Ingwer-Trunk, während Vittorio lieber klares Wasser nahm. »Weißt du«, fuhr er fort, nachdem die junge Frau die Terrasse wieder verlassen hatte, »in letzter Zeit denke ich viel über Dinge nach, die in der Vergangenheit liegen. Vielleicht hat das damit zu tun, dass wir einige von Sofias Gemälden aus dem Depot geholt haben.« Er nahm einen großen Schluck Wasser. »Vermutlich hätte auch ich mich schon viel früher deutlicher zu meiner Liebe bekennen müssen. Ich kann heute ermessen, wie sehr Sofia darunter gelitten hat, dass ich es nicht getan habe. Auch ich wollte damals beides: ihre Liebe und die meiner Mutter. Nicht dass mir das bewusst gewesen wäre, auch die vielen kleinen Gemeinheiten habe ich nicht durchschaut, zu denen meine Mutter leider fähig ist. Es war Amadeo, der mir nun in dieser Hinsicht die Augen geöffnet und mir von Situationen erzählt hat, in denen ich Sofia im Stich gelassen habe. Jedenfalls hat er das damals so empfunden. Er war schon immer extrem feinfühlig …«

Angela fiel ein, was Donatella über die enge Beziehung zwischen Sofia und ihrem Sohn erzählt hatte. Über Amadeos Hochbegabung und ihren sensiblen Umgang mit dieser von Kindern oft als Belastung empfundenen Eigenschaft.

»Warum tut Costanza das eigentlich?«, entfuhr es Angela. »Welches Ziel verfolgt sie denn? Will sie nicht, dass du glücklich bist?«

Vittorio wandte den Kopf und betrachtete sie liebevoll. Er streckte seine Hand aus und fuhr ihr sacht über die Wange.

»Ich weiß es auch nicht«, meinte er schließlich traurig. »Dahinter bin ich noch nicht gekommen.«

Am Sonntagvormittag fuhren sie mit der Seilbahn zu einem der Gipfel hinauf, die sie vom Hotel aus sehen konnten, hielten sich an den Händen und schwiegen angesichts der mächtigen verschneiten Gebirgslandschaft, die sich vor ihnen ausbreitete. Sie folgten einem gespurten Wanderweg und tauchten während einer aus der Zeit herausgelösten Stunde in eine fast unberührte Welt ein. Man sollte öfter einfach mal alles hinter sich lassen, dachte Angela, während sie fühlte, wie sich eine große Ruhe in ihr ausbreitete. Einfach einen anderen Blickwinkel auf die Welt und auf das eigene kleine Leben einnehmen. Wie sehr sich alle Sorgen relativieren, die uns so groß und unlösbar erscheinen.

»Danke«, sagte sie zu Vittorio, als sie schließlich wieder hinunterfuhren. »Danke, dass du mich hier hochgebracht hast.«

Statt einer Antwort drückte Vittorio sie ganz fest an sich.

Es war bereits dunkel, als sie in der Seidenvilla ankamen. Selten war es Angela so schwergefallen, Vittorio, der zurück nach Venedig musste, gehen zu lassen, und doch bemühte sie sich, es ihm nicht zu zeigen.

»Spätestens wenn wir verheiratet sind«, flüsterte Vittorio an ihrem Ohr, »muss das ein Ende haben. Ich will mein Leben mit dir verbringen, nicht nur die Wochenenden.«

»Vielleicht kannst du ja deine Firma nach Asenza verlegen?« Angela hatte eigentlich nur einen Scherz machen wollen, auf einmal spürte sie jedoch, dass sie es ernst meinte. Mit der Weberei konnte sie nicht umziehen, allein die Färberei war an diesen Ort gebunden, ebenso die Webstühle und nicht zuletzt ihre Belegschaft. Erst im vergangenen Jahr hatten ihre Leute mit dem Gedanken gespielt, zu Ranelli zu wechseln, ihre Entscheidung, der *tessitura di Asenza* treu zu bleiben, war auch eine für ihren Heimatort gewesen. Vittorio wusste das. Und als er sie nun an sich drückte, verstand sie, wie sehr auch er sich ein gemeinsames Leben wünschte.

»Wir werden sehen«, raunte er und küsste sie lange, ehe er sich von ihr löste und einmal mehr Abschied nahm.

Angela machte sich einen Kräutertee und beschloss, das Wochenende ruhig ausklingen zu lassen. Sie hatte sich eben auf dem Sofa zurechtgekuschelt, als sie erschrocken hochfuhr. Zum dritten Mal vernahm sie nun dieses entsetzliche Geräusch von zersplitterndem Glas und den Knall, mit dem der faustgroße Stein auf ihren Fußboden polterte. Gleich darauf hörte sie Rufe und Schreie von der Straße – neben einer schrillen weiblichen Stimme die eines Mannes, die ihr bekannt vorkam. War das nicht Nicola?

Sie nahm sich nicht die Zeit, ihre bequemen Espadrilles, die sie im Haus immer trug, gegen Straßenschuhe einzutauschen, und rannte so schnell sie konnte hinunter. Im Licht der Straßenlaterne sah sie drei Gestalten, die miteinander zu raufen schienen. Sie erkannte Nicola und Edda. Sie versuchten eine dritte Person festzuhalten, die sich verbissen wehrte. Erst dachte Angela, es sei eine Frau. Dann bemerkte sie ihren Irrtum. Der Junge konnte höchstens sechzehn sein.

»Lasst mich los!«, zischte er.

»Autsch«, brüllte Nicola und ließ tatsächlich von dem Jugendlichen ab. »Er hat mich gebissen.«

Doch Edda dachte gar nicht daran, ihr Opfer freizugeben. Mit sicherem Griff und dem Gespür einer Friseurin packte sie den Jungen fest an den Haaren, sodass er laut aufheulte.

»Los«, kommandierte Edda in Nicolas Richtung. »Mach die Tür auf. Na mach schon.« Und als der Weber nicht gleich reagierte, schimpfte sie: »*Gesummaria*, na wird's bald? Die Tür zum Frisiersalon, du *citrullo*!«

In diesem Moment trat der Junge Edda so fest gegen das Schienbein, dass sie aufschrie und ihren Griff lockerte. Im Schein der Straßenlaterne konnte Angela gerade noch seine Gesichtszüge erkennen, die ihr bekannt vorkamen. War das nicht einer der Söhne von Guglielmo Sartori? Im nächsten Augenblick hatte er sich losgerissen, stürmte die Gasse hinunter und bog auch schon um die Ecke. Zwar hatte Nicola sofort die Verfolgung aufgenommen, doch der Junge war auf und davon.

»Was bist du für ein Versager«, schrie Edda Nicola zornig an. »Wieso hast du ihn nicht fester gepackt? Jetzt ist er uns entwischt, du Armleuchter.«

Nicola lief vor Zorn über diese Beleidigungen dunkelrot an und ballte die Fäuste. »Nicht in diesem Ton«, schrie er zurück, und als Angela beruhigend die Hand auf seinen Arm legen wollte, schüttelte er sie ärgerlich ab. »So redest du nicht mit mir«, setzte er nach und stapfte davon.

Edda stemmte die Fäuste in die Hüfte und schimpfte weiter hinter ihm her, dass es Angela ganz anders wurde.

»Kennen Sie den Jungen?«, unterbrach sie die aufgebrachte Friseurin, die erst gar nicht zu verstehen schien, was sie meinte. »Ob Sie den jungen Mann erkannt haben«, wiederholte sie.

Edda schüttelte den Kopf. »Das war keiner aus Asenza«, sagte sie schließlich. »Aber irgendwo hab ich ihn schon mal gesehen.«

Na prima, dachte Angela. Damit komme ich auch nicht weiter. Und doch war sie sich ganz sicher, dass hinter der Sache mit den Fensterscheiben kein anderer als der Mann steckte, der überall herumerzählte, dass er ihr die Seidenvilla wegnehmen würde.

18

Zweite Chancen

»Also ... wir haben uns das jetzt überlegt.«

Wie an jedem Montagmorgen saßen sie in der Werkstatt um den großen Arbeitstisch herum, um gemeinsam zu besprechen, was in der Woche, die vor ihnen lag, zu tun war. So aufgewühlt hatte Angela Stefano schon lange nicht mehr erlebt. Nicola hatte tiefe Ränder unter den Augen und wirkte ausgesprochen mürrisch, und sie fragte sich, ob er sich mit Edda wohl wieder ausgesöhnt hatte nach dem Wortwechsel in der vergangenen Nacht.

»Wir haben sie nämlich auch gesehen«, fügte Orsolina hinzu. »Beim Einkaufen am Samstag, ehe wir meine Schwester in Treviso besucht haben. Wir sind noch kurz in diesen Supermarkt gegangen, um ein paar Flaschen Wein mitzubringen. Und da war sie. Lidia.«

Angela nickte. Jetzt verstand sie. »Was habt ihr euch überlegt?«

»Ich konnte die ganze Nacht nicht schlafen«, gestand Stefano. »Sie sah so ... na ja, überhaupt nicht mehr so selbstbewusst aus wie früher. Irgendwie als hätte man ihr den Lebensmut genommen.«

»Es war ganz einfach fürchterlich«, fügte Orsolina hinzu. »Wenn ich mir überlege, ich müsste das tun ...«

Alle blickten betreten drein, offenbar versuchte nun jeder, sich das vorzustellen.

»Also wenn ihr meine Meinung wissen wollt ... Ich

war ja von Anfang an dafür, sie zu fragen, ob sie zurückkommen möchte.« Mitfühlend wie Maddalena nun mal war, wirkte sie richtig unglücklich bei dem Gedanken an das Schicksal ihrer einstigen Kollegin.

»Ist das nicht die, die euch verraten hat?« Nicola verzog geringschätzig das Gesicht. »Wer sagt uns denn, dass sie das nicht wieder tut?«

»Ich finde, du solltest in dieser Sache überhaupt kein Mitspracherecht haben.« Anna verschränkte ihre Arme vor der Brust und hob angriffslustig ihr hübsches Kinn. »Du kennst Lidia ja überhaupt nicht und kannst das nicht beurteilen.«

»Vielleicht sieht er das Ganze gerade deshalb objektiver als wir?« Wie so oft versuchte Fioretta, ausgleichend zu wirken. Oder wollte sie Nicola vor den anderen in Schutz nehmen? Er schenkte ihr jedenfalls ein dankbares Lächeln.

»Nola, was ist Ihre Meinung?« Angela war aufgefallen, dass die Betriebsälteste noch gar nichts gesagt hatte.

»Ich bin dafür, dass Sie sie fragen«, antwortete sie nach kurzem Zögern. »Allerdings würde ich gern ein paar Bedingungen daran knüpfen, wenn sie tatsächlich zurückkommt.«

»Unbedingt«, stimmte Orsolina ihr zu. »Keine Debatten mehr wie früher, keine Extrageschichten. Sie hat sich in unsere Gemeinschaft einzufügen so wie jeder andere hier auch.«

»Und sie soll uns nicht mehr auf die Nerven fallen«, schlug Stefano vor.

»Das kann Signora Angela ja schlecht in den Vertrag schreiben«, wandte Maddalena ein.

»Ich bin ganz eurer Meinung«, sagte Angela. »Wollen wir abstimmen? Wer ist dafür, dass ich Lidia anbiete, wieder bei uns zu arbeiten?«

Zuerst hoben Maddalena, Stefano und Orsolina ihre Hände. Fiorettas Stimme folgte, auch Anna war dafür.

»Was ist mit Ihnen, Nicola?«

»Ich dachte, ich hätte keine Stimme.« Er warf Anna einen provozierenden Blick zu. »Besser, ich enthalte mich«, fügte er jedoch rasch in ernsthaftem Ton hinzu, als er sah, dass Angela etwas einwenden wollte. »Anna hat ganz recht. Ich kann ja schlecht für oder gegen jemanden sein, den ich nicht kenne.«

Annas Miene wurde weich, und der Blick, den sie ihrem Kollegen zuwarf, sprach Bände.

»Also gut«, schloss Angela die Versammlung. »Ich werde mit Lidia sprechen.«

Es war mild, der Tag versprach, frühlingshaft warm zu werden, und als Angela den Hof überqueren wollte, sah sie, dass die Tür zum Schneideratelier offen stand.

Sie trat ein und fand Mariola mit beiden Babys, die einträchtig nebeneinander in Valentinas Stubenwagen schliefen. Sie selbst nähte etwas.

»Nathalie sagt, ich kann ihr gar nicht helfen«, erklärte die junge Neapolitanerin. »Und da wir diese Schachtel mit den schönen Stoffresten gefunden haben, mach ich jetzt Handytaschen daraus. Sieh mal. Gefällt dir das?«

»Und wie!« Bewundernd betrachtete Angela das türkisfarbene Täschchen, das Mariola gerade mit Perlen bestickte. »Wunderschön. So was geht sicher gut im Laden!«

Als Angela in den hinteren Raum kam, fand sie Nathalie auf einer Kiste sitzen. Sie war ganz versunken in ein Stück Papier.

»Du glaubst nicht, was ich gefunden habe«, sagte sie statt einer Begrüßung, und ihre dunkelgrünen Augen waren rund vor Staunen. »Ich meine, falls das hier wirklich ist, wofür ich es halte.« Sie streckte Angela das vergilbte Schriftstück entgegen. Es war ein Brief.

Angela nahm ihn und versuchte, die Handschrift zu entziffern. »Was ist das?«, fragte sie und blickte auf. »Kannst du das lesen?«

»Sieh dir doch mal die Unterschrift an.«

Nathalie hob eine Dokumententasche aus abgegriffenem Leder hoch und fuhr vorsichtig mit der Hand hinein, während Angela ihrer Aufforderung folgte.

Der erste Buchstabe war ein schwungvolles L, das war klar. »Livio?«

Angela sah fragend auf. Und dann begriff sie erst. Hinter den Vornamen hatte der Schreiber ein großes S gesetzt. Livio Sartori. Der Mann, von dem Carmela behauptete, er sei ihr Vater?

»Wie es aussieht, hat Lela in dieser Tasche ein paar private Dokumente aufbewahrt«, sagte Nathalie und beförderte weitere Schriftstücke hervor. Auch Fotos waren darunter. »Das muss man sich in Ruhe genauer ansehen«, erklärte sie und ließ die Unterlagen zurück in die Mappe gleiten. »Aber dieser Brief, Mami, der ist der Hammer.«

»Wieso denn?«

Nathalie schloss die Tasche und erhob sich. Sie trat zu ihrer Mutter und sah ihr über die Schulter.

»Hier.« Sie deutete mit dem Finger auf eine Stelle in

der Mitte des Briefes und las halblaut und stockend vor, was sie zu entziffern glaubte, denn die Schrift war wirklich schwer zu lesen. Dann übersetzte sie frei: »*Die eine Sache aber, Schwester, muss doch noch gesagt sein, falls ich aus diesen verdammten Bergen nicht mehr lebend herauskomme. Es drückt mich schon seit einer Weile. Und mit diesem Unrecht will ich nicht aus dieser Welt gehen. Wir alle wissen, dass C. von keinem anderen schwanger wurde als von mir. Es ist an der Zeit, die kleine Carmela anzuerkennen. Wenn ich es nicht mehr kann, lege ich es in deine Hand, für Recht zu sorgen. Auch wenn ich weiß, wie bitter das für dich sein wird.*« Angela und Nathalie sahen einander an. »Das ist genau das, was Carmela braucht, um ihre Verwandtschaft zu beweisen«, sagte Nathalie.

»Bist du sicher, dass dies hier wirklich ›Carmela‹ heißt?« Angela hielt das vergilbte Papier mehr ins Licht.

»Ich denke schon.« Nathalie nahm ihr den Brief wieder ab und hielt ihn sich dicht vor die Augen. »Wir werden eine Lupe nehmen und alles noch mal ganz genau durchgehen. Ach, Mami, wäre das nicht phänomenal?«

»Ja, das wäre es.« Angela konnte es immer noch nicht recht glauben. »Hast du sonst noch etwas Interessantes gefunden?«

Nathalie schüttelte den Kopf. »Ich glaube nicht, dass man das da aufbewahren muss«, erwiderte sie und wies auf die anderen Schubladen des Aktenschranks mit den Hängeregistern. »Rechnungen, Bilanzen, Geschäftskorrespondenz. Ich denke, das kann alles weg.« Sie hob die Ledertasche. »Das hier war der Schatz, den sie versteckt hielt, diese Lela Sartori.«

»Danke, dass du mir das abgenommen hast.« Angela

legte liebevoll ihren Arm um die Schultern ihrer Tochter. Aus der angrenzenden Schneiderei drang das Weinen eines und gleich darauf das zweier Babys. »Jetzt wirst du anderswo gebraucht«, sagte sie mit einem Lächeln.

Nathalie drückte ihr seufzend die Ledermappe in den Arm.

»Dann werde ich mal wieder zur Milchpackung mutieren«, bemerkte sie mit einem Zwinkern und ging hinüber zu Mariola und den beiden Babys.

Angela fand gerade noch Zeit, die Mappe mit dem kostbaren Inhalt in ihre Wohnung zu bringen, als auch schon das Hupen des Touristenbusses erklang, der auf der Piazza della Libertà achtzig Engländerinnen ausspuckte, die gleich darauf den Laden der *tessitura di Asenza* stürmten.

»Ich hab gerade mit dem Filialleiter der Supermarktkette telefoniert«, erklärte Fioretta am folgenden Morgen mit einem strahlenden Lächeln, als Angela ins Büro kam. »Stell dir vor, ich hab herausgefunden, in welcher Schicht Lidia diese Woche arbeitet. Denn du kannst sie ja schlecht an der Kasse ansprechen, oder?«

»Wie hast du denn das geschafft?« Angela staunte einmal mehr über die Findigkeit ihrer Assistentin.

»Ach, ich hab ihm einfach ein kleines Märchen erzählt«, entgegnete Fioretta leichthin. »Dass ich ihre beste Freundin wäre und wir eine Überraschung für sie planen.« Ihr Grinsen wurde breiter. »Bis auf die beste Freundin stimmt das ja sogar, nicht? Also. Sie hat Frühschicht und verlässt den Laden um sechzehn Uhr. Der Personaleingang ist links um die Ecke vom Parkplatz. Schau mal, hier.« Sie wies auf ihren Bildschirm, wo sie den Lageplan des Supermarkts aufgerufen hatte. Dann warf sie Angela einen neugierigen Blick zu. »Wann wirst du fahren?«

Angela nahm an ihrem Schreibtisch Platz und ging rasch im Geist ihre To-do-Liste durch.

»Am besten gleich heute«, beschloss sie, und das Strahlen in Fiorettas Augen verriet ihr, wie gespannt ihre Assistentin war, was Lidia zu ihrem Vorschlag sagen würde.

Normalerweise brauchte sie eine Stunde mit dem Wagen bis Treviso. Um jedoch auf keinen Fall zu spät zu kommen, verließ Angela bereits um halb drei die Seidenvilla. Sie hatte den Morgen genutzt und reiflich über das Angebot nachgedacht, das sie Lidia unterbreiten wollte. Im vergangenen Frühjahr hatte die Weberin ihr Ärger bereitet, als sie mit den Konditionen, die sie gemeinsam festgelegt hatten, nicht mehr einverstanden gewesen war. Als Angela die Seidenvilla übernommen hatte, waren sie übereingekommen, dass alle Mitarbeiter gleich viel verdienen sollten und dass sie aufgrund der schweren körperlichen Belastung an den alten Webstühlen ihre Arbeitszeit selbst einteilen konnten. Mit dieser Regelung waren sie gut gefahren. Angela mischte sich nicht ein, wenn eine Weberin aus persönlichen Gründen einmal kürzertrat, denn sie wusste, dass ihre Leute ihr Bestes gaben. Ihr war ebenso klar, dass es nur dann erstklassige Seidenstoffe gab, wenn der Weber oder die Weberin sich wohlfühlte. Jede Gereiztheit schlug sich in der Qualität des Produkts nieder. Ein einziges Wortgefecht konnte viele Meter Stoff verderben, also gab sie ihren Leuten den notwendigen Freiraum, damit es ihnen gut ging.

Dieses sorgfältig ausbalancierte Gleichgewicht zwischen den Weberinnen und Webern hatte Lidia im vergangenen

Jahr empfindlich gestört. Mit der Begründung, ihre Stoffe seien wertvoller als die ihrer Kollegen, hatte sie mehr Lohn gefordert und jede Menge Unfrieden gestiftet. Am Ende war sie dem lukrativen Angebot des Seidenfabrikanten Massimo Ranelli gefolgt und hatte gekündigt. Und eines war klar: Sollte Lidia je wieder in die Seidenvilla zurückkehren, durfte so etwas auf keinen Fall mehr passieren.

Über solchen Gedanken erreichte Angela Castagnole. An einer Baustellenampel mit allzu kurzen Grünphasen verlor sie viel Zeit und war froh um den Puffer, den sie eingeplant hatte. Als sie den Wagen endlich auf dem Kundenparkplatz des Supermarktes abstellte, war es zehn vor vier.

Sie stieg aus und suchte den Personaleingang, und als eine Parkbucht ganz in seiner Nähe frei wurde, stellte sie ihr Auto um. Gleich auf der anderen Straßenseite gab es ein Fastfood-Restaurant, dorthin konnte sie Lidia einladen, um alles in Ruhe zu besprechen.

Angela stellte fest, dass sie nervös war. Lidia war immer eine schwierige Gesprächspartnerin gewesen, unberechenbar, provozierend und spröde. Wieso sollte sie sich eigentlich erneut mit einer so komplizierten Mitarbeiterin belasten? Machte sie gerade womöglich einen riesengroßen Fehler?

Die digitale Zeitanzeige in ihrem Wagen sprang auf 15:57 Uhr. Lidia würde pünktlich Schluss machen, davon war auszugehen. Ich sollte besser aussteigen und zum Personalausgang gehen, dachte Angela, damit ich sie nicht verpasse. Und doch rührte sie sich nicht vom Fleck.

Es hatte auf der Hinfahrt zu regnen begonnen, und als die schwere Tür aufgestoßen wurde und zwei Frauen herauskamen, wichen sie erschrocken zurück und spannten umständlich ihre Regenschirme auf. Was, wenn Lidia in Begleitung ist, schoss es Angela durch den Kopf, als sie erkannte, dass keine der beiden Frauen die Weberin war. Oder wenn sie abgeholt wurde?

Wieder ging die Tür auf. Eine einzelne Frau verließ das Gebäude und öffnete mit eckigen Bewegungen, die Angela sehr vertraut vorkamen, einen Schirm. Ja, es war Lidia. Jetzt oder nie. Eilig stieg Angela aus dem Wagen.

Es regnete in Strömen. An einen Schirm hatte sie nicht gedacht, ihre Jacke hatte jedoch eine Kapuze, und die zog sie sich nun über den Kopf. Lidia hatte inzwischen den Vorplatz überquert und stellte sich an einen Fußgängerübergang. Die Ampel stand auf Rot. Angela fluchte innerlich. Nun hatte sie so viel Zeit gehabt und mit ihrem Zögern kostbare Minuten verloren. Mit hastigen Schritten eilte sie Lidia hinterher.

»*Buonasera*, Lidia«, sagte sie, als sie außer Atem neben ihr ankam.

Unwirsch wandte die Frau den Kopf und starrte sie an, als wäre sie eine Erscheinung. Die Ampel schaltete auf Grün, die Menschen um sie herum setzten sich in Bewegung. Der Regen trommelte auf Angelas Kapuze. Wind war aufgekommen und wehte ihr die Tropfen ins Gesicht. Noch immer sah Lidia sie überrascht an, dann wandte sie sich wie in Panik ab und machte Anstalten, die Straße zu überqueren.

»Warten Sie bitte«, sagte Angela und hielt Lidia sacht am Arm fest.

Lidia riss sich brüsk los, blieb jedoch stehen. Die Ampel wurde wieder rot.

»Was wollen Sie?«, fragte sie. Ihre Stimme klang heiser.

»Ich hab gewusst, dass Sie irgendwann noch mal auftauchen würden. *Allora?* Haben Sie genug gesehen, um mit den anderen über mich zu lachen? Kann ich jetzt nach Hause gehen?«

»Ich möchte mit Ihnen sprechen«, entgegnete Angela.

»Worüber denn?«

»Lassen Sie uns das im Trockenen tun«, schlug Angela vor. Sie sah Lidias Zögern, ihr Misstrauen. »Außer, Sie sagen mir hier und jetzt, dass Ihre Stelle an der Kasse das ist, wovon Sie schon immer geträumt haben. Dann brauchen wir nicht miteinander zu sprechen, und unsere Wege trennen sich für immer.«

Um Lidias Mund zuckte es. »Na schön«, erwiderte sie. »Hier um die Ecke ist eine Bar mit ein paar Tischen. Nichts Vornehmes, aber es wird wohl gehen.«

Die Ampel sprang auf Grün. Sie überquerten die Straße, bogen in eine Seitengasse ein und betraten nach wenigen Schritten ein kleines Lokal.

Hinter der schlichten Theke polierte ein Mann Gläser. Angela steuerte den hintersten der kleinen Metalltische an. Über einen überdimensionierten Flachbildschirm flimmerten die neuesten Fußballergebnisse, zum Glück war der Ton abgeschaltet. Sie hängten ihre nassen Jacken über die verchromten Lehnen ihrer Stühle, von Lidias Schirm, den sie gegen die Wand lehnte, troff das Wasser.

Angela fröstelte. Am liebsten hätte sie ein Glas Tee bestellt. Da es in diesem Lokal jedoch keine warmen Getränke gab, nahm sie ein alkoholfreies Bier, Lidia bestellte ein Bitter Lemon.

»Was ist passiert?«, fragte sie, als die Getränke vor ihnen standen.

Angela musterte Lidia eingehend. Im grellen Neonlicht der Bar wirkte sie gealtert, ihre helle, zarte Haut, die so typisch für Rothaarige war, hatte Falten bekommen. Wie früher hatte Lidia ihre rötlich blonden Brauen zu einem schmalen Bogen gezupft und mit einem Schminkstift nachgezogen. Ihre Augen waren entzündet, die Lippen rissig.

»Na, was denken Sie wohl, was passiert ist?« Es sollte vermutlich trotzig klingen, doch der selbstbewusste Ton gelang ihr nicht mehr. »Ranelli hat mich entlassen.« Sie presste ihre Lippen so fest zusammen, dass sie kaum noch zu sehen waren. »Er hat mir die Schuld daran gegeben, dass die Produktion nicht recht in Gang kam. Dabei hat er mit dieser Bande aus Neapel einfach die falschen Leute eingestellt.« Angela dachte an Nicola, der ebenfalls aus Neapel stammte. Zweifel befielen sie, ob sich die beiden vertragen würden. »Und dass der Webstuhl aus Vidor am Ende unbrauchbar war, auch daran soll ich schuld gewesen sein.«

Angela horchte auf. Also hatte sie richtig vermutet?

»Unbrauchbar?«, fragte sie sicherheitshalber nach.

»Es fehlte die Hälfte.« Lidia rieb sich die Schläfen, vielleicht hatte sie Kopfschmerzen. »Aber warum erzähl ich Ihnen das alles eigentlich?« Lidia fasste Angela misstrauisch ins Auge und beugte sich ihr über den Tisch entgegen. »Was wollen Sie von mir?«

»Würden Sie gern wieder in der Seidenvilla arbeiten?«

Einen Moment lang starrte Lidia sie an. Dann verzog sich ihr Gesicht zu einer Grimasse. Angela war nicht sicher, ob sie gleich zu weinen oder zu lachen beginnen würde.

»Ich hätte nicht gedacht, dass Sie so zynisch sein können«, fauchte sie. »Mich derartig zu verspotten! Aber ja. Sie haben allen Grund, ich verstehe. Sie wollen es mir heimzahlen ...«

Ihr bleiches Gesicht hatte rötliche Flecken bekommen. Sie ruckte mit ihrem Stuhl nach hinten, als wollte sie aufstehen.

»Moment, Lidia, Sie irren sich«, sagte Angela. »Ich bin weder zynisch, noch hab ich Freude daran, Sie zu verspotten. Eigentlich müssten Sie mich dafür gut genug kennen. Immerhin haben wir ein Jahr zusammengearbeitet. Und bis auf die letzten Wochen ziemlich gut, wie ich meine.« Lidia blieb auf ihrem Stuhl, ihr Blick war voller Zweifel. »Es ist mir ernst mit meiner Frage. Möchten Sie zurückkommen und wieder für die *tessitura di Asenza* weben?«

»Und die anderen?«, stieß Lidia rau hervor. »Die werden mich doch lynchen.«

»Das werden sie nicht. Denn wie immer haben wir das gemeinsam besprochen«, erklärte Angela ruhig. »Wir alle haben uns das in Ruhe überlegt. Ihre früheren Kollegen sind dafür, dass wir es noch einmal miteinander versuchen. Natürlich gibt es gewisse Bedingungen, Lidia. Außerdem hat sich unsere Belegschaft vergrößert. Ich bin sehr froh, dass ich einen fähigen Jacquard-Weber mitsamt seinem Webstuhl für die Seidenvilla gewinnen konnte. Und damit Sie es von vorneherein wissen: Nicola Coppola kommt aus Neapel.« Sie sah Lidia eindringlich an, entschlossen, diese Verhandlung auf der Stelle abzubrechen, sollte Lidia sich abfällig gegen den unbekannten Kollegen äußern.

»Coppola?«, fragte Lidia verblüfft. »Wie ist Ihnen

denn das gelungen? Ich dachte, Ranelli hätte den gesamten Clan verpflichtet.«

»Ja, das hat er wohl. Bis auf Nicola. Er hat versucht, sich allein durchzuschlagen, nachdem der Rest seiner Familie weg war, aber das ist ihm nicht gelungen. Und so haben wir uns zusammengetan.« Sie wartete die Wirkung ihrer Worte ab. Doch als Lidia noch immer verwundert schwieg, fügte sie hinzu: »Lidia, ich schätze Ihre Arbeit sehr, nur deshalb bin ich hier. Falls Sie allerdings auch nur die geringsten Vorbehalte gegen Nicola Coppola haben, weil er aus Neapel kommt und mit Ihren früheren Kollegen verwandt ist, können Sie nicht zurückkommen. Denn ich will die gute Stimmung, die bei uns herrscht, seit Sie gegangen sind, auf keinen Fall mehr aufs Spiel setzen. Wenn Sie wieder für mich arbeiten wollen, dann unter den bekannten Vertragsbedingungen. Ich biete Ihnen an, unter denselben Konditionen einzusteigen, die Sie verlassen haben. Aber eines schwöre ich Ihnen: An dem Tag, an dem Sie Unfrieden stiften oder mehr fordern als die anderen, sind Sie wieder draußen.«

Sie hatte Widerworte erwartet, stolzes Aufbäumen oder zumindest sarkastische Bemerkungen. Doch sie hatte sich getäuscht. Lidia blieb ganz still, ihre Miene noch immer voller Staunen.

»Sie ... Sie meinen es tatsächlich ernst? Sie wollen mich wirklich zurückhaben?«, fragte sie schließlich mit fast kindlicher Stimme.

»Ja. Unter den genannten Bedingungen würde ich mich freuen, wenn Sie zu uns zurückkämen.«

Und dann geschah etwas, womit Angela niemals gerechnet hätte. Es war, als würden die verhärteten Züge der

Weberin schmelzen und zerfließen. Ihre aufrechte Gestalt schien in sich zusammenzusinken, und sie brach lautlos in Tränen aus.

Lidia weinte, ohne dass ein Laut aus ihrem Mund drang, während ihre Schultern zitterten. Angela konnte nicht anders, sie rückte ihren Stuhl näher an sie heran und legte vorsichtig einen Arm um die schmale Gestalt. Und das Unwahrscheinliche geschah, sacht lehnte Lidia ihren Kopf gegen Angelas.

Sie spürte die Anspannung des harten, mageren Körpers, nahm das Beben wahr, das durch ihn hindurchlief, und auf einmal war ihr, als könnte sie die Einsamkeit und Verzweiflung dieser Frau fühlen, die sich immer so überlegen und feindselig gegeben hatte. Endlich beruhigte sich Lidia, trocknete ihre Tränen, und Angela ließ sie behutsam los.

»Ihr Angebot zeugt von Größe«, sagte die Weberin schließlich mit zitternder Stimme. »Ich weiß nicht, ob ich an Ihrer Stelle …« Sie räusperte sich. »Danke. Ja, ich würde gern zurückkommen.«

Da wusste Angela, dass sie keine Sorge mehr zu haben brauchte, dass ihr diese Frau noch irgendwelche Schwierigkeiten machen würde. Ihre abweisende Fassade hatte Risse bekommen, die sich nicht mehr schließen würden. Irgendwann würde ihr Lidia möglicherweise sogar erzählen, warum sie so geworden war. Und wenn nicht, war das auch in Ordnung.

19

Die Taufe

Die Weberei war längst verwaist, als Angela zurückkam, nur im Büro brannte noch Licht. Es war Fioretta, die auf ihre *padrona* gewartet hatte und gerade dabei war, die wunderschönen Täschchen, die Mariola inzwischen genäht hatte, in den Online-Shop der *tessitura di Asenza* zu stellen.

»Na, was hat sie gesagt?«

»Sie wird kommen«, berichtete Angela.

Sie fror, ihre Schuhe waren feucht geworden, und ihre Füße fühlten sich eiskalt an.

»Und wann?«

»Das hab ich ihr überlassen.« Angela sehnte sich nach einem warmen Bad und den selbst gestrickten Socken, die Simone ihr zu Weihnachten geschenkt hatte. »Sie muss erst kündigen und sich hier eine Bleibe suchen. Geh nach Hause, Fioretta. Es ist schon spät.«

»Ja, aber … Was hat sie denn gesagt?« Fioretta wollte sich offenbar nicht so leicht abspeisen lassen. Angela seufzte innerlich.

»Sie hat gesagt, dass sie das Angebot sehr zu schätzen weiß, jedenfalls so etwas in der Art. Ich bin sicher, sie ist froh, wieder zurückzukommen.«

»Das kann sie auch sein.« Fioretta zog nachdenklich ihre Jacke über. An der Tür blieb sie noch einmal unschlüssig stehen. »Und du glaubst, sie macht uns keinen Ärger mehr?«

Angela verstand. Was immer sie jetzt sagte, würde fünf Minuten später Nola erfahren und dann der Rest der Belegschaft. Und entsprechend würde Lidia hier empfangen werden.

»Nein, Fioretta, ich bin mir ganz sicher, dass sie keinen Ärger mehr macht. Sie hat ihre Lektion gelernt. Ich denke, wir können beruhigt sein.«

Angela schloss das Büro ab und ging hinauf in ihre Wohnung. Sie entledigte sich rasch ihrer feuchten Kleidung und schlüpfte in ihren Kimono. Während sie warmes Wasser in die Badewanne einlaufen ließ, öffnete sie den Schlafzimmerschrank, um einen frischen Pyjama herauszunehmen. Dabei fiel ihr Blick auf Lelas abgewetzte Aktentasche, die sie am Tag zuvor in aller Eile ganz unten bei ihren Handtaschen verstaut und vollkommen vergessen hatte.

Vorsichtig, als wäre sie zerbrechlich, nahm sie die Mappe heraus und öffnete sie. Sie setzte sich auf ihren hellen Wollteppich und breitete ihren Inhalt um sich herum aus. Zwei Schwarz-Weiß-Fotografien fielen aus der Tasche. Die eine zeigte einen jungen, gut aussehenden Mann vor einem Weinberghäuschen, in dem sie erst auf den zweiten Blick ihren Vater Lorenzo Rivalecca und das Haus erkannte, in dem Carmela jetzt wohnte. Auf dem anderen Bild strahlten ihr zwei junge Burschen entgegen, die sich scherzhaft gegenseitig im Ringergriff hielten und mutwillig in die Kamera lachten. Angela drehte das Foto um. Auf der Rückseite stand in Lelas markanter Handschrift: *Livio & Lodo, 1938.*

Sie wandte sich den Dokumenten zu und fand die beiden Totenscheine der Brüder. Sorgfältig legte sie diese zu den Fotos und sah sich die anderen Papiere an. Außer jenem Brief, den Nathalie gefunden hatte, gab es weitere kurze und nichtssagende Post der Brüder an ihre jüngere Schwester, auch eine Karte war darunter. Blieb noch das Schreiben, in dem Livio allem Anschein nach Carmela als seine Tochter anerkannte.

Das Badewasser! Angela schreckte auf und lief rasch ins Bad. Die Wanne war kurz vor dem Überlaufen, hastig schloss sie den Hahn und öffnete den Abfluss. Als die Wassermenge stimmte, legte sie ihren Kimono ab und ließ sich in die wohlige Wärme sinken. Das tat gut! Und doch fand sie keine Ruhe. Sie musste unbedingt mit Carmela über diesen Brief sprechen.

Sie gönnte sich noch einen genussvollen Moment, dann stieg sie bedauernd aus der Wanne, schlang das Badetuch um sich und ging zurück in ihr Schlafzimmer. Ein Blick auf den Wecker zeigte ihr, dass man durchaus noch einen Besuch machen konnte. Rasch zog sie trockene Kleidung an und bürstete kräftig ihr Haar mit einer neumodischen Bürste, die Edda ihr aufgeschwatzt hatte. Die Borsten massierten ihre Kopfhaut, eine gute Methode, um ihre Lebensgeister wieder zu wecken.

Schließlich schob sie den Brief zurück in seinen Umschlag und verwahrte ihn in ihrer Handtasche. Der Regen hatte aufgehört, vorsichtshalber nahm sie dennoch einen Schirm mit. In ihren Mantel gehüllt machte sie sich auf den Weg.

Das Weinberghäuschen lag nur wenige hundert Meter vom Kern der Altstadt, der Piazza della Libertà, entfernt am unteren Ende eines steilen Weinbergs, der bis hinauf zum Palazzo Duse reichte. Und doch war die *casetta*, wie

Carmela es nannte, hinter dichten Hecken nahezu verborgen. Das Gittertor quietschte, als Angela es öffnete. Im Häuschen brannte Licht.

Sie klopfte. Maddalena öffnete ihr die Tür. Sie trug eine Küchenschürze, an der sie sich die Hände abwischte. Wohlige Wärme und der Duft nach Knoblauch in Olivenöl drangen heraus.

»*Ma che sorpresa*«, begrüßte sie Angela, sichtlich überrascht. »Es ist hoffentlich nichts passiert?«

»Nein, Maddalena. Ich würde gern mit Ihrer Mutter sprechen. Darf ich reinkommen?«

»Gewiss.«

Der Duft verdichtete sich in der gemütlichen Wohnküche, die Aromen von gekochten Tomaten und *peperoncino* ließen Angela das Wasser im Mund zusammenlaufen. Ihr wurde bewusst, dass sie seit dem Mittag nichts mehr gegessen hatte.

»*La tedesca*«, hörte sie die unverkennbar heisere Stimme der alten Carmela. »Was verschafft uns die Ehre?«

»Bitte, nehmen Sie doch Platz.« Maddalena schob einen Sessel heran, der in den Siebzigerjahren modern gewesen sein mochte.

»Darf ich Ihnen etwas zu trinken anbieten?«

»Ein Glas Wasser wäre nett.«

»*Preparaci una bella tazza di tisana*«, kommandierte Carmela. »Einen schönen Kräutertee, nicht wahr, das ist es, was man bei diesem Wetter braucht.« Angela nickte zerstreut. Wie sollte sie nur beginnen? »Wenn ich Sie mir so ansehe«, fuhr die alte Weberin fort, »kommt es mir so vor, als hätten Sie etwas Kostbares in Ihrer Handtasche. Oder warum halten Sie die sonst so fest?«

Angela musste lachen. Carmela hatte recht. Sie hielt die Tasche auf ihrem Schoß umklammert, als hinge ihr Leben davon ab.

»Da ist was Wahres dran.« Kurz entschlossen holte sie den Briefumschlag hervor. »Wir haben beim Aufräumen etwas gefunden. Und wenn ich mich nicht täusche ... Ich glaube, es ist wichtig. Hier. Sehen Sie selbst.«

Sie reichte Carmela den Brief, die ihn mit ihren Krallenhänden entgegennahm, drehte und wendete und dicht vor ihre dicke Brille hielt.

»Wo haben Sie das denn her?«

»Aus Lela Sartoris altem Aktenschrank. Es ist ein Brief von Livio Sartori an seine Schwester.«

Carmelas Augen, die ohnehin durch die starken Brillengläser vergrößert wirkten, weiteten sich. Ihre Finger zitterten, als sie den Brief aus dem Kuvert zog und ihn auffaltete. Sie blinzelte mehrmals, zerrte die Stehlampe neben ihrem Sessel näher an sich heran. Dann begann sie zu lesen.

Angela kam sich fehl am Platz vor. Sollte sie nicht lieber gehen? Der Wasserkessel in der Kochecke begann zu pfeifen, und Maddalena goss den Inhalt in eine bauchige Kanne. Carmela hielt das brüchige Blatt Papier ganz nah vor ihre Augen und bewegte dabei ihre Lippen. Mehrmals huschte ihr Blick über die Zeilen, sprang weiter nach oben, sie las erneut. Schließlich ließ sie den Brief sinken und wirkte, als wäre sie meilenweit entfernt. Oder in einer anderen Zeit gelandet.

»Was ist, Mamma?«, fragte Maddalena besorgt. »Was liest du da?«

Endlich kehrte Carmela zurück in die Gegenwart. »Was das ist?« Ihre Stimme klang auf einmal viel jünger, weder so brüchig noch so kratzbürstig wie sonst. Direkt sanft sagte sie zu ihrer Tochter: »Das ist ein Brief von deinem Großvater. *Nonno* Livio. Er hatte uns also doch nicht ganz vergessen.«

Sie saßen noch lange beisammen, Angela, Carmela und Maddalena. Man hatte sie eingeladen, einen Teller köstlicher *pasta all'arrabiata* zu essen, und die beiden Frauen hätten sie gar nicht so inständig zu bitten brauchen, sie war viel zu hungrig und zu müde, um Nein zu sagen. Schließlich räumte Maddalena den Tisch ab und holte eine Lupe, und damit gingen sie Wort für Wort das Schreiben durch. Auch den Umschlag untersuchten sie und entzifferten ein Datum im Jahr 1944. Zweifel waren nicht möglich. In diesem Brief bekannte sich Livio Sartori eindeutig zur Vaterschaft.

Es ist an der Zeit, die kleine Carmela anzuerkennen, las Maddalena zum wiederholten Mal laut vor. *Wenn ich es nicht mehr kann, dann lege ich es in deine Hand, für Recht zu sorgen. Auch wenn ich weiß, wie bitter es für dich sein wird.*

»Es war *zu* bitter für sie«, meinte Carmela. »Er ist nicht mehr zurückgekommen, und das war ihr wohl gerade recht.«

»In der Mappe befand sich auch eine Fotografie von ihren Brüdern«, wandte Angela ein und bereute, sie nicht mitgebracht zu haben. »Vermutlich hat Lela durchaus um die beiden getrauert.«

»Aber Livios letzten Willen hat sie nicht erfüllt.« In Maddalenas ausdrucksvollen Augen stand Unverständnis. Ein solcher Vertrauensbruch ging über ihre Vorstellungskraft.

»Nein. Dazu war sie zu geizig. Und zu hoffärtig. Sie hätte mit mir teilen müssen. Und zugeben, dass sie all die Jahre unrecht hatte. Das wollte sie nicht.«

»Und was heißt das jetzt?«, fragte ihre Tochter und sah unglücklich von ihrer Mutter zu Angela.

»Das heißt, dass wir Ansprüche stellen werden«, antwortete Carmela. »Gleich morgen gehe ich aufs Notariat und lege diesen Brief vor.« Und an Angela gewandt, sagte sie: »*Grazie*. Wir sind Ihnen sehr zu Dank verpflichtet. Ich habe es ja gewusst. *La tedesca* findet einen Weg, hab ich gesagt. Stimmt's, Maddalena?«

Ihre Tochter nickte. Sie wirkte weit weniger begeistert als ihre Mutter und machte ein nachdenkliches Gesicht.

»Danke, Signora Angela. Auch wenn ich nicht weiß, was daraus wird, wenn wir Ansprüche stellen. Ich meine«, fügte sie hinzu, als ihre Mutter schon Luft holte, um etwas zu entgegnen, »am Ende ist das Ganze doch mit einer Menge Ärger verbunden. Guglielmo Sartori wird sich nicht so leicht geschlagen geben. Er hat einen Anwalt. Und was haben wir?«

Da lächelte die alte Carmela und sah spitzbübisch zu Angela. »Wir haben *la tedesca*«, erklärte sie. »Da soll mein lieber Großcousin sich ruhig aufplustern. Sie helfen uns doch auch weiterhin?«

»Aber ja«, antwortete Angela. »Wenn ich kann, helfe ich natürlich.«

Und fühlte sich unbehaglich. Diese beiden Frauen hatten so großes Vertrauen zu ihr. Sie jedoch behielt das Geheimnis, das sie mit Lorenzo Rivalecca verband, noch immer für sich.

Und so wird es auch bleiben, sagte sie sich, als sie sich

endlich verabschiedete und nach Hause ging. Niemand sollte je erfahren, dass sie seine Tochter war. Es würde ihr ja auch sowieso kein Mensch glauben.

Die Nachricht, dass Lidia in die Seidenvilla zurückkehren würde, wurde von ihren Mitarbeitern trotz deren Zustimmung verhalten aufgenommen. Angela konnte spüren, wie die Bedenken, die auch sie kurz vor dem Treffen befallen hatten, nun bei Lidias Kolleginnen und Kollegen ebenfalls aufflammten. Sie hatte keine Details von der Begegnung geschildert, sondern es bei den Fakten belassen.

»Und wann wird sie kommen?«, wollte Nola wissen.

»Wenn alles geregelt ist und sie eine Wohnung gefunden hat. Auf einen Tag früher oder später kommt es ja nicht an.«

Und doch brannte es ihr unter den Nägeln, mit den Modellkleidern zu beginnen, vor allem, da sie jetzt darauf zählen konnte, bald mit Lidias Stoffen zu arbeiten. Endlich hatte sie Zeit, Kontakt zu Donatellas Freundinnen und Bekannten aufzunehmen und ihre Wünsche zu sondieren. Allerdings graute es ihr davor, durch halb Italien fliegen zu müssen, um jede einzelne Kundin aufzusuchen.

»Warum lassen wir sie nicht zu uns kommen?«, schlug Fioretta vor. »Wir locken sie mit einem exklusiven Wochenende nach Asenza einschließlich Weinverkostung und edlen Restaurantbesuchen. Luca wird da schon was einfallen, ich kann ihn ja mal fragen, ob er ein entsprechendes Angebot für die Damen erstellen möchte. Und natürlich besuchen sie auch die Seidenvilla. Bei dieser Gelegenheit kannst du mit ihnen persönlich das Modell besprechen und gleich Maß nehmen.«

»Das klingt wunderbar«, erwiderte Angela fasziniert.

»Aber meinst du wirklich, wir sollten jetzt auch noch ein Reiseunternehmen gründen?«

»Nein«, antwortete Fioretta. »Luca hat doch schon eines. Soll ich mal bei ihm vorfühlen, ob er an solch individuellen Reiseangeboten interessiert ist?«

Luca war interessiert. Und da Donatella, die man um Rat fragte, ebenfalls von der Idee angetan war, arbeiteten Fioretta und er das Reiseprogramm gemeinsam aus.

»Was wirst du denn anziehen am Sonntag?«

Wieder einmal saßen sie bei Tess am Mittagstisch und sprachen über die bevorstehende Taufe.

»Keine Ahnung«, entgegnete Nathalie. »Das Kleid vom letzten Winter passt mir nicht mehr«, meinte sie mit einem verlegenen Blick zu ihrer Mutter.

»Wo klemmt es denn?«, fragte Angela und nahm sich von dem Rucolasalat. »Soweit ich mich erinnere, könnten wir die Seitennähte und Abnäher ein wenig auslassen, ich gebe immer zwei, drei Zentimeter zu für solche Fälle.«

»Am Bauch«, antwortete Nathalie niedergeschlagen. »Ich fürchte, das Modell sieht bescheiden aus an mir.«

»Du willst doch nicht etwa andeuten, deine Mutter soll in drei Tagen ein neues Kleid nähen?« Tess sah sie entrüstet an. »Das hätte dir auch früher einfallen können.«

»Ich kann dir etwas nähen«, schlug Mariola vor. »Wenn du mir beim Zuschneiden hilfst, Angela, krieg ich das allein hin.«

»Na gut«, antwortete Angela mit einem Lächeln. »Ich weiß auch schon, wie. Wir machen ein ganz einfaches Wickelkleid. Das kannst du auch später noch tragen, wenn du deinen Babybauch wieder los bist. Nur in der Farbe hast du nicht viel Auswahl, falls es aus unserer Seide sein soll.«

»Was hättest du denn übrig?«

Angela überlegte. »Da ist noch ein Rest in Dunkelgrün, das könnte vielleicht reichen.«

»Den nehme ich«, warf Nathalie rasch ein. »Dunkelgrün ist super!«

Gleich am Nachmittag suchte Angela den Stoffrest heraus und maß ihn gemeinsam mit Mariola aus. Es würde knapp werden.

»Hier ist noch ein anderes Stück«, sagte sie und zog einen grün-golden gemusterten Jacquard-Stoff aus dem Schrank. »Wie wäre es, wenn wir die beiden Stoffe kombinieren würden?«

»Ja!« Mariola klang begeistert. »Für das eine Vorderteil könnten wir den gemusterten Stoff nehmen und für das andere, das darübergeschlagen wird, den unifarbenen.«

So machten sie es, und in weniger als zwei Stunden war das Kleid zugeschnitten.

»Was ist mit Pietrino?«, erkundigte sich Angela, ehe sie sich wieder ihrer eigenen Arbeit zuwandte. »Er braucht auch ein Taufkleid.«

»Das hab ich schon fertig«, erklärte Mariola und strahlte über ihr ganzes Gesicht. »Valentina und Pietrino tragen Partnerlook. Sein Kleidchen ist weiß-hellblau gemustert.«

Und dann machte sie sich daran, Nathalies Kleid zu nähen.

Wie versprochen musste sich Angela um nichts weiter kümmern. Tess dagegen war in ihrem Element. Mariolas und Nicolas Eltern trafen am Samstagabend in Asenza ein und wurden in der Villa Serena einquartiert.

»Endlich ergibt es Sinn, ein so großes Haus zu haben«, verkündete sie freudenstrahlend.

Angesichts ihrer Herzlichkeit verlor Signora Coppola bald ihre Scheu. Das Wiedersehen vor allem mit Mariola und der kleinen Valentina war so herzzerreißend, dass Tess noch Wochen später davon erzählte.

Am Sonntagmorgen versammelten sie sich alle festlich gekleidet vor der Kirche. Nathalies Kleid war entzückend geworden, Mariola hatte sich aus dem Stoff, den Angela ihr zu Weihnachten geschenkt hatte, ein elegantes Kostüm genäht.

»Wo bleibt denn Tizi?«, fragte Nathalie nervös. »Sie wird es doch nicht vergessen haben?«

»Nein«, antwortete Vittorio. »Ich hab gestern Abend noch mit ihr gesprochen. Schau, da sind sie schon.«

Solomons BMW fuhr eben mit quietschenden Reifen auf den Parkplatz.

»*Schon* ist gut«, knurrte Tess und sah auf die Uhr. Die Kirchenglocken begannen zu läuten.

»Es tut mir ja so leid«, rief Tiziana theatralisch, wie es nun mal ihre Art war.

Sie wollte jeden Einzelnen zur Begrüßung in ihre Arme schließen und Mariolas Eltern vorgestellt werden, während Sol sich mit finsterer Miene im Hintergrund hielt und schließlich zu Vittorio gesellte.

»Lass gut sein, Tizi«, sagte Nathalie energisch. »Jetzt ist keine Zeit mehr. Sieh nur, der Priester wartet schon.«

Sie drückte Tiziana den kleinen Pietrino in den Arm und zupfte das niedliche Taufkleid zurecht. Angela nahm Valentina, um sie zur Taufe zu tragen. So betraten sie gemeinsam die Kirche. Zu Angelas Freude saß die gesamte Belegschaft der Seidenvilla bereits in den vorderen Bänken, außerdem entdeckte sie Matilde, Edda und noch manchen Bekannten.

Als sie am Taufbecken stand, sah sie, wie das Kirchenportal noch einmal geöffnet wurde und jemand hereintrat. Es war ein Mann, vielleicht Ende dreißig – Angela kannte ihn nicht. Still nahm er in der hintersten Kirchenbank Platz. Sicher war er ein Tourist, der die Kirche besichtigen wollte. Die Zeremonie begann, und Angela hatte den Unbekannten schon wieder vergessen.

Als sie später auf dem Vorplatz beisammenstanden, waren sich alle darin einig, dass es eine sehr schöne Taufe gewesen war. Die Kinder hatten die Zeremonie mit staunenden Augen und bester Laune über sich ergehen lassen, und jeder fühlte sich beschwingt. Sogar Sol hatte zu seiner guten Laune zurückgefunden. Und doch war nicht zu übersehen, dass zwischen ihm und Tiziana dicke Luft herrschte. Eine junge Frau kam auf Angela zu, in der sie erst auf den zweiten Blick Fania erkannte, so sehr hatte sie sich in den wenigen Wochen verändert. Sie trug einen hübschen Minirock und einen leichten, farblich passenden Mantel darüber, ihr langes Haar hatte sie abschneiden lassen – die praktische Kurzhaarfrisur stand ihr ausgezeichnet.

»Fania, du siehst fabelhaft aus!«, rief Angela. »Wie geht es dir denn bei den Gonzinos?« In dem Trubel der vergangenen Wochen hatte sie gar nicht mehr an ihre frühere Haushaltshilfe gedacht.

»Sehr gut, danke«, antwortete Fania und strahlte. »Ich versteh mich prima mit meinem Chef. Und die Arbeit macht mir so viel Spaß.« Jetzt erst entdeckte Angela das in Geschenkpapier eingewickelte Päckchen unter Fanias Arm. »Ich habe ein Geschenk für Nathalie«, sagte sie verlegen. »Darf ich es Ihnen geben? Sie ist natürlich beschäftigt, und ich will nicht stören ...«

Beide sahen zu Nathalie hinüber, die sich eifrig mit Mariolas Eltern und Tess unterhielt.

»Danke, Fania. Das ist sehr lieb von dir«, antwortete Angela und nahm das Geschenk, ganz sicher ein Buch, entgegen. »Aber du wirst Nathalie bestimmt persönlich gratulieren wollen. Warten wir einfach einen Moment, bis sie ...«

»Natürlich«, antwortete Fania und wandte sich Emilia zu, die selbstverständlich ebenfalls gekommen war, um von Herzen zu gratulieren, es jedoch nicht versäumte, ihren Sohn Gianni scharf im Auge zu behalten, der mit strahlendem Gesicht neben Mariola stand und die kleine Valentina auf dem Arm trug, so als wäre er der Vater.

Auf einmal beobachtete Angela, dass der glückliche Ausdruck auf Nathalies Gesicht jäh verschwand. Offenbar hatte sie etwas entdeckt, das ihr gar nicht behagte. Oder jemanden. Angela folgte ihrem Blick und sah jenen Mann, der kurz nach Beginn der Zeremonie die Kirche betreten hatte. Er stand ganz nah bei Angela, so als wartete er auf eine günstige Gelegenheit, sie zu sprechen. Energisch reichte Nathalie ihr Kind der verdutzten Tess und marschierte auf ihn zu.

»Was willst denn du hier?«, fragte sie ungehalten.

»Ich wollte dich sehen. Und den Kleinen.« Angela

wurde hellhörig. Wer war dieser Mann? »Warum bist du nicht zu mir gekommen und hast mir alles erzählt?«

»Du warst beschäftigt.« Nathalies Stimme klang eisig. »Mit einer aus dem ersten Semester. Außerdem stimmt es überhaupt nicht, dass du in Trennung gelebt hast. Du hast mich angelogen.«

»Das ist nicht wahr. Ich lass mich doch scheiden ...«

»Nein«, schnitt Nathalie dem Mann, von dem Angela nun zu ahnen begann, um wen es sich handelte, das Wort ab. »Monica lässt sich von *dir* scheiden. Und zwar erst jetzt.«

»Nathalie, hör mir bitte ...«

»Ich schätze es nicht, dass du hier einfach so auftauchst.« Angela hatte nicht gewusst, wie entschlossen ihre Tochter sein konnte. »Dies ist ein Familienfest. Und du gehörst eindeutig nicht dazu.«

»Aber wenn ich doch der Papà bin von diesem kleinen ...«

»Du bist draußen, Francesco. Komm nie wieder hierher, hörst du?« Und damit drehte Nathalie sich um und ließ ihn einfach stehen.

Francesco Sembràn wirkte ratlos. Dann entdeckte er Angela, schluckte, gab sich einen Ruck und ging auf sie zu.

»Sie sind Nathalies Mutter, nicht wahr?« Und ohne ihre Reaktion abzuwarten, fuhr er zu reden fort. »Ich bin Francesco Sembràn. Der ... also vermutlich bin ich der Vater von Nathalies Kind, wenn es stimmt, was meine Frau ...« Er stockte erneut und biss sich auf die Unterlippe. Er wirkte keineswegs unsympathisch, und irgendwie war Angela darüber erleichtert. Vielleicht, weil die

Vorstellung, Nathalie könnte sich mit einem schrecklichen Menschen eingelassen haben, ziemlich schlimm für sie gewesen wäre. »Ich sehe ein, dass dies kein guter Moment ist«, fuhr er zerknirscht fort und sah sich rasch nach Nathalie um, die sich jetzt mit Fania unterhielt. »Aber vermutlich gibt es keinen wirklich guten Zeitpunkt. Also, was ich sagen möchte: Bitte nehmen Sie das an sich.« Er reichte Angela eine Karte. »Mein Leben gerät zwar gerade vollkommen aus den Fugen, über diese Kontaktdaten werden Sie mich dennoch immer erreichen. Ich möchte selbstverständlich meinen Pflichten nachkommen. Melden Sie sich, wenn … Ich meine, falls Nathalie … Melden Sie sich einfach, wenn Sie es für richtig halten.«

»Das werde ich«, antwortete Angela. »Wenn meine Tochter eines Tages zu der Ansicht gelangt, dass ihr Kind wissen sollte, wer sein Vater ist, wird sie sich bei Ihnen melden.«

Francesco Sembràn nickte. Sein Blick suchte noch einmal Nathalie und den Kleinen. Dann wandte er sich ab und ging davon. Angela steckte die Karte in ihre Handtasche.

»Ist er weg?« Nathalie kam zu ihr und sah sich misstrauisch um. »Was hat er zu dir gesagt?«

»Er hat mir seine Karte gegeben. Für den Fall, dass du es dir anders überlegst.«

»Wirf sie weg«, gab Nathalie heftig zurück und ging hinüber zu Tess, auf deren Arm Pietrino zu weinen begonnen hatte.

Nein, dachte Angela. Wegwerfen werde ich sie nicht. Sie hielt es nicht für ausgeschlossen, dass Nathalie ihre

Meinung irgendwann ändern würde. Und wenn nicht, schadete es nicht, sie an einem sicheren Ort aufzubewahren. Vielleicht würde in vielen Jahren ein junger Mann wissen wollen, wer sein Vater war. Das war ja immerhin möglich.

20

Das Testament

In der ersten Februarwoche kam überraschend Romina hereingeschneit, Dario Monti im Schlepptau.

»Wir stören doch nicht?«, fragte sie mit einem entwaffnenden Lächeln, nachdem sie Angela herzlich begrüßt hatte. »Weißt du, ich sehe mir mit Dario gerade ein paar Wohnungen an. Was macht der Umbau?«

Angela stöhnte. »Damit bin ich noch keinen Schritt weitergekommen«, bekannte sie. »Es war einfach zu viel los in den vergangenen beiden Wochen. Vittorio hat versprochen, mir zu helfen …«

»Warum Vittorio bemühen«, warf Dario Monti freundlich ein. »Der hat doch in Venedig genug zu tun. Lass mich das machen.« Und als er sah, dass Angela widersprechen wollte, fügte er rasch hinzu: »Bitte, ich helfe euch wirklich gern.«

Dabei sah er sie so flehentlich an, dass Angela es nicht übers Herz brachte, sein Angebot abzulehnen. Vermutlich war es ohnehin an der Zeit, die alten Vorbehalte gegen diesen Mann, der sich ja bereits bei ihr entschuldigt hatte, über Bord zu werfen.

Sie holte tief Luft und sagte: »Danke, das ist sehr nett von dir.«

Als sie gegen Mittag gemeinsam mit Romina und Dario zum Hotel Duse aufbrach, um dort zu Mittag zu essen, hatten sie alles so weit besprochen. Ohnehin wusste

Romina am allerbesten, wie das Modeatelier einzurichten war. Angela war erleichtert, natürlich war Monti als ortsansässiger Architekt genau die richtige Adresse für den Ausbau des Ateliers. Sie blieb ein paar Schritte hinter den beiden zurück, um Vittorio anzurufen und ihm zu sagen, dass er sich nicht weiter mit dieser Sache belasten sollte. Das Wetter hatte umgeschlagen, es war warm geworden. Um die beiden Stehtische auf der Piazza vor der Bar des Hotel Duse stand ein halbes Dutzend Männer in Anzug und Krawatte in der Mittagssonne beisammen, sie unterhielten sich aufgeregt.

»Ist das nicht diese Deutsche, die dem alten Rivalecca die Seidenvilla abgeschwatzt hat?«, hörte sie im Vorübergehen jemanden zischen. »Wer weiß, wie sie das angestellt hat...«

»Da brauchst du nicht lange zu fragen«, antwortete ein anderer höhnisch.

Angela wandte sich zu der Gruppe um – alle steckten die Köpfe zusammen und taten, als wäre nichts gewesen. Als sie genauer hinsah, stellte sie fest, dass sie diese Männer nur vom Sehen kannte. Hitze stieg ihr ins Gesicht. Kurz erwog sie, den Stier bei den Hörnern zu packen, sich zu den Lästermäulern zu gesellen und zu fragen, wer ihr was vorzuwerfen hatte. Doch sie war zu schockiert, der Augenblick war vorüber, und sie begab sich eilig in die Bar, wo sie Romina und Dario an der Theke stehen sah. Ihr Herz schlug heftig.

Sie bestellte wie die anderen das Tagesmenü, dem Gespräch zwischen Romina und Dario konnte sie allerdings nicht recht folgen, immer wieder wanderten ihre Gedanken ab und ihre Augen hinüber zu der Gruppe vor dem Hotel.

Auch wenn eine vernünftige Stimme in ihr sagte, dass sie das Gerede am besten vergessen sollte – es gelang ihr nicht.

»Angela, was ist mit dir?« Romina sah sie mit ihren dunklen Augen besorgt an.

»Äh … nichts. Warum?«

»Ich hab dich schon dreimal etwas gefragt, aber ich sag es gern noch mal.« Ein verschmitztes Grinsen erschien auf Rominas Gesicht. »Wie groß wird die Belegschaft am Ende sein? Dario sollte das wissen, damit wir ausreichend Arbeitsplätze mit Stromanschluss einrichten.«

Erleichtert, sich mit etwas anderem beschäftigen zu können, wandte sie sich Romina zu. »Anfangs wirst du mit Mariola allein sein«, sagte sie. »Du hast sie ja schon kennengelernt. Sie näht mit der Hand, stickt und appliziert Perlen. An mehr Personal habe ich vorerst nicht gedacht.«

»Es gibt Platz genug. Nur falls du in ein paar Jahren noch jemanden einstellen solltest«, beruhigte Dario sie. »Die Leitungen im Boden verlegen wir vorsorglich gleich, das ist kein Problem.« Er musterte sie aufmerksam. »Stimmt etwas nicht? Hast du schlechte Nachrichten bekommen? Du wirkst so besorgt.«

»Nein, es ist alles in Ordnung«, schwindelte Angela und zwang sich zu einem unbeschwerten Lächeln. Sie hatte ganz vergessen, welch guter Beobachter der Architekt war.

»Dario hat übrigens eine wunderschöne Wohnung für mich gefunden«, plauderte Romina weiter. »Allerdings ist sie ein bisschen groß. Und teuer ist sie auch.« Sie überlegte. »Wärst du so lieb, sie dir mal anzusehen, Angela? Ich würde dich gern um deine Meinung fragen.«

Kurz erwog Angela abzulehnen. In letzter Zeit, fand

sie, wollten zu viele Leute etwas von ihr, dabei fühlte sie sich müde und niedergeschlagen. Schließlich war sie in Trauer, ihr Vater war vor Kurzem gestorben, und dass keiner wissen durfte, wie nah ihr das ging, und es darüber hinaus Leute gab, die ihre Beziehung zu dem alten Mann verdächtig fanden – das alles strengte sie mehr an, als sie vor sich selbst zugeben wollte. Doch als sie Rominas erwartungsvollen Blick sah und das Vertrauen, das aus ihm sprach, sagte sie zu.

»Am besten gleich«, schlug sie vor, »falls das geht.«

Es ging. Dario hatte die Schlüssel zu dem Appartement, das sich ganz in der Nähe des Palazzo Duse im obersten Stockwerk eines historischen Wohnhauses befand. Es stand zum Verkauf, und Romina überlegte sich, ob es das Richtige für sie war.

»Hundertzwanzig Quadratmeter«, sagte Romina hingerissen, als sie den Flur betraten. Dielen aus Kastanienholz, mit der Zeit dunkel geworden, knarrten unter ihren Tritten. »Und sieh dir mal diese Aussicht an!«

Sie öffnete eine Flügeltür zu einem lichtdurchfluteten Raum mit bogenförmigen Fenstern, die den Blick über die Dächer des Städtchens freigaben, über die Weinberge, die einstmals Lorenzo Rivalecca gehört hatten, hinunter in Richtung Ebene.

»Wunderschön«, entfuhr es Angela.

»Sieh mal hier.« Romina war ihr vorausgeeilt und öffnete eine weitere Tür gleich daneben. »Das Schlafzimmer ist etwas kleiner.«

»Nun, es hat zweiundzwanzig Quadratmeter«, meinte Dario und warf einen Blick auf den Grundriss. »Die Fenster gehen nach Osten, also hast du Morgensonne.«

»Die Küche ist dort drüben, groß genug, um Bankette zuzubereiten.« Romina ging zum anderen Ende des Flurs. »Gleich dahinter ist noch ein schönes Zimmer, sieh mal, Angela. Es liegt ein wenig für sich. Dreißig Quadratmeter. Meinst du, ich könnte das vermieten?«

Angela betrat den Raum. Er war L-förmig geschnitten, durch zwei Fenster Richtung Westen und eines nach Norden fiel angenehmes Licht hinein.

»In die Nische könnte man ein Bett stellen«, schlug Dario vor. »Und den Rest als Wohnraum nutzen. Die Küche müsstet ihr euch teilen.«

»Wie sieht es mit dem Badezimmer aus?«

»Es gibt zwei«, antwortete Romina. »Eines mit Wanne befindet sich drüben bei dem anderen Schlafzimmer. Hier gleich nebenan ist noch eines. Es hat zwar nur eine Dusche, aber ...«

»Das macht doch nichts«, sagte Angela, als sie es sich ansah. »Allerdings würde ich den alten Plastikvorhang wegwerfen und eine Glastür einbauen lassen und ...«

»*Naturalmente*«, unterbrach Dario sie lachend. »Das wird alles auf den neuesten Stand gebracht. Nicht wahr, Romina?«

»Soweit es meine Finanzen erlauben, ja«, antwortete die Schneidermeisterin. »Was ich brauche, ist ein Mieter. Nur dann kann ich den Kauf finanzieren. Oder besser eine Mieterin. Eine nette Frau. Kennst du jemanden, Angela?«

Natürlich kannte Angela jemanden, der eine Bleibe in Asenza suchte. Und zwar Lidia. Ob die beiden Frauen wohl miteinander klarkämen?

»Ich kenne tatsächlich jemanden«, sagte sie. »Eine Weberin fängt bald bei mir an. Sie sucht etwas Passendes zum Wohnen.«

»Du stellst eine neue Weberin ein?« Dario bekam ganz kugelrunde Augen vor Staunen.

»Lidia war früher schon mal bei uns«, antwortete Angela ausweichend. »Jetzt hat sie eine Weile woanders gearbeitet und möchte in die Seidenvilla zurückkehren.«

»Lidia. Ist das nicht die, die so wundervolle Stoffe weben kann? Sie kommt zurück? Das ist doch fabelhaft«, warf Romina ein. »Ist sie denn nett?«

»Nun …« Angela zögerte. »Ich denke, du solltest sie kennenlernen und dir selbst ein Bild machen.«

Sie versprach, den Kontakt zwischen ihr und Lidia herzustellen, und verabschiedete sich.

Der Heimweg führte sie über den Kirchplatz. Am Palazzo Duse waren alle Fensterläden geschlossen. Ein Stück des weiß-roten Absperrbands hatte sich losgerissen und flatterte im Wind. Dürres Winterlaub lag auf dem Kiesweg. Alles wirkte so leblos auf dem Grundstück, nur der Orangenbaum neben der Freitreppe war noch voller Früchte, auch wenn die meisten heruntergefallen waren, leuchteten sie tröstlich zu Angela herüber.

Sie riss sich los und ging weiter. Als sie den Eingang zum Friedhof erreichte, konnte sie nicht anders und drückte das Tor auf. Ihre Beine trugen sie ganz von allein zu dem Grab, an dem sie ihren Vater oft hatte stehen sehen.

Ich hätte Blumen mitbringen sollen, ging es ihr durch den Kopf. Weiße Lilien oder Callas. So wie Lorenzo sie jede Woche hergebracht hatte.

Auf den Tag vor einem Monat war Lorenzo Rivalecca gestorben. Noch immer lagen die Blumengebinde und Kränze von der Beerdigung auf dem noch frischen Grabhügel, verwelkt und durch den Regen verdorben. Keiner hatte sich darum gekümmert. Angelas erster Impuls war es, die Friedhofsgärtnerei anzurufen und Order zu geben, hier Ordnung zu schaffen. Aber in welcher Funktion? Als gute Freundin des Hauses? Die Leute zerrissen sich ja jetzt schon die Mäuler über sie. Wie sehr sie das schmerzte, wurde ihr von Tag zu Tag mehr bewusst. Und wütend machte es sie. Das provisorische Holzkreuz mit Lorenzos Namen, Geburts- und Sterbedatum stand windschief, sie konnte nicht anders, als hinzugehen und es aufzurichten, und als es immer wieder in der regennassen Erde umsank, rammte sie es mit aller Kraft tiefer in den Boden.

»Na, wenn das nicht *la tedesca* ist«, schnarrte es hinter ihr, und sie fuhr erschrocken herum. »Hätte nicht gedacht, dass Sie so kräftig sind.« Es war Carmela, die sie mit schief gelegtem Kopf anlächelte. »Ganz schöne Sauerei, was?« Sie wies mit dem Kopf auf die verfaulten Überreste des Blumenschmucks. »Er würde sich totlachen, wenn er nicht schon tot wäre.«

»Wie sind Sie denn hier hochgekommen?«, fragte Angela überrascht.

»Auf meinen vier Beinen«, gab Carmela zurück und hob einen der beiden Stöcke ein wenig an. »Mir geht es seit ein paar Tagen besser. Um genau zu sein, seit Ihrem Besuch. Man könnte sagen, Sie hätten eine Wunderheilung vollbracht.« Sie bedachte Angela mit einem breiten Lächeln, das ihr etwas zu groß geratenes Gebiss sehen ließ.

»Wer rastet, der rostet«, fuhr sie fort. »Und deshalb mach ich täglich meine Runde. Und schon hab ich Sie ertappt. Wissen Sie eigentlich, dass man Sie im Städtchen für Rivaleccas Geliebte hält?«

Carmela begann zu lachen, und es schien, als könnte sie gar nicht mehr aufhören. Schließlich musste sie husten und lief puterrot an.

»Also ehrlich, ich finde das nicht lustig«, wandte Angela ein und klopfte der alten Frau sanft auf den Rücken, worauf sich der Husten legte.

»Na danke, das glaub ich Ihnen gern.« Carmela musterte sie eingehend. »Stimmt es, dass Sie einen Brief bekommen haben?«

»Was für einen Brief?«, fragte Angela und wusste doch ganz genau, was die Alte meinte.

»Na, eine Einladung zur Testamentseröffnung.« Carmela blickte sie unerbittlich an.

»Nein«, entgegnete Angela. »Wie kommen Sie denn darauf?«

»Edda hat das zu Maddalena gesagt. Und die hat es von Davide Bramantes Frau. Also stimmt es, oder stimmt es nicht?«

»Ich habe noch kein Schreiben bekommen«, antwortete Angela genervt. Dieses Städtchen war wirklich die reinste Klatschhölle. Carmela fixierte sie noch intensiver, falls das überhaupt möglich war.

»Irgendetwas verheimlichen Sie«, meinte sie schließlich. »Ich bin zwar nicht so verrückt zu glauben, Sie hätten sich mit dem alten Kerl eingelassen. Aber zwischen Ihnen und Lorenzo, da war doch etwas, oder? Schon allein, dass Sie jetzt hier sind, hat was zu bedeuten.« Sie wies mit ihrem Stock auf das Grab. »Keiner kommt hierher, nicht einmal Guglielmo. Weil keiner ihn leiden mochte.«

»Und warum sind dann *Sie* hier?«, wollte Angela trotzig wissen.

Carmela schwieg und mümmelte auf ihrem Gebiss herum. »Ich weiß auch nicht«, gestand sie mürrisch. »Alles ist durcheinandergekommen, seit Sie hier sind. Wir haben uns gehasst, Lorenzo und ich, darauf war Verlass. Er hat mich sehr schlecht behandelt nach Lelas Tod. Dabei hatte er so viel und brauchte selbst so wenig. Was hätte es ihn gejuckt, wenn er mir und meiner Maddalena wenigstens ein bisschen von seinem Reichtum abgegeben hätte? Er hätte es nicht einmal gespürt.« Verbittert starrte Carmela auf den Haufen verwelkter Blumen. »Und dann sind Sie gekommen. Er wurde direkt zugänglich, ja, ich geb es nicht gern zu, aber es ist die Wahrheit. Dass er erlaubt hat, dass ich ins Weinberghäuschen ziehe, war ein Wunder. Und diese kleine Neapolitanerin, die er in dem Gärtnerhäuschen aufgenommen hat ... Mir hat er persönlich von seiner *minestrone* gebracht ...« Sie schüttelte staunend den Kopf, wohl in Erinnerung an Lorenzo Rivaleccas späte Verwandlung, und richtete ihren Blick forschend auf Angela. »Sie haben ihn weichgeklopft, wie auch immer Sie das angestellt haben. Geben Sie es zu: Ihnen konnte er keine Bitte abschlagen. Warum? Dafür muss es doch einen Grund geben.« Ihre dunklen Augen lauerten hinter der dicken Brille.

»Er wollte, dass wir es für uns behalten«, sagte Angela. Sie konnte nicht länger so tun, als wüsste sie nicht, wovon Carmela sprach. Dennoch dachte sie nicht daran, das Geheimnis zu lüften. »Ich respektiere seinen Wunsch.«

Carmela sah sie lange an. »Eines Tages komme ich dahinter«, prophezeite sie, drehte sich um und humpelte davon.

Angela sah ihr nach, bis ihre schmächtige Gestalt hinter der Kirche verschwand.

Drei Tage später trafen die Briefe ein. Davide behielt recht, sowohl Angela als auch Nathalie bekamen eine Einladung zur Testamentseröffnung. Und Matilde ebenfalls.

»Fehlt nur noch Pietrino«, scherzte Tess, als sie sich, auf Matildes Kochkünste neugierig geworden, an Emilias freiem Tag bei Angela zum Essen eingeladen hatte. »Jetzt zieh kein solches Gesicht«, versuchte sie Angela aufzuheitern. »Natürlich hat er euch in seinem Testament bedacht, das war doch klar. Lass die anderen reden. Was kümmert es dich?«

»Sie erzählen herum, dass Mami ein Verhältnis mit Lorenzo gehabt hat«, wandte Nathalie halb belustigt, halb empört ein.

»Das ist absolut lächerlich.« Tess schüttelte unwillig ihren silbernen Bob und probierte von dem Maishühnchen. »Mmh, ist das köstlich! Das dürft ihr aber nicht Emilia weitersagen, hört ihr?« Sie tupfte sich mit der Serviette den Mund ab und blickte in die Runde. »Ihr denkt doch nicht im Ernst, dass irgendjemand glaubt, Angela hätte mit diesem alten Mann …« Sie schüttelte sich. »Nein. In ein paar Wochen zerreißen sie sich das Maul über etwas anderes.«

»Beim Einkaufen hab ich auch so was gehört«, sagte Matilde mit unglücklicher Miene, die gekommen war, um eine Schüssel mit Polenta zu bringen. »Ich habe allen gesagt, dass sie sich schämen sollen.«

»Gar nicht drauf achten«, riet Tess. »Dann hört das am schnellsten auf. Was ist eigentlich mit Lidia? Wann kommt sie denn nun?«

»Anfang März«, berichtete Angela, erleichtert über den Themenwechsel. »Sie wird bei Romina einziehen.«

»Hoffentlich vertragen sich die beiden.« Tess wirkte skeptisch.

»Ich denke schon«, meinte Angela zuversichtlich. »Lidia hat sich verändert.«

»Wir werden ja sehen«, gab Tess zurück. »Im Moment ist sie ganz unten. Wenn sie erst wieder Oberwasser hat …«

»Ich mach mir da keine Sorgen.«

Angela horchte. Von der Straße klang wüstes Geschrei herauf. Und Gepolter, als würden Gegenstände auf die Straße geworfen.

»Was ist denn da los?« Auch Tess reckte den Kopf.

Nathalie sprang auf und lief zum Fenster. »Ach du liebe Zeit!«, rief sie. Erschrocken und amüsiert zugleich schlug sie sich die Hand vor den Mund.

Nun hielt es auch Angela nicht mehr auf ihrem Stuhl. Sie trat neben Nathalie und sah hinunter auf die Straße. Dort stand Nicola und schimpfte auf Neapolitanisch, während Kleidungsstücke auf ihn niederregneten. Sein uralter Koffer lag verdreht und halb zerrissen neben ihm auf dem Pflaster.

»Scher dich zur Hölle«, ertönte es aus Eddas Wohnung. »Mit dir bin ich fertig!«

Eine Ladung Herrenunterwäsche folgte, dann schlug klirrend ein Fenster zu.

»Herrje«, rief Angela und wandte sich ab. »Das war ja filmreif! Bitte komm vom Fenster weg, Nathalie. Das ist doch ohnehin schon peinlich genug für den armen Nicola.«

Aus der Wippe erklang Pietrinos Weinen.

»Immerhin kann Anna jetzt wieder hoffen«, konstatierte ihre Tochter trocken und kümmerte sich um ihr hungriges Baby.

»Und was ist mit der armen Fioretta?«

»Du bist nicht auf dem Laufenden, Mami. Fioretta ist seit einer Woche mit Luca zusammen.« Pietrino schrie zornig, weil er die Brustwarze nicht gleich fand. »Ja, ist ja gut. Wenn ihr Männer nicht sofort bekommt, was ihr wollt, gibt's gleich Ärger, was?« Der Kleine fand seine Quelle und begann mit kleinen, gierigen Lauten zu trinken.

»Wie war das? Luca hat endlich bei Fioretta landen können?« Auch Tess war offenbar nicht im Bilde gewesen. »Wie schön!«

»Er hat ihr einen Ring geschenkt«, meinte Nathalie träumerisch. »Mit einem wunderschönen Brillanten.« Sie seufzte. »Ist das nicht romantisch?«

Tess und Angela wechselten einen besorgten Blick. Solche Träume hatte ihre sonst so grundpraktische Nathalie?

»Lass mich mal nachrechnen«, meinte Tess. »Soweit ich weiß, hat Luca acht Jahre auf diesen Moment gewartet. Das nenne ich Beharrlichkeit.«

»*Ich* nenn es Liebe«, widersprach Nathalie wehmütig.

»Wann ist denn nun die Testamentseröffnung?«, fragte Tess, zweifellos, um das Thema zu wechseln.

»Am 2. März«, antwortete Angela mit einem Seufzen.
»Das sind ja noch fast vier Wochen«, staunte Tess. »Na, die machen es ja spannend.«

Einstweilen hallte die Seidenvilla wider vom Lärm der Handwerker, die unter Dario Montis Regie das Schneideratelier renovierten. Eine Fußbodenheizung wurde eingebaut, Wände und Decken für die elektrischen Kabel ausgefräst, ein Waschbecken installiert und schließlich alles wieder verputzt. Holzdielen wurden verlegt und die Wände gestrichen. Im hinteren Raum ließ Angela eine Kabine für die Anprobe einpassen und Spiegel aufstellen. Auch wenn die Kosten ihr selbst gestecktes Budget überstiegen, entschloss sie sich, von einem Schreiner Wandschränke einbauen zu lassen, um genügend Platz zur Aufbewahrung der Stoffe zu haben und für das vielfältige Nähzubehör wie Garne, Knöpfe, Litzen, Borten und all die feinen Glasperlen, die Mariola für ihre Perlenstickereien benötigte. Zuletzt wurden die Arbeitstische und Stühle geliefert, Lampen montiert und die Nähmaschinen aufgestellt. Pünktlich zum Monatsende waren sowohl das Studio als auch Rominas Wohnung fertig. Angela atmete auf. Nun würde eine neue Ära beginnen.

Der Tag, an dem Lidia in die Werkstatt der Seidenvilla zurückkehrte, war von allen mit einer Mischung aus Neugier und Unruhe erwartet worden. Als es schließlich so weit war, schien es, als wäre sie nie weg gewesen.

Sie kam, grüßte die anderen, die bereits an ihren Webstühlen saßen und ihr freundlich, jedoch mit deutlicher Zurückhaltung entgegensahen, zog dieselben alten Stoffschuhe aus derselben braunen Tasche hervor, die sie, wie all die Jahre zuvor, noch immer zum Weben trug. Sie ließ sich von Angela erklären, welchen Auftrag sie ihr zugeteilt hatte, und nahm von Orsolina Seidengarn in einem sanften Hellgrün entgegen. Dann begann sie zu weben. Auch die anderen machten mit ihrer Arbeit dort weiter, wo sie am Tag zuvor aufgehört hatten. Alles schien wie immer. Und doch war alles anders.

»Sie ist irgendwie zerbrochen innerlich«, sagte Nola.

Es war am Ende der Mittagspause, und wie immer standen sie gemeinsam mit Angela unter dem Maulbeerbaum beisammen, dessen Knospen mächtig angeschwollen waren und der nur noch auf ein paar Sonnentage wartete, um endlich wieder zu ergrünen. Lidia war nach Hause gegangen und noch nicht zurück. Fioretta holte gerade Kaffee.

»Aber sie wirkt netter«, wandte Stefano ein.

»Ihr verdammter Stolz ist gebrochen«, bemerkte Orsolina und nahm auf der Bank unter dem Baum Platz.

»Lasst sie in Ruhe«, bat Maddalena. Jeder konnte sehen, wie leid Lidia ihr tat.

Anna fragte Nicola: »Wie findest *du* sie?«

»Keine Ahnung«, erwiderte er und fuhr sich zerstreut durch das Haar, sodass es nach allen Richtungen abstand. »Sie ist ja erst seit ein paar Stunden hier.«

Nachdem er bei Edda rausgeflogen war, hatte Angela ihm erlaubt, vorübergehend in die Gästewohnung zu ziehen. Denn es verstand sich von selbst, dass er in Nolas Dachstübchen nicht mehr willkommen war. Der sonst stets bestens gelaunte Neapolitaner war in keiner guten Verfassung, offenbar ging ihm das Zerwürfnis mit der streitbaren Friseurin an die Nieren. Entsprechend bemühte sich Anna, ihm das Leben leichter zu machen. Doch ob er es bemerkte?

Das Tor öffnete sich, und Lidia erschien. Kurz zögerte sie, ehe sie sich zu den anderen gesellte. Verlegenes Schweigen trat ein.

Maddalena fasste sich ein Herz. »Schön, dass du wieder da bist«, sagte sie herzlich.

»Ja, äh …« Nola räusperte sich und sah der Kollegin fest in die Augen. »Es ist gut, dich wieder bei uns zu haben.«

Lidias Augen füllten sich mit Tränen. »Ich … ich bin auch sehr froh«, sagte sie und schluckte ein paarmal heftig.

Zum Glück kehrte in diesem Moment Fioretta mit dem Tablett voller kleiner Espressotassen zurück, aus denen es verführerisch duftete, und auch Romina und Mariola kamen aus dem Studio. Die Sonne brach durch die frühlingshaften Wolken, und Angela bemerkte erleichtert, dass sich Lidias Befangenheit allmählich legte. Gelächter erfüllte den Hof, als Romina von ihrem Missgeschick mit dem neuen Boiler in ihrer Wohnung berichtete.

»Das müsst ihr euch mal vorstellen: Ich mit komplett eingeseiftem Haar, und auf einmal kommt nur noch eiskaltes Wasser. Ich schreie wie am Spieß! Zum Glück hört mich Lidia.«

»Ich bin fast zu Tode erschrocken«, warf Lidia ein.

»Und wisst ihr, was die gute Seele gemacht hat?«, fuhr Romina fort. »Sie hat in der Küche einen großen Topf Wasser erwärmt und mir gebracht.«

Angela atmete auf. Alles würde gut werden. Am Maulbeerbaum entdeckte sie die ersten Blüten. Wenn sie nur schon den morgigen Tag überstanden hätte. Denn da würde das Testament ihres Vaters endlich eröffnet.

Um Punkt zehn Uhr fanden sie sich im Rathaus ein, in dem auch die Räume des Notariats untergebracht waren: Angela und Nathalie mit dem Baby, Carmela mit Maddalena in ihren besten Sonntagskleidern, Matilde und natürlich Guglielmo Sartori, der ihnen hasserfüllte Blicke zuwarf. Im letzten Moment erschien noch ein Mann, den Angela nicht kannte. Es war Sartoris Anwalt, eine hagere Gestalt in einem schlecht sitzenden Anzug mit Schuppen auf dem Kragen.

»Wie Sie alle wissen, sind wir hier, um Lorenzo Rivaleccas letzten Willen zu erfahren.« Dottore Zapotti schob umständlich seine Goldrandbrille zurecht. »Der Verstorbene hat ein notarielles Testament verfasst, jedoch nicht bei mir. Er hat es vorgezogen, dazu nach Treviso zu fahren.« Angela glaubte eine Spur von Missbilligung in der Stimme des Notars wahrzunehmen. »Der Inhalt ist mir also nicht bekannt. Der Kollege hat mir allerdings die Liste mit den Namen der hier Anwesenden zukommen lassen. Hinzugefügt habe ich nach neueren Erkenntnissen außerdem die Signore Carmela und Maddalena Ponzino ...«

»Ja genau. Warum sind die beiden überhaupt hier?«, platzte Guglielmo heraus.

»Nun, inzwischen wurden dem Nachlassgericht Dokumente nachgereicht, die die Verwandtschaft der beiden Damen mit Lela Sartori belegen ...«

»Was denn für Dokumente?« Guglielmos Stimme überschlug sich. Sein Anwalt versuchte vergeblich, ihn zu beschwichtigen. »Das ist doch ein abgekartetes Spiel.«

Dottore Zapotti hob die Hand und sah ihn streng an. »Sie können gern rechtliche Schritte dagegen einleiten, wenn Sie das für richtig halten. Lassen Sie uns nun zur Sache kommen. Meine Zeit ist begrenzt.«

Er hob einen amtlich verschlossenen Umschlag hoch, eigentlich fast ein Päckchen, sodass jeder der Anwesenden die Unversehrtheit des Siegels erkennen konnte, ehe er es brach. Zum Vorschein kam ein ganzes Konvolut an Dokumenten. Der Notar verschaffte sich einen Überblick, dann nahm er mehrere zusammengeheftete und ebenfalls mit einem amtlichen Siegel versehene Seiten in die Hand.

»Ich verlese nun den Wortlaut des Testaments.« Zapotti räusperte sich, blickte in die Runde und begann. Angela lauschte den Eingangsfloskeln, in denen Name, Geburtsort und -datum sowie der Familienstand des Verstorbenen genannt wurden. In ihren Ohren rauschte es, alles kam ihr so unwirklich vor. Sie musste sich zusammenreißen, um den geleierten Worten des Notars zu folgen, und horchte erst auf, als Zapottis Redefluss stockte. Er räusperte sich und starrte einen Moment lang auf das Dokument in seiner Hand, ehe er fortfuhr.

»*Meiner treuen Haushälterin Matilde Bonetti vermache ich aus meinem Barvermögen zehntausend Euro. Sie hat genug aushalten müssen, und ich sage ihr hiermit meinen Dank. Alles andere, mein Vermögen in Form von Bankkonten, Wertanlagen und Immobilien – siehe dazu amtlich beglaubigte beigefügte Liste, vermache ich Signora Angela Steeger und ihrer Tochter Nathalie zu gleichen Teilen. Dies ist mein ausdrücklicher Wille. Mehr gibt es dazu nicht zu sagen.*« Der Notar sah auf. »So steht es hier«, fügte er hinzu.

Angela fühlte, wie das Blut aus ihren Wangen wich. Sie musste sich verhört haben, alles andere war unmöglich. Im Raum war es mucksmäuschenstill, alle schienen wie erstarrt. Bis Pietrino, der natürlich von alldem keine Ahnung hatte, ein glucksendes Geräusch von sich gab, das wie ein erfreutes Lachen klang.

»*Ma che cazzo*«, fluchte Guglielmo Sartori und erhob sich so brüsk, dass sein Stuhl polternd umfiel. »Ich hab doch gesagt, der Alte hatte nicht mehr alle Tassen im Schrank.« Er richtete seinen Zeigefinger auf Angela und brüllte: »Diese verdammte Erbschleicherin!«

»Ist die Signora in irgendeiner Weise mit dem Verstorbenen verwandt?«, erkundigte sich sein Anwalt.

Der Notar sah sie fragend an.

»Ich möchte dazu nichts sagen«, antwortete sie, während Nathalie ihr unauffällig die Hand drückte.

Sie waren sich einig, das Geheimnis von Lorenzos Vaterschaft zu wahren, egal, was geschehen würde, so hatten sie es am Morgen noch einmal besprochen.

»*Che strano*«, hörten sie Carmela vor sich hin murmeln. »Wieso hat er das getan?«

»Ich kann das gut verstehen«, wandte Maddalena ein. »Signora Angela war schließlich die Einzige, die sich um ihn gekümmert hat. Du hast ihn doch immer nur angeschrien. Komm, Mamma, lass uns nach Hause gehen.«

»Damit kommen Sie nicht durch«, stieß Guglielmo Sartori heftig hervor. »Ich zerre Sie vor jedes Gericht Italiens, bis ich mein Recht bekomme, das schwöre ich Ihnen …«

»Augenblick«, unterbrach ihn der Notar und blätterte in den Unterlagen des Nachlasses. »Wir sind noch nicht fertig. Hier ist ein weiterer Umschlag.« Er nahm ihn hoch und besah ihn von allen Seiten. »Auf diesem Umschlag steht: *Zu öffnen im Falle, dass jemand mein Testament infrage stellt.*« Er schüttelte verwundert den Kopf. »Ich nehme an, das ist der Fall.«

»Und ob das der Fall ist!«, fauchte Guglielmo Sartori.

»*Madonna*, was hat denn das schon wieder zu bedeuten?«, entfuhr es Carmela, während der Notar auch dieses Kuvert öffnete und den Inhalt mehrerer Blätter überflog.

»Es ist ein medizinisches Gutachten«, sagte er. »Und ein Brief des Verstorbenen. Ich werde zunächst diesen verlesen.« Er streifte Angela mit einem schwer zu deutenden Blick, und auf einmal begann ihr Herz wie wild zu schlagen.

»*Ihr fröhlich Trauernden*«, las der Notar, plötzlich war es Angela, als spräche Lorenzo selbst zu ihnen. »*Da ich mir lebhaft vorstellen kann, wie herrlich du jetzt tobst, du raffgieriger Guglielmo Sartori, hab ich noch eine weitere hübsche Überraschung für dich vorbereitet, mit der sich deine sicherlich brennende Frage beantworten wird, warum niemand anderes als die Frau, die ihr* la tedesca *nennt, meine unanfechtbare Erbin ist. Wie aus der beigefügten medizinischen Analyse und dem Gutachten des Experten für Humangenetik Professore Dr. Luigi Riva hervorgeht, ist Signora Angela Steeger meine leibliche Tochter, die ich mit Rita, der Liebe meines Lebens, gezeugt habe. Wir waren wohl beide zu starrsinnig, um aus dieser Liebe etwas zu machen, und dass ich eine Tochter habe, erfuhr ich erst, als Angela nach Asenza kam und mir die Seidenvilla abkaufen wollte. Sie hat meine alten Tage reicher gemacht und manches von mir ertragen müssen. Dafür danke ich dir,* mia figlia. *Und du, Guglielmo …*«, der Notar räusperte sich, ehe er fortfuhr, »... *fahr zur Hölle. Lorenzo Rivalecca.*«

Angela glaubte zu träumen. Natürlich, sie erinnerte sich daran, dass Lorenzo sie aufgefordert hatte, einen Vaterschaftstest zu machen. Sie hatte das abgelehnt und sich mit ihm deswegen fürchterlich gestritten. Also konnte es keinen genetischen Test geben, denn sie hatte dem nicht zugestimmt. Und doch lag jetzt ein medizinisches Fachgutachten vor? Wie war das möglich? War Lorenzo so weit gegangen und hatte ein Gutachten fälschen lassen? Zuzutrauen wäre es ihm gewesen.

Wie durch einen dichten Schleier hindurch nahm sie das wütende Gebrüll von Guglielmo Sartori wahr. Sie sah Carmelas bleiches, eingefallenes Greisinnengesicht und hörte, wie diese sagte: »*Diamine!* Natürlich! Wieso bin ich nicht selbst darauf gekommen?« Und sie drückte Maddalenas Hand, die ihr ohne Bedauern gratulierte.

Angela setzte ihre Unterschrift an die Stellen, auf die der Notar deutete, nahm einen Packen mit Unterlagen in Empfang, und erst, als sie draußen auf der Piazza della Libertà in der hellen Sonne standen, legte sich die Benommenheit, die sie erfasst hatte.

»Bist du okay?« Nathalie musterte sie besorgt.

Angela nickte und betrachtete die ungewöhnlich große Menschentraube vor dem Hotel Duse. Jeder Einzelne sah so verstohlen wie neugierig zu ihnen herüber. Von Guglielmo Sartori war nichts mehr zu sehen.

»Lass uns zu Tess gehen«, schlug sie vor.

Sie hatte eine Menge Fragen. Und wenn Tess sie nicht beantworten konnte, dann gab es wohl niemanden, der dazu in der Lage war.

21

Lorenzos Vermächtnis

»Ich bekenne mich schuldig.« Tess thronte in ihrem Lieblingskorbsessel im Wintergarten und machte alles andere als einen schuldbewussten Eindruck. »Wollt ihr einen Sherry? Oder sollen wir eine Flasche Prosecco öffnen? Wir haben Grund zu feiern, habe ich recht?«

»Tess, mir dreht sich jetzt schon der Kopf. Sag mir lieber, wie er das angestellt hat.«

»Setzt euch erst mal«, bat Tess. Und als sie sah, wie aufgewühlt Angela war, fügte sie hinzu: »Ja, ich geb es zu. Ich habe ihm geholfen.«

Angela glaubte nicht recht zu hören. »Du hast ihm geholfen? Wobei?«

Nathalie hatte sich bereits hingesetzt und löste die Enden des Tragetuchs, sodass Pietrino es bequemer hatte. Zögernd nahm auch Angela auf einem der Korbstühle Platz.

»Erinnerst du dich, wie wütend du damals warst, als Lorenzo den Vaterschaftstest machen wollte?«, fragte Tess.

»Und ob ich mich erinnere! Er hat mir schließlich unterstellt ...«

»Ach, Unsinn!« Tess nippte in aller Ruhe an ihrem Sherry. »Er hat sich nur gewohnt ungeschickt angestellt, der alte Kauz. Diplomatie war ja nie seine Stärke. In Wahrheit hat er dir all diese Dinge nie unterstellt. Nein,

Angela, er hat vorausgedacht. Weil er ganz genau wusste, dass dir nach seinem Tod kein Mensch glauben würde, dass du seine Tochter bist. Guglielmo ist ihm schon früher auf die Nerven gefallen. Er wollte sein Vermögen lieber der Kirche vermachen als diesem Schuft, und du weißt, dass er nicht besonders fromm war. Also hat er einen Weg gesucht, um dir dein Erbe zu sichern. Aber das wollte er dir nicht sagen. Weil er dich gut genug kannte, um zu wissen, dass du das aus lauter Stolz oder Bescheidenheit oder warum auch immer gar nicht wolltest.«

»Es war ihm wichtig, was nach seinem Tod sein würde?«, fragt Angela überrascht.

Sie dachte an das Testament und den Brief, den er hinterlassen hatte. Nie wäre sie auf die Idee gekommen, dass ihr Vater sich mit solchen Dingen beschäftigt hatte.

»Ja natürlich war ihm das wichtig! Ganz besonders, nachdem Pietrino auf der Welt war. Am liebsten hätte er euch alle miteinander adoptiert. Aber darauf seid ihr ja nicht eingegangen, als er es vorgeschlagen hat. Weißt du das nicht mehr?«

»Doch, ich erinnere mich«, warf Nathalie ein. »Das war nach Pietrinos Geburt. Es ging darum, wie mein Kleiner heißen sollte. Da hat er so was erwähnt.« Sie schüttelte verwundert den Kopf. »Das klang so absurd. Ich wäre niemals auf den Gedanken gekommen, dass er das ernst meint.«

»Tess, jetzt mal zur Sache. Ganz egal, welche Absicht er verfolgt hat – es gab keinen Test. Dieses Gutachten ... das ist doch nicht etwa gefälscht?«

»Natürlich nicht. Es musste echt sein, das war ja das Vertrackte. Und wenn Guglielmo darauf bestehen sollte, dass er wiederholt wird, dann wird dasselbe Ergebnis herauskommen.« Tess wirkte sehr zufrieden mit sich.

»Ich finde das unglaublich«, rief Angela empört. »Du hast mit ihm unter einer Decke gesteckt. Was habt ihr euch einfallen lassen, um ...«

»Um für dich und die Zukunft von Nathalie und Pietrino zu sorgen?« Tess' Augen blitzten. »Da du so unglaublich verbohrt warst, fühlte ich mich geradezu verpflichtet, deinem Vater zu helfen. Oder wäre es dir lieber, dieser schreckliche Guglielmo würde nicht nur den Palazzo Duse und das ganze Vermögen erben, sondern auch die Möglichkeit haben, dir die Seidenvilla wegzunehmen?«

Erschrocken dachte Angela an den Auftritt dieses unangenehmen Menschen in der Seidenvilla. Und an seinen Sohn, der ihr dreimal die Fensterscheibe eingeworfen hatte. Sie konnte es zwar nicht beweisen, war aber ganz sicher, den Jungen erkannt zu haben.

»Jetzt spann uns nicht so auf die Folter«, mischte Nathalie sich ein und legte beruhigend ihre Hand auf Angelas Arm. »Wie habt ihr das angestellt?«

Tess lächelte verschmitzt. »Ich habe deiner Mutter die Haarbürste aus ihrer Handtasche geklaut«, verriet sie. »Darin war ausreichend genetisches Material, hab ich mir sagen lassen: Haare, Hautpartikel und was weiß ich alles.« Und als sowohl Angela als auch Nathalie sie verdutzt anstarrten, fuhr sie fort: »Normalerweise macht man so einen Test mit Speichel. Aber mir fiel einfach kein überzeugender Grund ein, warum ich dich hätte bitten können, für mich in ein Röhrchen zu spucken.« Nathalie begann zu kichern. Sie fand das Ganze offenbar lustig. »Und mit deiner Haarbürste hat sich Lorenzo an ein Institut gewendet. An ein ... Wartet mal, wie heißt das noch?«

›Humangenetisch‹, stand auf dem Gutachten«, half Nathalie ihr aus.

»Genau.«

Angela starrte ihre Freundin fassungslos an. »Das ist ja ... Du hast tatsächlich meine Haarbürste geklaut?«

Auf einmal musste auch sie lachen. Wie absurd das alles doch war.

»Wieso habt ihr nicht einfach mit mir geredet?«

»Das haben wir, liebste Angela«, unterbrach Tess sie sanft. »Jedenfalls haben wir es versucht. Aber du warst genauso dickköpfig wie dein Vater.« Sie nahm sich eine von Emilias Mandelmakronen und biss genüsslich hinein.

»Und ... was heißt das jetzt?«, wollte Nathalie wissen. »Sind wir jetzt wirklich ... reich?«

»Davon kannst du ausgehen«, antwortete Tess strahlend. »Und vor allem kann dieser schreckliche Guglielmo euch wegen der Seidenvilla das Leben nicht mehr zur Hölle machen. Wie ich gehört habe, hat er bereits versucht, von Dottore Spagulo ein Gutachten zu bekommen, das Lorenzos geistige Unzurechnungsfähigkeit in den vergangenen Jahren bescheinigen sollte. Glaub mir, dieser Mann würde nicht eher ruhen, bis er euch vertrieben hätte.« Sie schwieg und wirkte auf einmal erschöpft. »Ich weiß, das mit der Haarbürste und dem heimlichen Vaterschaftstest ist nicht die feine Art gewesen«, sagte sie kleinlaut. »So was tut man eigentlich nicht, mal davon abgesehen, dass es gegen das Gesetz verstößt, wenn man es ohne das Wissen des Betroffenen macht. Ich hoffe, du bist mir nicht böse. Schließlich hab ich es nur gut gemeint.«

»Ach, Tess«, rief Angela und ergriff die Hand ihrer Freundin. »Natürlich bin ich dir nicht böse. Es ist bloß so ... Ich kann das alles noch gar nicht fassen.« Sie erhob sich. »Ich glaube, ich möchte jetzt ein wenig allein sein.«

»Bist du sicher, Mami?« Nathalie sah sie prüfend an. »Du bist ganz schön durch den Wind. Im Grunde ist es doch wunderbar, dass wir uns jetzt zu Lorenzo bekennen können. Ich fand das furchtbar, so zu tun, als ginge uns sein Tod gar nichts an.«

Sie hatte recht. Trotzdem musste Angela das Ganze erst verdauen.

»Mach dir keine Sorgen«, beteuerte sie. »Es ist alles in Ordnung mit mir.«

Damit verabschiedete sie sich und machte, dass sie nach Hause kam.

Ihre erste Reaktion war, Vittorio anzurufen. Doch dann beschloss sie, das auf später zu verschieben. Stattdessen holte sie ihre Laufschuhe aus dem Schrank, zog ihre Joggingsachen an und schlich sich geradezu aus der Villa, um ihrer Belegschaft nicht Rede und Antwort stehen zu müssen. Noch nicht. Sie brauchte eine Stunde für sich. Mindestens.

Angela wählte eine Strecke, auf der sie am wenigsten riskierte, Menschen zu begegnen. Kreuz und quer durch die Weinberge, steil bergauf und wieder bergab führte sie ihr Weg von Asenza weg über die benachbarten Hügel. Sie war viel zu lange nicht mehr gelaufen und musste erst zu ihrem Rhythmus zurückfinden, konzentrierte sich auf ihren Atem, bis ihre sich im Kreis drehenden Gedanken endlich zur Ruhe kamen.

Der Tag war klar, am nordöstlichen Horizont konnte sie die schneebedeckten Berge der venetischen Alpen in der Sonne glitzern sehen, das Massiv des Monte Grappa zeichnete sich ganz deutlich in der Ferne ab. Es war diese Lage zwischen den Dolomiten und dem adriatischen Meer, die Asenza das fantastisch milde und doch niemals zu schwüle Klima verlieh, sodass in den Gärten Granatäpfel, Zitrusfrüchte und hier und da sogar Mandelbäume gediehen. Und vor allem natürlich der Wein, für den diese Gegend typisch war und aus dem der legendäre Prosecco gekeltert wurde. Ein Paradies.

Sie hätte nie damit gerechnet, eines Tages Rivaleccas Vermögen zu erben. Selbst die Tatsache, dass er ihr Vater war, hatte stets etwas Unwirkliches für sie gehabt, auch wenn sie seine und Tess' Worte keineswegs angezweifelt hatte. Vielleicht hatte das an dem Geheimnis gelegen, das sie daraus gemacht hatten, ihrem Stillschweigen, das Rivalecca so wichtig gewesen war. Warum eigentlich? Um die Gefühle von Lelas Verwandtschaft nicht zu verletzen, hatte er einmal gesagt. Sie hatte das sofort verstanden und nie nachgefragt, wer diese Verwandtschaft denn eigentlich war. Wie es aussah, bestand sie ausschließlich aus Guglielmo, denn Carmela hatte Lorenzo nicht zu den Sartoris gezählt. Auf einmal begriff Angela und musste lachen. Auch das war eine dieser Finten ihres Vaters gewesen. Denn nichts hätte Lorenzo Rivalecca ferner gelegen, als Guglielmos Gefühle zu schonen.

Nein, seine Gründe für die Geheimhaltung mussten

anderer Natur gewesen sein. Wollte er sich den unangenehmen Großneffen so lange wie möglich vom Halse halten? Oder gab es noch ein anderes Motiv? Natürlich. Erst nach seinem Tod konnte Angela das gesamte Sartori-Rivalecca-Erbe antreten. Zu seinen Lebzeiten hätte Guglielmo womöglich den Besitz seiner Tante Lela gerichtlich erstreiten können, hätte er von der Existenz einer direkten Erbin seines angeheirateten Onkels gewusst. Und Lelas Vermächtnis war die Seidenvilla. Auf einmal stand ihr wieder die Szene vor Augen, kurz bevor sie sich mit ihrem Vater so schrecklich zerstritten hatte: Lorenzo Rivalecca auf der Schwelle seines Hauses, der verärgert einem davonbrausenden Wagen hinterhersah. Das musste Guglielmo Sartori gewesen sein, der ihm einen Besuch abgestattet und ihn damit vermutlich erst auf die Notwendigkeit eines Vaterschaftstests gebracht hatte. Ja, so war es wohl gewesen.

Während Angela einen Weg einschlug, der sie durch blühende Gärten voller Obstbäume zurück nach Asenza führte, konnte sie nicht umhin, das strategische Geschick ihres Vaters zu bewundern. Und doch war da noch etwas, das sie klären musste. Carmela und Maddalena durften nicht leer ausgehen. Ob Lorenzo Rivalecca gewusst hatte, dass Carmela Lelas Nichte war, so wie sie es so oft beteuert hatte? Das würde wohl für immer sein Geheimnis bleiben.

In einer großen Schleife führte ihr Weg sie direkt in die Via del Monte Grappa. Hier befand sich das Weinberghäuschen, in dem Carmela seit ein paar Monaten wohnte und das Lorenzo ihr nicht notariell überschrieben hatte. Jetzt wusste sie auch, warum nicht. Es war nicht mehr notwendig, sie hatte das Häuschen mit allem anderen geerbt. So oft hatte sie gedacht, ihr Vater sei schrullig, vergesslich und vor allem launisch. Gut. Letzteres war er zweifellos gewesen. Und doch hatte ein gutes Herz hinter seiner rauen Schale geschlagen, sogar Carmela hatte das neulich zugeben müssen.

Sie betrat das verwunschene Anwesen und klopfte an die Tür. Ein Vorhang wurde bewegt, offenbar hatte Carmela an diesem denkwürdigen Tag keine Lust, jedem zu öffnen, der zu ihr kam. Ob auch sie, Angela, zu denen gehörte, die sie lieber nicht sehen wollte? Nein. Der Riegel wurde zur Seite geschoben und die Tür geöffnet.

»Kommen Sie rein, *tedesca*.« Angela kam es vor, als humpelte Carmela wieder stärker, während sie vor ihr her zum Tisch ging. »Ich hab Sie schon erwartet. Kaffee?«

Verblüfft trat Angela in den gemütlichen Wohnraum mit der Kochzeile. Der Sessel, auf dem sie neulich Platz genommen hatte, stand bereit, auf dem Tisch befanden sich zwei Tassen.

»Gern.« Angelas Blick fiel auf zwei gerahmte Fotografien an der Wand. Sie waren neu.

»Ich hab sie rahmen lassen.« Carmela war ihrem Blick gefolgt. »Es sind schließlich mein Vater und mein Onkel.« Es klang, als müsste sie sich dafür rechtfertigen, dass sie Livio und Lodo Sartori diesen Platz in ihrem Zimmer einräumte. »Und das andere ist das einzige Foto, das meine Eltern gemeinsam zeigt. Leider ist Lela zwischen ihnen. Lela war einfach immer im Weg.«

Sie schenkte Kaffee ein und wies auf den Sessel. Angela setzte sich und betrachtete das Bild von den beiden Jugendlichen, die fünfjährige Lela zwischen sich.

»Sie sind also seine Tochter. Na, dramatischer hätten Sie das gar nicht machen können«, begann Carmela, nachdem auch sie es sich in ihrem Lehnstuhl einigermaßen bequem gemacht hatte. Es war ihr anzusehen, dass sie von Schmerzen geplagt wurde. »Ich habe Ihre Mutter flüchtig gekannt. Sie war eine schöne und stolze Frau. Diesen ganzen Sommer lang war Lela Sartori unausstehlich.« Sie lachte in sich hinein. »Am liebsten hätte sie *la tedesca* umgebracht.« Sie grinste, und wieder wackelte ihr Gebiss ein wenig. »Ja, auch sie haben wir so genannt. Und eigentlich hätte ich längst draufkommen müssen«, fuhr sie fort. »Sie sehen ihr ja so ähnlich.« Sie musterte Angelas Gesicht, als sähe sie es zum ersten Mal. »Aber jetzt verraten Sie mir mal eines.« Ihre Miene wurde vorwurfsvoll. »Warum haben Sie das nie erzählt?«

»Lorenzo wollte es so«, antwortete Angela. Es berührte sie seltsam, dass Carmela sich an ihre Mutter erinnerte. »Ich hatte keine Ahnung, dass er mein Vater war, als ich herkam. Meine Mutter hat mir das nie erzählt. Sie hat einen Deutschen geheiratet, und ich bin selbstverständlich davon ausgegangen, dass er mein Vater war. Erst hier hab ich es erfahren. Und Lorenzo auch. Er wusste es nämlich ebenso wenig.«

Carmela hörte aufmerksam zu, die Stirn gerunzelt und die Unterlippe skeptisch vorgeschoben. Angela wusste selbst, wie verrückt das klang.

»Dann haben Sie also von Anfang an gewusst, dass Sie alles erben werden?«, fragte sie schließlich. »Sie haben uns ganz schön zum Narren gehalten.«

Angela schüttelte heftig den Kopf. »Nein, Carmela. Ich weiß, es klingt wenig glaubwürdig«, sagte sie. »Die

Wahrheit ist, ich bin nicht davon ausgegangen, dass ich als Erbin infrage komme. Denn niemand hat davon gewusst, dass ich seine Tochter bin.«

»Aber Sie haben das vorsorglich prüfen lassen. Dazu sind Sie extra zu diesem Spezialisten gegangen.«

Angela schwieg. Sie konnte Carmela unmöglich von Tess' eigenmächtigem Handeln erzählen. Die Art, wie die alte Frau sie durchdringend musterte, behagte ihr gar nicht.

»Ich möchte lieber über etwas anderes mit Ihnen sprechen«, entgegnete sie schließlich.

Doch Carmela unterbrach sie. »Ah, jetzt versteh ich. Er hat das hinter Ihrem Rücken gemacht«, rief sie. Und als sie Angelas verblüffte Miene sah, fügte sie hinzu: »Oh, das ist nicht schwer zu erraten, in Ihrem Gesicht kann man lesen wie in einem aufgeschlagenen Buch.«

Angela war einen Moment lang zu erstaunt, um etwas zu entgegnen. Carmela war gleich nach ihrem Vater der seltsamste Mensch, den sie kannte. Voller Widersprüchlichkeiten, voller Überraschungen. Und immer wieder unterschätzte sie sie.

»Wie auch immer es dazu kam, Carmela, ich möchte, dass Sie und Maddalena von dem Vermögen auch etwas erhalten. Um Ihnen das zu sagen, bin ich gekommen.«

Nun wirkte die alte Frau doch überrascht.

»Sie wollen uns etwas von Ihrem Erbe abgeben?« Sie konnte offenbar nicht glauben, was sie gehört hatte. »Aber warum denn?«

»Weil ich es richtig finde«, antwortete Angela mit fester Stimme. »Ich habe im Augenblick noch keine Ahnung, wie groß das Vermögen tatsächlich ist. Wenn meine Tochter und ich einen Überblick über das alles haben, sprechen wir weiter.« Sie erhob sich.

Carmela starrte sie zweifelnd an. »Sie … Sie sagen das jetzt nicht nur so dahin und haben es morgen vergessen?« Ihre Stimme klang rau. Angela bemerkte, dass ihre Hände zitterten. »Das wäre nicht fair. Erst bringen Sie den Brief und damit Hoffnung. Dann kam heute die Enttäuschung. Maddalena und ich, wir haben uns damit abgefunden. Aber wenn Sie jetzt …«

»Nein, ich werde das nicht wieder vergessen. Sie haben mein Wort«, erklärte Angela. »Ich denke, Sie hatten bislang noch nie Grund, an meinen Worten zu zweifeln.«

Ein Lächeln glitt über das Gesicht der alten Frau und legte es in tausend Falten. Sie nickte.

»Geben Sie Guglielmo Sartori denn auch etwas ab? Er ist genauso mit Lela verwandt wie ich.«

»Guglielmo Sartori?« Angela dachte nach. »Nein. Vermutlich hat er sich bereits ausreichend bedient«, meinte sie. »Ich bin gespannt, was von der Inneneinrichtung übrig ist, wenn wir den Palazzo Duse aufschließen.«

Carmela lachte heiser auf. »Vielleicht sind Sie ja doch nicht die Tochter von diesem Geizkragen«, schnarrte sie in jenem ironischen Ton, den Angela von ihr kannte. »Und passen Sie bloß auf, dass er Sie nicht nachts als Geist heimsucht. Denn dass Sie mit uns teilen, das hätte er ganz sicher nicht gewollt.«

Angela lachte. »Wer weiß«, sagte sie. »Wer weiß.«

Es war ein seltsames Gefühl, als Angela gemeinsam mit Nathalie, Matilde und Vittorio, der extra zu diesem Anlass aus Venedig gekommen war, das Tor zum Anwesen der Villa Duse öffnete. Für denselben Vormittag hatte sie einen Handwerker bestellt, der die Schlösser auswechseln würde, denn sie wusste, dass Guglielmo Sartori noch immer im Besitz der alten Schlüssel war. Lelas Großneffe hatte ja über eine Woche lang die Gelegenheit genutzt, um den Palazzo zu plündern, und deshalb machten sie sich auf das Schlimmste gefasst.

Im Herrenzimmer fehlten fast alle Möbel, zu Angelas Erleichterung hatte Sartori allerdings den alten Lehnstuhl aus abgewetztem Rindsleder, in dem ihr Vater so gern gesessen hatte, und auch den Clubsessel, Angelas Platz bei ihren Besuchen, zurückgelassen. Im Esszimmer beklagte Matilde, dass die Geschirrschränke leergeräumt waren. Das Porzellan, die Kristallgläser und das Tafelsilber fehlten, offenbar war Sartori jedoch nicht mehr dazu gekommen, die wuchtigen Möbel abzutransportieren.

Gleichmütig registrierte Angela weitere Plünderungen. Kostbare Teppiche, fast alle Seidenvorhänge, venezianische Glasvasen, silberne Kerzenleuchter, Skulpturen und Gemälde – trotz Matildes Entrüstung ließ Angela das unberührt, ihr Herz hatte nicht an diesen Dingen gehangen. In den oberen Stockwerken war sie nur einmal gewesen, und zwar an jenem schrecklichen Abend, als Lorenzo gestorben war. Und so schritt sie durch Räume, die ihr fremd waren, und fühlte keinen Verlust, außer den ihres Vaters.

»Unglaublich viel Platz«, murmelte Vittorio. »Jedes Stockwerk hat gut und gern zweihundert Quadratmeter. Du könntest es in drei Wohneinheiten aufteilen und vermieten.« In einem besonders schönen Raum in der Beletage mit einem Fußboden aus Holzintarsien und zahlreichen Fenstern öffnete er die Tür zu einer Terrasse, die über dem Herrenzimmer im Erdgeschoss lag und auf den Park hinausging. »Oder selbst einziehen. Schau nur, wie schön es hier ist.«

»Man müsste den ganzen alten Plunder rauswerfen«, meinte Nathalie und zupfte an einem der großen Leintücher, mit denen die Möbel abgedeckt waren. »Die Gardinen auch, damit mehr Licht hereinkommt.«

»Signor Rivalecca hat nur das Erdgeschoss und sein Schlafzimmer im ersten Stock bewohnt«, erklärte Matilde. »In den anderen Räumen habe ich nur einmal im Jahr Großputz gemacht. Deshalb ist alles so verstaubt.«

»Was für eine Platzverschwendung«, bemerkte Nathalie.

Sie gingen treppauf, treppab, erkundeten Keller und Dachgeschoss, erwogen die unterschiedlichsten Pläne, ohne etwas zu entscheiden. Matilde konnte nützliche Auskünfte geben, zum Beispiel über das überraschend moderne Heizungssystem und vieles mehr, was zu Angelas Erleichterung in den vergangenen Jahren erneuert worden war.

»Kein Wunder, dass man das Haus Palazzo nennt«, sagte Nathalie beeindruckt, als sie das Anwesen wieder verließen. »Es ist ein richtiges Schloss.«

»Ich habe mir etwas überlegt«, sagte Vittorio, als sie in einem Restaurant in der Nähe das Mittagsmenü bestellt hatten. Angela und er hatten das Bedürfnis gehabt, irgendwohin zu fahren, wo keiner sie kannte. In Asenza konnten sie keine drei Schritte zurücklegen, ohne dass sie jemand auf die unerhörte Neuigkeit ansprach. Angela wusste, dass sie da durchmusste, bis sich die Wogen gelegt hatten, doch an diesem Tag nahm sie eine Auszeit von dem Spießrutenlauf.

»Was hast du dir überlegt?«, fragte sie und legte ihre Hand auf Vittorios.

»Ich werde meine Firma umstrukturieren.« Er sah ihr prüfend in die Augen. »Denn ich habe es satt, von dir getrennt zu leben. Sobald wir verheiratet sind, möchte ich das anders haben.«

»Was meinst du mit umstrukturieren?«, erkundigte Angela sich überrascht.

»Ich werde Fedo mehr Verantwortung übertragen«, erklärte Vittorio. »Er soll der zweite Geschäftsführer werden und in Venedig die Stellung halten. Ich möchte meinen Arbeitsplatz nach Asenza verlegen.« Er sah sie gespannt an. »Was hältst du davon?« Angela bemerkte, wie nervös er auf einmal war.

»Das wäre wundervoll«, sagte sie aus tiefstem Herzen. »Geht das denn?«

»Warum sollte das nicht gehen?«, gab er lebhaft zurück. »Zunächst werde ich wohl noch zwei Tage die Woche nach Venedig fahren müssen und ansonsten von zu Hause arbeiten. Ich meine, falls du mir erlaubst, dass ich dein Zuhause zu meinem mache.« Er sah sie dermaßen scheu an, dass sie lachen musste.

»Aber natürlich ist mein Zuhause auch deines. Nur wird es langsam ein bisschen eng in der Seidenvilla«, fügte sie nachdenklich hinzu. »Wir könnten Nathalies kleine Wohnung zu deinem Büro umfunktionieren und …«

»Nein, das halte ich für keine gute Idee«, unterbrach Vittorio sie sanft. »Wenn sie ihr Studium wieder aufnimmt, braucht sie bei dir einen sicheren Hafen, vor allem wegen des Kleinen. Ich nehme an, dass sie Pietrino zumindest zeitweise bei dir lassen muss. Nein, ihr Zimmer will ich ihr auf keinen Fall wegnehmen. Ich hatte ursprünglich gedacht, dass ich mir irgendwo ein paar Räume für die Firma miete. Aber seit heute sehe ich noch eine andere Möglichkeit. Ich meine, natürlich nur, wenn du einverstanden bist.«

»Welche Möglichkeit denn?«

»Wir könnten in den Palazzo Duse ziehen, dort ist Platz für uns alle, sogar mehr als genug. Nathalie kann eine eigene Wohnung bekommen und wir beide auch. Und trotzdem wäre noch ausreichend Raum für eine kleine Dependance meiner Firma. Natürlich bezahle ich Miete, keine Frage.« Er sah sie gespannt an. »Und du könntest dein Büro in den Maulbeersaal verlegen. Du hast schon öfter darüber geklagt, wie winzig die Kammer neben dem Laden ist. Ursprünglich war das als Provisorium gedacht, weißt du noch? Wenn du demnächst Italiens Reiche und Schöne einkleiden willst, solltest du einen repräsentativeren Empfangsraum haben, die Damen wollen beeindruckt werden.«

Angela lauschte ihm verblüfft. Das alles machte Sinn. Aber das Schönste an der ganzen Sache war, dass Vittorio zu ihr ziehen wollte.

»Hast du dir das auch gut überlegt?«, fragte sie. »Ich meine, das mit deiner Firma? Wirst du am Ende nicht doch die meiste Zeit in Venedig sein müssen?«

»Ich denke schon eine ganze Weile darüber nach«, gestand ihr Vittorio. »Schon fast seit einem Jahr. Inzwischen habe ich mit Fedo gesprochen, er ist natürlich einverstanden. Im Grunde wird es höchste Zeit, ihm die Position zu geben, die er seit einiger Zeit ohnehin schon ausfüllt. Zu den Projekten vor Ort reisen kann ich auch von Asenza aus, genau wie du. Und das Ganze hat noch einen weiteren positiven Aspekt.«

Er verstummte, denn der Kellner brachte ihr Essen.

»Welchen positiven Aspekt meinst du?«

»Tiziana hat sich endlich entschieden«, verkündete er. »Sie hat tatsächlich Farbe bekannt und ihrem Vater erklärt, dass sie für die Übernahme seines Büros nicht mehr zur Verfügung steht. Das war auch höchste Zeit, Sol war drauf und dran, sich von ihr zu trennen. Ach, dieses Hin und Her war nicht mehr auszuhalten, aber jetzt hat sie endlich die Kurve gekriegt und einen Schlussstrich gezogen. Statt sich ins gemachte Nest zu setzen, ist sie gerade dabei, ihre eigene Firma zu gründen. Und rate mal, wo sie ihren Firmensitz aufschlagen wird, für den Fall, dass du nicht dein Veto einlegst und mir erklärst, dass du mich in Asenza nicht haben willst?« Er zwinkerte ihr zu.

»Ich dich nicht haben wollen?« Angelas Augen sprühten nur so vor Glück. »Natürlich will ich, dass du zu mir ziehst. Aber was hat das mit Tizianas Firma zu tun?«

»Ich werde ihr dafür mein Loft überlassen«, erläuterte Vittorio. »Es ist quasi unmöglich, heutzutage etwas Bezahlbares in einer guten Innenstadtgegend von Venedig zu bekommen. Alles wird in Ferienwohnungen umgewandelt und tageweise vermietet. Und Tiziana fängt ganz von vorne an, jetzt, da sie sich auf eigene Beine stellt. Ich mach mir zwar keine Sorgen um Tizi, die Kunden, die sie hier akquiriert hat, werden ihr in die Selbstständigkeit folgen und womöglich einige andere auch. Da wird sich ihr Vater noch wundern. Dennoch, die Mieten sind unbezahlbar, und ich helfe ihr gern. Außerdem sind die kurzen Wege zwischen unseren beiden Unternehmen auch für uns von Vorteil. Sie baut Häuser, wir statten sie aus. Jedenfalls stelle ich mir das so vor. Inzwischen hat das ja schon ein paarmal geklappt.«

Angela hatte sprachlos zugehört. »Das klingt absolut großartig!« Sie schmunzelte. »So genau hast du dir das alles schon überlegt?«

»Ich liebe dich eben«, gab er zurück. »Und deshalb möchte ich bei dir sein.«

Der Kellner räumte ihre Teller ab und fragte nach weiteren Wünschen. Ausnahmsweise bestellte Angela eine hausgemachte *panna cotta* mit einer *vellutata*, einem Püree aus frischen Erdbeeren, den ersten in diesem Jahr, und beide nahmen sie einen Kaffee.

»In den Palazzo selbst einzuziehen«, begann Angela nachdenklich, als sie wieder allein waren, »darüber hab ich überhaupt noch nicht nachgedacht.« Sie nahm einen Schluck Wasser. »Weißt du, ich habe dauernd das Gefühl, im nächsten Moment aufzuwachen und zu erfahren, dass ich das alles nur geträumt habe.«

Vittorio drückte ihre Hand. »Du vermisst ihn.«

»Ja, und wie«, gestand sie. »Und ich denke dauernd: Warum habe ich ihn nicht öfter besucht? Warum war ich so ungeduldig mit ihm? Ach, Vittorio, keine Sekunde lang hab ich daran gedacht, er könnte so plötzlich sterben. Wie dumm ich doch war.«

»Nein, das warst du nicht.« Zärtlich nahm er ihre Hand und drückte einen Kuss darauf. »Du hast ihn sehr glücklich gemacht. Doch«, fügte er hinzu, als sie widersprechen wollte. »Er war ein einsamer alter, verbitterter Mann. Bis du gekommen bist. Es war nun mal nicht seine Art, aus sich herauszugehen und seine Gefühle zu zeigen. Er hat sie lieber hinter seiner Schroffheit verborgen gehalten. Aber wenn ich allein an den Weihnachtsabend denke, wie glücklich er da war und wie entschlossen er dich gegenüber meiner Mutter verteidigt hat ...« Er verzog schmerzlich das Gesicht.

»Ja, das stimmt«, erwiderte Angela nachdenklich.

»Wir müssen es ja nicht heute entscheiden«, riss Vittorio sie aus ihren Gedanken.

»Darüber muss ich nicht lange nachdenken.« Angela blickte ihm fest in die Augen. »Bitte komm nach Asenza und überlass Tiziana dein Loft. Das ist die beste Nachricht, die ich seit Langem bekommen habe.«

Vittorio lachte. »Besser als das Erbe?«

Angela musste ebenfalls lachen. »Viel besser.«

»Wenn du heute so entschlussfreudig bist«, fuhr Vittorio fort, »was würdest du davon halten, unseren Hochzeitstermin festzulegen?«

»Ausgezeichnete Idee.« Angela zückte ihren Kalender. »Wir hatten Mai gesagt, nicht wahr? Wie wäre es mit dem letzten Wochenende in diesem Monat?«

»Einverstanden.« Er betrachtete sie nachdenklich.

»Was?«, fragte sie. »Du führst doch noch etwas im Schilde.«

»Ich hab nur darüber nachgedacht, wie ich dich dazu überreden könnte, das mit mir gemeinsam meiner Mutter mitzuteilen.«

»Dazu musst du mich nicht überreden«, antwortete Angela milde. Auch wenn sie und Costanza Fontarini wohl niemals Freundinnen werden würden, so wusste sie, was sich gegenüber Vittorios Mutter gehörte, obgleich das umgekehrt nicht immer der Fall war. »Wie hast du es dir denn vorgestellt?«

»Ich hab mir gedacht, dass wir sie zum Mittagessen einladen könnten«, schlug Vittorio vor. »In Venedig. Kurz und schmerzlos.«

Angela nickte.

Die *panna cotta* wurde serviert. Und während sie sich das Dessert und vor allem die fruchtige Erdbeercreme schmecken ließ, besprachen sie die Details des Festes. Je länger sie sich darüber austauschten, desto mehr begann sich Angela auf die Hochzeit zu freuen. Ja. Sie war glücklich. Und war sich sicher, das Richtige zu tun.

»Ich fasse es nicht.« Nathalie starrte auf die ausgebreiteten Dokumente, die den gesamten Esstisch bedeckten. »Er hat wirklich an alles gedacht.«

Gemeinsam versuchten sie sich einen Überblick über die Konten und Anlagen von Lorenzo Rivalecca zu verschaffen. Dabei entdeckten sie, dass an jedem einzelnen Bankdokument ein von Lorenzo handgeschriebener Zettel angeheftet worden war: *Damit kannst du den alten Palazzo so herrichten lassen, damit er dir gefällt, Angela* stand auf dem einen, *ich weiß doch, dass du alles ummodeln wirst*. Auf einem anderen war zu lesen: *Diese Wertpapiere rühr gefälligst nie an. Mit den Ausschüttungen kannst du die Immobilie in Schuss halten. Das ist nämlich bei einem so großen Haus nicht zu unterschätzen*. Auf einem Sparbrief stand: *Für Nathalies Studium* und auf einem weiteren: *Für meinen Urenkel Pietrino Lorenzo. Und wehe, deine Mutter lässt ihre Finger nicht davon, ehe du volljährig bist!* So ging es weiter. Lorenzo Rivalecca hatte sich zu allem seine Gedanken gemacht.

»Sieh mal hier!« Nathalie hielt ihrer Mutter einen Grundbuchauszug hin. »Ich dachte, er hasst Carmela!«

Für Carmela und ihre Tochter hatte Lorenzo darauf geschrieben. *Ehe Angela in ihrer Gutmütigkeit ihr etwas anderes abgibt, sollen sie in Gottes Namen das haben. Damit können die beiden bequem bis an ihr Ende leben.*

Verwundert sah sich Angela den Lageplan an. Als sie begriff, was ihr Vater den beiden zugedacht hatte, stieg eine solche Zärtlichkeit für ihn in ihr auf, dass ihr beinahe die Tränen kamen. Lorenzo hatte Carmela und Maddalena nicht nur das Weinberghäuschen, sondern auch die angrenzenden zwei Weinberge vermacht, die laut beigefügtem Vertrag zu ausgezeichneten Konditionen verpachtet waren.

»Ich hatte den beiden ohnehin etwas abgeben wollen«, gestand sie Nathalie. »Das war sicher eine schreckliche Enttäuschung für Carmela nach allem, was sie durchgemacht hat.«

Nathalie nickte. »Klar. Jahrzehntelang streitet sie sich mit Lela herum. Und ausgerechnet als dieser Brief gefunden wird, der alles beweist, stellt sich raus, dass du seine Tochter bist. Hoffentlich hasst sie dich nicht dafür.«

Angela schüttelte den Kopf. »Nein, das tut sie nicht«, beruhigte sie Nathalie. »Ich hab sie noch am selben Abend besucht und ihr gesagt, dass auch sie etwas erhalten wird. Und jetzt hat er sogar selbst daran gedacht.« Warum eigentlich?, fragte sie sich. Die beiden waren sich doch spinnefeind.

»Er hatte eben ein goldenes Herz. Aber wehe, es hätte

jemand bemerken können, das wollte er aus irgendeinem Grund nicht.« Offenbar machte sich auch Nathalie ihre Gedanken. »Dann gab er sich ganz besonders garstig.« Sie bis sich auf die Unterlippe.

»Ja, er fehlt mir auch.« Angela legte ihren Arm um Nathalies Schulter.

»Wollen wir es ihnen gleich erzählen?«

Angela nickte. »Gute Neuigkeiten überbringt man am besten sofort. Aber vorher möchte ich noch etwas anderes mit dir besprechen.« Nathalie sah sie erwartungsvoll an. »Was hältst du davon, wenn wir Lorenzos Palazzo renovieren und alle miteinander dort einziehen?« Und dann berichtete sie ihrer Tochter von ihren und Vittorios Plänen.

»Und die Seidenvilla wird ausschließlich zum Sitz der *tessitura di Asenza*?«, erkundigte sich Nathalie, als ihre Mutter geendet hatte.

»Ja.« Angela sah sich im Maulbeersaal um. »Im Schlafzimmer würde ich das Büro einrichten und hier die Kunden empfangen.« Ihr Blick blieb an dem Fresko hängen. »Eigentlich ist dieser Raum ohnehin viel zu prächtig für ein privates Wohnzimmer.«

Nathalie sah sie augenzwinkernd an. »Als ob der Palazzo weniger prächtig wäre«, meinte sie schmunzelnd. »Ich halte das für eine richtig gute Idee«, fügte sie ernsthaft hinzu. »Und du denkst, dass auch für mich ein Plätzchen übrig sein wird dort oben?«

»Mehr als ein Plätzchen«, antwortete Angela. »Du hast doch selbst gesehen, wie groß der Palazzo ist.«

Nathalie lehnte sich zurück und sah ihre Mutter nachdenklich an. »Dass Vittorio herziehen möchte, finde ich großartig. Wann soll die Hochzeit eigentlich sein?«

»Ende Mai«, antwortete Angela. »Meinst du, das wird zu knapp?«

»Ach was, das schaffen wir schon.« Nathalie strahlte. »Das müssen wir unbedingt Tess erzählen. Sie hat ja schon bei unserem Neujahrsessen gesagt, dass sie in diesem Jahr mindestens eine Hochzeit ausrichten will. Aber jetzt lass uns Carmela besuchen. Ich kann es nicht erwarten, ihr Gesicht zu sehen, wenn sie erfährt, dass Lorenzo an sie gedacht hat.«

22

Die Principessa

Vittorio sah auf seine Armbanduhr. Sie warteten jetzt schon seit fast einer Stunde auf seine Mutter. Zum dritten Mal vertrösteten sie den Kellner, der endlich die Bestellung aufnehmen wollte. Costanza hatte darauf gedrängt, den Tisch in ihrem Lieblingsrestaurant erst für vierzehn Uhr zu reservieren, und der Ober wies sie dezent darauf hin, dass die Küche bald schließen würde.

»Vielleicht hat sie es vergessen …« Die Tür ging auf, und Angela wandte erwartungsvoll den Kopf. Zwei ältere Herren betraten das Restaurant. »Bitte probier es noch mal bei ihr.«

Costanza benutzte kein Handy, also wählte Vittorio die Festnetznummer. Er ließ es lange läuten. Niemand nahm ab.

»Das bedeutet, sie ist unterwegs.« Er steckte sein *telefonino* weg.

Angela jedoch wurde das Gefühl nicht los, dass etwas nicht stimmte. »Und wenn ihr schlecht geworden ist?« Auf einmal war sie sich ganz sicher, dass Costanza sie nicht aus purer Launenhaftigkeit warten ließ. Überhaupt war sie die Pünktlichkeit in Person und hasste es, wenn man sich verspätete. Wenn sie es sich anders überlegte und lieber doch nicht kommen wollte, und das war in der Vergangenheit häufiger vorgekommen, dann teilte sie das rechtzeitig mit.

»Meiner Mutter wird nicht schlecht«, widersprach Vittorio.

Er war wütend. Seit er Costanzas komplizierten und intriganten Charakter durchschaut hatte, zeigte er wenig Verständnis für ihre Launen.

»Komm, lass uns zu ihr fahren«, drängte Angela ihn. »Wir sollten nach ihr sehen.«

»Nein, glaub mir, ich hab heute gegen eins noch mit ihr gesprochen«, sagte er mit unterdrücktem Zorn. »Da war sie in bester Verfassung. Wir gehen jetzt.« Er sah auf seine Armbanduhr. »In einer halben Stunde habe ich einen Termin, und das weiß sie. Wir haben lange genug gewartet.« Vittorio winkte dem Kellner und beglich die Rechnung für die Getränke, die sie inzwischen konsumiert hatten. »Es ist jetzt ohnehin zu spät, hier etwas zu bestellen. Lass uns in der Bar um die Ecke von meinem Büro ein *panino* essen.«

Angela wusste nicht recht, was sie denken sollte. Bestimmt lag Vittorio richtig mit seiner Einschätzung. Costanza hatte alles dafür getan, um sie beide auseinanderzubringen. Es musste sich wie eine Niederlage anfühlen, dass sie und Vittorio trotz allem heiraten würden. Oder hatte sie sich womöglich noch immer nicht damit abgefunden und schmiedete weitere Intrigen?

Nachdem sie einen kleinen Imbiss zu sich genommen hatten, verabschiedeten sie sich voneinander, Angela spürte, dass Vittorio in Gedanken bereits bei seinem Kunden war. Sie selbst hatte sich für den Nachmittag vorgenommen, in einem Spezialgeschäft feine venezianische Glasperlen zu kaufen, mit denen Mariola eines der Modellkleider besticken würde. Doch statt in Richtung Dorsoduro zu gehen, wo sich der Laden befand, schlug sie die entgegengesetzte Richtung ein, und eine Viertelstunde später stand sie vor dem eindrucksvollen Stadtpalast der Fontarinis.

Sie zögerte. Was tat sie hier? Eine innere Unruhe hatte sie hergeführt. Etwas stimmte nicht. Dass Costanza einfach nicht gekommen war, passte nicht zu ihr.

Entschlossen drückte sie die Klingel. Einmal, zweimal. Niemand öffnete oder antwortete mithilfe der Gegensprechanlage. Das ungute Gefühl in ihrer Magengegend verstärkte sich. Und wenn etwas passiert war?

Von Vittorio wusste sie, dass die *portiera* im Erdgeschoss einen Schlüssel zu Costanzas Wohnung hatte. Kurzerhand läutete sie dort.

»Ich bin die Schwiegertochter«, stellte sie sich vor. »Vittorio hat mich gebeten, nach seiner Mutter zu sehen. Wären Sie so freundlich, mir zu öffnen?«

»Wenn die Principessa nicht öffnet, wünscht sie auch keinen Besuch.« Die ältere Frau musterte sie. »Der junge Principe hat doch einen eigenen Schlüssel. Wieso hat er Ihnen den nicht mitgegeben?« Sie starrte Angela misstrauisch an. »Außerdem ist er überhaupt nicht verheiratet! Besser Sie gehen, Signora.«

»Hören Sie, ich mache mir Sorgen.« Angela wunderte sich selbst über ihre Hartnäckigkeit. »Wir waren zum Essen verabredet, und die Principessa ist nicht erschienen. So was kennen wir nicht von ihr. Bitte. Wenn Sie mir nicht öffnen wollen, dann …«

»*Vabbè!*«, ließ sich die Hausmeisterin widerstrebend herab. »Aber ich komme mit Ihnen. Das wäre ja noch schöner, einer Fremden den Schlüssel auszuhändigen! Die Principessa würde mir das niemals verzeihen.«

Angela war alles recht, Hauptsache, sie verloren nicht noch mehr Zeit. Aus irgendeinem Grund war sie plötzlich schrecklich besorgt. Sie eilte voraus, und doch musste sie warten, bis die behäbige Frau hinter ihr die Treppen heraufgekeucht kam. Umständlich schloss die *portiera* die Tür auf, nachdem sie selbst noch ein paarmal erfolglos geläutet hatte. Endlich konnte Angela die Wohnung betreten. In der prächtigen Eingangshalle sah sie sich um. Sie war erst ein einziges Mal hier gewesen, und das unter denkbar ungünstigen Vorzeichen. Rasch durchquerte sie das Foyer, gelangte in den Salon, in dem damals das Abendessen stattgefunden hatte. Keine Spur von Costanza.

»Wo befinden sich Schlaf- und Ankleidezimmer der Principessa?«, fragte sie die *portiera*.

»Diesen Flur entlang, ganz hinten«, erwiderte diese zögernd. »Aber ich geh da nicht mit rein, das können Sie vergessen. Den Anschiss erspar ich mir lieber …«

Angela hörte nicht, was sie sonst noch sagte. Eilig durchquerte sie den langen Flur und klopfte an. Keine Antwort. Sie holte tief Luft und trat ein.

Zuerst sah Angela das cremefarbene Kostüm, das auf dem prächtigen Bett ausgebreitet war. Dann entdeckte sie Costanza.

In einem weiß-seidenen Unterkleid lag sie seltsam verrenkt auf dem Teppich und starrte ihr mit weit geöffneten Augen entgegen.

»O mein Gott«, rief Angela erschrocken. »Was ist passiert?« Die Lippen der Principessa waren ein wenig geöffnet, Angela hatte den Eindruck, dass sie sich verzweifelt bemühte, etwas zu sagen. Doch es gelang ihr nicht. Speichel rann ihr aus dem Mundwinkel, ihre Lider zuckten.

Offenbar konnte sie sich nicht bewegen. »Warten Sie, ich helfe Ihnen.« Angela beugte sich zu ihr hinunter. Der Blick aus den dunklen Augen war verzweifelt und flehend. »Alles wird gut«, sagte sie beruhigend, streckte behutsam das unnatürlich abgewinkelte Bein aus und drehte Costanza sanft so, dass sie in der stabilen Seitenlage zu liegen kam. Sie holte ihr Telefon aus der Tasche und wählte den Notruf, schilderte Costanzas Verfassung und nannte die Adresse. Man versprach, sofort den Notarzt zu schicken. »Bald kommt ein Arzt, Costanza. Man wird Ihnen helfen. Und so lange bleib ich bei Ihnen.«

Sie saß neben dem starren Körper von Vittorios Mutter und strich ihr übers Haar, so, wie sie es bei jedem Menschen getan hätte.

»Was ist denn los?« Im Türrahmen erschien die Hausmeisterin. »Was machen Sie denn da? *Dio mio*«, rief sie, als sie Costanza sah.

»Gleich kommt der Notarzt«, erklärte Angela. »Bitte gehen Sie hinunter und zeigen Sie ihm den Weg.«

Die Frau verschwand. Costanza gab einen Laut von sich, der sich anhörte wie von einem Kätzchen. Ohne darüber nachzudenken, ergriff Angela ihre Hand. Sie fühlte sich seltsam kalt und leblos an, und sie begann, sie zu massieren.

»Gleich kommt Hilfe«, versicherte Angela ihr und versuchte, ihren Puls zu fühlen.

Er erschien ihr stabil. Dann erst fiel ihr ein, dass sie Vittorio verständigen musste.

Sie wich nicht von Costanzas Seite, auch nicht, als man die Patientin ins Krankenhaus brachte. Angela hatte den Eindruck, dass Costanza die ganze Zeit bei Bewusstsein war, ihr Blick suchte immer wieder den ihren, auch wenn sie ansonsten keinerlei Zeichen von sich geben konnte. Ihre verzweifelten Augen schienen zu flehen: Lass mich nicht allein.

»Ich lasse Sie nicht allein«, sagte Angela.

Erst als man Vittorios Mutter in der radiologischen Abteilung des Krankenhauses einer Computertomografie unterzog, wohin sie ihr unmöglich folgen konnte, ließ sie behutsam ihre Hand los.

»Was ist passiert?« Vittorio war leichenblass, als er im Krankenhaus eintraf.

»Sie wissen es noch nicht genau«, sagte Angela. »Costanza kann sich nicht bewegen und auch nicht sprechen. Aber ich bin mir sicher, dass sie bei Bewusstsein ist. Sie hat mich die ganze Zeit angesehen.«

Vittorio schloss sie in die Arme. »O mein Gott! Und ich war wütend auf sie! Was für ein Glück, dass du hingegangen bist«, raunte er. »Wie kann ich dir nur jemals danken?«

Bedrückt warteten sie gemeinsam, hielten sich an den Händen und schwiegen. Die Zeiger der großen Wanduhr bewegten sich unendlich langsam. Costanza wurde in ihrem Bett aus der Radiologie herausgerollt und in die Chirurgie gebracht. Sie begleiteten sie bis zu dieser Abteilung, und wieder hatte Angela das Gefühl, Costanzas Blick suchte den ihren. Schließlich verwehrte man ihnen den Eintritt, und der Chefarzt erschien, um mit ihnen zu sprechen.

»Ihre Mutter hat eine Gehirnblutung. Wir müssen sie so schnell wie möglich operieren.« Vittorio musste Formulare unterschreiben, der Arzt beantwortete ihre Fragen, so gut er konnte. »Gehen Sie nach Hause«, riet er.

»Wir rufen Sie an, wenn die Patientin in den Aufwachraum gebracht wird.«

»Wir warten lieber hier«, erklärte Angela.

Doch der Arzt schüttelte den Kopf. »Keiner weiß, wie lange es dauern wird«, sagte er. »Es ist besser, Sie ruhen sich aus.«

»Woher hast du nur gewusst, dass etwas passiert ist?«

Sie waren in Vittorios Wohnung zurückgekehrt und hatten sich auf seinem Sofa unter eine Decke gekuschelt.

»Gewusst habe ich es nicht«, antwortete Angela nachdenklich. »Ich bin einfach meiner Eingebung gefolgt. Dabei kam ich mir sogar ziemlich albern vor«, gestand sie und schlang die Decke um ihre Knie. »Du hättest sehen sollen, wie mich die *portiera* angeschaut hat.« Sie lachte leise auf, als sie an das Gesicht dieser Frau dachte, so als wäre sie eine Betrügerin und wollte sich Einlass verschaffen. »Es passte einfach nicht zu Costanza, wegzubleiben, ohne Bescheid zu geben.«

»Hätte ich nur auf dich gehört und wäre gleich mit dir hingegangen. Hoffentlich …« Er zögerte, seine Gedanken auszusprechen.

»Sie kommt ganz bestimmt durch.« Angela sah ihm eindringlich in die Augen. »Deine Mutter hat einen so starken Willen. Wenn es eine schafft, dann sie.«

Erst gegen elf Uhr kam der Anruf. Die Operation war kompliziert gewesen und doch erfolgreich verlaufen, soweit man das zu diesem Zeitpunkt sagen konnte. Es war den Chirurgen gelungen, die Blutung zu stoppen. Costanza befand sich auf der Intensivstation. Kurzen Besuch konnte sie erst am folgenden Tag bekommen.

Als sie am nächsten Morgen gemeinsam in ihr Zimmer kamen, war Costanza wach. Ihr schmaler Körper wirkte erschreckend zerbrechlich zwischen all den medizinischen Geräten, an die sie angeschlossen war. Sie trug einen Kopfverband, ihre dunklen Augen wirkten größer und ausdrucksvoller als sonst. Noch immer konnte sie nicht sprechen, und keiner wusste, ob sie dazu jemals wieder in der Lage sein würde, doch ihr Blick suchte stets Angela. Als sie Costanzas Hand ergriff, überraschte sie der feste Händedruck, mit dem die Principessa ihre Geste beantwortete. Im Gesicht der stolzen und unnahbaren Frau glaubte sie ein kaum merkliches Lächeln wahrzunehmen. Oder hatte sie sich das nur eingebildet?

»Sie ist dir dankbar«, bemerkte Vittorio, als sie nach einigen Minuten von der Schwester gebeten worden waren, die Patientin allein zu lassen. »Ich habe gesehen, wie sie dich angeschaut hat.«

Wer weiß, dachte Angela, als sie wenig später zurück nach Asenza fuhr, wo sie dringend in der Weberei gebraucht wurde. Jetzt, da man davon ausgehen konnte, dass Costanza außer Lebensgefahr war, hatte Vittorio sie darin bestärkt, sich wieder um ihr Geschäft zu kümmern. Vielleicht hatte Costanza sie ja tatsächlich angelächelt. Bislang hatte ihr Lächeln Angela gegenüber die Augen nie erreicht.

In den folgenden Tagen stabilisierte sich der gesundheitliche Zustand der Principessa weiter, und eine Woche später konnte sie die Intensivstation verlassen. Ganz langsam kehrten ihre motorischen Fähigkeiten zurück. Sie lernte, ihre Hände zu gebrauchen und vorsichtig wieder die Beine zu bewegen. Ein längerer Aufenthalt in einem der besten Rehabilitationszentren Italiens wurde geplant. Die Ärzte meinten, man könne davon ausgehen, dass Costanza sich nach und nach erholen würde.

Mittlerweile hatte Lidia den zartgrünen Stoff für das erste Modellkleid fertiggewoben, und Romina begann, es unter Angelas Aufsicht zu nähen. Die Aufregung um die Neuigkeit, dass Angela Rivaleccas Tochter war, legte sich allmählich wie jede Sensation, nachdem ein wenig Zeit vergangen war. Andere Dinge wurden interessanter, zum Beispiel der LKW, der das Durchfahrtsverbotsschild ignoriert hatte, mit seinem Aufbau in einem der Stadttore stecken geblieben war und erst nach Stunden hatte befreit werden können. Auch gewöhnte sich Angela daran, dass man sie im Städtchen nun als Signora Rivalecca ansprach, und tat so, als wäre das ganz normal. Dem alten Lorenzo, da war sie sich sicher, hätte das eine diebische Freude bereitet.

Die erste Kundin aus Rom wurde von Luca mitsamt einigen neugierig gewordenen Freundinnen nach Asenza gebracht und im Hotel Duse einquartiert, auf ein atemberaubendes Besichtigungsprogramm mitgenommen und schließlich in die Seidenvilla geführt, wo sie für eine Menge mondänen Wirbel sorgten.

»Kommen diese reichen Frauen jetzt öfter?«, murrte Nola, nachdem die Gruppe die Weberei besichtigt hatte. Offenbar dachte sie, Angela könnte sie nicht hören.

»Ich fürchte, daran müssen wir uns gewöhnen«, antwortete Fioretta.

»Wenn sie gute Aufträge bringen, soll es uns recht sein«, bemerkte Maddalena, und die Männer stimmten ihr zu.

Lidia dagegen hielt sich raus. Sie wob bereits an der nächsten Bestellung, einem so zart fliederfarbenen Seidenstoff, dass die Farbe wirkte wie ein Sommerhimmel kurz vor dem Sonnenuntergang.

Zu Angelas Freude waren sie und Romina ein wunderbares Team. Die Schneiderin aus Venedig hatte nicht die geringsten Schwierigkeiten, ihre Zeichnungen umzusetzen. Im Gegenteil, häufig machte sie Vorschläge, wie man mit einfachen Mitteln die Wirkung eines Modells noch erhöhen konnte, und dabei kam ihr zweifellos ihre jahrelange Erfahrung mit historischen und fantastischen Kostümen zugute. Immer häufiger kombinierte Angela Lidias einfarbige Stoffe mit gemusterten von Nicolas Webstuhl. Auch Mariolas unglaubliches Geschick im Umgang mit Stickgarn und den kostbaren venezianischen Glasperlen machte die Kleider zu unvergleichlichen Einzelstücken. Und schon wurde eine weitere kleine Reisegruppe angemeldet, bei der drei Neukundinnen die Gelegenheit nutzen wollten, ihre ganz persönlichen Kleider in Auftrag zu geben. Sie schickten Fotos und Maße, und Angela bereitete Vorschläge vor.

Über alldem liefen die Planungen für die Hochzeit auf Hochtouren. Zu Angelas Erleichterung hatten sich Tess und Nathalie geradezu aufgedrängt, das meiste zu organisieren.

Blieb die Frage, was sie an diesem großen Tag tragen würde, und als sie mit Romina darüber sprechen wollte, ließ diese sie gar nicht erst zu Wort kommen.

»Wie mutig bist du?«, wollte die Schneiderin mit einem Augenzwinkern wissen.

»Was meinst du damit?«

»Wir würden dich mit dem Brautkleid gern überraschen. Jeder will etwas dazu beisteuern, und wenn du einverstanden bist, werde ich es entwerfen. Wie findest du das?« Sie betrachtete ihre Chefin gespannt.

»Willst du damit sagen ...«, fragte Angela überrascht, »... ohne es vorher mit mir zu besprechen?«

»Ganz genau.« Und als sie Angelas Zögern sah, fügte sie hinzu: »Ach bitte, lass dich drauf ein. Ich schwöre dir, es wird das wundervollste Kleid, das je eine Braut getragen hat.«

»Was für eine schöne Idee.« Angela fühlte sich tatsächlich erleichtert. Eine Sache weniger, um die sie sich kümmern musste. »Ich bin einverstanden. Nur eines wünsche ich mir: Es soll nicht in jungfräulichem Weiß sein. Schließlich bin ich siebenundvierzig Jahre alt, und es ist meine zweite Heirat.«

»*Va bene*«, antwortete Romina. »Wenn du sonst keine Bedingungen stellst ...«

»Es wäre schön, wenn es praktisch wäre. Ich würde mich an dem Tag gern frei bewegen können und keine meterlangen Stoffmengen hinter mir herschleppen, falls das möglich ist.«

»Natürlich.« Romina grinste. »Ich hab mir schon was unglaublich Praktisches ausgedacht für dich. Du wirst begeistert sein.«

Fedo ließ es sich nicht nehmen, die Neugestaltung des Palazzo Duse höchstpersönlich in die Hand zu nehmen. Wie ein Tänzer bewegte er sich in seiner eng anliegenden schwarzen Hose aus feinem Leder und einem seiner extravaganten T-Shirts durch das riesige Haus.

»Wie viel von dem alten Flair möchtet ihr denn erhalten?«, erkundigte er sich.

»Die Räume sollen lichter werden«, sagte Angela, nachdem sie mit Nathalie einen Blick gewechselt hatte.

»Und nicht so überladen«, fügte ihre Tochter hinzu.

»Aber der Charakter soll schon noch durchscheinen, oder, Nathalie?«

»Klar«, lautete die Antwort. »Schließlich lebte hier mal mein Großvater.«

Sie kamen überein, dass Fedo ein paar Vorschläge ausarbeiten würde. Die herrlichen Fußböden aus Marmor und Holz sollten mehr zur Geltung kommen, die Wände, die bislang mit Textiltapeten in gedämpften, dunklen Farben bezogen waren, hell und freundlich werden. Die riesige Küche, die beinahe die Hälfte des Erdgeschosses einnahm, würde wieder Matildes Reich werden und allen künftigen Bewohnern zur Verfügung stehen. In jeder Etage wünschte sich Angela eine kleine Teeküche. Nur das Herrenzimmer wollte sie genauso lassen, wie es war. Zwar fehlte der Humidor samt Rauchertisch, Guglielmo hatte es auch nicht versäumt, die umfangreiche und, wenn man Lorenzos Worten glauben wollte, wertvolle Sammlung an Alkoholika mitzunehmen. Doch das konnte Angela leicht verschmerzen. Die beiden Sessel waren es, die ihre Erinnerung beflügelten. Wenn sie in das stille Zimmer trat, war es ihr mitunter, als säße die hagere Gestalt ihres Vaters noch immer in seinem geliebten Lehnstuhl.

Vittorio wollte sein Büro im Dachgeschoss einrichten, in dem bislang nur Spinnen gehaust hatten. Zu Angelas Erleichterung war es vollkommen leer und sauber gefegt, nur eine einzelne Truhe stand in einer Nische, als wartete sie darauf, von ihr geöffnet zu werden.

»Hier war alles voller altem Plunder«, berichtete Matilde und sah sich in dem riesigen Speicher um. Auf jeder Seite befand sich eine Fenstergaube in dem gewölbten Dach, durch die genügend Licht hereinfiel. Angela beglückwünschte Vittorio im Stillen zu seiner Wahl, hier sein Büro einzurichten. »Erst kurz vor seinem Tod hat er das Dachgeschoss räumen lassen«, fuhr Matilde fort. »Als hätte er es geahnt. Alles, was er aufheben wollte, hat er in der Truhe hier verstaut.«

Angela setzte sich auf den Holzboden und öffnete sie. Zuoberst lagen ein paar Fotoalben, die sie beiseitelegte, um sie später in aller Ruhe anzusehen. Auch eine Mappe mit einer beeindruckenden Anzahl von Urkunden über ausgezeichnete Jahrgänge von Rivaleccas Weinen, auf die ihr Vater offenbar sehr stolz gewesen war, fand sie. Schließlich blieb noch ein in Packpapier eingeschlagenes Päckchen übrig, das mit Bindfaden verschnürt war. Unter dem Faden steckte eine Karte. Angela zog sie heraus.

Zu öffnen am Morgen deiner Hochzeit, mia figlia, stand in Rivaleccas steiler Schrift darauf. *Und keinen Tag früher!*

Wieder kam es ihr so vor, als wäre ihr Vater noch immer ganz nah. Sie glaubte, seine kratzige Stimme zu hören und zu sehen, wie sein Kopf angriffslustig nach vorn ruckte, während seine grünen Augen unter den buschigen Brauen schelmisch blitzten.

»Keinen Tag früher«, sagte sie leise, »versprochen.«

23

Die Hochzeit

Obwohl Angela in diesen Wochen oftmals nicht wusste, wo ihr der Kopf stand, ließ sie es sich nicht nehmen, an einem Wochenende Costanza in der Rehabilitationsklinik zu besuchen, wo sie nach Auskunft der Ärzte Tag für Tag Fortschritte machte. Dennoch war sie erschüttert, als sie die stolze Frau im Rollstuhl antraf. Zwar war es ihr inzwischen wieder möglich, ihre Füße zu bewegen, doch auf den Beinen halten konnte sie sich nur kurz mit fremder Hilfe. Auch ihr Sprachzentrum hatte durch die Hirnblutung gelitten, sie konnte nur unter ungeheurer Anstrengung Sätze formulieren.

Angela schob ihren Rollstuhl in den Park hinaus, der zum Klinikgelände gehörte, fand eine Bank in einer windgeschützten Ecke, und weil es auch Costanza dort zu gefallen schien, nahm sie Platz. Da das Sprechen die Principessa so anstrengte, begann Angela zu erzählen. Zuerst berichtete sie von der Entwicklung der Seidenvilla, die nicht länger nur eine Weberei war, sondern sich einen Namen für exklusive Modellkleider zu machen begann, von ihren Mitarbeiterinnen, vor allem von Lidia, die nach ihrem missglückten Ausflug zu Ranelli zu ihr zurückgekehrt war. Costanza hörte aufmerksam zu, auch als sie von dem halben Webstuhl erzählte, von dem sie annahm, dass Ranelli die andere Hälfte besaß. Irgendwann fiel ihr nichts mehr ein, was sie hätte erzählen können. Sie vermied es, die bevorstehende Hochzeit zu erwähnen, wusste sie doch nicht, ob sie ihre künftige Schwiegermutter damit aufregen würde. Da ergriff Costanza ihre Hand.

»Ich bin froh«, sagte sie langsam und mühevoll, »dass du ... bald meine Tochter sein wirst. Du ... hast mir das Leben gerettet. Das werde ich dir nie vergessen.« Ihr Blick war unverwandt auf Angela gerichtet, fast so wie an dem Tag, als sie sie in ihrem Schlafzimmer gefunden hatte. Der Druck ihrer Hand wurde stärker. Und Angela erwiderte ihn von Herzen.

Es schien ihr, als sollte ihre Hochzeit ein Fest der Überraschungen werden. Da war nicht nur das geheimnisvolle Päckchen ihres Vaters. Für jemanden wie sie, die selbst andere Frauen einkleidete, war es ein eigentümliches Gefühl, eine so wichtige Frage wie das Brautkleid jemand anderem zu überlassen. Romina hatte ihr verboten, den hinteren Raum der Schneiderei zu betreten, denn hier nahm offenbar schon seit einigen Wochen die *sorpresa* Gestalt an.

Drei Tage vor dem großen Tag wurde sie von Romina und Mariola in die Schneiderei zur Anprobe gebeten. Auch Nathalie wollte sich das nicht entgehen lassen und war in die Seidenvilla gekommen.

»Was hast du denn da in der Hand?«, fragte Angela arglos, als sie in die Schneiderei kam. »Ist das eine Schlafmaske?«

»Ja, genau. Wir finden nämlich, dass du das Kleid auch jetzt noch nicht sehen solltest«, meinte Romina. »Deshalb werden wir dir die Augen verbinden.«

Angela lachte ungläubig. »Ist das wirklich euer Ernst?«

»Bitte, bitte, Mami, spiel einfach mit«, bettelte Nathalie und hüpfte vor freudiger Erwartung auf der Stelle. »Ich hab es schon gesehen und kann dir versichern, dass es …«

»Still«, mahnte Romina. »Nichts verraten!«

»… es ganz toll ist, Mami«, fuhr Nathalie ungerührt fort.

»Eine Anprobe muss allerdings sein, es muss ja passen«, erklärte die Schneidermeisterin unnötigerweise, und Angela konnte hören, dass auch sie aufgeregt war. »Du wirst dich ganz bestimmt noch viel mehr freuen, wenn du dich erst direkt vor dem Kirchgang im Spiegel siehst.« Und als sie sah, wie Angela kurz zögerte, fügte sie verschmitzt hinzu: »Du vertraust mir, oder etwa nicht?«

»Ich vertraue dir vollkommen«, antwortete Angela. »Dass der Bräutigam das Kleid vorher nicht sehen soll, dieser Brauch war mir bekannt. Dass …«

»Ach komm, Mami!«

»Na gut«, gab sie mit einem kleinen Seufzen nach und setzte die Schlafmaske auf.

Warum sollte sie dieses Geschenk, das ihre Mitarbeiter ihr machten, nicht einfach annehmen und genießen? Trotzdem war sie unglaublich gespannt.

Es fühlte sich kühl an und anschmiegsam, als die Frauen ihr das Kleid überstreiften, es knisterte und raschelte, und selbst mit verbundenen Augen erkannte sie allein am Klang der Seide die Hand jeder einzelnen Weberin und die jedes ihrer beiden Weber, ohne das Kleid zu betasten, was Romina ihr strengstens untersagt hatte. Das Mieder war straff, aber nicht zu eng, offenbar war es ein schulterfreies Modell. Es fühlte sich an wie ein Etuikleid, das kurz über ihren Knien endete, und darüber war sie schon einmal erleichtert. Dann fühlte sie, wie sich Romina an ihrer Taille zu schaffen machte und weiteren Stoff, der locker um ihre Beine wischte. Sie konnte sich keinen Reim darauf machen.

»Ihr verpasst mir aber nicht doch eine meterlange Schleppe, oder?«, fragte sie alarmiert.

»Vertrauen oder nicht vertrauen«, hörte sie Romina nuscheln, offenbar hatte sie Stecknadeln im Mund, wie so oft, »das ist hier die Frage.«

»Hach, das wird einfach … So was hab ich noch nie gesehen, ehrlich!« Das war Nathalie, und Angela hörte, dass sie in die Hände klatschte. »Wie habt ihr das bloß gemacht?«

»Bist du still!«

»Hier würde ich es noch ein bisschen kürzen«, meinte Mariola.

»Natürlich«, gab Romina zurück.

Angela fühlte, wie am Saum gezupft wurde und an dem, was offenbar an ihrem Rücken befestigt war.

»Verratet ihr mir wenigstens die Farbe?« Einen Versuch war es wert. »Damit ich weiß, welche Handtasche …«

»*Nossignora*«, kam es prompt von Romina zurück. »Um die Schuhe und die Handtasche musst du dir keine Gedanken machen. Wir kümmern uns darum.«

»Wirklich?«

»Alles wird perfekt zueinander passen«, fuhr Romina ungerührt fort.

»Genau«, warf Mariola ein. »Auch der Haarschmuck.«

»Was denn für ein …«

»Mami«, unterbrach Natalie sie zärtlich. »Entspann dich und lass die Mädels einfach machen.«

Noch ein paar Minuten vergingen. Hier und dort

wurde abgesteckt und mit Faden geheftet, dann hob sich die Seide wie von Zauberhänden von Angelas Körper. Als man ihr die Augenmaske abnahm, war nichts mehr davon zu sehen, nicht einmal das winzigste Fetzchen Stoff konnte sie entdecken.

»Wann sollen wir dich am Samstag einkleiden?« Rominas Augen glänzten vor Zufriedenheit.

»Um neun macht mir Edda die Haare«, berichtete Angela. »Vielleicht um zehn? Der Gottesdienst beginnt um elf.«

»Um zehn also. *Va bene*. Ach ja – das mit den Haaren, das besprechen wir direkt mit Edda.«

Am Tag vor dem großen Ereignis reisten die ersten Gäste an, und nicht nur das Hotel Duse, auch alle anderen Hotels und Pensionen und die in der Umgebung waren ausgebucht bis unters Dach.

»Weißt du noch, dass wir ursprünglich eine ganz kleine Feier wollten?«, fragte Vittorio und grinste.

Sie waren an diesem Morgen auf dem Standesamt gewesen und hatten im allerkleinsten Rahmen die formelle Seite ihrer Heirat vollzogen. Nun saßen sie in Tess' Wohnzimmer und genossen die Ruhe vor dem Sturm. Nathalie, die seit ein paar Tagen ihr Klemmbrett mit Namenslisten und den dazugehörigen Hotelbuchungen und sonstigen Kommentaren nur noch aus der Hand legte, um Pietrino zu stillen und selbst ein paar Happen zu sich zu nehmen, lachte.

»Ganz Asenza wird kommen und halb Venedig«, verkündete sie. »Tante Simone und Onkel Richard werden in einer Stunde eintreffen.« Sie konsultierte ihr Handy nach neuen Nachrichten. »Tizi und Sol schaffen es heute erst zum Abendessen. Und dann haben wir noch ein paar Überraschungsgäste.« Sie strahlte und warf Tess einen fragenden Blick zu. Die alte Dame schüttelte lächelnd den Kopf.

»Unsere Hochzeit steht wohl unter dem Motto der Überraschungen«, meinte Angela mit einem gespielt besorgten Seufzen. »Ich wette, ich bin die einzige Braut auf der Welt, die einen Tag vorher ihr Kleid noch nicht gesehen hat!«

»Oh, du kannst ganz beruhigt sein«, entgegnete Nathalie mit verzückter Miene. »Es ist einfach himmlisch.«

Der große Tag brach an. Angela saß gerade im Maulbeersaal, Edda mit dem Lockenstab über sie gebeugt, als es am Tor klingelte. Matilde ging nachsehen, wer das sein könnte, und kam nach einer Weile ratlos wieder.

»Der Mann sagt, es sei eine Lieferung, die er nur Ihnen persönlich aushändigen darf.«

»Was denn für eine Lieferung?«

Matilde konnte nur mit den Schultern zucken. »Das wollte er mir nicht sagen.«

Unter Eddas entschiedenem Protest erhob Angela sich vorsichtig, legte den Frisierumhang ab und begab sich so, wie sie war, die Hälfte der Haare hochgesteckt und die andere Hälfte in Schillerlocken, selbst hinunter, um nach dem Rechten zu sehen.

»Sind Sie Signora Angela Steeger?«, fragte der Auslieferer. »Die Besitzerin der *tessitura di Asenza*?« Er musterte ihre seltsame Frisur mit großen Augen.

»Das bin ich.«

»Ich hab was für Sie abzugeben«, sagte er und hielt ihr ein elektronisches Gerät hin, auf dem sie mit einem Spezialstift unterschreiben sollte.

»Was ist es denn?« Der Mann zuckte mit den Schultern und wies auf den offenen Laderaum seines LKWs. Mehrere lange schmale Pakete befanden sich darin. Sie waren in Karton verpackt, man konnte unmöglich erkennen, um was es sich handelte. »Von wem kommt das überhaupt?«

Reichlich genervt zuckte der Mann erneut mit den Schultern.

»Ich liefere es nur aus«, meinte er. »Ich kann's aber auch wieder mitnehmen. Wollen Sie es zurückgehen lassen?«

»Hören Sie, es ist Samstag«, hörte Angela eine männliche Stimme hinter sich. »Die Dame tritt gleich vor den Traualtar. Sie und ich, wir tragen das Zeug jetzt einfach rein. *Va bene*, Signora?« Es war Nicola. Schon hatte er eines der Pakete auf die Schulter genommen. Er rief dem Paketausliefer ein paar aufmunternde Worte zu, und der schnappte sich das nächste. »Gehen Sie ruhig rauf«, sagte Nicola und betrachtete grinsend Angelas halb fertige Frisur. »Ich mach das schon.«

Punkt zehn erschienen Romina und Mariola und führten ihre *padrona* in die Schneiderei. Sie bestanden darauf, dass Angela fest die Augen schloss, und erneut hörte sie das beruhigende Rascheln und Rauschen der Seide, in die die beiden Frauen sie kleideten. Am Rücken wurde ein Reißverschluss geschlossen, dann saß das Kleid wie eine zweite Haut. Angela fühlte, wie Romina – oder war es Mariola? – sacht an ihrem Rücken herumzupfte und etwas über ihre Hüfte drapierte. Beide wahrten absolutes Schweigen, und

Angela konnte die freudige Anspannung ihrer beiden Kolleginnen fühlen.

»Bitte setz dich hin, aber halte die Augen noch geschlossen, bis alles fertig ist.« Angela fühlte, wie man rechts und links sanft ihre Ellenbogen fasste, und nahm vorsichtig Platz. »Mariola befestigt nun den Kopfschmuck in deinem Haar.«

Während etwas ihre Schläfen streifte, bemühte Angela sich, eine plötzlich aufkeimende Nervosität wegzuatmen. Endlich war Mariola zufrieden.

»Und jetzt die Schuhe«, hörte sie Romina sagen, und schon streifte sie ihre bequemen Pumps, die sie getragen hatte, ab. Stattdessen ließ sie Angela in ein wunderbar weiches Paar schlüpfen. »Fertig«, sagte Romina. »Du kannst wieder aufstehen.«

Zu Angelas Überraschung saßen die Schuhe wie angegossen.

»Die fühlen sich ja an wie ... wie ...«

»Wie maßgefertigt?« Romina lachte. »Das sind sie auch. Und zwar bei dem besten Schuhmacher Venedigs. So, jetzt lass dich mal ansehen.«

Einen Moment lang wurde es sehr still um sie. Und gerade, als sie glaubte, es nicht mehr aushalten zu können, sagte Romina: »*Perfetto.* Du kannst die Augen öffnen.«

Das tat sie und musste kurz blinzeln, so außergewöhnlich schön war die Gestalt, die sie aus dem Spiegel anblickte. War das wirklich sie?

Ein Traum in einem leicht golden schimmernden Beige umspielte ihre Figur. Die Grundlage war tatsächlich ein völlig schlicht geschnittenes, schulterloses Etuikleid, das aus lauter rund zwei Zentimeter breiten Stoffstreifen zusammengesetzt war und deshalb wirkte, als wäre es quergestreift. Angela begriff, dass jede ihrer Mitarbeiterinnen und Stefano und Nicola dazu aus demselben Seidengarn Stoffe beigesteuert hatten. Die Streifen von Anna, die wie so oft zur Seide noch andere Materialien wie Leinen und dicke Wollfäden kombiniert hatte, hoben sich von den anderen ab. Mariola hatte in regelmäßigen Abständen einzelne Streifen mit beige- und goldfarbenen Glasperlen bestickt. Nicolas Stoff wies ein dezentes Jacquard-Muster auf, und als Angela es genauer betrachtete, sah sie, dass es sich um das Wappen der Fontarini handelte, eine Gondel, über der eine winzige Krone schwebte.

Allein das eng anliegende Kleid war ein Kunstwerk. Doch Romina wäre nicht die Schneiderin, die sie nun einmal durch ihre jahrelange Erfahrung geworden war, wenn sie sich damit zufriedengegeben hätte. Aus einem besonders zarten Seidenstoff, den Lidia gewoben haben musste, hatte sie ein feines Plissee hergestellt. Wie eine Art Wickelrock war der fein gefältelte Stoff an der Taille des Kleides angenäht, einem sich öffnenden Theatervorhang gleich auseinanderdrapiert und hinten befestigt, sodass darunter das Etuikleid zum Vorschein kam.

»Dreh dich mal um«, bat Romina und brachte einen zweiten großen Spiegel in Stellung, damit Angela sich von allen Seiten sehen konnte. »Hinten bildet der Plisseestoff eine große Schleife, kannst du das sehen?«

»Und ob ich das sehen kann«, brachte Angela mühsam heraus.

Dieses Modell war so unfassbar schön, gleichzeitig schlicht und geheimnisvoll und unglaublich extravagant.

Jetzt erst bemerkte sie, was Mariola ihr ins Haar gesteckt hatte. Es war eine Art Reif, der mit den unterschiedlichen Seidenbändern, aus denen das Etuikleid zusammengesetzt worden war, kunstvoll umschlungen war.

»Jeder von uns hat etwas dazu beigesteuert.«

Angela sah überrascht auf. In der Tür hatten sie sich alle versammelt: Nola und Orsolina, die mit anerkennenden Blicken das Kleid in Augenschein nahmen, Anna und Maddalena, der der Mund offen stand, so beeindruckt war sie. Lidia hielt sich unschlüssig im Hintergrund, während sich Carmela in einem Kleid aus elegantem Seidenjersey ihren Weg ins Atelier bahnte.

»Aaah«, machte sie. »Ein wahres Prinzessinnenkleid. Gefällt es Ihnen?«

»Gefallen ist überhaupt kein Ausdruck«, antwortete Angela mit belegter Stimme. »Ich danke euch allen von ganzem Herzen. Ihr seid ... Ach, ihr seid einfach wundervoll! *Tutti quanti!*«

Angela war so gerührt, dass ihr beinahe die Tränen kamen.

»Na, na«, meinte Carmela und betrachtete sie aus zusammengekniffenen Augen. »Jetzt wird nicht geheult. Da verläuft ja die ganze Schminke.« Dann glitt ein herzliches Lächeln über ihr Gesicht. »Sie sind die schönste Braut, die ich je gesehen habe. *Auguri!* Mögen Sie glücklich werden.«

»Bin ich zu spät?« Nathalie kam um die Ecke geschossen, auch sie trug ein atemberaubendes Kleid aus goldorangefarbener Seide, das Angela noch nie gesehen hatte. »Donnerwetter«, sagte sie und musterte ihre Mutter mit anerkennenden Blicken. »Da haben wir sie also, die Principessa Angela Fontarini. Bist du fertig?«

»Signora, Signora.« Es war Nicola, der aufgeregt angerannt kam, kurz erstarrte, als er das prächtige Kleid sah, dann jedoch unbeeindruckt weitersprach. »Es ist die andere Hälfte!«, rief er gestikulierend.

»Wovon sprechen Sie?«

»Von dem Webstuhl. Aus diesem Ort hier in der Nähe ... Wie heißt er noch gleich? Vidor. Die kommen von Ranelli Seta, diese ganzen Pakete. Und da drin sind die fehlenden Teile des Webstuhls!«

Angela brauchte eine Weile, um zu begreifen, was Nicola ihr da sagte.

»Ranelli hat uns seine Hälfte des Webstuhls geschickt?«

»*Esatto, padrona*. Am liebsten würde ich ihn sofort aufbauen. Wo ist Giuggio? Das muss er erfahren.«

»Das ist absolut großartig«, erklärte Angela. »Ist auch eine Rechnung dabei?«

»Hier.« Nicola reichte Angela einen Umschlag. »Das kam mit an.«

Angela erkannte das Firmenlogo von Ranelli Seta. Kurz zögerte sie. Würde sie sich diesen besonderen Tag damit verderben, wenn sie das Kuvert öffnete? Kurzentschlossen riss sie es auf.

Auguri per il matrimonio, las sie. *Meine Glückwünsche zur Hochzeit. Bedanken Sie sich bei der Principessa Costanza Fontarini. Es ist ihr Hochzeitsgeschenk an Sie. Massimo Ranelli.*

»Will er sehr viel Geld?«, fragte Nicola ängstlich.

Angela lächelte gerührt und schüttelte den Kopf. »Ein Hochzeitsgeschenk«, sagte sie.

Nicola wirkte, als wollte er sofort zurück zu seinem Fund, doch Anna hielt ihn am Arm zurück.

»Webstühle können heute ausnahmsweise warten,

tesoro«, sagte sie zärtlich und zog den Widerstrebenden mit sich.

Angela hatte das Gefühl, schon wieder etwas verpasst zu haben, wie damals bei Fioretta und Luca.

»In zwanzig Minuten werden wir in der Kirche erwartet, Mami.« Nathalie war außer Atem. In der Hand hielt sie das zierliche Blumengebinde aus weißen Callas, Angelas Brautstrauß. »Komm, Mami«, drängte sie.

Romina zeigte Angela noch kurz, wie sie sich am besten hinsetzte, um die Schleife nicht zu zerdrücken, und Mariola überreichte ihr eine Clutch, die sie passend zum Kleid angefertigt hatte.

»Einen Augenblick brauche ich noch«, wandte sie im letzten Moment ein. »Ich muss noch schnell nach oben, etwas erledigen ... Magst du mitkommen, Nathalie?«

In ihrem Schlafzimmer stand das mit Bindfaden verschnürte Päckchen.

»Es ist von Lorenzo«, erklärte Angela, als sie Nathalies fragenden Blick sah.

Mit ihrer Nagelschere schnitt sie die Verschnürung auf und entfernte das Packpapier.

»So etwas bringt nur ein Mann zuwege«, meinte Nathalie mit Blick auf die merkwürdige Verpackung.

Unter dem Papier kam eine Schatulle zum Vorschein, und nachdem Angela sie geöffnet hatte, sah sie als Erstes eine Karte. Als sie die aufhob, entfuhr ihr ein Laut des Entzückens: Da kam ein wundervolles Brillantcollier zum Vorschein.

Dieses Schmuckstück hätte ich deiner Mutter um den Hals gelegt, hätte sie den Weg zu mir zurückgefunden.

Statt ihrer bist du gekommen. Trag es in Erinnerung an Rita und mich. Dein Vater Lorenzo

Nun war es doch passiert. Eine Träne rollte ihr über die Wange und fiel auf das Blatt.

»Mami, nicht weinen!«, flüsterte Nathalie, zog rasch ein Kosmetiktuch aus einer Schachtel und tupfte ihrer Mutter das Gesicht ab, damit kein größerer Schaden an dem sorgfältig aufgelegten Make-up entstand. »Soll ich es dir umlegen?«, fragte sie und nahm das Schmuckstück aus der Schatulle.

Es war genau das, was noch gefehlt hatte. Jetzt erst sah Angela im Spiegel, dass das Collier aus ineinander verschlungenen Weinranken bestand, die Brillanten formten winzige Reben …

»Es wird Zeit. Vittorio ist gerade gekommen.«

Vom Hof drangen Stimmen zu ihnen hinauf. Noch einmal betrachtete Angela zärtlich die Zeilen, die ihr Vater ihr geschrieben hatte. Ihr Herz war so übervoll von Liebe, sowohl für ihre verstorbene Mutter als auch für ihren Vater …

»Mami, komm!«

Nathalie ergriff ihre Hand, und Angela erhob sich. Gemeinsam gingen sie hinunter in den Hof, wo Vittorio, Tess, Tiziana und Solomon und einige andere schon auf sie warteten. Alle applaudierten spontan, als sie Angela sahen.

Vittorio küsste sie leicht auf die Lippen. Seine Augen sprühten Funken.

»Du Schöne«, flüsterte er.

Dann reichte er ihr den Arm und führte sie aus dem Hof.

Das ganze Städtchen schien auf den Beinen. Die Piazza della Libertà war voller Menschen. Vor ihnen bildete sich eine Gasse, durch die sie hindurchschritten, und nach und nach schloss sich ihnen die Menschenmenge an.

Auf dem Platz vor der Kirche entdeckte Angela viele bekannte Gesichter. Emilia war natürlich gekommen, neben ihr stand Gianni mit Mariola und der kleinen Valentina. Romina hatte sich bei Dario Monti untergehakt, selbstredend trug sie eine atemberaubende Robe. Angelas Schwägerin Simone trat mit rosigen Wangen und in einem edlen bayerischen Dirndl auf sie zu und begrüßte sie mit einem herzlichen: »Donnerwetter! Was für ein Gwand!« Dann kehrte sie rasch an die Seite ihres Richards zurück. Zwischen den beiden schien wieder alles in Ordnung zu sein. Ruggero Esposito aus Neapel war ebenfalls da, an seiner Seite eine sympathisch wirkende brünette Frau. Donatella Colonari lächelte ihr zu, und der Marchese nickte huldvoll.

Angela sah noch viele Bekannte, von denen sie nicht gewusst hatte, dass sie kommen würden. Fedo natürlich mit seinem Lebensgefährten. Benny, der zwei Jahre zuvor das Maulbeerfresko unter vielen Farbschichten hervorgekratzt hatte, und Nico, der ihre anfänglichen Computerprobleme gelöst hatte. Auch einige Honoratioren der Stadt hatten sich herbemüht – der Bürgermeister höchstpersönlich mit seiner Frau Gabriella, Dottore Spagulo sowie Davide Bramante. Auch Fania war gemeinsam mit Signora Gonzino gekommen.

Schließlich fiel ihr Blick auf eine Gestalt im Rollstuhl. Es war Costanza. Neben ihr stand Amadeo, zu dem sich gerade Nathalie gesellte. Der junge Mann schenkte ihr ein strahlendes Lächeln.

»Ist Amadeo tatsächlich extra aus den USA angereist?«, flüsterte sie Vittorio zu. »Davon hat mir niemand was erzählt.«

»Unsere Kinder haben das unter sich ausgemacht«, raunte er zurück.

Obwohl die Glocken ihr Festtagsgeläut schon fast beendet hatten und es allmählich Zeit wurde, zum Altar zu schreiten, nahm Angela sich einen Moment, um Costanza auf beide Wangen zu küssen. Die Augen der Principessa leuchteten, ihre Hände wollten Angelas kaum loslassen.

»Bist du bereit?«, fragte Vittorio sie leise. »Der Priester wartet.«

»Ja«, sagte Angela und holte tief Atem. »Ich bin bereit. Für ein ganzes Leben mit dir.«

ENDE

Wie viel Mut braucht es für einen Neubeginn?

Tabea Bach
DIE SEIDENVILLA
Roman
DEU
368 Seiten
ISBN 978-3-404-17962-6

Nach einem Schicksalsschlag folgt Angela der Einladung ihrer Tante, sie in Asenza im Veneto zu besuchen. Doch die Auszeit nimmt eine unerwartete Wendung, als die „Seidenvilla", die letzte traditionelle Seidenweberei des Ortes, kurz vor dem Aus steht. Angela beginnt, mit ihrer Tante Pläne zu schmieden, wie man die Seidenvilla retten könnte. Der Besitzer würde Angela die Weberei verkaufen, allerdings sind daran einige Bedingungen geknüpft. Und dann trifft sie unerwartet einen Mann, in den sie sich auf den ersten Blick verliebt ... Doch ist sie bereit für einen Neuanfang in Italien und eine neue Liebe?

Lübbe

Ein fesselnder Roman um Liebe und Wahrheit und eine Seidenweberei in Venetien

Tabea Bach
IM GLANZ DER
SEIDENVILLA
Roman
DEU
368 Seiten
ISBN 978-3-404-17964-0

Angela ist glücklich: In Vittorio hat sie einen wunderbaren Partner, und die Weberei schreibt schwarze Zahlen. Doch der Erfolg der Seidenvilla gerät ins Wanken, als plötzlich ein unbekannter Konkurrent auftaucht. Als wäre das nicht genug, stößt Angela bei Vittorios Mutter auf große Ablehnung. Offensichtlich hätte sie lieber die attraktive Architektin Tiziana als Schwiegertochter, mit der Vittorio früher eine große Nähe verband. Bald gibt es überraschend viele gemeinsame Aufträge für Tiziana und Vittorio, und er verbringt mehr Zeit an Tizianas Seite als mit Angela. Kann Angela die Seidenvilla retten und zugleich um ihre große Liebe kämpfen?

Lübbe

Die Community für alle, die Bücher lieben

★ In der Lesejury kannst du Bücher lesen und rezensieren, die noch nicht erschienen sind

★ Gemeinsam mit anderen buchbegeisterten Menschen in Leserunden diskutieren

★ Autoren persönlich kennenlernen

★ An exklusiven Gewinnspielen und Aktionen teilnehmen

★ Bonuspunkte sammeln und diese gegen tolle Prämien eintauschen

Jetzt kostenlos registrieren: www.lesejury.de

Folge uns auf Instagram & Facebook:
www.instagram.com/lesejury
www.facebook.com/lesejury